TRILOGIA
DAS
BUSCAS

Coleção Paralelos
Dirigida por J. Guinsburg

Equipe de Realização

Revisão: Sandra Martha Dolinsky
Projeto gráfico e capa: Sergio Kon
Produção: Ricardo W. Neves, Heda Maria Lopes e Maria Amélia Fernandes Ribeiro

4ª capa: foto cortesia de Philip Greenspun, http://phiplip.greenspun.com

Carlos Frydman

TRILOGIA DAS BUSCAS

Editora Perspectiva

Copyright © Carlos Frydman

Direitos reservados a

EDITORA PERSPECTIVA S.A.

Av. Brigadeiro Luís Antônio, 3025
01401-000 São Paulo SP Brasil
telefax: (0__11) 3885-8388
www.editoraperspectiva.com.br
2002

Ao Desconcerto do Mundo

Os bons vi sempre passar
No mundo graves tormentos;
E para mais me espantar,
Os maus vi sempre nadar
Em mar de descontentamentos.

Cuidando alcançar assim
O bem tão mal ordenado,
Fui mau, mas fui castigado.
Assim que, só para mim
Anda o mundo concertado.

Luís de Camões

Para meu filho
Horácio Mário Frydman

e
em memória de minha filha
Sandra Frydman

AGRADECIMENTOS

          Ana Maria Martins
          Benjamin Abadala Junior
          Berta Waldman
          Boris Schnaiderman
          Caio Porfírio Carneiro
          Edith Nekrycz Wertzner
          Ernest de Carvalho Mange
          Gita Guinsburg
          Jacó Guinsburg
          Luzia Salvi Frydman
          Moacir Amâncio
          Regina Igel
         Sara Frydman

Sumário

Um Cabalista Excêntrico 15

Buscas 139

Uma Loja Imaculada 275

Posfácio: Cinco Buscas, Uma Trilogia 327

UM CABALISTA EXCÊNTRICO

Após um quarto de século, na condição de motorista de cadáveres, foi a primeira vez que assisti como um embriagado participou de um funeral.

Ele chegou cambaleando e fez um discurso gritante, sincopado, em voz fanhosa, enquanto jogavam as primeiras pás de terra sobre a urna mortuária:

— Minha querida Mariana. Partiste para a eternidade, sem despedidas. Desgraçadamente, nossa separação é definitiva! Reconheço que durante os últimos anos, enquanto estivemos juntos, nossos atritos foram insuportáveis e os reatamentos difíceis. Tudo, eu sei, em conseqüência de minhas bebedeiras. Agora te vais para sempre. Perdoa-me. Por favor, perdoa-me!

Era um senhor de meia-idade, mal podendo se equilibrar. E, se caísse, tombaria dentro da cova da finada. Foi seguro por um dos presentes, familiar da falecida.

— Deixe despedir-me de minha mulher – reclamou, exalando um forte odor de bebida.

Levado à força até uma distância conveniente, o homem que o arrastava disse com veemência:

— O senhor está em lugar errado. A falecida chama-se Marina. É minha cunhada. Vá-se embora e pare de dar vexame. Senão, o senhor pode sair machucado.

O bêbado, ao ser empurrado, estatelou-se e ficou inerte, como se tivesse morrido ou desmaiado. O cunhado voltou apressado para acabar de assistir o cerimonial de sepultamento, onde predominava, além da consternação, um mal-estar ante aquela cena ridícula e inusitada, deixando no ar uma interrogação: "Quem seria aquele bêbado, de roupas desalinhadas? Um amante inconformado da defunta? Um dos maridos mais recentes?" Perguntavam-se, em velados e íntimos risos, com olhares reticentes e fingidos semblantes de consternação. Especialmente as mulheres, que, aliás, sempre invejaram a falecida, cuja beleza permanecia mesmo depois de morta naquele esquife de primeiríssima, enfeitado de flores, que emolduravam seu rosto ainda sorridente, de expressão quase altiva, como em vida. As conclusões foram maliciosas, pois essa Marina fora coquete de olhares caprichosamente farsantes e atrevidos, além de travessos e conquistadores, estimulando galanteios dos casados e especialmente dos solteirões.

Terminado o sepultamento, todos saíram vagarosamente e, aos cochichos, comentavam o desagradável episódio que fora aquele enterro, acima dos exagerados chapéus, dos *tailleurs* bem talhados e dos *colants* negros, que deixavam às pseudo-consternadas uma grande surpresa.

O estranho continuava deitado na estreita calçada que ladeava os túmulos. Alguns curiosos passavam rente observando-o esborrachado, o rosto sofrido, de cuja boca vazava uma espuma esbranquiçada e repelente.

Eu fui o único que se condoeu com aquele tipo.

Muito perto havia uma torneira, na qual estava encaixada uma mangueira, usada para regar os jardins do cemitério. Abri-a com cuidado para não molhar a roupa, jorrei um pouco de água no seu rosto e sobre aquela gosma que lhe escorria do canto da boca. Reagindo, o homem levantou-se rapidamente, como que despertado por um forte choque térmico. Mas teve dificuldade em manter-se de pé. Só conseguiu andar apoiado em mim, que o levei até junto do papa-defuntos. Ele pensou que fosse um camburão da polícia.

— Eu estou sendo preso? Eu bebi um pouco e vim assistir o enterro de minha querida. Fiz algo errado?

— Não, o senhor nada fez de errado. Nem está sendo preso. Nem sou um policial. Sou o motorista do carro fúnebre. Eu só quero ajudá-lo.

— E por que este camburão?

— Não é um camburão da polícia. É um carro mortuário. O senhor não está em condições de andar ou ficar sozinho. Eu posso levá-lo até sua casa. O cemitério já está vazio e logo será fechado. É difícil encontrar um táxi aqui nesta redondeza. Não tenha receio. Meu nome

Um Cabalista Excêntrico

é José. Trabalho há vinte anos carregando defuntos. Não estou proibido de também carregar os vivos. Não tenha medo. Entre no carro. Se quiser, pode viajar deitado.

— Como defunto?

— Não tem problema. Os vidros são escuros e ninguém o verá do lado de fora. Tenho uma almofada para amparar sua cabeça. Eu a uso quando tiro uma soneca dentro deste papa-defuntos. Dê-me seu endereço e eu o levo com toda a segurança.

— Não! Não! Eu vou sentado na frente. Junto com o senhor.

Senti o forte odor de aguardente e azedume. Acomodei-o, passando-lhe o cinto de segurança. Anotei o endereço e, finalmente, disparei o carro, na intenção de antecipar-me ao *rush*.

O fato de alguém seguir um féretro alheio não é tão inusitado naquele prédio da prefeitura, onde podem ser realizados mais de vinte velórios ao mesmo tempo. Porém, tratando-se de alguém que exagerou na bebida, é fácil confundir a leitura de Marina com Mariana na tabuleta que especifica o nome dos falecidos diante das salas de velórios.

Mas como teria conseguido um homem naquele estado de embriaguez chegar até o sepultamento? É explicável. Quando apareceu, já estavam colocando o tampão sobre o esquife, e ele não pôde ver o semblante da defunta. Diante de mais esse desgosto, retornou, embora já alto, pela terceira vez à lanchonete e pediu mais uma dose dupla para amainar sua insuportável tristeza. Foi a gota d'água, o cálice transbordante que o fez desandar em todos os sentidos.

Mas, antes de começar a cambalear, ainda teve condições de pedir carona a um casal que só ocupava o banco dianteiro de um carro e que começara a se movimentar para acompanhar o féretro. Estando o banco de trás vazio, concluiu que não lhe negariam a benevolência de poder estar presente à despedida derradeira de sua saudosa ex-mulher.

— Entre! – convidou o que estava ao volante que, após um breve silêncio, perguntou ao desconhecido: – O senhor é parente ou amigo próximo da falecida?

— Fui o primeiro marido dela – respondeu, mal podendo pronunciar as poucas palavras. Estabeleceu-se, então, um completo silêncio até chegarem ao cemitério.

O féretro seguiu os costumes de praxe. Todos os presentes acompanharam a carreta mortuária que transportava o esquife. Calados, cabisbaixos e consternados. Diante da cova onde desceram a urna, um jovem padre fez a recomendação da alma da falecida, consolando os parentes e amigos. Seguiram-se rápidos discursos comovidos, pois a falecida era uma expoente social benemérita de várias entidades assistenciais. Foi antes de jogarem as primeiras pás de terra sobre o caixão que o bêbado se viu no direito de pronunciar aquelas mal articuladas palavras.

Esta história, como muitas outras, José, um motorista veterano de carros papa-defuntos, contou como passatempo para amenizar os lúgubres astrais que, na opinião de vários colegas, acompanhavam os falecidos nas urnas que transportavam. José era um talento de interpretação, porém sem pretensões artísticas. Sua única intenção era despertar bom humor entre seus colegas, transportadores de mortos. José tinha uma platéia cativa. Quando não estava presente, sentiam sua falta. E quando chegava, sua presença tornava o ambiente descontraído. Sabia descrever as cenas, mesmo as mais corriqueiras, com tal talento, que a hilaridade contagiava até os mais casmurros. Sabia dramatizar os fatos mais piegas, mesmo quando todos já estavam cansados de assistir aos constantes funerais. Mas, com José, o corriqueiro tomava um novo sabor. Sua entonação de voz, sua expressão facial e corporal, mesmo com o seu tamanhão, tornavam-se um espetáculo sempre desejado. Nenhum dos seus colegas questionava se os fatos e as histórias eram reais ou imaginários. O fundamental era ouvi-lo e assim passar por bons momentos entre caixões e mortos. Mas, fundamentalmente, José levava os seus colegas a observar a vida através dos féretros:

— Observar o comportamento das pessoas diante dos mortos aguça nossa observação de como elas realmente são.

E acrescentava:

— Dá pra perceber quando uma lágrima é sincera e quando um choro é falso, mesmo quando espasmódico. Creio que os psicólogos deviam partir dos féretros para analisar melhor as pessoas. É um parâmetro importante. Entretanto, diante dos olhares interrogativos de alguns colegas, José teve que explicar o que é parâmetro.

Observar e interpretar a vida através dos féretros tornou-se uma verdadeira obsessão de José. De maneira discreta, entrosava-se com os

Um Cabalista Excêntrico

participantes dos velórios e dos acompanhantes dos funerais até conseguir entabular diálogos com os familiares e amigos dos falecidos. Daí sua familiaridade com todos os tipos de comportamento diante dos mortos e, muitas vezes, diante da própria morte. Chegava a obter detalhes de como o terminal se comportara nos momentos derradeiros. Aprendeu a distinguir o que era teatral no choro escandaloso e o silêncio de uma verdadeira contrição.

— A morte – dizia consigo – pode ser uma janela para clarear a existência.

Essa frase forjada no tempo e na obsessão de vivenciar a morte passou a ser não uma atitude mórbida, mas uma forma, como dizia o próprio José, de avaliar tudo e todos de maneira contundente, através daquela "janela" que se abre para a escuridão. Esse parâmetro tornou-se o norteador de seu comportamento e a forma de entrar nos recônditos, os mais inconfessáveis e íntimos das pessoas.

Foi assim que José passou a interpretar a vida. A morte deixou de ser lacerante para ele. Costumava dizer:

— Deve-se entender a longevidade como um belo ciclo, quando se está em harmonia com a compreensão da vida, espantando as coisas pequenas como se espana o pó. Creio que o homem revela muito de si, conforme sua postura diante da morte. É natural que haja dúvidas quanto ao desconhecido. Mas isso não deve levar ao medo de morrer. Todas as religiões dizem que a morte é uma transição e os materialistas dizem que é o ponto final. Portanto, a morte em si não é um castigo. Pode até ser uma libertação.

A linguagem de José, motorista de carros fúnebres, não estava em dissonância com a sua elementar função. Ele freqüentara por dois anos o curso de sociologia. E, por razões financeiras e políticas, não pudera dar continuidade aos seus estudos. Para sobreviver, aceitara essa função, que desempenhava com denodo e onde ampliava a experiência de viver. Aliás, esse emprego fora conseguido por intermédio de um amigo médico do Instituto Médico Legal. Veio-lhe o hábito de passar tudo o que via e ouvia pelo seu crivo sociológico e político. Lidar com mortos e vivos tornou-se, para ele, gratificante e sem monotonia.

— Tudo – dizia ele – é determinado por implicações políticas e sociais. Todos nós, queiramos ou não, exercemos uma atividade política e social, boa ou má, dependendo de nossa consciência e oportunidade.

Além de sua preocupação em não ser professoral e enfadonho, costumava intercalar suas explanações com criatividade ficcional e muito humor.

— Certa vez – contava ele – tive de transportar um cadáver do IML para o velório. Como de costume, procurei bater um papo com os familiares. E, entre outras coisas que me contaram da vida do falecido, ele fora um homem corajoso, alegre e temente a Deus, mas não à morte, mesmo sabendo de seu estado terminal. Entre suas últimas vontades, pediu que não houvesse choro em suas exéquias. Explicando os motivos de sua última vontade, disse: "Aproveitei bastante da vida, fiz quase tudo o que queria, embora poucas coisas proibidas, e agora a morte para mim, embora não seja um prêmio, é ao menos um alívio ao meu sofrimento. Portanto, nada de choro. Deus proporcionou-me muitas coisas boas. Vou encontrá-lo com um sorriso. Para que o meu velório não seja triste, peço que contem aquelas anedotas que sempre gostei de repetir, e outras, mesmo que sejam as mais picantes. Quero rir mesmo depois de morto. Não quero ser um cadáver triste...

Fez uma pausa e continuou:

— Para velar o morto, à noite permaneceram somente alguns homens, como costuma acontecer, por razões de cavalheirismo ou, quem sabe, por exortações machistas. Resolvi também participar para corresponder à simpatia dos familiares, por curiosidade e para enriquecer o meu repertório anedótico, pois todos combinaram satisfazer a vontade do falecido: contar anedotas picantes. Não havendo mulheres, ficaríamos mais à vontade. Como de costume, procurei observar o rosto do morto e percebi que era simpático e que sua boca estava ligeiramente repuxada para o lado esquerdo. Parecia um sorriso antecipado à satisfação de ouvir uma boa piada. Parecia ser um sorriso irônico, ou quem sabe maroto, como de um garoto que iria aprontar alguma marotice. Ou, ainda, um sorriso de satisfação por ter a confirmação de que a morte não é aquele mal que amedronta. O morto tinha uma expressão tênue de satisfação e alívio. Concluí que o simpático morto tivera tempo suficiente para, naturalmente, relaxar e aceitar o desfecho da vida. Parecia confirmar que, ao aliviar-se dos encargos da vivência, ficara satisfeito. Serenara como os santos no altar, envolto em anjinhos sorridentes, mas maliciosos.

— Ou, quem sabe, o encontro com São Pedro foi numa boa para acabar com a monotonia celestial – acrescentou um colega.

— Também pode ter sido isso mesmo – respondeu José, que prosseguiu: – Uma anedota puxa outra, e ninguém se deu conta que atravessamos a noite sem tempo para consternações. Quando despertou o dia tornei a dar mais uma espiada no já familiarizado morto e percebi que diminuíra o repuxado de sua boca e que adquirira uma leve expressão de seriedade. Era a volta aos palanques, visto que era político, ou não achara graça nas anedotas, ou ainda, passara a levar a sério sua morte. Chamei os demais presentes que, igualmente, fizeram a mesma constatação: o morto adquirira uma expressão de seriedade como nas campanhas eleitorais, para falar da pobreza do povo, segundo uma observação de um dos amigos do mesmo partido do qual o morto fizera parte.

— Ele deve estar fingindo. Foi sempre um gozador – disse outro compadre político do falecido.

— Agora é hora de seriedade. Logo chegarão os familiares e, quem sabe, autoridades, pois o morto foi *cartola* de um clube de futebol e presidente dos "Amigos de Bairro". Mesmo depois de morto ainda pode dar votos. Os vivos e vivaldos virão falar bem do morto – disse um dos veladores.

— Parece que o morto está levando consigo o hábito de trocar de cara – falou outro acompanhante do velório.

José continuou suas costumeiras dissertações e histórias para os colegas que o ouviam, como sempre, com expectativa. Após tanta lida com os mortos e as prosas em torno do assunto, todos passaram a ter uma fixação permanente em como viver e, se possível, como morrer. Vários deles procuraram, e José, fundamentalmente, inteirar-se de como as várias religiões conceituavam a morte e como se processavam os respectivos rituais. E, conseqüentemente, passaram a atinar, em suas observações, o porquê de certas práticas religiosas. Aprenderam a distinguir o significado duma lágrima sincera ou furtiva de um choro fingido, assim como aprenderam a apreciar o valor de um leve e triste sorriso benevolente de um amigo, abraçando os parentes consternados.

Em sua constante meditação em torno da morte, José concluiu que em sua condição de transportador de mortos poderia desempenhar um significativo papel humanístico. Sua consciência sempre o impeliu a uma ação de caráter político-social. Isso impregnou sua mente e seu sangue. Não seria como em sua militância político-partidária, mas sim, duma forma, digamos, mais branda, mas afetiva, de atuação junto aos consternados. E, para isso, desenvolveu um linguajar apropriado para cada circunstância: no falecimento de um jovem e quando houvesse mais filhos vivos, os pais precisariam compreender que sua vida deveria prosseguir normalmente, pois tinham muito a fazer em função dos demais filhos. Muitas vezes era refutado até de maneira desagradável. Mas, na maioria das circunstâncias, saía-se bem, especialmente diante de famílias humildes.

Certa feita, foi escalado para trazer um defunto de uma cidade próxima de São Paulo. Qual não foi sua enorme alegria ao deparar com aquele velho companheiro de militância política. Foi um encontro eufórico e de risos, embora desapropriados diante de um morto.

— Veja só – disse José, após uma pausa de admiração mútua – precisou alguém morrer para este reencontro. És, por acaso, amigo do falecido? – perguntou José, receando ter dado um fora.

— Não, se fosse, minha alegria seria mais contida. Sou fornecedor de caixões. Tenho uma agência funerária. A única desta cidade onde a morte é uma sócia esporádica, pois é raro que alguém morra nestas bandas. Ninguém tem pressa de morrer, e por aqui a morte anda preguiçosa.

Uma recordação foi despertando outra e, de repente, se deram conta de que as horas passaram e que o morto estava aguardando no carro funerário debaixo de um sol escaldante, correndo o perigo de deteriorar-se antes do tempo previsto, mesmo porque não havia necrotério naquela cidadezinha, que nem sequer atingira a condição de município.

José despediu-se rapidamente, preocupado em chegar a tempo ao local do velório, na periferia da capital paulista. Mas, durante o percurso, lembrou-se que não havia pego o telefone do amigo, e resolveu retornar, pois não gostaria de perder aquele contato com o companheiro de longas e saudosas lutas, tão ricas em ensinamentos inusitados. Mas ao fazer uma brusca manobra para o retorno, o esquife foi deslocado com tamanha violência que chegou a remover o tampão da urna. José brecou o carro e, ao tampar novamente o esquife, sentiu um cheiro forte, desagradável, esquisito e estranho, embora conhecesse o odor dos corpos em início de decomposição. Mesmo assim, prosseguiu aceleradamente, retornando para encontrar-se com o saudoso companheiro.

Ao encontrar o amigo sucederam-se novas gargalhadas e José foi novamente advertido de que o morto não ficara em câmara frigorífica e que deveria apressar-se o máximo possível.

— O cadáver já tem um cheiro forte e esquisito. Lembra odor de urina – disse José com uma careta de asco.

— Tens razão – disse o amigo – Acontece que, antes de ontem à noite, tivemos uma reunião lá no depósito onde tenho o estoque de caixões, e como terminamos tarde e nesta cidadezinha é estranho alguém andar durante a madrugada, resolvemos pernoitar lá mesmo. Não havendo melhores acomodações, todos resolveram dormir nos caixões, e escolheram os de primeira, que são almofadados, bons para as madrugadas frias daqui e, portanto, mais confortáveis. Acontece que um dos companheiros, muito gordo e que sofre de incontinência urinária, não conseguiu sair do caixão para urinar. Seu tamanho e sua gordura não permitiram que ele se levantasse com presteza, e acabou urinando neste caixão de primeira que, infelizmente, vendi como de terceira pelo preço de quarta, por não ter outro para o tamanho deste defunto. E, por causa do cheiro que ficou impregnado, resolvi desfazer-me logo do caixão e do defunto. Desculpe não tê-lo prevenido antes. Mas para tirar o cheiro de urina, passe por um empório e compre vinagre, que é bom para tirar esse tipo de cheiro. Minha mãe costumava fazer isso para acabar com o cheiro de xixi dos gatos e dava certo. Se você não conseguir levantar esse morto gordão, jogue bastante dos lados. Mas faça isso logo. Se alguém desconfiar do cheiro, diga que é um remédio para conservar o cadáver. Aliás, eu ia me esquecendo. Tenho alguns eflúvios que costumo usar para tirar o cheiro de mofo dos caixões. Tem odor de ébano que pode ajudar. Derrame nesse gordão que, além de tudo, parece-me que muito antes de morrer não tomou banho.

Jogaram um pouco em torno do morto, mas não adiantou.

— Assim que eu encontrar um empório compro o vinagre e despejo nele pra valer. Vai ficar bem temperado este gordão. Adeus – despediu-se, cantando os pneus.

Durante o trajeto encontrou uma venda e comprou o vinagre. Despejou toda a garrafa entre as pernas e dos lados do morto, cheirando, em seguida, para certificar-se que o odor desaparecera. Ficou um cheiro azedo esquisito, mas não de xixi.

Ao chegar quase à noite no lugar do velório, recomendou aos familiares que providenciassem a lacração do caixão.

— Ele morreu de doença contagiosa? – perguntou um dos presentes.

— Se fosse por isso já teriam lacrado.

As providências foram tomadas, com a ajuda de José.

— E tudo correu bem para quem já morreu – arrematou José, entre os risos dos colegas.

Depois de mais essa história, José foi tomado de profunda ansiedade e pressa de retornar para junto de seus dois filhos. Sim, dois filhos sem mãe, pois era viúvo e era sua mãe quem cuidava dos pequenos. Como de costume, ainda teve tempo de comprar doces, pãezinhos e leite.

De repente, foi tomado por um sentimento como de culpa, ao tornar a analisar seu comportamento diante dos mortos e dos companheiros de trabalho. Concluiu que estava incrementando uma postura desrespeitosa e uma hilaridade descabida para com os que saíam da vida.

"Amanhã, pretendo falar sobre como encarar a vida, para sabermos como sair dela na hora em que ela possa se findar e enquanto temos consciência que a morte se aproxima. É preciso – repetia consigo – saber viver, saber envelhecer e saber morrer. Ter consciência de que não se está abdicando de nada se deixarmos raízes dignificativas, que simplesmente findou nosso ciclo, ou se desempenhamos o melhor possível tudo que nós nos propomos em vida. É importante saber aceitar a morte, como se fecha uma porta para que não entre um vento malfadado aos que ficaram".

Esse discurso e o filosofar intimista, embora com chavões comuns, passaram a ser repetidos, em suas preleções, com pequenas variantes, sempre relacionados com o que assistia nos enterros. E começou a pautar seu dia-a-dia com o maior pragmatismo possível: desde a alimentação até seu relacionamento com seus filhos, parentes e amigos, sem subestimar o lado afetivo. Mas sempre voltado para a face da morte.

"Para mim, a morte passou a ser o vislumbre para viver a vida com sabedoria. Quero terminar como se fecha um bom livro que lemos satisfatoriamente. Se o livro for ruim, posso fechá-lo antes de terminar sua leitura e buscar outro melhor antes de terminar minha existência.

O importante é saber fazer a leitura desta vivência, e terminá-la com sabedoria" – conclui esse aprendiz da morte e da vida.

*UM APRENDIZADO INCOMUM NO
RAMERRÃO DOS FUNERAIS*

Certa feita José recebeu a incumbência de transportar um morto de um hospital geriátrico para um velório judaico. Observando o ritual dos funerais hebreus, resolveu inteirar-se dos porquês de certos atos naqueles cultos fúnebres e concluiu que, de alguma forma, se pareciam com o ritual católico, ao preservar seus valores milenares, onde ambas as religiões reafirmam e aprofundam os respectivos sentimentos religiosos.

José chegou às quinze horas ao setor psiquiátrico para transportar o cadáver ao velório, que se realizaria nas dependências de um cemitério israelita. O morto, um senhor de aproximadamente setenta e cinco anos que, ao sofrer um distúrbio nervoso, foi transferido a um hospital psiquiátrico. Tornara-se um homem agressivo, inconveniente e perigoso para com os demais idosos. Os procedimentos ritualísticos deveriam ser observados com toda a severidade exigida nos cânones da lei de Moisés.

Sendo sexta-feira ao entardecer, o corpo do falecido deveria ser devidamente preparado e enterrado antes do anoitecer, e após um intervalo, deveria ser feita a reza (Arvit), pois esses momentos são considerados como um tempo de misericórdia. Mas, ao anoitecer, iniciando-se o *Shabat* (sábado), o luto e os rituais fúnebres só poderiam ser retomados no segundo pôr-do-sol. Tudo deveria ser feito dentro da estrita religiosidade. Qualquer imprevisto dificilmente poderia justificar a mínima falha ante os preceitos rituais da religião judaica. E José tinha conhecimento desses cânones em todos os seus detalhes, pois fora diversas vezes advertido por um rabino amigo, que também lhe oferendou um livreto das "Leis de Assistência aos Enfermos" e das "Leis de Luto

Judaicas", e até chegou a decorar o nome do livreto em hebraico: *MINCHÁ VE ARVIT*, além de ouvir, como advertência, outros detalhes e histórias sobre as conseqüências danosas aos desrespeitadores do ritual. Portanto, José jamais poderia incorrer na mínima falha e deveria superar os imprevistos, como fazem os devotos da Lei de Moisés.

Assim que chegou ao Hospital Psiquiátrico, colocou, com a ajuda de outras pessoas, o cadáver de um homem alto, magro e ossudo, com expressão sofrida, dentro da urna, com uma estrela de David gravada no tampão.

Num canto da sala, de onde se iria remover o cadáver, encontrava-se uma moça, trajando um conjunto negro de meias e sapatos também negros, chorando copiosamente. José bateu levemente no seu ombro e perguntou:

— Desculpe, a senhora é parente do falecido?

— Não – respondeu a moça, levantando seu rosto redondo de faces pálidas, onde filetes de lágrimas escorriam para os cantos da boca. José estendeu-lhe seu lenço amarrotado e um pouco já usado, mas que, para uma emergência, era útil.

— Quer usá-lo? – perguntou.

A moça olhou o lenço e teve a presença de espírito de rejeitá-lo:

— Obrigada, tenho o meu – e mostrou um lencinho ensopado de coriza e lágrimas.

— E por que chora? Será que eu posso ajudá-la? – perguntou José, sentando-se ao seu lado, pois sendo muito alto, teria de ficar agachado para ouvir aquela voz enfraquecida, sincopada de soluços, que a tornava ainda mais inaudível. Mas a moça explicou que não conseguira chegar a tempo de acompanhar o féretro de seu avô. Avô que a criara, pois era órfã de pai e mãe, falecidos em desastre automobilístico quando ela completara três anos.

— Devo tudo ao meu avô. Não me conformo de chegar com duas horas de atraso por causa desse maldito trânsito de São Paulo. – Seu choro tornou-se convulsivo. – Ai de mim! Preciso dar adeus ao meu vovô! – gritava a moça, consternando os poucos presentes.

"Muita desgraça de uma só vez" – pensou José e disse:

— Acalme-se, moça, vamos providenciar um carro para levá-la. Pode ser que a senhora chegue a tempo, pois daqui até a Mata Fria onde fica o cemitério não dá mais que quinze minutos.

Durante dez minutos não havia passado um táxi sequer. Olhou para o relógio: quinze horas e trinta minutos. Calculou que o tempo seria suficiente para levar a moça ao enterro do avô e seguir correndo ao Cemitério Israelita, bem antes do anoitecer, e ainda poderiam lavar o morto na "Casa de Purificação", e que assim poderia chegar limpo de corpo e, com certeza, de alma, perante Deus.

— Ajudem-me a pôr o defunto no carro. Depressa! – ordenou José.

O drama da moça compungia seu coração e não seria capaz de tomar outra iniciativa. "Quando se pratica uma *Mitzvá* (boa ação), como dizem os judeus, o Santo Criador não se esquecerá de nós" – pensou. Porém, a moça mostrou-se receosa:

— Não viajo com morto.

E seu receio aumentou ao ver a figura enorme de José, dono de um vasto e denso bigode, que lhe recordava um antigo vizinho maldoso com seus filhos e esposa que, aliás, foi morto pela mulher, pois não agüentava mais os maltratos cotidianos.

Diante da resistência, José sorriu mostrando seus enormes dentes alvos que salientavam ainda mais seu bigode e destacava seu rosto ossudo de faces salientes, e seus profundos globos oculares, tornando seu semblante um pouco fantasmagórico, ao mesmo tempo levemente simpático. Sua fala maviosa amainava seu aspecto, inicialmente rude. A moça foi acalmada por dois funcionários do hospital, que conseguiram convencê-la a aceitar a carona no papa-defuntos:

— Vá tranqüila, moça, o seu José é funcionário antigo, bastante respeitador e muito responsável. E por aqui é difícil encontrar um táxi.

Pressionada pela circunstância e ansiedade de assistir ao enterro do querido avô, e por não haver outra escolha, aceitou viajar com um morto e um motorista estranho.

— Moça, fique tranqüila – tornou a insistir José, para amainar a tensão nervosa daquela criatura que, serenada, revelava um sorriso lindo, embora vacilante.

José sentiu-se mais tranqüilo ao lembrar que, sendo verão, os dias eram mais longos, demorando mais para anoitecer. O *Shabat* custaria a chegar e não haveria perigo em desrespeitar o ritual fúnebre judaico. Suspirou aliviado e, de soslaio, passou a observar a beleza daquela criatura. "Moça de bons sentimentos e de profunda gratidão" – concluiu, admirando aquela criatura, que despertou nele os primeiros laivos de amor momentâneo, dos sedentos de afeto.

Conhecendo palmo a palmo a região que trafegava, José seguiu por atalhos que pudessem encurtar o caminho e fugir do denso trânsito. E, para seu alívio, lembrou-se que a culpa não seria sua, pelo fato de o corpo do morto não ter sido lavado vinte minutos após a morte e não ter sido envolto em seguida numa manta branca, conforme os preceitos judaicos. "Quem mandou o homem morrer longe da coletividade, de seus patrícios?", pensou. "Estou fazendo o máximo e praticando uma boa ação" – concluiu, evitando qualquer sentimento de culpa.

Imprimindo boa velocidade no carro fúnebre, anteviu que numa das ruas escolhidas o trânsito estagnara, repentinamente. Fez uma manobra brusca, voltou rapidamente em sentido contrário, na contramão, e entrou numa viela deserta de trânsito e de gente. Percebeu que a moça ficara pálida e trêmula.

— Não se preocupe, fique calma. Conheço bem esta região, sei como fugir do trânsito. Logo chegaremos. Estamos perto.

Era uma ruela sem calçamento.

Inesperadamente, começou a cair uma chuva fina que, de imediato, umideceu a terra lisa, que se tornou escorregadia. José ficou preocupado, pois o carro poderia patinar e não subir a rampa onde terminava a viela.

"É muito azar se o carro não subir."

Por sorte o carro venceu o obstáculo. Mas, quando chegou ao topo, dois vultos pularam diante do papa-defuntos. Em seguida, outros dois abriram as duas portas laterais do carro e berraram, apontando enormes revólveres:

— Saia do carro, seu puto!

José só obedeceu ao segundo berro:

— Sai logo e deixa a putinha aí. Trazendo a beldade e um caixão pra despistar, não é? O ponto é nosso e a muamba que está aí, também. Quem manda neste terreiro *é nóis*. Fora! – berrou novamente o enorme meliante.

— E você fica caladinha – gritou o outro com cara de facínora.

A moça não obedeceu, porque estava desmaiada.

Abriram a parte traseira do carro fúnebre e passaram a desparafusar a tampa do esquife. Com pequeno esforço o tampão cedeu e o cadáver ficou exposto. E qual não foi a surpresa dos outros dois facínoras, quando o cadáver, longo e magro, rugas profundas, olhos semi-abertos, movimentou sua mão até sua narina direita e retirou a tampa que, como de costume, colocam nos mortos.

— *"Ich bin a Golem!"* (Eu sou um Golem) – disse o cadáver, com voz lenta e cavernosa. Os assaltantes, assustados, pularam para trás e gritaram:

— O morto está vivo!

— É gringo! – exclamou um deles.

O bandido que tomara a direção do carro esbarrou numa pequena alavanca, que fez disparar uma sirene ensurdecedora. Um carro da polícia, que passava nas proximidades, também estava com a sirene ligada. Os dois dispararam na carreira, sendo que um deles tropeçou, e no tombo, deixou cair um pacote pesado e volumoso que considerava tratar-se de "baseados". Mas, na realidade, era um pacote de cadernos e alguns livros pertencentes ao morto-vivo.

Como de costume, os pertences do falecido eram confiados a José, com a incumbência de entregá-los aos parentes ou à entidade israelita que cuida dos mortos, quando nenhum dos amigos ou familiares estivessem presentes.

Rapidamente José conseguiu refazer-se do tremendo susto e, ao ver a moça desfalecida, tentou reanimá-la com leves tapinhas no rosto. Mas, ao rever o enorme rosto de José próximo a seus olhos, passou a berrar:

— Bandido! Bandido! – e tentou empurrar o seu benfeitor.

A muito custo, com sacudidelas que quase desmontaram a moça, conseguiu reanimá-la.

— Calma, calma, tudo já passou e os bandidos fugiram. Relaxe, relaxe.

Ela, além de muito pálida, tremia como se estivesse em convulsão. José também tremia. Suas mãos estavam frias e suadas. Ao retornar junto à direção do carro, viu a poucos metros o pacote deixado por um dos assaltantes. Teve o bom senso de apanhá-lo e lembrou-se que pertencia ao morto e que deveria entregá-lo aos familiares. Porém, o peso do embrulho despertou sua curiosidade. "Devem ser livros", pensou.

Um Cabalista Excêntrico

Rasgou uma das pontas e viu tratar-se de livros e cadernos. Ao colocar o pacote junto ao caixão, percebeu que o cadáver balbuciava, de maneira quase inaudível, as mesmas palavras: – *Ich bin a Golem! Ich bin a Golem!*

A incompreensão das palavras despertou em José tremenda angústia e desespero. – "Seria uma recomendação? Um pedido de socorro?" Conseguiu manter o raciocínio e concluiu que tampar o caixão novamente seria loucura, pois acabaria de matar um possível agonizante ou um morto que voltava à vida.

Porém, o medo de José era maior em relação à moça do que ao morto falante.

"Se ela voltar a gritar, é possível que a vizinhança ou curiosos compareçam e chamem a polícia, e aí tudo se tornará ainda mais complicado", conseguiu atinar, apesar da tensão. Era melhor manter o caixão semi-aberto para que o semimorto, ou semivivo, pudesse respirar. Atarraxou só uma das pontas do tampão, deixando uma boa fresta. Mesmo assim, era preciso, primeiro, levar a moça ao enterro do avô, para que a situação não se tornasse mais dramática, ou ainda mais perigosa. Disparou o carro com sua passageira ainda desacordada.

Finalmente chegou ao Cemitério da Mata Fria a tempo de ver que estavam descendo à cova o caixão do avô da moça. Observando o pequeno grupo que assistia as exéquias, percebeu que uma das senhoras chorava de maneira mais pranteante, ao ouvir o sermão fúnebre do reverendo. "Deve ser uma parenta bem próxima do falecido" – concluiu José, segundo sua experiência e intuição funerária. E dirigiu-se a ela:

— Senhora, veio comigo uma moça desesperada para assistir ao enterro do avô. Deve ser sua parenta.

Estagnando seu choro, falou:

— Ah! Deve ser Marta, minha sobrinha-neta! Onde é que ela está? O que houve com ela?

— Não se aflija, ela está bem, mas adormecida. Sofreu um choque emocional em conseqüência duma tensão nervosa. E, por favor, não se impressione dela ter vindo num papa-defuntos, pois não conseguiu um táxi.

A desesperada tia-avó quase tropeça se não fosse a presteza de José.

Para reanimar a sobrinha-neta tiveram de gritar seu nome junto ao ouvido e dar-lhe mais uns tapinhas. Mesmo voltada ao estado normal, achou que se encontrava num pesadelo e gritou ao reconhecer o rosto familiar da parente:

— Tia, tia, me tira daqui!

A tia-avó conseguiu acalmá-la e, quase carregada, levou-a para assistir o fim das exéquias do querido avô.

Com os agradecimentos dos familiares do morto, José despediu-se, disparando o camburão, quando o sol já declinava. Um profundo temor desencadeou-lhe uma tremedeira e uma pequena dor no peito, além de suores gelados somados a uma enorme ansiedade. "Já é *Shabat*" – disse consigo. O que aumentou ainda mais seu desespero. Nenhum pensamento ou conclusão lógica conseguiu serená-lo. "Apesar da minha boa ação, meu erro é imperdoável. Não sou mais digno de confiança. Para onde devo ir? Para o velório? Não, para o velório não, pois sendo *Shabat*, o cemitério já está fechado. No Hospital Albert Einstein podem rejeitar o corpo do morto, pois, não tendo acompanhado a *causa mortis*, terão receio de aceitá-lo, mesmo sendo o falecido ou o quase-morto um ente da coletividade judaica. A direção do hospital não passará por cima das normas legais."

Mesmo com essas elocubrações, José não conseguia tomar uma resolução. O dia tornou-se cinzento, um denso chuvisco voltou a cair e uma profunda tristeza passou a deprimi-lo, aumentando aquela dor no peito, como se ali estivesse um enorme peso. Após perambular por mais de uma hora, brecou o papa-defuntos numa travessa tranqüila e, com esforço supremo, questionou sua consciência, num dramático diálogo consigo:

— Em que errei? Fiz algo indigno?

Foi serenando e num estalo concluiu:

— Devo primeiro ir ao Instituto Médico Legal ver se encontro o Dr. Carlos, meu velho amigo de Partido, que me ajudará, com certeza. Se não ele, poderei encontrar algum outro conhecido. Eles examinarão este cadáver-complicado, morto ou vivo, lerão o Atestado de Óbito e, quem sabe, poderão dar novo parecer da *causa mortis* e fazer a devida ocorrência junto à polícia. Aliás, nem sei como se deve proceder num caso como este. Mas será que o morto está realmente morto? Se o morto estiver realmente morto, o problema fica resolvido. Mas se o morto resolveu retornar à vida, a complicação será enorme para todos os envolvidos: desde o atestador até o morto ressuscitado...

Um Cabalista Excêntrico

Com certa tranqüilidade, embora ainda angustiado, rumou para o IML, ligando a ruidosa sirene, que ajudou a abrir caminho no trânsito caótico.

Qual não foi sua alegria quando, ao entrar no estacionamento do IML, avistou o médico-legista, seu esperado amigo, Dr. Carlos. Nunca a alegria tornou-se um sentimento tão adequado àquela circunstância desventurada. O encontro provocou um grande alívio, desencadeando uma euforia de satisfação e risos em ambos. Com respiração ofegante, relatou o ocorrido de maneira pouco clara. A primeira providência do médico foi medicar José, pois sua palidez e desequilíbrio emocional requeriam cuidados, tratando-se de um homem quarentão perturbado, evidenciando estresse agudo. Enquanto isso, outro médico aplicou-lhe um sedativo. Dr. Carlos passou a examinar o complicado morto-vivo. Percorreu o estetoscópio minuciosamente por todo o tórax do pseudomorto e ouviu um tênue batimento cardíaco; observando os dedos, polegar e indicador do expirante segurando o tampão nasal, assistiu ao derradeiro suspiro. Para certificar-se melhor, tornou a percorrer o estetoscópio pelo peito, pelas laterais da garganta, e nada. A morte pôde ser confirmada. Foi ao encontro de José, que não conseguiram sedar. Ouviu do amigo legista a confirmação da morte irreversível, daquele que pretendeu agarrar-se à vida.

— Agora, fique descansado, José, podemos e devemos aproveitar o mesmo Atestado de Óbito: *causa mortis*: parada cardíaca.

— Mas ele havia ressuscitado – exclamou José.

— Ele teve, seguramente, uma catalepsia. Sendo os batimentos cardíacos muito lentos, meu colega geriatra, provavelmente precipitado, constatou uma parada definitiva, devido aos batimentos inaudíveis naquele momento.

— Que perigo! Podiam ter enterrado o morto ainda vivo.

— Poderia ter acontecido, como já aconteceu. Num caso em que encontraram o cadáver virado de bruços e com as unhas da mão quase soltas, com certeza de tanto arranhar o tampo do esquife, conforme relato duma crônica policial.

— Meu Deus – retrucou José, novamente empalidecido – o ritual judaico nunca permite a exumação. Se fosse enterrado durante a tal catalepsia, jamais saberiam que o morto estava vivo! Mas o que é catalepsia?

— É um fenômeno tão raro que a medicina ainda não concluiu seu estudo. Em poucas palavras, trata-se de um estado de transe, que chamamos cataléptico, uma espécie de estado mórbido com a conseqüente perda dos movimentos voluntários, acompanhado duma rigidez muscular. Muitas vezes é fruto duma esquizofrenia. E vamos parar por aí, pois temos de tratar de muitos mortos vítimas de um tiroteio no Carandiru.

— Continuo confuso e não sei o que fazer.

— Ora, o que fazer? A desculpa para os parentes e para a sociedade israelita que cuida das exéquias é o trânsito, o carro quebrado, o pneu furado.

— Mas com quase seis horas de atraso?

— E daí? Foram três de trânsito e três para consertar o carro. Daqui para a frente, você se vira. Até breve, meu caro José.

Essa brusca despedida deixou-lhe um tremendo vazio e percebeu o quanto era frágil diante de situações inusitadas.

Resolveu outra vez correr atrás do amigo, o médico legista.

— Para onde devo levar o cadáver? – Perguntou, em tom de clemência e desespero.

— Você nem parece aquele José decidido, desembaraçado. Por que tanta aflição? Telefone para a Sociedade Cemitério Israelita de São Paulo, fale com alguém que você conhece ou com alguém de plantão. Ou com alguém do Hospital Albert Einstein para, ao menos, colocarem o cadáver na câmara frigorífica antes que comece a se decompor. Ou, quem sabe, é preferível você telefonar para aquele rabino cordato de quem você sempre fala. Aquele que não é muito ortodoxo. E se você resolver contar a verdade do que realmente aconteceu, não mencione a catalepsia, pois pode advir uma complicação inútil tanto para o médico que atendeu este cadáver complicado como para você mesmo. O fato é que não houve nada intencional, nem erro culposo ou involuntário. Aliás, você fez de tudo para ajudar o moribundo e a pobre da moça. Você não pode ser incriminado por suas boas intenções. Insisto, fale com o rabino. Acredito que só ele pode dar a melhor solução – arrematou o médico-legista.

José encarou o amigo com um brilho de olhar esperançoso.

— É verdade, o rabino dará a solução mais acertada.

Deu um abraço de afeto e gratidão, correu para o carro, apanhou sua agenda no porta-luvas, telefonou para o rabino que, em contato com os familiares do morto, já tivera a notícia de que o cadáver não chegara a tempo. Mas sentiu um alívio ao ouvir a voz de José.

— O que houve? Isso nunca aconteceu com você, o homem de nossa maior confiança. Sabe que estamos em pleno *Shabat*?

— Sim – respondeu José – mas deixe que eu lhe conte o que houve.

— Mas, diga primeiro, onde está o morto?

— Está aqui comigo.

— Como com você? Onde você está?

— Estou aqui no IML.

— No IML?

— Sim, no IML.

O rabino, furioso, desesperado e profundamente estarrecido, indagou quase berrando:

— O cadáver foi colocado na geladeira do IML? É por isso que você está aí? E por que tanta demora?

As perguntas fluíam sobrepostas, como uma enxurrada, enquanto José suspirava, ansioso, sem uma brecha para responder. Até que, incontidamente, interrompeu o rabino aos berros:

— Rabino, o cadáver não está na geladeira do IML, por uma questão legal.

— Como questão legal?

— Rabino, por favor, deixe que eu explique. O mais importante é levar o cadáver para a geladeira do Hospital Albert Einstein ou o senhor, ou alguém da Congregação Israelita, solicite que aceitem o cadáver aqui no IML.

— Você está louco? Onde vou encontrar alguém da Congregação a esta hora? E você, que freqüentemente leva mortos ao IML, não pode conseguir que fiquem com ele até domingo pela manhã?

— Não dá, rabino. É como já lhe expliquei. Existe um problema legal. Tem que haver uma causa. Uma ocorrência que justifique a entrada de um morto aqui no IML.

— Que besteira é essa de ocorrência? O morto está morto. Você não conseguiu chegar a tempo, estamos em pleno *Shabat*. Eles têm de compreender isso.

— Pelo amor de Deus, rabino. Eles não têm condições de entender o significado do nosso *Shabat*.

— Que pretende você dizer referindo-se ao nosso *Shabat*? Por acaso você se converteu ao judaísmo? Se você se convertesse à nossa religião, eu louvaria a Deus. Mas isso não aconteceu. Se tivesse acontecido, você teria mais responsabilidade, como tem tido até agora. Alguma coisa aconteceu que você está escondendo. Lembre-se de Deus, José, ou como se diz de maneira santificada em hebraico, *Cadósh Baruch Hú*, de nosso Criador, nada pode ser escondido. Ou melhor: para estar em paz com o nosso Criador, nada pode ser omitido ou distorcido.

José sentiu as pernas tremerem. Nunca ouvira o rabino falar com tanta veemência. Sua mente passou a funcionar na velocidade de um computador bem programado. "Se o rabino fizer qualquer queixa ao Serviço Funerário da Prefeitura, perco o emprego. Se eu perder o emprego, com quarenta e cinco anos dificilmente consigo outro. E mais, ficarei longe de meus queridos companheiros que doutrinei para militância partidária, por um mundo melhor."

Mas o rabino tornou a insistir, dramaticamente:

— O senhor deve tentar insistir com o Hospital para sairmos desse impasse.

— Não podiam ter mandado outro carro antes para substituir o seu?

— Não, Rabino! Insisto que o cheiro do cadáver pode tornar-se insuportável.

— Pode mesmo?

— Pode sim, pois ficamos por muito tempo debaixo do sol, no trânsito, e para consertar o carro levei mais de 3 horas.

— Foi isso mesmo?

— Foi, mas algo mais aconteceu que lhe contarei depois.

O respeito pelo rabino desestimulava-o a mentir. Além do que, o rabino era tão sagaz que conseguia detectar verdades ou mentiras nos olhos e na voz de quem crê e ouve. Um medo apossou-se de José, a ponto dele mesmo estranhar. Tentou dizer algo mais, quando o rabino o impediu:

— Ligue-me dentro de dez minutos – e bateu o telefone.

Após dez minutos seculares, José ligou e ouviu:

— Leve o morto para o Albert Einstein.

Na verdade, o rabino conseguiu autorização para levar o morto para o hospital, pois temia que, por qualquer razão, o morto tivesse que passar por uma autópsia, o que seria, conforme a tradição judaica, uma violação e desrespeito ao falecido, segundo o consenso das decisões rabínicas durante os últimos séculos, embora, atualmente, possam existir exceções que, comprovadamente, devam contribuir para beneficiar outras vidas. Pelo sim, pelo não, o rabino procurou impedir que o falecido pudesse correr o risco de ser destrinchado no IML.

Tomado por uma repentina alegria, devido àquela anuência, o próprio José estranhou sua reação ao sentir duas lágrimas escorrerem pela face, comovido ante o alívio do pesadelo. Seguiu para o hospital. Mas durante o trajeto, ouviu um tilintar de telefone debaixo do banco lateral. Para um ser tão estressado, o abafado tilintar foi terrível e, inicialmente, incompreensível. Pensou que delirava, pois sentia que sua cabeça latejava de dor. O tilintar, impertinente, não cessava. Brecou o carro e, a muito custo, concluiu que era um tilintar de um telefone celular. Passou a mão sob o banco e apanhou o objeto tilintante. Era realmente um telefone celular e outros objetos: batom, lapiseira, uma diminuta agenda, moedas e um chaveiro. Eram objetos que aquela moça deixara cair da bolsa quando os bandidos exigiram que passasse o dinheiro, durante o assalto. O tilintar do celular parou por alguns instantes e retornou insistentemente. José nunca havia lidado com esse tipo de telefone. A inabilidade aumentava seu nervosismo. Gritava:

— Alô! Alô!

E o telefone continuava tilintando. Somente depois de algumas tentativas acabou puxando a pequena antena do aparelho e apertou um botãozinho aceso, que acabou liberando a ligação. Ouviu uma voz berrante:

— Marta! Marta! Por que não respondes? O que está acontecendo? Responda.

Do outro lado da linha, estranharam a voz de um homem:

— Desculpe, foi engano.

— Não foi engano não – respondeu, prontamente: – Esse celular foi esquecido aqui no carro funerário.

— No carro funerário? Por que no carro funerário? Minha afilhada teve que viajar com o defunto?

— Acalme-se, senhora. Ela assistiu ao enterro do avô. A senhora vai acabar sabendo de tudo. O que eu preciso saber é onde encontrar sua afilhada, pois preciso entregar vários objetos que ela deixou cair no carro.

— Por que deixou cair? O que houve com ela?

— Aliás, não é que deixou cair. Ela acabou esquecendo. Mas, por favor, senhora, me dê o endereço onde eu possa encontrá-la para entregar seu celular e os outros objetos.

Finalmente, dirimindo outras dúvidas e incompreensões, José conseguiu o endereço que, após procurar num pequeno guia da cidade, confirmou e localizou o lugar onde estaria aquela Marta, porém só depois de entregar o complicado cadáver.

— Tomara que não haja outro contratempo – disse para si.

E seguiu aliviado para o hospital.

O rabino encontrava-se junto aos familiares impacientes, aguardando o corpo do falecido. Ao ouvirem o ruído do papa-defuntos chegando e o ranger do portão do pátio ser aberto, correram ao encontro com tal ímpeto, que José teve que brecar com violência, a ponto de deslocar novamente o tampo do esquife. O morto ficou meio desvendado, podendo-se ver sua boca semi-aberta, e as pálpebras semicerradas, como se ainda quisesse fazer sua derradeira recriminação aos parentes. "Ele quer ver se estamos aqui" – concluiu intimamente um dos parentes.

Um choro coletivo ecoou, uníssono, pelo pátio e, em seguida, José sofreu um terrível assédio de perguntas incômodas e enervantes de vozes agudas e de barítonos agressivos, como se fosse um pequeno comício de protesto:

— Por que demorou tanto? Por que o senhor desrespeitou o morto e a nossa religião? O nosso *Shabat*?

Nesse tumulto, que poderia até incomodar o defunto, sobressaiu uma voz aguda. Era uma menina de olhos castanhos, tez morena, cabelos longos e cacheados. Dirigiu-se a José e perguntou em tom agressivo e de mãos na cintura:

— O senhor andou vendendo alguns órgãos do meu avô? Ouvi na televisão que andam negociando algumas partes dos mortos.

José ficou tão desconcertado com aquela cena e com o interrogatório idiota da menina que ficou perplexo. Retendo-se, a todo custo, procurou dar uma resposta ou uma explicação adequada, mas as palavras não lhe saíam da boca. Os pés tremiam, o queixo batia, como se estivesse nu num dos pólos glaciais.

Com muita paciência e a muito custo, o rabino conseguiu arrefecer os ânimos. Igualmente, com muito tato, pronunciou algumas frases de efeito moral e em tom religioso:

— Vocês estão sendo os únicos a desrespeitar a religião e o morto. Não esqueçam que estamos em pleno *Shabat* e, neste momento, nosso lugar não é aqui, mas sim na Sinagoga, pois sendo *Shabat*, segundo nossos preceitos, o luto e as exéquias só podem ser retomadas após o ofício noturno de *Arvit*, que deve ser rezado na Sinagoga. Mas, Deus nos perdoará diante desta circunstância de dor e constrangimento. Peço-lhes que não culpem este senhor, que preferiria estar no aconchego de sua família, e está aqui, consternando-se conosco. Vamos, por favor, respeitar a nossa religiosidade, obedecendo o ritual que rege o respeito aos mortos. Lembrem-se que segundo nosso conceito a morte não é o fim, senão o princípio. É certo sentirmos tristeza, mas não aflição. Se vosso parente sofreu com uma doença, encontrou agora a paz junto ao *Cadósh Barúch Hú*, nosso Criador. Peço que ides para os vossos lares ou para a Sinagoga, a fim de prosseguir com as preces sabáticas. Somente um dos familiares, o consangüíneo mais próximo, deve permanecer para identificar e velar o morto e recolher os pertences de valor que ainda possam estar com o falecido.

O primogênito ajudou o rabino a abrir o caixão e, mesmo com o odor desagradável, retiraram do morto duas alianças, um relógio de pulso e uma caneta que ainda se encontrava no fundo de um bolso interno junto a uma caderneta com algumas recomendações, que, entre outras, dizia: "Guardem os manuscritos dos meus diários e só mostrem aos meus familiares depois de minha morte e após o cumprimento da *Shivá* (luto)."

— Peço que compreenda – disse o rabino ao primogênito, guardando a caderneta. – As anotações que seu pai deixou estão dirigidas a mim. Oportunamente eu as entregarei junto com os outros manuscritos.

E recomendou que as jóias fossem mostradas aos demais familiares somente ao término dos sete dias de luto. Fez um sinal para que José esperasse, e tornou a pedir aos presentes que se retirassem, tornando a frisar que o primogênito ficasse, pois, segundo o ritual judaico, o morto não pode ser abandonado até o fim das exéquias.

O primogênito acomodou-se numa poltrona da sala contígua ao frigorífico mortuário.

Todos os demais saíram calados, consternados e obsequiosos.

Em seguida, o rabino sentou-se num dos cantos de uma saleta e pediu a José que tomasse assento ao seu lado.

— José – disse inicialmente o rabino – entregaram-lhe alguns manuscritos quando você foi buscar o morto?

— Puseram no carro sem que eu tenha percebido. E só tomei conhecimento de um pacote com muitos cadernos quando um dos assaltantes o jogou no chão enquanto fugia...

— Quando fugia? – perguntou, o rabino estarrecido. – Conte isso direito.

José relatou tudo o que havia ocorrido com demasiados detalhes, dada a minuciosidade exigida pelo rabino. Em seguida, foram até o carro e apanharam o pacote. José, tão curioso quanto o rabino, pediu, insistentemente, para conhecer o conteúdo daqueles cadernos. O rabino concordou como forma de gratidão pelo duplo *mitzvá* (boa ação ou dever moral): o de possibilitar àquela moça assistir ao enterro do avô e por seu comportamento digno junto ao cadáver. De tanta gratidão, José recobrou seu ânimo e sentiu-se tão aliviado que espantou seu estresse e o torpor que lhe dominara o corpo alquebrado. Teve vontade de abraçar e beijar aquele rabino tão humano e compreensivo. E ficou comovido quando o rabino disse:

— O grande ensinamento da Torá é fazer os homens compreenderem que a *mitzvá* é uma prova de amor ao próximo como a si mesmo.

Embora José não fosse religioso, essa menção do rabino foi um bálsamo tranqüilizador.

Abriram cuidadosamente o pacote amarrado com uma corda fina, que transpassava várias vezes o volume, revelando uma precaução em resguardar os vinte e um cadernos que compunham os manuscritos.

Ambos ficaram estarrecidos diante de tanta escrita.

— O homem escreveu uma verdadeira obra – disse o rabino. – Deve ser um diário.

Ao abrir o primeiro caderno, o rabino logo constatou:

— É realmente um diário. Veja, tem datas segundo o calendário hebraico e também segundo o calendário da era cristã. O pobre homem pretendeu dar noção exata da temporalidade tanto histórico-judaica quanto da temporalidade cristã.

— Por que teria feito isso? – perguntou José.

— Provavelmente pretendia dar continuidade à milenar vivência do povo judeu. Com certeza ele irá expor a razão desse procedimento.

Em hebraico eram somente as datas. Mas a redação do diário era em ídiche. O rabino passou à leitura, fazendo a tradução simultânea para o entendimento de José.

UM DIÁRIO PARA UM AJUSTE DE CONTAS
COM OS HOMENS E UM ROGO A DEUS

29 de fevereiro de 1996
(Em seqüência, em hebraico)

"Ao me largarem neste asilo, meu primeiro impulso foi olhar-me no pequeno espelho pendurado no banheiro. Não é um banheiro escuro. Dá pra observar meu rosto. Creio que, pela primeira vez em toda a minha vida, posso examinar-me, vagarosamente, e observar meus profundos sulcos ladeando minha boca seca de lábios rígidos e finos, que perderam a carnosidade ao longo dos anos, com certeza devido à constante sisudez de minha cara fechada. Agora, que os dias vão custar a passar, terei tempo disponível para conhecer-me melhor diante deste diminuto espelho. Concluo que meu envelhecimento foi mais rápido que a cronologia do tempo. É incrível: pelo meu rosto tenho mais de noventa anos, em meus setenta e cinco. Teria este triste semblante de homem acabado determinado a razão dos meus filhos e netos me largarem aqui? Quem sabe não seja justo dizer me largaram. Mas, ao me deixarem, saíram com tanta pressa que pareceu terem realmente me largado. Ou, quem sabe, não quiseram chorar na minha presença, e por isso se esquivaram com rapidez. Deus queira que assim seja. Mas não atino a razão de eu estar aqui. Apesar de meu rosto sulcado e envelhecido, ainda tenho vitalidade.

O que me choca é estar aqui tão repentinamente. Três dias antes meu filho disse:

— Pai, o senhor nos preocupa muito quando sai nesse trânsito louco de São Paulo. Os assaltos são freqüentes, muito barulho, tudo muito estressante, atropelamentos... Concluímos que o senhor deve passar a viver num lugar adequado.

— Num asilo? – perguntei.

— Sim, num asilo, onde o senhor estará seguro.

Nada respondi, pois considerei que diante duma resolução dessas, sem pedirem minha opinião, eles não mereciam ouvir meus argumentos. Fiquei calado e deixei que as coisas acontecessem. Vim, sem dizer uma única palavra por todo o percurso até aqui, e despedi-me deles sem pronunciar uma única palavra, rejeitando os abraços tanto de meus três filhos como dos cinco netos. No percurso, só pedi que parassem diante de uma papelaria, onde comprei dez maços de cadernos que, no total, perfazem cem. Na verdade, só uma idéia me alentava: vou escrever minha vida como forma de me vingar e desmascarar todos aqueles que me enganaram e me humilharam. Pode ser que não seja lido pelos meus atormentadores. Mas incomodarei os poucos prováveis que me lerem. Aliás, pode até nada significar aos pobres de espírito. Mas estou resolvido a tentar mais esse provável revide, para compensar os fracassos que me impingiram. Dessa maneira, vou preencher meu tempo com o que sempre desejei: escrever, escrever e escrever. Assim, manuseando palavras, expondo meu íntimo, tornarei útil a leitura à qual empenhei-me com tanto afinco ao longo dos anos. Com a morte de Fanny, minha mulher, que Deus a tenha, a redação e as leituras superarão, quem sabe, minha solidão. Outra razão para o meu alento foi o cartaz que vi escrito em ídiche, em hebraico e em português, anunciando o programa dos festejos programados para a comemoração, no dia cinco de março, de Purim, que se estenderá pelos outros dias de Adar, quando os judeus festejam a vitória do bem sobre o mal, em 465 a.C. na Babilônia. Nesse tempo, Jeremias aconselhou e orientou a todos que fossem obedientes, que se portassem como bons cidadãos, súditos leais do rei persa. Eu, de minha parte, também pretendo fingir que vou obedecer, novamente, às imposições, como infelizmente fiz por quase toda a minha vida, temendo conseqüências ou por conveniência. De agora em diante, neste reduto de confinamento em meu "obsequioso" silêncio compulsório, vou libertar-me através de minha consciência, que ninguém pode atingir. Lerei, com alegria, o Livro de Ester na pequena Sinagoga deste asilo, lugar sagrado, onde me acalentarei, e na exígua biblioteca alimentarei meu único vício: a leitura, que ajuda a manter minha íntima liberdade. Não tenho meios de fazer algo diferente pelos dias que me restam. Farei de tudo para não cair na inutilidade que pretendem me impor. Não esperarei, conformadamente, a morte. Minha mente e minha consciência pesarão sobre os injustos. Hei de encontrar um revide que possa atormentar aqueles que me atormentaram no passado, tentando anular até minha consciência.

Antes de me largarem aqui, eu já havia pensado em tornar-me um Golem[1]. Mas um Golem diferente daquele que a literatura cabalística e vários autores descreveram e romancearam.

Pretendo ser um Golem que aspira vingança, que perturba as mentes malévolas, idêntico àquele que o Rabi Juda Löw havia pedido a Deus, para ajudá-lo a proteger os judeus dos perseguidores. Até agora Deus não me enviou uma resposta através de um sonho como o do Rabi, onde gostaria de ler as palavras cabalísticas: *"Ata Bará Golem"* ("Tu criaras um Golem"). Mas não pretendo ser um gigante andróide de barro, como não pretendo cometer a heresia de entoar as palavras do Gênese, pedindo a Deus um novo sopro em minhas narinas para dar-me novo alento de vida. Minha obsessão é tornar-me um Golem diferente. Não um Golem cego, obediente, sem questionar os desmandos e imposições, como fazia no decorrer de minha vida. Ainda não detalhei meu plano de ação. Se eu passar a agir como um novo protótipo de Golem e me considerarem um louco, tanto melhor, tudo ficará por conta da loucura. O cansaço se apossa do meu extenuado corpo. Amanhã continuarei planejando como transformar minha mente e alma para minha secreta metamorfose. Hei de forjar minha loucura, e todos acreditarão que se trata de uma loucura senil, e assim me resguardarei numa pseudovoluntariedade ou numa fingida inocência. Até os psiquiatras terão dificuldade de me definir ou diagnosticar. Vou tornar-me um Golem diferente. Não como um autômato, aquele dos Santos Nomes ou por uma magia inócua. Quero manter comigo as dádivas que Deus me oferendou e mais forças de um novo ser, impossível de ser domado, fundamentalmente por aqueles que me levaram a uma vida insuportável. Quero ter um livre curso nos meus intentos."

---

1. Lit. corpo informe, embrião, homúnculo, autômato. Gigante de barro cuja criação era atribuída aos cabalistas.

Um Cabalista Excêntrico

A essa altura, José interrompeu a leitura do rabino:
— Foi essa palavra, "Golem", que ouvi do cadáver, ou melhor, do morto-vivo.

— Não ironize, José! Trata-se de um ser atormentado por uma existência muito sofrida, repleta de contrariedades.

— Desculpe, rabino. Mas, afinal, diga-me o que é um Golem.

— Golem em hebraico significa "massa amorfa". Mas alguns estudiosos do Talmud consideram que o Golem nada mais é que uma forma de abranger os tormentos do homem, ou definir sua natureza e suas limitações, que, para alguns, tornou-se uma questão bizarra. Mas para esse senhor, o Golem seria um suporte de vingança. Existe uma variedade de concepções a respeito do Golem. Igualmente esse senhor deu-se o direito de criar, ou metamorfosear-se num Golem. Provavelmente dedicou-se ao estudo da Cabala para atender uma obsessão, conseqüentemente uma heresia, caso tenha sido somente esse seu objetivo.

– Mas o que é Cabala?

– Fica difícil dar-lhe uma noção em poucas palavras. Em todo caso, muito resumidamente, Cabala é o estudo esotérico do judaísmo e do misticismo judaico que tomou forma mais explícita na Idade Média, no século XII, desde o Segundo Templo. A Cabala não é só misticismo, é igualmente esoterismo e é embasada filosoficamente no neoplatonismo. Eu prefiro dizer, como muitos, que o cabalismo é o estudo que pode aproximar-nos de Deus através das criações e, quem sabe por isso, muitos criaram o Golem, igualmente como força oculta na vida terrena para estabelecer a comunhão entre o homem e Deus. Não é possível dizer algo mais agora. Posso, em outra ocasião, indicar-lhe algumas leituras, se você tiver interesse.

— É claro que tenho.

Entretanto, José não quis melindrar o rabino revelando que essa definição de Cabala não lhe ficara muito clara. "Provavelmente, por eu não estar familiarizado e por não ter uma leitura específica sobre a Cabala, tenho dificuldade para entender o mínimo", pensou consigo.

— Mas, prossigamos a leitura – disse o rabino.

1º de março – segundo dia
(em seguida escrito segundo o calendário hebreu).

"Neste segundo dia fiz outra inspeção física e ambiental do asilo. A maioria das criaturas olhava para o nada, parecendo atender a uma ordem unânime e oculta: 'daqui em diante este é o lugar onde aguardarás a morte, e nada, portanto, pode ser interessante'. Percebi, felizmente, que alguns mantinham interesses e estímulos para manter uma existência ativa: liam jornais, conversavam, e outros repassavam suas vidas e alegrias ou remoíam velhas mágoas ou arrependimentos. Teve um que concluiu numa conversa: o passado não roda moinhos, mas seleciona ensinamentos que aguçam nossa sabedoria.

— Mas, o que adianta a sabedoria agora, o que podes fazer com ela aqui no asilo? – perguntei com malícia.

— Meu amigo – respondeu o velho – ainda podemos ser ouvidos e, se não, ajuda-nos a viver o pouco que nos resta. Não fique magoado com o passado. Seja providente consigo mesmo, pois, do contrário, apressará seu fim com muita sofreguidão.

Francamente, a objetividade e a sabedoria desse velho abalou meu novo intento existencial, embora não fosse novidade tudo o que disse. Mas entrei em pânico, como se tivesse recebido um alerta ante um perigo, e comecei a vacilar quanto aos meus propósitos. Passei horas remoendo aquelas palavras que também eu já dissera várias vezes no decorrer de minha vida, mas em meu estado de espírito haviam-se apagado em meu consciente. Meus olhos ficaram marejados. Controlei meu ímpeto de gritar não sei o quê e de quebrar tudo o que estava à minha frente. Mas não consigo desvencilhar-me de minhas intenções, que se tornaram razão do meu viver. Não morrerei sem uma resposta. Se é uma obsessão doentia, paciência. Tenho que dar uma resposta àqueles que esmagaram a essência do meu ser. Meu alívio só virá quando eu obtiver, de todos, o reconhecimento de que erraram comigo, e que não compensa viver da desgraça alheia. Mesmo porque os ensinamentos do passado se encontram na História humana e fundamentalmente na Sagrada Escritura, onde se pode concluir que os erros e injustiças continuam em nome de uma falsa justiça, que é praticada até em nome de Deus. Estou convicto de que somente me tornando um Golem, de carne e osso, serei ouvido com temeridade, pois será inevitável me ouvirem. Desistirei somente se a vontade de Deus me impedir. Hei de perturbar com a força da verdade do passado e do presente."

José pediu ao rabino que interrompesse por um instante a leitura e dirigiu-se à sala contígua, onde se encontrava o primogênito do morto sentado num dos cantos dominado pela solidão e pelo silêncio. Bateu suavemente no ombro dele e disse:

— O senhor não quer que eu traga algo para beber ou comer? Já se passaram muitas horas. Seria bom o senhor se alimentar.

— Obrigado – respondeu o homem quarentão, de olhar desolado, barba por fazer e com voz quase inaudível. – Estou em *Shivá*, nada quero e nada devo comer.

José voltou junto ao rabino e perguntou o significado de *Shivá*.

— Em hebraico significa "sete", denominando os sete dias de luto privativo dos parentes do morto, que se inicia desde quando voltam do funeral.

— Mas o funeral ainda não se realizou.

— Mas também devemos respeitar a postura do primogênito, que é adequada aos nossos preceitos.

— Não compreendo, rabino, por que um sacrifício desnecessário? O homem pode passar mal. Além do quê, é bom dar um pouco de calor humano a esse velório solitário.

— Não se impressione, José. Ele sabe que não está só e que em seu coração vai o bálsamo de Deus, por cumprir os mandamentos com estrita obediência.

— Desculpe rabino, vocês são duros demais!

— Acalme-se, José. É difícil para você compreender a alegria da contrição de um devoto religioso que ama a religião e o parente querido que perdeu, além de pretender redimir-se dos prováveis erros. Sua intenção é louvável. Por isso, quero lembrar-lhe o que disse Jesus quando se dirigiu a ben-Sira: "O orvalho não abranda o calor? Assim também uma palavra de compaixão é melhor que um presente".

José procurou entender a analogia suscitada pelo rabino, prometendo refletir em torno dela. Sabia que qualquer citação do rabino jamais seria gratuita. Porém, a obsessão pela leitura do diário do falecido era incontida:

— Prossigamos a leitura, rabino.

Perceberam que os demais dias do diário não tinham mais data, nem em hebraico nem referente aos dias da Era Cristã. Dizia somente: terceiro dia, quarto dia, quinto dia, centésimo dia, e assim por diante. Estava evidente que o importante para o autor do diário era saber quantos dias estava durando aquela vida impingida e quantos dias levaria para se tornar um Golem.

O rabino resolveu saltar páginas do diário, mesmo prejudicando a seqüência. Queria chegar ao fim antes do amanhecer, pois tinha de estar presente ao culto matinal na Sinagoga.

Sétimo dia.

"Tornei-me cabalista, quando mergulhei mais obstinadamente na religião. Não só como um refúgio devido à minha vivência que se tornara insuportável, diante de tudo, de todos, e diante da vida que ficou com pouca graça, fundamentalmente após a morte da minha mulher, quando passei a sentir falta de seu sorriso, dos seus cuidados para comigo, da troca de carinhos, das conversas recheadas com miscelâneas de assuntos, mas sempre sinceras e tão espontâneas que nos aliviavam das contrariedades tanto em relação à coletividade como as do dia-a-dia. Agora passei a enfronhar-me na Cabala, mistério que me domina e que amo como doutrina que necessito para, se possível, desvendar os mistérios da existência e as razões que me levaram a viver de maneira tão perturbada e tão sofrida. Percebo, porém, que a Cabala foi elaborada por homens e só para homens e, portanto, discriminam a mulher. Isso também me desgosta. Por que discriminar a metade do gênero humano que compartilha de nossas vidas e de nossas conquistas? Lembro-me de minha mulher desgastada pelas preocupações, pelo trabalho árduo na criação dos filhos, dos netos e das solicitações demasiadas de todos. Se me fosse possível, criaria uma ala feminina na Cabala. Ou teria convencido minha querida Fanny a tornar-se igualmente um Golem. Ambos viraríamos o mundo de ponta-cabeça. É possível que com a inversão dos pólos, até os climas melhorassem. É possível, também, que essa idéia absurda possa ser o início da minha loucura. Tomara que sim. Mas, pensando bem, os islâmicos tiveram uma *Mechthild* de Mugdeburgo, uma *Juliana* de Norvich e, no misticismo católico, encontramos *Teresa de Jesus* e muitas outras santas. Enfim, não concebo qualquer misticismo sem a mulher. E o interessante é que elas costumam ser mais místicas que os homens."

O Rabino interrompeu a leitura e comentou:
— A rabugice é uma característica muito acentuada na velhice. Estão sempre à procura de uma peninha para implicar. Em vez de procurarem entender aquilo que ouvem ou lêem, querem que tudo seja dito ou escrito de acordo com seu ponto de vista, ou seu estado de espírito. No íntimo, pretendem dizer: "Eu já vivi muito e vocês sabem menos ou aprenderam menos que eu." Veja, não é bem assim como ele descreveu sobre a ausência feminina no misticismo judaico. Além do quê, temos as nossas grandes mulheres, a começar pela Rainha Ester. A quem, aliás, ele mesmo se referiu no início deste diário. A revolta cegou seu espírito. Sua visão é doentiamente deturpada. Mas continuemos a leitura.

"Ultimamente, tenho lido muito sobre a Cabala. Mas sei que não o suficiente para atinar um contato direto com a Divindade e assim encontrar minha desejada comunhão com Deus. Pretendo, inicialmente, através da Cabala, compreender, filosoficamente, a relação entre Deus e a criação, e, assim, tornar-me um Golem, mas sem abandonar meu objetivo de encontrar minha perfeição espiritual, assumindo os ensinamentos da Cabala, sempre na condição de um Golem.

Passei a encontrar na Cabala um refúgio sereno onde tento aprofundar minha compreensão sobre a vida. Perdi, de repente, os temores, tanto em relação à existência como em relação à morte. Entretanto, ainda não consegui livrar-me da inconformidade em não ter revidado a tudo aquilo que me enfiaram goela abaixo, durante o tempo em que vivi. Essa obsessão de revide ainda queima em meu peito e me angustia. Somente sinto alívio quando alimento a esperança de poder revidar aos detratores que abriram estas chagas, que só ficarão cicatrizadas pela mão de um Golem inatingível. Sinto que logo passará a viver em mim. Hei de afogar meus detratores num arrependimento sem resgate. Tornar-me-ei o oposto daquele submisso cordato que viveu somente na obediência e nos receios.

Novamente o sono me domina. Vou dormir abraçado à nova imagem que estou moldando em minha mente e no meu espírito. Tomara que eu acorde um Golem obediente aos meus desígnios ou, quem sabe, à loucura que elaboro. Será que existe uma loucura conseqüente à nossa emanação consciente?"

O rabino comentou para José:
— Perceba que essa obstinação doentia aprofundava a confusão mental desse pobre homem, que precedeu e antecipou sua morte. Seu inconformismo diante da incapacidade, ou impossibilidade de reagir às contrariedades de sua vida atormentada, tirou-lhe a capacidade de assimilar os ensinamentos de seus estudos e até os ensinamentos de sua própria existência. Seu sofrimento o incapacitou de tornar-se um verdadeiro religioso. Ele pretendia moldar a Cabala aos seus desígnios de desespero e vingança. Pretendeu individualizar a religião. Estimulava, coitado, sua própria loucura, quem sabe para não ficar em dívida ou em contrariedade com Deus.

— Creio – disse José – que em sua loucura também existiam momentos conscientes, mas para instigar a loucura que buscava como um escudo.

— Os únicos elementos lógicos ou conscientes estão na própria escrita, isto é, no espírito da religião que, ao entendê-la, passou, ao mesmo tempo, a deturpá-la, perdendo, em seguida, a capacidade de absorção de seus ensinamentos. Ou, com receio de não poder atingir seus objetivos através da Cabala, passou a fazer uma leitura em função de seus próprios desígnios. Infelizmente, estava obcecado e mergulhado num propósito enlouquecedor. Quis moldar a religião à sede de vingança pelas derrotas sofridas. Não soube escolher outros caminhos. Foi um *Jó* que se perdeu na obsessão de uma vingança igualmente nebulosa, que, com medo, procurou eximir-se de qualquer culpabilidade.

Oitavo dia.

"Acordei como um homem normal. Não senti qualquer transformação física ou em meu estado psíquico. Isso me chateou. Creio que a consciência é um empecilho à loucura ou qualquer transformação de ordem mental. Fiz minha andança matinal, tomei café, conversei com alguns conviventes deste asilo e aqui estou escrevendo meu legado, exortando meu libelo, quem sabe inútil, mas para mim é tão importante como 'Hamlet' para Shakespeare. Se algum estranho tiver a ousadia de ler este diário, saiba que antes de ler sobre a Cabala, sempre li Shakespeare. Conheço todas as suas peças e sonetos.

Quando defini meus objetivos li também os escritos dos séculos VII e VIII, do tempo da Babilônia e Bizâncio, como Enoch, Edras IV, as Hekhlot 'Maiores' e 'Menores', Shiur Konah, as Cartas do Rabi Akiva, o Midrash Koren, o Sefer Chassidim, que é o 'Livro do Devoto', como também o Livro de Bahir. Eu pretendia chegar à comunhão com Deus.

Certa vez, um patrício sefaradita, estudioso da Cabala, emprestou-me dois livros que, segundo ele, são a viga mestra da doutrina cabalística: o Sefer ha Bahir ou Livro da Claridade, e o Sefer ha Zohar ou Livro do Esplendor."

O Rabino tornou a interrompê-la leitura, respirou profundamente, em conseqüência de seu estarrecimento e perguntou-se:

— Como poderia ter conseguido toda essa bibliografia? É um absurdo que, com toda esta leitura, tenha fugido à essência do cabalismo?

E continuou a tradução de sua leitura.

"Impus-me uma disciplina férrea. Misturei jejuns e êxtases religiosos para sentir minha alma elevar-se ao esplendor da Divina Presença e tento aproximar-me do Divino Trono. Reconheço que minha obsessão é imensa. Tenho orado com afinco, pedindo para que a presença do Messias não se antecipasse à minha vingança sobre todos os perversos que me atormentaram. Debruço-me com muita religiosidade nos fundamentos teosóficos da Cabala, mas sempre em função dos meus objetivos. Se eu expuser minhas conclusões a um rabino, ele poderá tentar fazer-me abdicar de minhas intenções. Pretendo tornar-me um novo Zohar e com muito desejo de chegar a Deus, mas na condição de um Golem. É dessa maneira que desejo aproximar-me do Trono Divino. Tornar-me o Golem que resgatará todas as injustiças que destroçaram meu ser. Creio que, em minhas circunstâncias, encontrei a maneira devida de chegar a Deus. Li e reli "A Cabala e Seu Simbolismo", de Gershom Scholem, que aqui copio um trecho, que me é importante: *"Mas, para os cabalistas, a unidade de Deus manifesta-se, desde o início, como uma unidade viva, dinâmica, rica de conteúdo"*. E outra anotação que me toca muito: *"... A vida e as ações dos cabalistas representam uma revolta contra um mundo que, conscientemente, eles nunca se cansavam de afirmar. E por isso, certamente, produziu ambigüidades profundas, engastadas".* É isso aí. A Cabala também pode alimentar minha revolta. Esta conclusão me alivia e entusiasma."

O Rabino não resistiu a mais um comentário:
— Este pobre homem procurou criar um mito e uma simbologia sua, através de um Golem, embora o cabalismo sempre tenha tido, como função principal, acabar com a tendência mística que debilitou o monoteísmo, raiz essencial e ética do judaísmo. Como também uma luta sem trégua contra as mitologias. Somos visceralmente contra imagens e símbolos que qualquer misticismo queira apoiar-se. Infelizmente, Deus tornou-se cada vez menos possível e cada vez mais distante, para essa desnorteada criatura, afogada na incompreensão da Cabala. Para mim, uma das principais observações de Gershom Scholem é quando ele conclui que a forma de fazer Deus presente em nós é quando O sentimos presente em nosso mundo humano, quando podemos vê-Lo face a face em nossa religiosidade. Parece-me que essa criatura afastou-se de Deus, cegado por uma louca obsessão e, conscientemente ou não, procurou eximir-se de qualquer culpa, pelo que posso concluir até a presente leitura. Mas, como explicou Scholem, o judaísmo, numa extensão maior, mais do que qualquer outra religião, é a história da tensão entre dois fatores: pureza e realidade viva da divindade. Deus que se compadeça dessa desvirtuada alma. Embora pareça ter sido um homem puro, perdeu a visão real da vida numa religiosidade ambígua. Para os cabalistas, como o próprio Scholem demonstrou, a Cabala é a unidade de Deus manifestada desde o início como uma unidade viva, rica e dinâmica de conteúdo que, conseqüentemente, veio aprofundar a compreensão da Torá.

José acompanhou silencioso e muito atento o que o Rabino dizia e fez questão de anotar os diversos nomes citados. Em seguida, o Rabino pulou outra quantidade de páginas.

148º dia

"Minha vida tem sido um permanente QUASE. Fui quase rico, quase miserável, quase feliz, quase diplomado, pois quase terminei meu curso de Economia, e assim por diante. Mas, com uma ressalva: fui totalmente feliz com minha esposa e creio que ela foi quase feliz comigo.

Hoje estou convalescendo duma terrível gripe que me acamou por dez dias. Se não fossem os bons e cuidadosos tratamentos na enfermaria do asilo, eu teria tido uma pneumonia.

Quero registrar que quase fui feliz com uma boa velhinha que viveu aqui. Eu só soube de seu falecimento hoje, cinco dias após o seu enterro.

Conheci aquela boa criatura desde a primeira refeição. Mas só nos aproximamos meses depois, conforme a pequena menção que já fiz neste diário. Ela sempre me olhava com simpatia e depois com interesse ostensivo, a ponto de piscar, várias vezes, seu olho direito em minha direção. Inicialmente pensei que fosse um tique nervoso, dada a repetição contínua de seu pisca-pisca. Mas constatei que se tratava de uma cantada. Inicialmente não correspondi àquela persistência, até que um dia uma arrumadeira passou-me um bilhete escrito em ídiche, assinado com o nome de Mirian. Era, obviamente, o tipo daquela velhinha entrona, pedindo que eu a encontrasse num dos recantos menos expostos do jardim, onde costumo fazer minhas caminhadas. Aguardei-a ansioso e com receio de ser visto, pois qualquer aproximação entre pessoas aqui no asilo significava um comprometimento. Ela veio toda coquete (ridículo para a sua idade, aparentemente mais de setenta anos), envolta num enorme xale de charmouse azul, franjas douradas, com estampas de borboletas e flores. Com a mão direita à cintura aproximou-se com andar rebolante, embora tivesse muito pouco conteúdo para rebolar... Era seca e agitada demais para a sua terceira ou quase quarta idade. Inegavelmente, simpática, embora faladeira. O banco onde nos sentamos era grande, mas ela aconchegou-se com determinação. Era entrona mesmo. Declinou resumidamente sua condição social (classe média alta), sem qualquer questionamento de minha parte. Como tática de conquista, exibia num decote exagerado seu colo enrugado e sardento. Podia-se denotar seus seios subdesenvolvidos e murchos. De início chegou a causar-me repelência. Demonstrava certa alegria infantil naquele exibicionismo, pois dizia tudo com muita naturalidade, mostrando sua dentadura que dançava na boca. Perguntou qual era meu sobrenome e, em seguida, descarregou uma avalanche de perguntas. Percebi sua satisfação às minhas respostas, prontas e descontraídas. Concluiu que éramos dois solitários necessitando de companhia afetiva.

— Já assisti a muitos casamentos aqui no asilo. Todos muito felizes – disse, repentinamente, suspirando com um olhar de pidona.

Estava decidida, sem perguntar minha opinião. Bastava sua intenção e seu grande desejo, e tudo estava decidido...

— Calma – disse eu. – Precisamos nos conhecer melhor.

— Para que perder tempo? Todos sabemos que quem está aqui é gente de bem e bem selecionada. Quero fazê-lo feliz. Com minhas posses podemos nos mudar para a ala mais rica do asilo, que é quase um hotel cinco estrelas.

— Calma! – tornei a repetir. – Vamos conversar melhor.

— Já conversamos bastante. Quero cuidar de você. Ah, esqueci-me de perguntar, você sofre de diabetes?

— Não.

— Eu também não. Então podemos comer muitas guloseimas. Especialmente bombons, que eu adoro. Mas, para não engordarmos, podemos comer só chocolate *diet*. Você é um homem e tanto! Gosto de homem alto, esbelto e forte.

— Mesmo sendo velho?

— Quando existe amor e vontade... o tempo não conta – disse maliciosamente.

Em seguida ela sentou-se, repentinamente, em meu colo e, sem darme chance de impedi-la, lascou-me um beijo na boca, quando senti seu mau hálito de coalhada azeda.

— A senhora, por acaso, tomou coalhada?

— Sim, como todos os dias, é bom para os intestinos e para a pele – exibindo seu rostinho infantil. – Podemos também pedir coalhada *diet*.

— Mas a senhora não escovou os dentes, e parece que a coalhada estava muito azeda.

— Ah, querido, posso ir escovar a dentadura, fazer um bochecho com um remédio que tira o mau hálito.

Ela saiu correndo, e percebi que sua espontaneidade era duma criança feliz. Mas isso não compensou minha repelência ao mau hálito que, aliás, minha mulher também tinha. Mas sabendo de minha ojeriza, ela bochechava com medicamento de odor agradável todas as noites. Mas antes que minha inesperada namorada voltasse, também saí correndo e entrei em meu quarto.

Ela não tardou e veio bater à porta.

— Entre! – gritei, sem imaginar que fosse ela, devido à rapidez com que chegou, exibindo entre as mãos uma lata de bombons, piscando novamente com malícia seus olhinhos brilhantes.

— Ah, eu sabia que você viria para cá, seu espertinho! Aqui podemos ficar à vontade. Ninguém me viu entrar. Fique descansado.

Passou a chave da porta e começou a abraçar-me, ralando seu pequeno corpo sobre o meu, com a devida competência, despertando a libido que eu já havia esquecido e duvidava que ainda tivesse. Chegamos ao ponto culminante e tive uma ejaculação precoce, coisa que também não imaginava ainda ser capaz. Mas percebi que ela não teve o mínimo orgasmo. Porém, dava risadinhas de satisfação, como uma adolescente. Senti que meu ego elevou-se ao perceber que ainda podia despertar uma paixão. Percebi, também, que a intenção dessa criatura disposta era fazer-me feliz. Que, acima de tudo, sua obsessão era dar o amor que transbordava de seu coração.

Com o decorrer dos dias, notei que ela passou a dominar meu tempo, meu corpo, minha psique. Minhas leituras diminuíram bastante, minha capacidade de concentração tornou-se quase nula. Conseqüentemente, tornei-me outro, mais angustiado e, infelizmente, a dedicação da boa velhinha passou a me enervar. Constatei que estava com dificuldade de desvencilhar-me daquela mulher miúda, mas dona de uma capacidade gigantesca de domínio sobre os que amava. Mesmo às amigas, conforme relatos que me fizeram.

No terceiro dia da nossa aproximação, tomei um susto quando soube que ela já enterrara três maridos, herdando três fortunas, sendo que com os últimos dois não tivera filhos. Conclui, para o meu alívio, que comigo sua intenção era de puro amor, pois eu nada tinha para ela herdar. Entretanto, ela estava se apossando em vida da minha maior fortuna: a liberdade de poder tornar-me o Golem, que para ela, obviamente, tinha de ser segredo absoluto. Jamais trocaria opiniões com quem quer que fosse, sobre os intentos atuais de minha vida. Com isto, com essa relação eu estava afundado num terrível tormento. Já não agüentava sua voz chorosa e aguda, suas perguntas demasiadas e seus excessivos cuidados para comigo. Sua presença passou a ser insuportável, embora fosse mais em conseqüência de minha impaciência e minha irascibilidade. Certo dia, quando a vi vasculhando minhas coisas e me perguntando para que certas anotações e porque certos livros e seu significado, e ao dizer-me que eram besteiras certas leituras, e quando quase me delatei denunciando minha intenção de tornar-me um Golem, não agüentei e disse aos berros: 'Saia daqui, sua gata rabugenta! E não volte mais. Ouviu?'

A pobre e bondosa mulherzinha começou a tremer, quis dizer alguma coisa, mas não conseguia. Parecia que sofrera um engasgo. Ficou azul. Assustado, abracei-a, quis sentá-la, mas ela estava enrijecida. Seu corpo não flexionou para tomar assento. Suspendi aquele corpinho e consegui deitá-lo na cama. Quando ela voltou a si, tomou a água que lhe dei e disse-me com voz quase inaudível: 'Deixe-me ir. Você jamais me verá.' Foi cambaleando, não aceitou que eu a amparasse. Vi-a seguindo, quase se arrastando pelas paredes, sem olhar para trás. Ela morreu cinco dias antes de terminar minha convalescença da gripe. Disseram-me que a causa da morte foi tristeza profunda. Teria sido por isso mesmo? Pergunto para acalmar minha consciência.

Durante dias enclausurei-me e só saí do meu quarto para comer, embora com muita dificuldade para engolir. Nos intervalos eu chorava e pensava em suicidar-me. Concluí que perdera uma boa companheira, que aos poucos poderíamos ter adaptado nossas índoles. Pouco a pouco fui retomando meu caminho cabalístico e voltei a alimentar meu íntimo Golem.

Nos dias subseqüentes, ficou-me a dúvida se eu cada vez mais me afastava dos outros ou se eram os outros que me evitavam, quem sabe, com desdém, culpando-me da morte de Mirian. No íntimo eu me conformava, porque a solidão tornou-se um mal necessário ou um bem indispensável."

154º dia

"O hábito de repassar as incongruências e os desgostos do passado, que me sobrevêm durante a vigília ou durante as insônias, fazem-me analisar as razões e as maneiras de como tudo aconteceu no decorrer de minha existência. Esse hábito tornou-se uma obsessão, impossível de desvencilhar-me, até nos momentos em que preciso concentrar minha mente em leituras mais profundas. O pior é que sempre me apego ao lado negativo dos fatos. Assim, minhas feridas se reabrem com maior profundidade e parece-me que necessito reacender essas chagas como um alimento à minha revolta. É assim que advém esse perverso mau estado de espírito, impedindo-me de reviver as fases positivas de minha existência. Hoje resolvi deixar registrado o seguinte: um dos clientes, para quem eu mais vendia confecções, tornara-se o mais falso dos pseudo-amigos e, embora por minha ingenuidade, meu confidente. Entretanto, percebi a tempo quem era realmente aquele f. da p. Eu soube que ele fazia pelas minhas costas as mais inconvenientes chacotas a meu respeito. Certa vez, vim a saber por um de seus empregados que ele me apelidara de orangotango, devido à minha maneira de balançar meu corpo ao andar. Imitava-me todas as vezes que eu saía de sua loja. Como sou alto e tenho as pernas um pouco arqueadas, como os boiadeiros veteranos, tinha de balançar-me como um pato para caminhar. Acontece que ele tinha uma filha que estudava letras na universidade. Quando a encontrava em sua loja, eu costumava repetir frases, em inglês, de William Shakespeare, que eu sempre dominei, pois vivi muitos anos depois da guerra na Inglaterra. Devido a isso, aquele f. da p. apelidou-me de 'orangotango-poliglota-exibido'. Quem sabe se por inveja, pois su a filha, que morava perto de sua loja, sempre que me via pedia que eu recitasse algum soneto do vate inglês. Porém, na minha presença, aquele falso chamava-me de 'Moishe-William Shakespeare'. De início isso não me incomodou, mas quando eu soube que na realidade meu apelido era outro: 'orangotango-poliglota-exibido', fiquei p. da vida. Certa vez, um colega, representante também, advertiu-me das gozações a meu respeito, e recomendou para que eu não mais falasse sobre literatura, pois todos me achavam um literato fracassado e riam às minhas costas. Certo dia, justamente esse cara que me fez aquela advertência, convidou-me para um café e contou que iria trocar de ramo, que fizera uma única viagem à Bolívia, que comprara um pouco de prata e que ganhara trezentos por cento sobre o custo e que vendera tudo, num só dia, para alguns lojistas.

— Se eu trouxer cem ou trezentos quilos de prata trabalhada, os mesmos comerciantes tornariam a comprar.

— Mas esse negócio é legal? – perguntei, revelando meu interesse e ao mesmo tempo minha preocupação e temor à lei e a Deus.

— É claro que sim! E para que precisamos andar oito horas por dia, às vezes sem vender nada, vivendo com receio, agüentando desaforos, sendo tratados como pedintes e muitos patrões achando que não merecemos as comissões que ganhamos?

A simpatia e a convicção com que aquele colega falava deixou-me deveras interessado no negócio.

— Mas por que você me convida para ser seu sócio se você pode realizá-lo sozinho? – perguntei, como forma de testar sua honestidade.

— Porque este negócio requer um dinheiro que não tenho. Na verdade, não tenho garantias para um empréstimo meio vultoso.

— De quanto seria esse empréstimo?

— Uns dez mil dólares.

— Eu também não tenho condições de emprestar tanto. Nem com que garantir tal empréstimo. Então, você não sabe que sou pobre e com três filhos na faculdade, não pude amealhar sequer para um mês adiantado para minhas despesas?

— O que podemos fazer é pedir um empréstimo no Banco Popular de Empréstimos. Eles emprestam até quinhentos dólares sem fiador. Mas emprestam até cinco mil dólares com um fiador que tenha qualquer imóvel na capital.

— E você teria um tal fiador?

— Dá-se um jeito.

Enfim, para encurtar a história, ele conseguiu dois fiadores, trocamos o dinheiro em dólares, seguimos para Cochabamba, hospedamo-nos num hotel de quinta categoria, onde compareceu um senhor de meia idade, atarracado, bigodudo, que nos cumprimentou com simpatia. Perguntou se fizemos boa viagem, se não sentimos os efeitos da altitude e se não queríamos almoçar com ele, ao que meu sócio respondeu negativamente, pois queríamos voltar logo. Tomamos um táxi, um carro com mais de trinta anos de uso, que parecia não agüentar uma das terríveis ladeiras de terra batida. Chegamos finalmente ao local. Era um casebre mais parecido com uma choupana. Deu-se uma pequena discussão, pois o preço combinado deveria ser outro, já que pelo câmbio o dólar havia aumentado. O dono da prata, um homem também atarracado, na presença de dois filhos e de sua mulher, baixinha e gorducha, que repetia quase aos brados tudo que seu marido dizia num espanhol esquisito: 'Não podemos ter prejuízo. O dólar aumentou cinco por cento'.

Isso aconteceu faz tanto tempo que agora não me lembro se o preço era por quilo ou por peça. Deve ter sido por quilo. A discussão foi tão autêntica que apagou toda a desconfiança e receio que eu trazia comigo quanto à confiabilidade dos prateiros. As três malas que estavam sobre uma mesa rústica foram e voltaram duas vezes de um cubículo para o outro, como se os bolivianos tivessem resolvido não mais nos vender. Meu 'sócio' pediu várias vezes desculpas e, finalmente, acertamos o novo preço, quando um dos filhos do prateiro abriu a mala que estava sobre as outras duas, retirou dois pequenos candelabros e umas dez pulseiras, desembrulhando-as dum papel jornal, pesou todos os objetos numa balança enferrujada e disse: 'Agora o preço fica certo'. — Meu 'sócio' pôs o dinheiro em cima de uma das carcomidas malas, e a família de prateiros passou a contar os dólares, esfregando nota por nota, com receio de encontrar alguma nota falsa. Esse comportamento aumentou ainda mais minha credibilidade neles. Tanto eu como meu sócio não conferimos as demais malas nem examinamos as peças da primeira mala, embrulhadas naqueles surrados jornais. Carregamos as três malas pesadas com dificuldade e seguimos para o aeroporto no mesmo carro em que chegamos. Enquanto aguardávamos a chamada de embarque, meu 'sócio' pediu licença para ir ao banheiro (esqueci de contar que meu filho nos acompanhou nessa viagem, com receio de eu ser enganado em terra tão estranha) e nos advertiu para não tirarmos os olhos das malas.

— Vou ao banheiro, se demorar alguns minutos não se preocupem, pois sofro de uma pequena prisão de ventre – afastando-se com rapidez.

Essa explicação despertou um certo alarme em mim. Era uma advertência desnecessária, pensei. Em todo caso, eu não podia impedir o meu sócio de ir ao banheiro nem entrar com ele e as três malas para vê-lo evacuar.

Pensei: como já havíamos marcado as passagens, ele não poderia demorar muito e nem perder as passagens que estavam comigo. De repente foi dado o aviso de que os passageiros do vôo para São Paulo, Brasil, deviam apresentar-se. Pusemos, eu e meu filho, as três malas e nossas maletas de mão e mais uma sacola do meu sócio num carrinho, em seguida colocamos as malas sobre uma plataforma, apresentamos nossos passaportes e mais uma espécie de nota fiscal que os prateiros bolivianos nos haviam fornecido.

— Que tienen en las valizas? – perguntaram.

— Prata. Eis a nota fiscal.

Quando entregamos a nota percebemos um sorriso malicioso do fiscal.

— Abram! – ordenou.

Abrimos, e o fiscal começou a desenrolar os velhos jornais nos quais estavam embrulhadas nada mais nada menos que pedras e cascalho.

Senti que ia desmaiar ou morrer, quis gritar, mas minha garganta se fechou. Meu filho amparou-me. Pediu que trouxessem água e chorava convulsivamente, abraçando-me com ternura. Todas as três malas tinham o mesmo conteúdo.

Depois de alguns minutos, meu filho conseguiu reagir com objetividade. Pediu aos fiscais, que já eram vários, que cuidassem de mim, e foi atrás do f. da p. do meu 'sócio'. Inútil, ele havia desaparecido. A essa altura, alguns dos guardas estavam rindo, como se já conhecessem a cena.

Durante a viagem de regresso, meu filho procurou consolar-me:

— O importante é que estamos vivos e temos a vida pela frente para resolvermos tudo.

Foi quando percebi que desconhecia a grandeza desse filho e, provavelmente, dos demais. Foi a primeira vez que pudemos estar juntos por tanto tempo. Concluí que são as circunstâncias que revelam as criaturas e não o ramerrão do dia-a-dia. Meu filho revelou sua dignidade e uma objetividade que eu desconhecia.

– Meu filho – disse-lhe, ao sairmos do avião – temos de dar uma satisfação aos endossantes.

– Calma, pai, vamos tratar isto com o Banco Popular de Empréstimos.

– Aliás, nem sei quem são os endossantes dos títulos. Foi o f. da p. quem trouxe os títulos já endossados e as cópias das escrituras dos imóveis como garantia. Ele levou todos os papéis ao Banco Popular de Empréstimos na minha ausência. E como o gerente confirmou que tudo estava certo, fiquei tranqüilo. Lembro que dei uma olhada nos papéis e vi as autenticações das assinaturas, mas nem li os nomes dos endossantes.

Enfim, soubemos mais tarde que tudo era falso, pois os imóveis dados como garantia já haviam sido vendidos a terceiros havia muitos anos e que o 'sócio' enganara o gerente do Banco Popular, mostrando que as autenticações das assinaturas tinham sido feitas no mesmo dia em que as apresentara, não correspondendo, portanto, ao último registro dos dois imóveis, que foram anteriores à última venda, embora tivessem datas recentes.

Um Cabalista Excêntrico

Aquela terrível experiência levou-me a uma profunda depressão. Entretanto, o que me ajudou a reagir foi a solidariedade da minha família. Os dois filhos tiveram de dar mais aulas, minha mulher passou a trabalhar numa creche à tarde e eu consegui mais uma representação. Diminuí os papos com meus clientes e, por sorte de alguns e infelicidade de muitos, o Banco Popular de Empréstimos fechou ou faliu, não me lembro, causando um impacto em toda a coletividade israelita. Mas, em conseqüência, um terço da minha dívida foi perdoada, evitando que minha mulher e meus filhos tivessem de continuar a se desdobrar por mais três anos naqueles trabalhos extras. Aceitei o perdão da dívida por duas razões: uma porque era doloroso ver meus filhos e mulher se esfalfarem tanto. E outra, o gerente do Banco, sabendo do sacrifício de como a dívida estava sendo paga, perguntou-me: 'Moishe, você pode pagar a dívida com cinqüenta por cento de desconto à vista?' – 'Não, respondi.' – 'Nem com setenta por cento?' – 'Não', tornei a responder. – 'Então, o saldo da dívida fica perdoado.' – 'Como assim?' – perguntei estarrecido. – 'Assim como você está ouvindo, resolvemos perdoar o saldo de sua dívida, pois faz sete anos que você vem pagando pontualmente, e sendo hoje o Dia do Perdão e sabendo como sua mulher e seus filhos se empenham para nos pagar, resolvemos zerar sua dívida, assim como pretendemos zerar nossos erros perante Deus. Estamos fechando o Banco e outras dívidas também serão perdoadas, em função desta data sagrada.'

Entre lágrimas e risos eu quis beijar-lhe as mãos, mas ele impediu.

— Mas, em troca, eu quero uma promessa sua – disse o gerente do Banco: – Nunca mais conte a ninguém aquela anedota imbecil que você costuma contar por aí a meu respeito.

Eu devo ter ficado pálido. Mas perguntei:

— Qual anedota, senhor gerente?

— Não sou mais gerente de coisa alguma. O Banco não existe mais. E, depois, não creio que você tenha esquecido daquela anedota. Aquela do 'fundinho' que você mesmo me contou, achando que eu iria gostar.

— Desculpe, senhor ger... perdão, senhor... senhor... Sr. "Rotschild", àquele que todos pedem socorro? Peço, pelo amor de Deus, que o senhor me perdoe. Jamais ofendo quem quer que seja. Além do mais seria uma estupidez magoar um grande benfeitor da coletividade.

— Mas foi você mesmo quem me contou aquela anedota, pensando em me agradar, após ter-lhe concedido o empréstimo. Aliás, conte-me novamente, pois você sabe contar muito bem.

Não me fiz de rogado, pois gosto, como todo judeu, de contar anedotas para amenizar as próprias desgraças.

— Uma vez – comecei – um patrício precisava de um empréstimo maior e pediu que o senhor fosse com ele lá para o fundo do banco. Aí o senhor respondeu: "Para que ir lá para o fundo do Banco se tudo deve ser tratado às claras aqui na frente e na presença de todos? Não é um empréstimo que você quer? – o senhor perguntou.

— Sim – respondeu o necessitado.

— Então fale o quanto você quer.

— Não, senhor, eu só falo se for lá no fundo do Banco.

Depois de muita insistência, o senhor e o pobretão foram até ao fundo do Banco, e o senhor perguntou:

— Quanto você quer?

— Dez mil dólares – respondeu o necessitado.

— E por que o Sr. está fazendo o pedido aqui no fundo do Banco?

— Porque me disseram que o senhor é um homem frio e calculista, mas que no fundo, lá no fundo, o senhor é boa pessoa.

Ele riu à solta e percebi que essa anedota satisfazia seu ego, pois gostava de ser solicitado, ser a figura central em qualquer circunstância. Abraçou-me como um bom pai e recomendou:

— Nunca mais tente ficar rico de repente. Para seu bem e de sua família, não caia em aventuras. Estruture sua vida e sua riqueza com passos seguros. Eu tenho moral para dizer isso, pois cheguei onde cheguei com os pés no chão, com honestidade e sem aventuras.

Lembro-me que na ocasião mordi a língua para não desmascará-lo, pois eu sabia de algumas de suas falcatruas. Uma delas, uma grande concordata fraudulenta. Mas calei-me para não dizer: 'O senhor não tem moral para repreender-me e chamar-me de aventureiro ou recomendar-me para não ser imediatista'. Aquela foi mais uma das muitas mágoas que afoguei em meu peito.

Alguns anos depois, esse mesmo senhor gerente do Banco parou-me na rua e disse:

— Moishe, uma das minhas lojas está desalugada. Sei que você é um homem honesto, trabalhador e muito inteligente. Não me conformo de vê-lo carregar essas malas pesadas o dia todo. Sei que nem carro você tem, coisa tão necessária para um representante. Eu resolvi alugar-lhe a minha loja por um bom preço, sem fiador e sem luvas. Quero dar-lhe essa chance. Quero ver você subir na vida.

Eu queria responder-lhe que já havia subido bastante, pois criara bem meus filhos, que já eram independentes e que eu era feliz, mesmo carregando muitas mágoas. Mas me contive para corresponder à sua atenção, porém, incrédulo quanto à sua benemerência. Aceitei a proposta, pois achei que nada tinha a perder. Mas pedi alguns dias para falar com alguns dos prováveis credores que deveriam fornecer-me as possíveis mercadorias, com bom prazo, para que eu pudesse assumir os compromissos com tranqüilidade. O primeiro a quem recorri prometeu-me lotar toda a loja com um bom sortimento a preço conveniente e uma parte em consignação, caso eu demorasse a efetuar as vendas.

— Aproveite a oportunidade, Moishe, quero ver você vencer. Vou tratá-lo como meu parceiro. Depois de quase quarenta anos de praça, você merece a sua independência – disse-me o primeiro provável credor.

Quando relatei tudo à minha mulher, ela disse:

— Nós vamos começar com o pé direito.

Resumindo: depois de aceitarmos aquela oferenda e termos preparado a loja, onde eu, minha mulher e meus filhos, lavamos, repintamos, e começamos a tratar dos papéis para licenciar o futuro estabelecimento, o dito gerente chamou-me e disse:

— Moishe, você vai ter de me perdoar. Fui procurado por um coreano que resolveu alugar a loja, ofereceu-me cinco mil dólares de luvas e um aluguel que é o dobro do que você iria me pagar. Caso você tenha a possibilidade de assumir a loja nas mesmas condições, eu lhe dou a preferência.

— E o nosso trato? – perguntei.

— Eu o indenizo pelo tempo perdido com dois salários mínimos.

Agarrei-o pelas lapelas e chamei-o de cão. Mas com medo das conseqüências, larguei-o em seguida. Roguei-lhe várias pragas, entre elas que gastasse os dois salários mínimos em remédios e no seu enterro que seria, é claro, de terceira.

Foi mais uma das mágoas para minha infinita coleção. E mais uma vez enfiei o rabo entre as pernas. Deveria ter-me queixado junto ao rabinato ou junto ao ex-conselho do Banco. Porém, minha mulher aconselhou-me que não fizesse tal queixa, pois iríamos perder inevitavelmente, visto que boa parte da colônia não nos via com bons olhos, pois tínhamos um filho comunista e ateu. Quem sabe, diante de um fato como esse, o ex-conselho do Banco me desse razão. Mas eu estava muito desgostoso e não me animei a comprar aquela briga. Remoí por muito tempo essa mágoa e constatei que os homens, especialmente os carreiristas, são uma coisa diante dos olhos da coletividade e outra coisa quando estão em jogo seus interesses individuais. Constatação óbvia. Porém, no meu caso, precisei receber mais esse coice para certificar-me dessa obviedade.

Minha mulher, diante de qualquer desgraça ou grande desilusão, permanecia calada e chorava dia após dia. Meus filhos prometeram quebrar a cara daquele gerente assim que o vissem. Consegui persuadi-los de que o erro que iriam cometer seria mais grave que aquela traição.

Alguns dias depois do suplício do silêncio, minha mulher saiu-se com essa: – Moishe, você é um *schlemazel* (desastrado, incompetente, sem sorte, tudo isso nessa palavra de múltiplos sentidos que a língua ídishe reserva a homens como eu).

Igualmente disse-me um amigo:

— Moishe, se você passasse a fabricar bonezinhos, as crianças nasceriam sem cabeça. E se você passasse a fabricar sutiãs, as mulheres ficariam de peitos murchos.

Passados mais alguns dias, minha mulher disse-me, entre beijos e carinhos:

— Moishe, você é um homem bom demais, um ingênuo e um *iolt* (otário, em ídiche).

Mas disse isso com tanto amor, que amainou muito a minha mágoa. E acrescentou:

— Moishe, fique onde você está e faça o que você sabe fazer. Faça suas vendinhas e deixe as aventuras para os gananciosos.

Convenci-me que tudo aquilo fora mais uma desventura e retomei minhas pesadas malas com os mostruários de diversas representações, e minhas pernas cansadas tiveram de concordar. Segui obediente ao destino, como o 'Cavaleiro da Triste Figura'."

— Pobre homem – comentou o Rabino, saltando mais uma boa quantidade de folhas desse diário de dor e perseverança.

357º dia

"Estou passando por uma boa fase. Tenho conseguido ser mais sociável. Não me furto às conversas e percebo que são infinitos os mundos que habitam este asilo. Cada uma dessas criaturas tem suas grandes e deliciosas histórias, onde caberiam várias 'Montanhas Mágicas' de Thomas Mann. Passei a ouvi-las com carinho. Suas histórias têm o dom de amainar minha solidão. Maldita seja aquela minha viciada postura solitária. Se minha saúde permitir e meus estudos cabalísticos não me absorvessem tanto, escreverei: 'OS INFINITOS MUNDOS QUE HABITAM OS ASILOS' ou, 'AS UNIVERSIDADES PERDIDAS NOS ASILOS'.

Contudo, essa fase durou pouco. Tive a repentina impressão de que estava me desviando, e muito, do meu objetivo maior: tornar-me o Golem que iria justiçar meus antigos desafetos. Provavelmente para muitos essa minha obstinação seja algo inefável, ou ofensivo à religiosidade judaica. Mas ao fugir da minha determinação, minha vida se tornaria vazia e inócua, sem motivação. Seria cair num abismo. E tornei a introverter-me, deixando para trás as infinitas constelações que habitam as mentes e os sentimentos dos velhinhos, que guardam tanta riqueza vivenciada. É verdade que vacilei antes de voltar ao meu particular mundo de obsessão indomável. Sei que perco galáxias que giram em meu redor. Mas, quem sabe, depois de cumprir minha missão de um Golem justiceiro, eu possa voltar a conviver no universo enclausurado deste asilo.

Confesso que as raras visitas dos meus filhos, como tenho descrito, não têm constituído grande alegria para mim, pois, repito, eram formais e eu lhes causava ansiedade, pela falta de assunto, por incrível que pareça. O extraordinário mundo da Cabala não lhes interessaria e nem eu teria condições de passar-lhes os profundos ensinamentos contidos nos meandros cabalísticos. Eu temia, como ainda temo, que eles desaprovassem minha intenção de tornar-me um Golem.

As poucas vezes que lhes falei sobre a Cabala, olharam-me com estranheza. Provavelmente achavam que era um simples derivativo, ou uma fuga compensatória ao meu envelhecimento, ou que eu estava à procura de algo que perdi no decorrer da minha vida, ou, ainda, quem sabe, que eu me tornara um simples temente a Deus, como acontece com muitos idosos arrependidos do seu passado. Percebi que me ouviam com certo desdém e logo estendiam as mãos, como sempre, numa fria despedida. Eu não conseguia esconder minha irritação e batia a porta com força, logo que saíam do meu quarto. Às vezes me indago se o formalismo e a frieza eram minhas. Entretanto, na melhor das hipóteses, eu não percebia neles mais do que um cumprimento do dever ao me visitarem. Hoje até que me confortei ao concluir que também em casa tudo era formal, e cada um se enfurnava em sua própria individualidade. Então eu não devia estranhar tanto esse comportamento."

416º dia

"Percebo que, ao relatar minhas mágoas, sinto uma profundo alívio, como se soltasse os nós da minha garganta. Por isso descrevo mais este fato, que durante anos me atormentou e que, por resguardar meu amor próprio, mantive-o em segredo, até para minha mulher, aumentando assim o curtimento duma imensa dor: uma das grandes organizações têxteis que eu representava permitiu-me que fosse realizar vendas a uma das maiores redes de lojas de departamentos. Tinha centenas de filiais localizadas por todo o país. Consegui, durante vários meses, os maiores faturamentos da história daquela empresa distribuidora de tecidos. Meus ganhos quase decuplicaram. Em vez de ser parabenizado pelos diretores-proprietários da organização, esse fato auspicioso passou a incomodá-los, a tal ponto que resolveram diminuir as minhas comissões, com a desculpa de não aumentar os preços e, assim, não diminuir minhas vendas. Concordei, mesmo porque eu não podia refutar a veracidade de tais argumentos. Além disso, eu temia que me despedissem e os próprios donos poderiam assumir as vendas diretamente, embora eu também soubesse que por lei, ao ser despedido, teria direito aos comissionamentos por muito tempo. Mas não pretendia brigar, pois mesmo assim meus ganhos continuariam bons. Certo dia, porém, um dos compradores da maldita grande rede de lojas de departamentos resolveu fazer uma visita ao escritório da empresa e pediu que eu o acompanhasse. Fomos no seu carro, mas, algumas quadras antes de chegarmos ao local, parou e disse:

— Moishe, apesar de você estar ganhando bem conosco, podemos triplicar as compras, mas para isso temos de fazer um acerto entre nós dois.

— Que acerto?
— Ora, que acerto?! Não se faça de desentendido.
— Como seria o acerto?
— Só um por cento das compras, você me passaria em dinheiro vivo.
— Acontece que cortaram a minha comissão pela metade. Agora só me pagam um por cento e meio, de modo que eu só acabo ficando com meio por cento. Eu tenho uma microempresa e ainda sou obrigado a emitir notas fiscais. Conseqüentemente, eu ficaria sem qualquer ganho.
— Então, eu fico só com 0,75 %. Mas não se esqueça, pagamento em dinheiro e para facilitar, pois eu confio em você, pode ser após o vencimento das duplicatas. E bico calado. Segredo absoluto até para sua esposa e seus filhos.
— Eu vou estudar.
— Nesse caso, nada feito, pois qualquer outra proposta será inaceitável. Além do quê, a quem você vai consultar, se ninguém pode saber deste trato?
— A minha consciência.
— Consciência?! Por que consciência? Vai me dizer que você jamais praticou qualquer suborno com algum comprador? É o mesmo que me dizer que você é virgem e tem três filhos.
— Gostaria que o senhor acreditasse que não tenho esse hábito e não me sentiria bem se fosse obrigado a tal prática.
— Mas que diabo! Você não precisa ganhar bem para melhorar a vida de seus filhos? Não precisa de um carro?
— Preciso, mas não faço esse tipo de conluio.
— E outro tipo você costuma fazer?
— Nenhum tipo.
— Não confia em mim?
— Não se trata disso. Simplesmente não quero.
Ouvi uma tremenda gargalhada do maldito comprador.
— Você me parece uma puta que pretende entrar num convento depois de velha. Nem parece que você é judeu. E nem acredito que exista um judeu ingênuo sem amor ao dinheiro.
Quando ele falou em puta tive vontade de lhe perguntar se era da mãe dele que estava falando. Pretendi argumentar que aquela não era a característica dos judeus. Afinal de contas, não somos nós que

rapinamos as minorias como fizeram os nazistas e os praticantes dos *pogroms* [2]. Mordi a língua e respondi somente:

— Há cristãos que também não aceitariam essa jogada suja.

Aquela linguagem e postura enojou-me tanto que resolvi abrir a porta de seu carro e tentei evadir-me.

Pensei em dar-lhe um sermão, dizer que meu povo se caracteriza por uma ética milenar, que, apesar de sermos um povo quantitativamente diminuto em relação aos seis e meio bilhões de habitantes da Terra, recebemos mais de uma centena e meia de Prêmios Nobel dos seiscentos e pouco distribuídos até agora. Mas percebi a tempo, que eu poderia ser chamado de chauvinista (se ele tivesse alguma cultura) e receber mais uma gargalhada na cara.

— Pára aí, meu velho – disse o crápula, babando de ódio, impedindo que eu saísse. – Escuta aí, Sr. Moishe, quem sabe eu errei em fazer-lhe essa proposta. Será que o senhor não é por acaso sócio velado da empresa, pois conheço bem essa jogada para não pagar comissões aos representantes. Nesse caso, o senhor sabe que eu sempre serei mais acreditado que o senhor, pois tenho vinte e seis anos de casa, sou gerente geral de compras e tenho condições de inverter o caso dizendo que foi o senhor que tentou me subornar. Portanto, não se faça de engraçadinho e não tente qualquer calúnia.

— Não farei qualquer calúnia e isso não é do meu feitio. Mas peço que o senhor não me prejudique, pois eu vivo essencialmente deste emprego.

— Espero que você não faça qualquer besteira e tenha amor aos seus filhos...

Fiz de conta que não entendi aquela ameaça e saí do carro, pensando em reagir violentamente se aquele tipo me impedisse. Senti minhas pernas bambas, entrei num bar e quase não consegui beber a água que pedi, de tão trêmulas que estavam minhas mãos e minha boca.

No dia seguinte, o gerente de vendas da empresa, aliás mais carrasco que o gerente, propôs:

— Moishe, eu vou trocar as lojas de departamentos para as quais você vende por outras duas.

---

2. Termo russo - movimento popular de violência contra os judeus.

Logo percebi que aquele f. da p. havia puxado meu tapete. Fingi que nada havia compreendido, pois ao desmascarar tanto aquele crápula como os donos da empresa a corda só iria arrebentar do meu lado.

— Quais as lojas que o Sr vai me apresentar? – perguntei, na maior ingenuidade.

— Eu direi amanhã. Mas por enquanto assine que você aceita a proposta.

— O Sr. acha que eu poderei ganhar tanto quanto ganho com essas novas lojas em substituição às da rede de lojas de departamentos? – voltei a perguntar, com os olhos marejados.

— Isso depende de você.

Fiquei arrasado. Meus sonhos de carro, casa própria e férias na praia se evaporaram naquele terrível instante. Fiquei com tamanho medo que não consegui raciocinar. Mais tarde, pensei em apelar à justiça trabalhista, mas isso poderia significar a perda da representação, pois eu era vendedor autônomo, sem vínculos trabalhistas. Novamente saí perdedor, com o rabo no meio das pernas. Foi mais uma das centenas de vezes que quase fiquei rico ou quase remediado."

563º dia

Ontem nada escrevi. Resolvi curtir uma grande emoção. Não sei se saberei transmitir esse meu estado de repentina euforia. É possível que eu esteja dando importância exacerbada ao fato, pois no peso desta solidão talvez uma palavra amiga ou uma atenção maior tenha tomado meu peito carente de alegria e gratidão.

No fim do corredor avistei um senhor que parecia ter pouco menos da minha idade, estatura quase mediana, parecidíssimo com uma pessoa que conheci, com o nome de Aloísio. Pessoa essa que há muitos anos meu filho primogênito me apresentou. Aquela criatura passou a freqüentar minha casa durante alguns anos. De modo que mesmo após os mais de vinte e cinco anos eu o reconheceria, até por sua silhueta, pois ele não havia engordado. Resolvi certificar-me e gritei:

— Aloísio! Aloísio!

A criatura espantada voltou-se para mim e também gritou:

— Senhor Moishe?!

— Sim, sou eu. Sou o Moishe.

Abracei-o com ternura e emoção, apesar de ter alimentado por esse Aloísio um certo rancor. Mas naquele momento a presença dele era como se fosse a de um saudoso filho. Ele, igualmente, abraçou-me efusivamente e exclamou:

— O senhor por aqui, neste asilo? E a mulher e os filhos?

— E você, o que está fazendo aqui neste asilo de judeus? Algum amigo que veio visitar?

— São dois amigos que costumo rever. E mesmo que eu não fosse judeu, eu os visitaria.

— Neste caso, você está dizendo que é judeu?

— Sim, sou judeu.

— Mas nunca vi um judeu com o nome de Aloísio.

— Aloísio é meu nome de guerra. Agora posso lhe dizer que meu nome verdadeiro é Mordehai Gotlib.

Fiquei tão estarrecido que mal consegui esconder minha emoção e conclui que sou um chauvinista arraigado, pois minha simpatia pelo moço, agora um senhor, aumentou enormemente por tratar-se de um judeu.

— E como você conseguiu esconder por tanto tempo o seu verdadeiro nome e sua condição judaica?

De repente senti que meu rosto ficou enrubescido, pois lembrei que eu o havia recriminado e xingado, muitas vezes em ídiche, pois ele estava levando meu filho para a extrema esquerda.

— Você por acaso fala ídiche?

— Falo e escrevo.

— Então você entendia todas as minhas reclamações contra sua presença em casa?

— Entendia e era obrigado a relevar. Questão de segurança. E ainda bem que o senhor não percebeu minha procedência judaica.

— Então meu filho é um grande artista ou um grande cínico ou um espião escolado. Como pôde guardar por tanto tempo um segredo e não se trair diante das minhas reações contra você?

— Seu filho foi sempre um homem ponderado e de uma capacidade enorme de assumir as mais difíceis tarefas do Partido.

— Mas foi você que o levou a militar no tal Partido. Eu temia que ele largasse os estudos e o trabalho, como fizeram muitos dos seus companheiros.

Um Cabalista Excêntrico

— Mas ele não se formou?

— Sim, ele se formou, e é hoje PhD em História e Filosofia, diplomado igualmente na Sorbonne, onde trabalha e está de passagem pelo Brasil. Mas, por que estamos conversando aqui no corredor? Vamos para o meu quarto. Agora, você é meu convidado. Há vinte e cinco anos quem o convidou para freqüentar minha casa foi somente meu filho. Depois, você quase se tornou um ente da família em conseqüência de sua postura respeitosa, ou melhor, muito digna.

(Estou tentando reproduzir, o mais fiel possível, esse diálogo, pois quero guardá-lo como uma recordação que me dará alegria toda vez que eu reler, e espero que meus filhos possam ter a mesma sensação).

Sentamos à mesa e observei que o rosto do Aloísio, aliás, Mordechai, mudou muito pouco.

— Qual o segredo para você se conservar tão bem?

— É genético, senhor Moishe. Mas fale-me de seus filhos.

Contei-lhe do falecimento da minha esposa, falei bastante dos meus filhos, da vida que tínhamos levado nos últimos anos e, de repente, lembrei-me de perguntar a quem ele vinha visitar.

— Costumo visitar a Rifque e o Hage.

— E por que os dois?

— Agora serão três que passarei a visitar. A Rifque sempre foi amiga de meus pais desde que chegaram ao Brasil, em 1928, e Hage sempre foi nosso amigo desde que chegamos a São Paulo, em 1936.

— E você os visita com freqüência?

— Não com muita freqüência, mas pretendo visitá-los a cada duas semanas.

Essa demonstração de carinho e respeito deixou-me emocionado até as lagrimas. E eu, que sempre achei que os militantes de esquerda fossem frios ou pragmáticos demais...

— Desculpe, nada lhe ofereci para beber.

— Aceito um copo de água.

— Sabe, Mordehai – dizia eu enquanto ele bebia. – Certa vez fiquei muito preocupado que minha filha se apaixonasse por você. Lembra-se que você dormiu várias vezes em casa?

— Lembro.

— Você costumava sair de madrugada e, certa vez, vi que minha filha resolveu servir-lhe o café enquanto todos dormiam, menos eu, que vigiava às escondidas seus passos e comportamento. Fiquei muito preocupado de você arrastar também minha filha para a militância de esquerda. Meu filho menor costumava dizer que você tinha muita lábia e era convincente.

— Mas, por que a preocupação?

— Porque vi minha filha passar a mão sobre sua cabeça e você beijou a mão dela e não o rosto. Foi um beijo digno de cavalheiro. Lembro que meu coração bateu forte, pensando que pudesse ter havido algo entre vocês dois. Mais tarde, analisando seu comportamento, concluí que você jamais faltaria com o respeito.

— É bom que o senhor tenha concluído assim, pois seria muito indigno abusar de tanta confiança que sua família depositava em mim.

— Mas depois, durante muito tempo, concluí que você jamais gostaria de minha filha, pois ela é muito mais alta que você e, infelizmente, nada bonita. Puxou este pai desengonçado e narigudo.

— Isso não seria empecilho se eu resolvesse aproximar-me dela.

— Confesso agora que é uma pena que isso não tenha acontecido. Pois ela já está com mais de quarenta anos, não namora nem fala de homens. Mas fale-me sobre essa Rifque que você visita.

— A Rifque é uma das criaturas mais encantadoras, não só pelo seu passado, mas pelo exemplo que ela ainda dá desenvolvendo um trabalho cultural e social aqui no asilo, apesar de seus mais de noventa anos. Veio da Romênia, fugida das perseguições anti-semitas, foi perseguida pelo Estado Novo, seu marido morreu combatendo o franquismo na Revolução Espanhola. Nada vergou a fibra dessa mulher. Eu a admiro e vejo nela algo parecido com minha mãe. Como se fosse o prosseguimento dela.

— Veja só como desconheço as pessoas que vivem ao meu redor.

— Mas como pode acontecer isso? Não conhecer criaturas importantes para o seu convívio e aprendizado mútuo? O senhor deve andar muito confinado ou, desculpe, quem sabe afasta as pessoas.

— Você continua muito sagaz. Infelizmente é essa a verdade. Meu desgosto pessoal afastou-me das pessoas. A crueldade deste mundo cão levou-me a essa postura.

— Mas aqui dentro do asilo as pessoas só podem ser boas, ou melhor, nem têm condições de ser diferentes, pois necessitam conviver em harmonia para conseguirem viver melhor.

— Eu concluí o mesmo, porém o tipo de vida que necessito levar transformou-me num ermitão, do contrário não poderei atingir meus objetivos.

Mordehai olhou-me estarrecido. E muito curioso, perguntou, elevando um pouco sua voz:

— Mas o que pode levá-lo à condição de um ermitão a ponto de desconhecer esse mundo tão rico que gira ao seu redor?

— É difícil responder em poucas palavras. Serão necessárias muitas visitas suas para que eu possa fazer-me entender.

— Mas hoje poderia ser o início.

— Poderia, mas preciso preparar-me, pois temo o enfoque de sua argúcia. Se eu falhar você pode subestimar meus novos conceitos de misticismo esotérico, que agora tornaram-se o essencial para mim. Temo que você possa até concluir que sofro de alguma defasagem mental.

— Jamais pensaria tal coisa. O senhor é um homem inteligente e sempre foi objetivo. Caso contrário, não teria os filhos que tem. Além do mais, eu respeito as convicções das pessoas e, sendo para elas vitais uma filosofia de vida, por que subestimar e por que não procurar entender?

— Mas para você, que tem uma arraigada formação materialista, uma atitude como a minha de tornar-me um místico, mais arraigado do que já era, pode causar-lhe muita estranheza ou, quem sabe, nem pretender me ouvir.

— Pelo contrário. Eu mudei muito. Ouço até com avidez pessoas de todas as correntes filosóficas, pois nós, os de esquerda, pretendemos saber onde erramos. E para isso só ouvindo. Estudando e observando mais a vida, as diversas concepções e mesmo as religiões, poderemos livrar-nos das antigas limitações sectárias.

— Mesmo em relação às religiões?

— Mesmo em relação às religiões. Acredito, pelo que sei, todas as religiões têm um fundo de ética humanística. E, portanto, concluo que as guerras religiosas são instigadas por razões e interesses econômicos. Se todos se convencessem que as religiões só têm razão de ser desde que atendam aos interesses humanísticos, os religiosos não se submeteriam aos interesses escusos à religiosidade, ou melhor, não permitiriam que as religiões fossem escravas das intenções econômicas, embrulhadas num invólucro de falsa religiosidade. Dizem até que Marx foi profundamente influenciado pela cultura judaico-cristã e tentou trazer o céu para a terra, mesmo com sua retórica anti-religiosa como era a escola filosófica alemã de sua época.

— O que acabo de ouvir me é estranho e me causa admiração.

— O que acabo de dizer não deve estranhá-lo. Veja bem. Dizendo de outra forma, poderíamos dizer que a esperança é fruto de uma utopia que não pode ser percebida só com a frieza duma objetividade extrema. A esperança tanto pode ser fruto da fé como de uma utopia. Além disso, devemos compreender que a realidade não é imutável e que, portanto, não podemos ficar amarrados a dogmas religiosos ou conceituais. Até os conceitos éticos variam com o tempo. Mas sempre existirão éticas comuns à humanidade e que sempre estarão presentes em todas as religiões e programas políticos partidários, desde que condigam com o humanismo. Os Dez Mandamentos, por exemplo. Conseqüentemente, poderíamos concluir que todas as utopias podem ter em comum um sentido humanístico, a fim de criarmos uma sociedade justa, embora possam ter conceitos filosóficos diferentes. Acredito que os objetivos são comuns, quando se tem por missão o bem-estar do homem. Possivelmente, Deus deve estar tanto com os religiosos como com os partidos democráticos que têm por meta o homem.

Como sempre, esse ex-Aloísio, tinha um discurso preparado para todas as ocasiões. Creio que sua memória privilegiada, além da inteligência, o ajudava, pensei comigo mesmo. Mas continuei a testá-lo.

— Isso parece uma tática para ganhar adeptos ao marxismo ou a simples simpatizantes.

— Desculpe, senhor Moishe, nem uma coisa nem outra.

— Mas vocês sempre diziam que a religião é o ópio do povo.

— Quando as religiões procuravam encobrir as injustiças, continuo achando que sim. Mesmo tendo uma veneração pelo historiador Hobsbawn, não estou de acordo quando ele diz que talvez o século XX seja visto no futuro como uma época de guerras religiosas, como se costuma interpretar o século XVIII europeu. Diz Hobsbawn que a Segunda Guerra Mundial e a Guerra Fria foram marcadas por disputas ideológicas. Eu, entretanto, compreendo que as utopias possam até ser uma forma de religião, mas as guerras ou as convulsões sociais têm sempre embutidos interesses de ordem econômica ou de domínio territorial. Acredito que as utopias voltadas para as transformações sociais em benefício do homem não se chocam com os princípios éticos religiosos de qualquer religião. Embora eu ainda aceite que certa forma de religiosidade possa tornar o ser humano um alienado.

— Não sei se você é contraditório, mas acredito na honestidade de seu discurso. E isso é importante para mim. Prometo que vou pensar muito no que acabo de ouvir. Já é tarde e você ainda tem de visitar seus dois amigos. O jantar é servido muito cedo aqui no asilo. É bom você se apressar.

— Da próxima vez continuaremos nossas apreciações. O senhor pode acreditar que o misticismo judaico interessa-me muito. Quem sabe eu possa compartilhar de muitas de suas concepções.

— Mas você sempre escondeu sua condição de judeu...

— Engano seu, senhor Moishe. O ídiche foi sempre cultivado em minha casa pelos meus pais.

— Estou estarrecido.

— Não tem problema. Com o tempo o senhor descobrirá meu verdadeiro eu. Concluo que me camuflei muito bem por todo aquele tempo que freqüentei sua casa. E que seu filho soube resguardar minha verdadeira identidade. Vamos nos despedir. Até daqui a duas semanas.

Mordechai despediu-se com um forte abraço e eu o abracei como o filho mais querido que poderia ter tido. É obvio, pois desde que eu estou aqui foi a única visita desprendida e prazerosa que recebi. Ah, se eu tivesse percebido que esse Mordechai era totalmente outro daquele Aloísio, eu faria de tudo para aproximá-lo da minha filha.

Ele saiu em passo firme, e vi que parou diante de um outro quarto próximo ao meu. Bateu numa porta e gritou:

— Rifque, sou eu, o Mordechai.

Novamente fiquei estarrecido. Como é que eu não cheguei a conhecer essa Rifque tão elogiada pelo Mordechai e que vive próxima a mim, no mesmo corredor? Sou mesmo um alienado! Concluí, revoltado comigo mesmo.

Encerro esta página, com receio de ter esquecido sequer uma única palavra que ouvi."

O rabino pulou mais algumas páginas do diário, até chegar à descrição da nova visita de Mordechai.

577º dia

"Já pela manhã recapitulei tudo o que havia ponderado sobre o que ouvi de Mordechai. Desdobrando meu raciocínio em confronto a tudo que ouvi e mencionei nas páginas anteriores, resolvi apegar-me ainda mais à minha determinação, aprimorar o Golem que nasce dentro de meu ser.

Hoje Mordechai compareceu pouco antes da hora marcada, o que aliviou minha ansiedade, visto que pretendia torná-lo meu confidente e adicionar novos argumentos que podem fundamentar melhor meus objetivos. Mas vacilei diante dessa intenção. Por que não um rabino em vez de um extremado esquerdista? Ele, no íntimo, poderá rir de mim ou simplesmente não atinar sobre minhas pretensões. Concluí que estou mais próximo do rabino, visto que ele deve dominar o cabalismo e compartilhar meus sentimentos religiosos. Só pode ser o rabino e não Mordechai, um divergente da religiosidade, impróprio e impenetrável ao cabalismo, embora uma criatura muito humana e confiável. Porém, depois de muita meditação, resolvi optar pelos dois e assim poderei testar a clareza de minhas convicções apreciadas por ângulos divergentes. Mas pensei: é preferível dar tempo ao tempo e não correr o perigo de embaraçar-me. Entretanto, tornei a ponderar que sendo Mordechai um homem justo, sincero e comprovadamente humano, não corro o risco de ser taxado de confuso e serei ouvido com todo o respeito. Provavelmente nada perderei em relação às minhas convicções. Também não pretendo trazer Mordechai à religiosidade. Em todo caso, quem sabe, poderei ao menos despertar sua curiosidade e mostrar que um verdadeiro religioso não fanático merece uma consideração maior, quando se trata de definir um rumo e uma opção de vida.

Mordechai entrou com algumas sacolas de supermercado e disse:

— Trouxe geléias, bolachas e biscoitos para o senhor, seu Moishe.

— Não precisava, pois a comida aqui é farta.

— Mas eu trago sempre para Rifque e para o Hage. Vocês jantam cedo. É bom forrar o estômago para que ele não ronque antes de dormir.

— Mordechai, estive pensando muito no que você me falou da outra vez e resolvi expôr a você minhas intenções e práticas religiosas que adotarei pelos anos de vida que me restam.

— Como o senhor é um homem metódico, suas intenções, com certeza, devem ser bem planificadas. Portanto, devem ser "planos qüinqüenais" de espiritualidade, como já se pretendeu no Brasil, na Argentina e na União Soviética, com os planos qüinqüenais econômicos e não espirituais.

— Desculpe, Mordechai. Assim que você souber das minhas intenções, verá que não cabem brincadeiras ou ironias.

— Desculpe, senhor Moishe, só quis dar um pouco de humor à nossa conversa.

— Nesse caso, vamos tomar um chá.

— É bom para descontrair.

Tomamos chá, jogamos conversa fora, falamos de política, de economia, até que fiquei com receio que não restasse tempo para tratarmos do que mais me interessava, a Cabala.

— Mordechai, eu concluí de tudo aquilo que você falou, que a esperança pode estar nas utopias, religiosas ou não, e que mesmo as diversas concepções filosóficas podem conviver em função de uma fé humana comum, pois você ainda reforçou a idéia de que algo pode ser feito de humano por meio das várias utopias e que a realidade não é imutável e, portanto, dentro do que consideramos ético, tanto na religiosidade como na filosofia, através da qual poderíamos atingir uma sociedade justa, onde poderiam conviver as diversas concepções, mas desde que respeitadas as liberdades, objetivando a felicidade do ser humano. Entendo que tanto as utopias religiosas, sociológicas e filosóficas podem ser mobilizadas para atingir uma sociedade eticamente justa. Por isso, é possível acreditar que um homem como você não despreza a religião de ninguém e que podemos conversar e conviver mesmo com concepções diferentes.

— É claro que sim. E isso não é novidade. Mesmo porque o próprio Marx dizia que a religião não é a condição fundamental de alienação, mas apenas a conseqüência de outra alienação real e determinante: a alienação através do trabalho, onde o ser humano desaparece como tal e fica só o produto do seu trabalho inerente à mercadoria, que é vendida acima do valor que o trabalhador agregou ao produto. Conseqüentemente, o ser humano passa a ser somente aquilo que agregou à mercadoria, e não criatura humana.

— É como no caso que eu conheço muito bem. A média de custo do trabalho por metro de tecido é de mais ou menos 5%, e o dono aumenta quase 100% na hora da venda. As outras despesas também não justificam aquele aumento.

— Marx chamava isso de mais-valia. Entretanto, posso lhe afirmar que não resolveremos os problemas sociais travando uma luta entre religiões. Seria um terrível absurdo. Por exemplo: nos sindicatos a luta não é religiosa, mas sim social. Devemos impedir que a religiosidade divida os homens em sua luta por direitos à vida digna, à riqueza material e espiritual.

— Depois de ouvir o que você acaba de dizer, sinto-me encorajado a expôr o que pretendo e peço que você acompanhe, se possível, o aprofundamento de minha religiosidade através da Cabala.

— Pretendo fazer com todo o respeito e interesse. Mesmo porque tenho muita curiosidade sobre a Cabala. Meu pai, embora não fosse religioso, disse algo a respeito, mas tão resumidamente, que nada ficou na minha memória. Só não sei no que meu acompanhamento pode ser importante para o senhor.

— Por sua postura e pessoa é muito importante para mim, mesmo porque pretendo testar a força e a clareza de minhas convicções, e nada melhor que com uma pessoa sincera, embora esteja do outro lado.

– Do outro lado, não. Torno a dizer que podemos ter objetivos humanos, éticos e utópicos em comum.

— Mas antes, uma observação: mais de uma vez ouvi você dizer ao meu filho David que o trabalho é a forma mais eficaz do conhecimento. Isto não está em contradição com o que você disse que o trabalho é a maior forma de alienação?

— Uma coisa é compreender que o trabalho é a melhor forma de conhecimento e outra é também compreender que através do trabalho o homem pode ser alienado. Por exemplo: quando se entra numa fábrica de televisores e se vê aquelas centenas de mocinhas ou rapazes sentados diante duma bancada, onde deslizam sobre uma esteira móvel milhares de peças, e cada operário pega uma delas e faz uma soldinha ou aperta um parafuso, eles não sabem qual a função de cada peça para fazer funcionar o televisor. Para esse tipo de trabalho nem precisa entender de eletrônica nem saber ler um livro técnico.

— Mas o trabalho de um cientista também pode ser alienante?

— É alienante na medida em que ele vende ou aluga seu saber, que deixa de ser algo inerente a ele mesmo como cientista, sendo que seu talento ou capacidade se torna uma mercadoria como outra qualquer, pois o seu labor mental se transforma num valor de troca. Isto é: uma mercadoria.

— É um pouco complicado, mas devo dizer que nem sempre a religião é alienante.

— Então vejamos, seu Moishe.

— Tentarei ser o mais explícito possível e o mais sucinto, mesmo não acreditando que algum dia possamos terminar de apreciar a religião judaica, pois ela tem-se renovado no decorrer desses quase seis mil anos, já que a prática simplista e errônea criou dúvidas e divagações em nosso mundo espiritual. Você sabe que o termo "religião" provém do latim *re-ligare*, que significa "retornar o que foi desconectado". Até a Idade Média, os sábios judeus eram pressionados a participar de confrontos verbais, para evidenciar a grandeza da espiritualidade do povo de Israel. O último livro que li, "As Três Dimensões da Cabala", do rabino Chaim David Zukerwar, diz: Sábios como o Rabino, Médico e Poeta Iehudá Halevi (século X) em seu livro "O Cazuri", e Maimônides (século XIII) especificamente em seu "Guia dos Perplexos", declararam que a Torá de Israel é também uma "Religião" organizada com bases lógicas e sobre uma estrutura desenvolvida. Eu também concluo com o Rabino Chaim David que o judaísmo consiste na iniciação de um povo inteiro nas normas/*mitsvot* (Código que inclui 613 instruções contidas na Torá para o trabalho espiritual do povo de Israel) levam, gradativamente, ao *Cadósh Baruch Hú*, que significa o Criador. E para abrangermos a Sabedoria de Israel precisamos abranger sua tradição escrita (em hebraico, *chebichtáv*), que é a Torá, e da tradição oral (em hebraico, *shebealpê*), que também se tornou integrante da Torá, compondo o conhecimento judaico. Esses conhecimentos nos abrem as portas para sabermos lidar com tudo que o Criador nos ofereceu, e se não soubermos lidar com eles, não atingiremos o destino que Ele nos indicou. Como disse o rabino Chaim David: Quando a Torá não é trabalhada e estudada, é o mesmo que termos uma semente, terra e água, tudo potencialmente; mas, para comer o pão, falta o trabalho do homem. E, por sua vez, para que possamos comer, falta arar, plantar e colher, assar e, acima de tudo, saber dar.

— Tá vendo, seu Moishe, esta parte está em harmonia com a utopia e consciência social da esquerda, os bens devem ser socializados.

— Veremos no decorrer de nossos comentários que temos muito em comum com referência às concepções éticas, como também em relação ao que discutimos sobre o conhecimento. Creio que, se houver contradições, elas serão irrelevantes. A grande contradição está no que se refere à concepção do universo. Os metafísicos acreditam que se não fosse o Criador não teríamos as leis objetivas que regem a Criação, pois elas tiveram de existir antes do mundo. Do contrário, o universo não seria possível, visto que lhe faltariam o princípio da física para que o universo se mantivesse em equilíbrio. O que o homem fez foi descobrir essas leis, pois jamais teria condições de criá-las.

— Aí cairemos no que chamamos de cognoscibilidade. Para nós, marxistas, o mundo é cognoscível. Consideramos que podemos conhecer a origem e o porquê de todos os fenômenos. E que a própria matéria, com seus elementos e reações, determinam seu equilíbrio.

— O homem, dia-a-dia, descobre como se compõe a vida e como é possível dominar os elementos que regem a natureza. Mas jamais foi capaz de criar novos elementos. Ele só faz algo novo partindo do que já existe. Até para explicar o surgimento do mundo o homem tem várias formas e suposições. Mas parte sempre do que está disponível na natureza. Portanto, tudo pode ser cognoscível, mas sempre partindo daquilo que Deus já nos ofereceu.

— Eu sei que, para sabermos como foi o primeiro passo para termos o universo que temos hoje, existem os dois caminhos: o metafísico e o materialista. Mas isso não deve ser um fator divisório para a compreensão dos problemas que devem reger a existência de todos os seres sobre a face da Terra. Estou feliz em saber que, para vivermos harmoniosamente, existem pontos que podem confraternizar a humanidade.

A essa altura de nossas dissertações, percebi que consegui plantar a dúvida nas concepções de Mordechai. Isso despertou em mim certa felicidade, pois constatei que meus argumentos têm certo poder. Mas também fiquei feliz ao perceber que a diversidade de concepções não machucou a nossa mútua simpatia e que o interesse por nossa discussão vinha mantendo o enlevo de ambos, ou pode ser que Mordechai não pretendesse aguçar qualquer contrariedade. Parece-me que ele tem pendores à diplomacia...

— Mordechai – continuei –, passei a ter um interesse, quem sabe obstinado, pela Cabala, a fim de atingir um contato, que pretendo ser direto, com o Divino. Isto é, uma comunhão com Ele, que tornou-se fundamental para mim, como deveria ser para todos os homens. Quero atinar a relação entre Deus e a Criação; atingir, finalmente, a perfeição espiritual. Nesses três últimos anos tenho lido e estudado, com muito afinco, os livros que acredito serem fundamentais sobre o cabalismo: "Sofer Chassidim", "Livro do Devoto", de Rabi Judá Chussidi; Rabino Eliazar de Worms, um dos textos mais antigos; "O Livro de Bahir" de Ariel Gerona, claramente influenciado pelo neoplatonismo. Li até os apóstatas como Tibério Júlio Alexandre, que abandonou o judaísmo antes de servir ao exército romano. Li a Cabalá de "Papus" (pseudônimo), que nasceu em 13 de julho de 1865. Decorei essa data porque "Papus" ensinou que o místico obriga-se a uma disciplina secreta, exigindo uma piedade de alma pouco comum. Ensinou também que a Cabala engloba, além de um objetivo exterior, a aptidão da alma para conceber idéias sobrenaturais, e isso ajudará, quem sabe, a praticar uma metamorfose, que pretendo realizar em mim através do cabalismo.

— Que metamorfose seria essa? – perguntou Mordechai, estarrecido.

— Eu me precipitei informando isso agora. Mas, por favor, esqueça, prometo voltar ao assunto oportunamente.

— Estou curioso, mas aguardo.

— Antes, quero lhe mostrar que minha fascinação pela Cabala não é fortuita, nem superficial. Você pode ver pelos livros que possuo. Além dos que estão aí na estante, tenho uma boa quantidade debaixo da cama – e puxei as duas espécies de pequenas plataformas de madeira, cada uma munida com quatro rodinhas, para facilitar a remoção.

— É espantoso como o senhor conseguiu tamanha biblioteca específica.

— Há quase cinco anos ando vasculhando bibliotecas de sinagogas, organizações judaicas e religiosas. Passo às vezes mais de dez horas lendo e relendo. Sobre o Zohar tenho mais de quinze livros.

Mordechai olhava-me com admiração:

— O senhor poderia tornar-se um propagador da Cabala.

— Sei que muitas pessoas, mesmo as não religiosas, têm curiosidade pela Cabala, mas raramente assumem, através da Cabala, aquela unidade religiosa, viva e dinâmica, que é rica de conteúdo. Para tanto, é igualmente necessário que um verdadeiro cabalista assuma uma consciência de dignidade e reconheça a supremacia absoluta da Lei da Torá, transformada num *Corpus misticum*. Um dos livros, creio, que melhor explicitam a Cabala é de Gershom Scholem "A Cabala e Seu Simbolismo", que pretendo emprestar-lhe.

— Eu agradeço e gostaria de lê-lo.

Em seguida passei a ler algumas passagens desse livro e de outros como "O Livro de Bahir", que alguns estudiosos consideram ter sido o primeiro documento cabalístico, e outros trechos de livros, onde sublinhei algumas frases para uma leitura mais atenta com esse amigo sereno e paciente que é Mordechai. Estávamos tão absorvidos com os comentários que fazíamos da leitura, a ponto de ambos tomarmos um susto quando uma das serventes bateu à porta e gritou do lado de fora:

— O senhor não foi jantar, seu Moishe? Tudo bem com o senhor?

Acabei perdendo a hora do jantar e Mordechai a hora de visita aos seus dois amigos. Consegui, entretanto, que servissem um jantar extra para nós dois. O que foi bom para continuarmos a "vasculhar" a Cabala. Felizmente, Mordechai ainda conseguiu encontrar os dois amigos."

Como nas vezes anteriores, tanto José como o rabino pularam mais algumas páginas do diário.

609º dia

"Mordechai compareceu, novamente, um pouco antes do horário combinado com os livros que lhe emprestei.

— Não consegui ler mais que dois livros. Se o senhor me permitir ficar com estes três por mais duas semanas, eu agradeço.

— Até por mais tempo, se isso lhe interessar. Mas antes de iniciarmos o nosso papo, tomemos o nosso chá com as bolachas e geléia que você trouxe.

Um Cabalista Excêntrico

Tomamos chá, deglutimos os deliciosos biscoitos recheados e preambulamos nossas apreciações cabalísticas, jogando conversa fora.

Mordechai abriu uma caderneta com anotações sobre as leituras que havia feito e disse:

— No decorrer das leituras, deduzi que a Cabala considera as emoções e os pensamentos como determinantes para a captação da realidade, isto é: que as emoções ocupam um lugar físico que domina o mundo dos homens. Conseqüentemente, as emoções são mais poderosas que a realidade material. Confesso, pelo que li até agora, que continuo achando o contrário: sem a realidade material, as emoções não existem, por exemplo: a paixão é uma emoção exacerbada, mas ela só existe em função do ser desejado .

— Mas a religião pode ser um sentimento profundo sem sequer existir o objeto visual. O que determina o sentimento religioso é somente uma crença em que as criaturas se apegam através de concepções, dogmas e sentimentos.

— Mas a religiosidade é uma concepção abstrata.

Infelizmente não encontrei uma resposta imediata, e resolvi sair pela tangente:

— Mordechai, isso seria uma discussão longa e, creio, infinita. Já conversamos sobre as nossas divergências de conceitos filosóficos. Não quero fugir a esse tema. Mas essa discussão será mais oportuna quando você se aprofundar na leitura sobre a Cabala, porém, para termos uma discussão mais frutífera, gostaria que você levasse em consideração que, para nós, cabalistas, e nisso está a nossa divergência, a essência do mundo físico tem sua origem no plano espiritual. A Cabala analisa que a ordem das coisas e conseqüências espirituais são fruto das causas espirituais que geram o mundo material.

— Mas gostaria de fazer outra observação: para os marxistas, a natureza humana não se modificou através das causas espirituais, mas, sim, através de sua atividade física sobre a natureza, que, por sua vez, ao atuar sobre a natureza exterior, o homem modifica sua própria natureza. O homem, portanto, não é algo feito e acabado repentinamente por Deus, como no caso de Adão e Eva. Quando Marx criticou Hegel, ele demonstrou que o fator transformador da natureza humana não é um movimento espiritual, mas, sim, um movimento material que engloba, não só as formas de trabalho na transformação da natureza, mas também a organização objetiva da vida, incluindo, nessa prática, o desenvolvimento dos nossos sentidos como exemplo, o olho humano passou a enxergar mais e com maior sensibilidade. O mesmo aconteceu com seus ouvidos etc. etc. Enfim, como dizia Marx, os cinco sentidos correspondem ao 'trabalho de toda a história do passado'.

— Não – disse eu com veemência. – Nós, cabalistas, consideramos que as leis espirituais atuam em todos os planos físicos, emocionais e mentais, e só constatamos suas conseqüências quando nos relacionamos com a realidade, como no caso da lei da gravidade. É justamente o contrário da sua concepção.

Em seguida, passei a ler o livro do rabino Chaim David Zukerwar, que me ajudou a fundamentar minha réplica. Passei a sentir uma profunda ansiedade, pois eu pretendia expor logo minhas intenções quanto ao meu novo eu, ou pseudo-eu – o Golem.

— Mordechai – prossegui –, creio que nossa divergência é benigna, pois ambos estamos aguçando nossas concepções de forma digna, respeitosa e, fundamentalmente, com serenidade. Depois de outras leituras suas e minhas, pois pretendo também ler seus livros, então poderemos apreciar melhor nossos pontos de vista que, embora divergentes, são apaixonantes. Mordechai – perguntei repentinamente – você sabe o que é um Golem?

— Tenho uma pálida visão a respeito. Mas essa discussão que estamos tendo é o ponto de partida. Portanto, devemos voltar a discutir, mesmo que cada um de nós fique com seu ponto de vista mais arraigado. A visão que tenho de um Golem é fruto das leituras literárias e não das leituras místicas sobre a Cabala. Sei que um Golem tem algo a ver com a Cabala.

— Tem a ver, e muito. Em todo caso, você está lembrado do que já leu?

Mordechai citou alguns livros, como "Golem", de Isaac Bashevis Singer; "Golem", de Elias Wiesel; de Moacyr Scliar e outros mais.

— Pois bem, Mordechai, todos esses romances denotam que um Golem é sempre descrito como uma massa amorfa ou como um autômato com feição humana e sobrenatural, "gerado" por magias, e que seus elaboradores usavam "Santos Nomes" como poder criador para efetivá-lo. O próprio Talmud relata episódios da criação do Golem. Mas ele aparece somente na literatura judaica a partir do século XII. Entretanto, depois do século XV, com a influência dos alquimistas, o Golem passou a ter uma presença mais real que simbólica. No tempo do Rabi Elias de Chelm, no século XVI, o Golem passou a ser o tipo favorito na literatura judaica. Mas ainda no início do Século XVII, se não me engano, em 1612, faleceu, em Praga, o Rabi Judá Loew ben Bezalel, também conhecido como o Maharal de Praga. É a ele que se atribui a criação do Golem, criatura composta de argila em forma de homem e com poderes mágicos, que, através do poder mental de concentração do Rabi, adquiriu um certo tipo de vida e poder. Eu acredito, como muitos outros acreditam, que a mobilidade e as ações daquele Golem eram reflexo do poder de Deus emanado por intermédio do Rabi Loew. Acontece que, depois do Rabi terminar a elaboração do Golem, ele colocou um pedaço de papel na boca daquele Golem, onde escreveu o nome místico e inefável de Deus. Enquanto aquele papel permanecesse na boca do Golem, ele manteria um certo tipo de vida com a capacidade de desempenhar tarefas pesadas pelas ordens recebidas, ajudando seu "criador" e outros judeus da coletividade de Praga. Esse tipo de criatura não podia falar. Só cumpria ordens.

— Era o primórdio de um robô. Não reivindicava e não reclamava. Consciência de classe, nem se fala! Pudera, não existia classe operária! – disse Mordechai, ironizando.

— Não ironize, pois o Golem passou a ter um significado importante no misticismo e na literatura, como você mesmo já pôde constatar nos vários romances que leu, aliás, descrevendo esse tipo de Golem que inspirou Borges. Vou emprestar-lhe dois livros que considero importantes para a compreensão do que significa o Golem. Um é de Gershom Scholem, "O Golem, Benjamim, Buber e Outros Justos". O segundo, de Saúl Sosnowski, "Borges e a Cabala".

— Pelo visto, o Golem é figurinha marcante na mística e na literatura.

— Mas voltando ao Golem do Rabi Loew, que o tratava dentro dos preceitos religiosos...

— Como assim?

— Por exemplo, o Golem tinha direito de repousar no *Shabat*.

— Patrão bom e respeitoso.

— Não ironize, por favor. Mas para que o Golem repousasse, o Rabi retirava o pedaço de papel com o nome de Deus que colocava na sua boca e o Golem, nesse dia, ficava inerte. Acontece que numa determinada sexta-feira o Rabi esqueceu-se de retirar aquele papel e foi para a grande sinagoga, quando todos se preparavam para o dia santo. O Golem passou a ficar inquieto, tomando proporções descomunais, irrompendo, desvairado, pelo gueto, ameaçando destruir tudo que encontrasse pela frente. Ninguém sabia como detê-lo. Por sorte, quando o Rabi tomou conhecimento do fato e do pânico, correu ao encontro do Golem, conseguindo arrancar-lhe da boca o sagrado papel, fazendo-o retornar à condição de uma argila inerte. Isso significa que o homem não tem o direito de imitar Deus. Mas pode utilizar-se de seus ensinamentos.

— Mas que significado tem essa lenda para o senhor?

— Essa lenda passou a ter um significado tão importante para alguns místicos, que adquiriu força de veracidade e ensinamentos.

— Onde podem estar os ensinamentos desse andróide sem consciência, que tem como finalidade somente obedecer ao homem como um autômato ou como um robô? Que, aliás, goza atualmente da preferência dos industriais, visto que é mais tranqüilo e mais fácil de lidar devido à sua total subordinação, sem qualquer questionamento por não ter, exatamente, consciência. Um Golem, pelo que me parece, só tem a serventia para a comodidade dos homens. Obviamente, uma criatura imbecil só tem a capacidade de desempenhar funções que não exijam raciocínio. Acredito que é menos possível elevar a consciência de um andróide que de um ser humano. Aliás, dar consciência é uma obrigação ética. Creio que aquela lenda de tirar o papel da boca do Golem pode significar não só a retirada da força Divina, como também o impedimento de qualquer livre-arbítrio que, como dizem os religiosos, é também uma dádiva de Deus. A contradição é total, seu Moishe.

Diante desse argumento, confesso, fiquei perturbado. Mas argumentei:

— Nem a Bíblia nem o Talmud devem ser interpretados ao pé da letra, como uma escrita morta e definitiva, pois as nuances da vida do dia-a-dia exigem adaptações das Sagradas Escrituras, sem modificarmos, é claro, o espírito dos elevados mandamentos de Deus, por exemplo: é sabido que o Talmud não é um livro único, mas uma fusão de muitos livros, desde a Era Helenística da História Judaica. Segundo as necessidades da vida, as leis e os regulamentos rabínicos foram-se adaptando aos costumes e ritos, frutos, igualmente, das discussões diante de fatos e interpretações, incluindo fatos biográficos de Sábios Rabínicos, dos desvios da fé e até o folclore de fundo pedagógico. Na realidade, o Talmud pode igualmente ser comparado como jurisprudência que se adapta às novas realidades do convívio humano. Entendo, como ensinava Simão ben Gamael: "Não é o estudo, mas o fazer é que é o principal". Portanto, a Torá não pode estar separada da vida e assim sermos justos dentro das Leis de Moisés.

Senti que Mordechai me ouvia com respeito. Falei ainda dos cinco livros de Moisés, o Pentateuco.

O tempo correu e demo-nos conta da hora tardia. Mordechai saiu correndo para as costumeiras visitas aos outros amigos.

623º dia

"Concluí que eu e Mordechai dificilmente chegaríamos a um ponto comum quanto às concepções intrinsecamente filosóficas ou religiosas. Mas certifiquei-me que, eticamente, alguns princípios se conjugam. Além disso, é uma criatura à qual me afeiçoei tanto pela coerência de seu passado como pelo que acabo de reconfirmar quanto à sua postura profundamente humana. Concluí, também, que existe outra razão que nos une: é o fato de ele manter viva a sua condição de judeu, embora não seja um sentimento arraigado. Definitivamente, diante de sua postura firme, transparente e sincera, essa amizade passou a ter uma afetividade que amaina minha solidão, além de ajudar-me a testar minhas convicções.

Hoje, Mordechai compareceu ainda mais cedo que das outras vezes, o que tornou a me alegrar, visto que tivemos mais tempo para conversar. Tomamos nosso chá. Ele, com sua verve política, sempre bem informado, descreveu-me a situação do país e do mundo com profunda visão crítica, dentro do seu ponto de vista, é claro. A certa altura eu o interrompi:

— Mordechai, temo que o tempo não seja suficiente para conversarmos sobre o que é crucial para mim.

— Crucial?

— Sim, crucial. Você saberá por quê. Convido-o para depois de nossa conversa, jantarmos juntos e, então, gostaria de continuar ouvindo suas apreciações políticas.

— De acordo.

— Já que você aceita minha condição de devoto de uma corrente profundamente mística do judaísmo que é a Cabala, através da qual pretendo atingir um contato vital e intenso com a Divindade, que será, igualmente, o caminho para que eu adquira uma consciência imediata de Deus, sinto-me à vontade para expôr a intenção de metamorfosear-me num Golem.

— Num Golem?! Igual ao das lendas cabalísticas? Como aquele descrito por Isaac Bashevis Singer, por Elias Wiesel, Gusta Meyring e outros? Desculpe-me, seu Moishe. Se não é uma paranóia, é pelo menos um absurdo. Algo sem pé nem cabeça. Perdoe-me se estou sendo rude, mas sincero pela estima que lhe tenho.

— Calma, Mordechai. Você mencionou Gustav Meyring, que, em sua novela "O Golem", descreveu um quadro simbólico do caminho que leva à redenção. Eu quero isso e ainda mais: ser um Golem que me leve a resgatar a vida que me roubaram. Se sou a semelhança de Deus, não serei um Golem amorfo feito de argila. Mas, sim, fruto da Divindade, a qual me identifico através dos caminhos da Cabala, em minha devoção a Deus.

Senti que Mordechai ficou estarrecido e de olhar consternado.

— Mas por que metamorfosear-se num tipo no mínimo estranho? E como pretende o senhor tornar-se um inconsciente depois de uma vida cheia de aprendizados e de realizações importantes, como ter filhos bem graduados, obter uma boa cultura, ter saúde mental, e agora relevar-se à condição, ao que parece, de loucura?

— Calma, Mordechai. Deixe que eu descreva a via tortuosa e sofrida que me leva a essa decisão. Quero tornar-me um Golem, não porque esta personagem dos romances e contos tenha determinado uma grande transformação em meu espírito, mas, sim, porque é a única maneira de resgatar meu verdadeiro eu. E por que não vingar-me daqueles que me massacraram e contra os quais jamais tive condições de lutar de igual para igual? Na interpretação de Meyring, o Golem é mais uma espécie de judeu errante como eu e como a maioria dos judeus obrigados a procurar nos quatro cantos do mundo o direito de ser e de viver. Até entre os próprios judeus, vivi num constante desacato e dificuldade de encontrar minha vez. Por isso, repito, você fez bem em lembrar a obra de Meyring, pois o seu Golem contém algo importante para mim: é, em parte, o sósia do herói, do artista, que em suas lutas para redimir-se, purifica o

Golem, que, infelizmente, o próprio eu não foi capaz de redimir. Mas eu não pretendo redimir-me de coisa alguma. Mas somente resgatar minha vida através de um ajuste de contas na forma de um Golem.

— Desculpe-me, seu Moishe. Isso é totalmente incoerente. O que pode fazer um Golem contra aqueles que o atormentaram há tantos anos e com os quais o senhor se relacionou porque quis?

— Porque quis, não! Porque fui obrigado. Uma contingência do destino que não escolhi.

— Mas o senhor aceitou as condições, mesmo que tenham sido humilhantes, para poder sobreviver. E agora de que lhe valeria isso, seu Moishe? O senhor corre o risco de ser incompreendido e tornar-se, desculpe, ridículo. Poupe-se de mais um terrível desgosto.

— Mordechai, deixe que eu lhe relate alguns fatos dos massacres que sofri.

Relatei-lhe vários fatos e percebi que Mordechai ouvia-me com curiosidade e tristeza.

— Mas, seu Moishe, o senhor acredita que, ao apresentar-se na condição de um Golem, vai ser aceito como um normal que merece atenção? Ou, quem sabe, está pretendendo uma vingança criminosa? O que seria muito pior e também inócuo, além das terríveis conseqüências.

— Jamais mataria alguém. Se é isso que está pretendendo dizer.

— Isso seria realmente um absurdo. Mas se o senhor pretende incorporar em si um Golem, isso pode levá-lo não a um Golem como nos romances que li, mas a uma loucura incontrolável através de uma obsessão ou, quem sabe, esquizofrenia que está desenvolvendo, pelo menos agora, conscientemente.

— Não pretendo tornar-me um Golem com poderes sobre mim mesmo, por assim dizer programado, como se programa um robô que só obedece a minha consciência, a minha determinação. Esse Golem será meu próprio eu.

— Então, para que transmutar-se num Golem, se tudo dependerá de sua consciência? Parece-me que o senhor está procurando um anteparo para encorajá-lo a enfrentar os desafetos. O senhor não modificará o passado ou o mundo que lhe foi hostil, mesmo sendo um Golem ou seu próprio eu.

— Mas...

— Deixe que eu continue, seu Moishe. Isso não determinará coisa alguma a esta altura de sua vida. Além do mais, dessa forma o senhor nada resgatará do seu passado, como também não servirá de ensinamento aos seus filhos. Quanto às pessoas que o prejudicaram, nada aprenderão com o Golem que o senhor pretende incorporar. Mesmo porque é impossível modificar a índole dos seus desafetos ou de quem quer que seja, ainda mais de quem já envelheceu com seus defeitos. Por acaso, não seria melhor o senhor metamorfosear-se, digo, psicologicamente, num Justo, como nos versículos dos provérbios de Salomão na Bíblia, como na melhor tradição talmúdica, em que cada geração possui um número de Justos adequados em sua dignidade ao nível de Abraão, Isaac e Jacob?

Fiquei completamente desnorteado e estarrecido com essas observações de Mordechai. Ele atingiu-me como se tivesse me ferido no centro do peito e na mente.

— Mas como você chegou à conclusão de que eu possa tornar-me um Justo?

— Seu Moishe, eu não disse que o senhor deva tornar-se um Justo. Disse somente que poderia ser uma opção psicológica, ou melhor, agir como um Justo e, conseqüentemente, o senhor iria ao encontro da sua religiosidade.

— Você quer dizer que me falta sentimento de justiça?

— De modo algum. Simplesmente quero propor-lhe uma atitude mais condizente com sua pessoa. O senhor deveria aproveitar a vida que lhe resta em meditações, comunicar-se com pessoas, quem sabe escrever, mesmo que fosse um diário, para transmitir as experiências de sua vida, que tem bons ensinamentos. Enfim, sair dessa obstinação e introversão que não lhe é salutar.

— Mas, o que você sabe sobre os Justos?

— A primeira pessoa a me falar de um Justo foi minha mãe, pois ela contava que um tio-tataravô teria sido um homem muito justo e muito estudioso, muito sereno e muito criterioso. Alguns o consideravam um *Lamed Vav*, que em ídishe se pronuncia *Lamed Vovnik*, pelo que me lembro. Claro que deve ter havido exagero, caso contrário, seus descendentes teriam sido melhores. Veja por mim, um marxista...

— Você não deve desprezar esse fato, que é muito importante. Se corre em você o sangue de um justo, você está, quem sabe, mais próximo de Deus do que os outros.

— Não exagere, seu Moishe. Mas, pelo que me contaram, esse tio-tataravô foi um autodidata sem qualquer curso mais elevado.

— Isso não importa. Mesmo assim, ele com certeza era procurado para ajuizar ou dissuadir pessoas para um caminho certo.

— É justamente isso que meus pais contam dele. Mas, seu Moishe, quero propor-lhe algo muito importante. O seu filho mais velho, o Marcos, é uma belíssima criatura, com quem tive uma profunda amizade, e uma militância política abnegada, onde prevaleceu um grande companheirismo.

— Onde você quer chegar?

— Para mim, é totalmente incompreensível que o senhor não faça suas confissões também ao Marcos, que é um homem sensato e humano à toda prova. Isso eu pude atestar no decorrer de muitos anos.

— Ele jamais me compreenderia.

— Seu Moishe, pelos anos que freqüentei sua casa, percebi que havia um ambiente frio. Sei que era a vida corrida, quase sem comunicação uns com os outros, que só poderia determinar aquele tipo de relacionamento frio. Mas é estranho que o senhor se abra comigo e não com seus familiares.

— De fato, eu só me relacionava bem com minha mulher.

— Mas, nunca tentou com seus filhos?

— Desde que eles se tornaram adultos, surgiu uma barreira intransponível entre nós. Ao abraçarem a ideologia esquerdista, totalmente oposta à minha, passei a temer os atritos, que se tornavam cada vez mais insuportáveis, a ponto de quase destruir aquela harmonia da convivência normal. Mesmo quando ironizavam e riam às minhas costas, o que me entristecia, eu ficava calado, para não aumentar meu sofrimento... A mais temerosa era minha mulher, que aconselhava a não revidar. "É coisa da juventude, dizia ela, fogo de palha, logo se aquietarão."

— Creio que é o tal conflito de gerações. Mas, seu Moishe, tente o caminho do coração, que é a única forma de aproximação, e a maneira de acabar com as contradições, completamente superáveis. Tente e verá que seu descrédito quanto a seus filhos está só no senhor. Tenho certeza de que eles não pretendem dissuadí-lo ideologicamente e nem o senhor pretende torná-los cabalistas. Veja, somos de formação ideológica oposta. Eu, entretanto, aprecio e respeito sua postura e tenho curiosidade em relação aos seus conceitos que nos aproxima humana e eticamente, além de nos tornarmos bons amigos.

Tive vontade de chorar e abraçar esse Mordechai tão humano.

— Converse com seus filhos e também com o rabino daqui do asilo. Ele, melhor que nós, lhe dará a melhor orientação e o ajudará a interpretar devidamente a Cabala, ou o ajudará a tomar uma posição, acredito, mais coerente.

— Você acha que não captei os ensinamentos da Cabala?

— Não sei dizer, seu Moishe, nem tenho conhecimentos suficientes para julgar. Mas, acredito que a maneira com que o senhor assume a religiosidade e a Cabala não devem estar corretas. Pois, o senhor pretende usar o misticismo para fins escusos, como extravasar seus recalques, sua revolta e vingar-se de velhas humilhações. Como já disse, nada disso resgatará seu sofrimento, nem o senhor será ajudado ou aliviado com isso, pois ninguém, provavelmente, o ouvirá. Temo que isso até poderá aumentar seu sofrimento. O senhor não pode nem deve jogar fora a felicidade que lhe resta, creio, por um bom par de anos. Até seus estudos e leituras melhorarão de qualidade, caso o senhor assuma uma postura serena, apropriada à sua idade.

— Você está insinuando que tenho dificuldade para entender o que leio, não?

— Não. Simplesmente tenho a impressão de que o senhor canaliza tudo o que lê e estuda para justificar objetivos que me parecem, no mínimo, obscuros. Desculpe-me, seu Moishe, mas parece que dessa forma o senhor deturpa até mesmo os fundamentos da religiosidade, conseqüentemente também sua vida.

— Você, por acaso, crê que estou psiquicamente desequilibrado?

— Nada disso. Mas, repito que o senhor deve aconselhar-se com um rabino que, com certeza, poderá clarear seus estudos. Para ser mais franco, acredito que um psicólogo ou um analista poderão ajudá-lo a sair dessa sua obsessão que o perturba inutilmente.

Senti que o piso desaparecia sob os meus pés.

— Creio – continuou Mordechai – que o senhor está fazendo de sua religiosidade um refúgio e uma justificativa para sua sede de vingança, ou alívio de seus recalques. O senhor busca uma resposta tardia e inoportuna, pois tudo já passou. Na verdade, o senhor chegou até aqui com muitas mágoas, mas, felizmente, incólume. E isso é importante para continuar a viver de maneira elevada, pois o senhor tem todas as condições favoráveis. Mas, primeiro, creio, é melhor desanuviar seu estado de espírito. Desculpe-me, seu Moishe, pela rudeza de minhas palavras. Mas é para o seu bem. Minha intenção é alertá-lo sobre o pior. Sejamos objetivos, aproveitemos a sabedoria para o enlevo da vida.

— Mordechai, não estou em condições de continuar falando com você.

— Está chateado comigo?

— Não, não estou.

— Não sei como, mas procuro ajudá-lo como a um irmão.

— Eu sei, mas continuaremos numa próxima vez. Adeus, Mordechai.

Percebi que Mordechai saiu preocupado. Eu, entretanto, senti-me mortalmente ferido com aquelas palavras duras, mas sinceras, desse verdadeiro amigo. Sei que sua intenção era fazer-me encontrar um caminho menos sofrido ou, na sua visão, uma postura mais objetiva... Mas a verdade nua e crua é que suas palavras comprimiram meu coração. Ele colocou-me em estado de choque. E agora, à noite, quando escrevo estas linhas, tenho a impressão de que estou escolhendo caminhos obscuros para o meu destino, embora não aceite o destino que a vida tem impingido a mim. Quem sabe seja melhor procurar o rabino ou até um analista. Quando estou mais sereno, fora do meu estado de revolta, tenho consciência de que não aceito aquilo que entendo nas Sagradas Escrituras ou o que leio na Cabala. Mas quando estou em crise, tomado pelas mágoas, percebo que não encontro base para justificar minhas intenções e que não consigo abandoná-las... Fico escarafunchando justificativas, invento teorias, não consigo conformar-me e retomo as minhas obstinações. Torno a concluir que, embora com intenções humanas, Mordechai me feriu e ao mesmo tempo, creio, indicou-me uma saída. Preciso de ajuda para viver o que me resta."

Antes de prosseguir a leitura, o rabino tentou analisar a mente confusa e atormentada do falecido:

— Foi uma criatura sofrida que tomou a Cabala como um referencial para o seu refúgio ou escudo, com o qual pretendia efetuar sua revolta contra um mundo onde só via inimigos, e contra os quais não foi capaz de lutar oportunamente, confinando-se numa obsessão que avariou sua mente.

Prosseguindo a leitura da página seguinte, o rabino queria certificar-se de que o pobre Moishe procurara o rabino, acatando a sugestão de Mordechai.

624º dia

"Acordei aliviado da terrível tensão provocada, involuntariamente, por Mordechai. Entretanto, não me dei por vencido, pois não pretendo abandonar tão facilmente meu direito de revide contra esse mundo hostil e traiçoeiro. Tornei a consultar várias anotações que tirei do livro de Gershom Scholem "A Cabala e Seu Simbolismo", onde li que "as ações dos cabalistas representavam uma revolta contra um mundo que conscientemente eles nunca se cansavam de afirmar". Também tenho o direito de vingar-me com a sabedoria da Cabala. Ela igualmente ensina que, conforme escreveu Chaim David, "cada um observa a vida, a realidade, de acordo com seu estado de ânimo, seus pensamentos e, por último, com seus desejos e objetivos". Portanto, eu não estou incorrendo em qualquer heresia. Mas, concluo, também, que me falta algo para abranger a sabedoria cabalística, pois não consegui, em nada, remover as convicções de Mordechai, embora nossas divergências sejam benignas. Somos dois mundos diversos mergulhados em argumentos opostos. Sei que não fui convincente para Mordechai, mas isso não significa que estou errado. Ficou uma lição: é bom saber conviver com os opositores, especialmente quando são afáveis. Isso possibilita aguçar nosso aprendizado."

— Pobre Moishe – comentou o rabino – ele tomou algumas frases isoladas para justificar seus absurdos. E prosseguiu a leitura.

"Entretanto, estou temeroso diante de Deus. Mordechai, um homem não religioso mas puro, incutiu-me esse temor. Acusou-me, em outras palavras, de estar deturpando os preceitos religiosos, especialmente a Cabala.

Resolvi procurar imediatamente o rabino. Agora estou atormentado e com medo de um possível desequilíbrio mental. Temo perder meu próprio controle.

Um Cabalista Excêntrico

Fiquei por mais de duas horas diante da sinagoga do asilo, com receio de perder a oportunidade de falar com o Rabi antes da oração da tarde.

— Rabino, preciso falar com senhor.

— Aguarde-me – disse ele –, conversaremos após o culto.

Aguardei, rezei, beijei a Torá e, finalmente, disse ao rabino em discurso meio ensaiado:

— Rabino, Simão, o Justo, costumava dizer: o mundo repousa em três princípios: a Torá, o serviço Divino, isto é, *avodá*, e a prática de boas ações. Rabino, estou estudando a Cabala e creio que ela não contradiz esses princípios.

— É claro que não – respondeu-me prontamente.

— Mas acredito – disse eu – que estou incorrendo num profundo erro, contrariando os três ensinamentos ao tentar absorver o cabalismo só para desígnios indevidos.

O rabino olhou-me franzindo as sobrancelhas:

— Se você tem consciência de que está incorrendo num erro, por que não o evita?

— Quero evitá-lo, mas esbarro com meu instinto.

Novo olhar indagador:

— Como assim?

— As razões são muitas – respondi. – Precisamos nos sentar e falar com vagar, se é que o senhor tem tempo e disposição para isso.

Seu olhar passou a refletir uma angústia repentina.

— Tempo se arranja, meu caro Moishe.

Pediu-me, inicialmente, que nossa conversa fosse assistida também pelo *schames* (bedel da sinagoga), pois, segundo o rabino, trata-se de um conhecedor da Cabala e, além do mais, um homem bom que poderá ajudar-me a redimir dúvidas e solucionar meus problemas.

— É um homem que conhece as profundidades da Torá e do Talmud [3].

Conversamos por mais de uma hora e percebi que o *schames* olhava-me com um sorriso que me parecia irônico e até, quem sabe, desdém. Vez ou outra balançava a cabeça como se fosse uma desaprovação. Isso me irritou, mas não tive coragem de pedir ao rabino que impedisse aquele bedel de ouvir minhas confissões, pois preferia que fossem sigilosas. Mas o rabino sabe o que está fazendo, pensei. Além do mais,

---

3. O mais famoso livro dos judeus, depois da Bíblia.

tratava-se de um homem aparentando mais de oitenta anos, com o olhar de pessoa lúcida e atenta. Sua postura, ao sentar, levantar e andar, revelava-o como possuidor de muita energia para sua idade. Ao expor minhas dúvidas e intenções, usei a mesma ordem de colocações que fiz a Mordechai. O rabino ouviu-me calado, atencioso e com apreensão, enquanto o bedel reagia com expressões diversas, sempre com aquele sorriso que me intrigava. Marcamos nossa próxima conversa para dali a dois dias.

Sei que estou dominado pela determinação de metamorfosear-me, com a possível ajuda de Deus, num Golem. Sinto-me inspirado e pretendo sintetizar, num poema, as razões que se encontram cristalizadas em minha mente e alma.

Sei que Deus não se importa com a forma que se faz uma prece ou uma súplica. Mas, sim, com a devoção e pureza de alma. Entretanto, é possível que, com o fervor de minha inspiração, eu possa revelar a importância de meu supremo desejo:

Deus,
vivo uma treva, na luz que me concedeste,
e a felicidade, Deus, foi pálida nos limites parcos de minha
existência.
Deus,
tive a mulher desejada, que doou-me tudo quanto o amor
presenteia.
E, numa constância tal, que para ela pouco restava.
Deus,
ante a vida desvivida,
ficou-me a distância involuntária dos filhos.
Agora, nestes resquícios do meu eu e nos meus confins,
tento encontrar-me nas entranhas doloridas de minha alma.
E, nos desvios dos caminhos impedidos,
distanciei-me da clarividência que me oferendastes.
Da alegria de pautar-me em Vossos mandamentos,
ficou uma tênue lembrança em minha fadiga.
Agora, Deus,
o sol só atinge os meus olhos e tudo segue lúgubre em mim.
Amalgamaram em amargura meu eu

enquanto segui destinos involuntários, onde me confinaram.
Alimentei pobres esperanças, buscando alegrias intangíveis
e meus projetos desmoronaram em horizontes nublados.
Sinto que esvaziaram meu âmago.
Sou uma vela trêmula na solidão onde me afugento,
numa íntima hostilidade.
Morrem em mim minhas raízes que não conseguiram aflorar.
Deus,
minha madrugada tornou-se secular
ante a manhã que só desenha minha sombra.
Entretanto, Deus, mantenho meu coração aberto
aguardando o Messias que Vós me prometestes.
Ele tarda, Deus, e eu temo não vê-lo
neste declinar que me parece derradeiro.
Deus,
que minha revolta me torne um Golem com Vossa bênção,
junto com a clarividência dos justos e mais o denodo de Moisés
ao cumprir Vossa missiva.
Deus,
o homem que em mim criastes,
foi implacavelmente trucidado.
Dai-me então, Deus, um novo alento.
Repita, em mim, Vosso sopro divino
e dai-me a força invencível
para a ressurreição dos caminhos perdidos.
Deus,
os que me sacrificaram, igualmente O profanaram,
sendo eu Vosso filho. Daí, minha súplica se justifica.
Deus,
quero ser um Golem
mas com a purificação que Vós me inspirastes.
Deus,
Vós sabeis que não sou o único com essas heranças sofridas;
sabeis que nossas alegrias são vacilantes,
que sorrimos com receios em nossa familiar solidão
e sofremos a repulsa dos deprezíveis por sermos dignos.
Deus,

ficou em mim o desalento como num prato constantemente vazio.
Então, renovai Vosso novo sopro Divino para resgatar-me
da perdição impingida.
Deus,
não desejo as elucubrações poéticas de Virgílio
que soprou um alento de vida numa estátua;
nem do Golem do sábio Diva da Babilônia:
nem do Golem de Elias Chelm
que usurpou de Vosso inefável nome,
nem tornar-me o Golem de Praga.
Deus,
não me pretendo um Golem sem discernimento,
vazio de intenções ou desígnios.
Quero seguir-Vos assumindo o Decálogo;
num Golem com Vosso alento,
como um pássaro que renasce dos ferimentos
e passa a voar ressurgido das cinzas e dos abismos
numa aurora de horizontes.
Se Messias tarda para todo meu povo,
ao menos, meu Deus,
não deixeis que eu morra sem o resgate
de tudo que desvivi.
Mas, Deus, mesmo que surja o Messias,
que farei com meu desalentado passado?

   O rabino balançou a cabeça num misto de desaprovação e piedade:
   — Pobre homem, tornou-se uma alma penada ainda em vida. Caiu na pior das heresias, contrariando os desígnios de Deus, afogando-se num tal egoísmo e loucura, a ponto de pretender igualar-se a Moisés, em função de seu ego, através de um Golem. Chegou a rebelar-se contra o Criador, achando que o Messias tarda demais. Antecipa-se em dizer que, mesmo com a vinda do Messias, não se sentirá resgatado, caso não seja compensado diante das injustiças que sofreu anteriormente. Foi o inverso de Jó. Ele pretendia somente um revide e não sua purificação. Ele não se deu conta de sua excentricidade, fruto de seu egocentrismo, mesmo dedicando-se à mulher e seus filhos, mais por dever do que por amor.

— Podemos concluir – ponderou José – que nem sempre os religiosos conseguem ser coerentes com sua religiosidade. Pela experiência que a vida me proporcionou, pude constatar que o mesmo acontece com os que dizem assumir certas concepções éticas, filosóficas ou até políticas. Porém, na realidade, não assumem as próprias concepções que apregoam. Acredito, entretanto, que esse senhor não se perdeu conscientemente. No fundo, era um homem digno e amante de princípios éticos. Creio até que ele errou, involuntariamente, diante de Deus, como também não pretendia errar diante dos homens.

626º dia

"Ontem nada escrevi neste diário. Passei o dia todo relendo minhas anotações e os grifos em vários dos livros sobre a Cabala. Minha ansiedade vem se tornando insuportável. Não consigo almoçar, jantar e dormir com a devida serenidade. Aguardei o rabino depois do culto da tarde. Rezei com denodo e beijei várias vezes a Torá.

Finalmente, o rabino dirigiu-se a mim, tomou-me as mãos, levou-me até a ante-sala da sinagoga e o bedel nos acompanhou silencioso. Tornei a sentir que a presença do bedel me irritava.

— Moishe, meu querido – disse-me com muito afeto – diga-nos o que realmente o levou a estudar a Cabala.

— Procurar fazer justiça.

— Através da Cabala?

— Sim, através da Cabala.

— Meu filho, a Cabala é um conjunto de doutrinas místicas, ou podemos igualmente dizer que é um sistema místico-filosófico que se destina ao estudo de Deus, de Suas emanações e da Sua criação, ou ainda, para alguns, é a intenção de aplicar as forças na vida doadas por Ele aqui na Terra. Fazer justiça através da religiosidade ou do misticismo é coisa inócua, que beira a heresia. A justiça, quando necessária, virá de Deus.

Essas palavras me atingiram como um balde de água gelada. Ainda mais por me parecerem próximas às de Mordechai, um judeu sem religiosidade.

Comecei a suar frio, minhas mãos tremiam, e o "bendito" bedel movimentava a cabeça desaprovando tudo que eu dizia. Aquele sorriso sarcástico parecia de satisfação perversa quando o rabino me desaprovava. Além de outras reações, a postura do bedel fazia com que eu sentisse um ódio desmedido. Quem é ele para me julgar?

O rabino tomou novamente as minhas mãos e disse:

— Meu filho, vamos colocar as coisas nos devidos lugares. Mas antes, diga-me como é que você pretende utilizar-se da Cabala para fazer a sua justiça.

— Não só justiça, mas também vingança (imaginando-me pular na goela do bedel).

— Meu filho, não deturpe o que é sagrado.

Senti que eu ia começar a chorar. Percebi, diante das observações do rabino, que meus anos de estudo e meus planos de ação estavam indo pelo ralo da incoerência.

— Mas, diga-me, como seria essa vingança.

— Eu pretendo transformar-me num Golem.

— Num Golem?

— Sim, num Golem. E é por isso que vim pedir sua ajuda.

O rabino estava tão estarrecido que empalideceu, como se estivesse diante de um homem tomado por um *dibuk* (alma errante, penada, a vagar entre o céu e a Terra, por causa de suas faltas. É uma concepção cabalística-chassídica).

— Moishe, precisamos reler juntos muita coisa que você estudou na Torá e nos livros cabalísticos, e para isso o bedel poderá ajudá-lo, pois isso demanda muito tempo. Vamos fazer de tudo para salvá-lo.

Fiquei tomado de medo e desilusão. Mas, mesmo assim, ainda tive coragem de dizer:

— Com o bedel, não!

— Por que não? Tratasse de um homem estudioso, paciente, e tem o tempo suficiente que esses estudos requerem.

Senti que estava agindo como uma criança. Também não sabia como explicar minha ojeriza por aquele bedel. Quem sabe, inexplicável.

— Moishe, tenha tranqüilidade. O caminho certo será encontrado, pois estamos na trilha da religiosidade que nos conduz a Deus.

— É verdade, rabino. Nosso destino é procurar os caminhos de Deus.

Eu disse essa frase de efeito para amainar o estado desagradável que criei. Devo ser paciente – pensei com meus botões. Mesmo porque, não devo perder a oportunidade de um estudo melhor e sair desse emaranhado que sinto em meus miolos, quem sabe amolecidos...

— Que assim seja tudo para o bem, com a vontade Divina – finalizou o rabino e despediu-se com um afago em meu ombro. Mas o bedel disse somente adeus."

627º dia

"Acordei aliviado, apesar das contrariedades de ontem, pois parecia que eu tivesse vislumbrado o caminho em direção ao horizonte salvador. É como se tivesse me desembaraçado de uma teia intrincada de sofrimentos. Dada minha decisão de procurar um novo caminho, um novo destino, mesmo que tardio. E repito o velho refrão popular judaico: que seja esta a hora da boa sorte.

Resolvi retomar minhas caminhadas matinais logo que o sol começou a vencer as sombras da madrugada. Tudo parecia coincidir com o frescor de uma nova clarividência em meu renovado estado de espírito, ou como quem descobriu o indubitável. Tenho a impressão que acordei com repentina veia poética. Escrevo assim, porque pretendo exercitar essa predileção que cultivei há tempos, inspirado nas leituras dos clássicos e nos finais de tarde que sempre apreciei nos parques. Quem sabe, com o esteio literário, eu possa tentar uma interpretação até literária da Cabala, sem os embaraços sombrios que me têm dominado.

Quero evidenciar essa nova postura, determinada pela opinião do rabino, coincidente com o ponto de vista de Mordechai, no que diz respeito à ética.

Enquanto eu alimentava esses pensamentos em minha caminhada, avistei o bedel, que vinha em passo vagaroso em minha direção, com aquele sorriso irônico. Quanto mais se aproximava, mais seu sorriso ia se transformando de irônico em desdém. Depois parecia encarar-me como a um louco:

— Olá, senhor Moishe, já iniciou sua jornada cabalística? Qual vai ser seu primeiro ato, na sua condição de Golem?

Fiquei cego de ódio.

— Meu primeiro ato é este – disse eu, empurrando-o com todo o meu poder físico.

Esse desafeto arruinou, repentinamente, meu novo estado de espírito. Meu ato foi tão violento que o bedel quase deu uma cambalhota por cima de um banco do jardim. Ficou estatelado, gemendo como um boi ferido, sem conseguir se mover. Igualmente eu fiquei estanque por alguns segundos diante da minha inesperada reação tão violenta e saí apressado para não ser encarado pelas pessoas, que logo se aglomeraram em torno do bedel.

À tarde, quando voltei ao meu quarto para descrever esse fato, informaram-me que o médico de plantão do asilo teve que imobilizar meu novo desafeto, pois concluiu que ele sofrera duas fraturas na perna direita.

Cada vez mais trêmulo e conturbado, com medo das conseqüências, deitei-me e fiquei olhando o teto. Eu procurava um vazio para amainar meu desespero. Mas não consegui acalmar-me nem me conformar com tamanho desatino (meu, ou do bedel?). Embora perturbado, questionava-me: por que haveria de aceitar aquele desacato? Será que estou tomado por um Golem irado? Será que esse Golem, que provavelmente se alojou em meu subconsciente, é mais forte que meu eu? E, se for assim, como devo fazer para libertar-me dele? Como pude transformar-me, tão repentinamente, no momento exato em que eu pretendia imbuir-me de um novo espírito? Ou será que estou possuído de *Dumá* – aquele príncipe do inferno?

Tentando confortar-me, concluí: se estou me questionando assim é porque, com certeza, ainda não enlouqueci. Passei a suar, pensando na possível morte do bedel. Em sua idade avançada, podia não resistir aos ferimentos. Diante dessa possibilidade, serei expulso do asilo e ainda sofrerei a condenação dos demais idosos aqui residentes. Passei a sentir que meu corpo estava gelando. Meu tremor aumentou e meu suor inundava a cama. De repente, ouvi baterem à porta com tamanha veemência que pareciam estampidos ecoando em meu peito, acelerando meu coração.

— Abra, Moishe, sou eu, o rabino Lintovitch... Abra logo esta porta – tornou a gritar, num tom ameaçador, que me assustou ainda mais. Era a face que eu desconhecia desse amável rabino: repentinamente rude e ameaçador.

Atordoado, com passos vacilantes, consegui abrir a porta. Meus olhos estavam turvos e custei a reconhecer o rabino, que estava acompanhado de dois senhores que pareciam médicos. Por que dois? – pensei. Isso me assustou, pois um deles parecia esconder algo em suas mãos, voltadas para trás.

— Diga-nos, Moishe, por que você foi tão violento com o bedel?

Meu tremor aumentou ainda mais e não consegui falar, até que, por fim, depois de um nervoso silêncio, balbuciei:

— Ele zombou de mim. Ironizou e desrespeitou o que é sagrado para minha vida.

— Que disse ele?

— Ele me perguntou qual seria meu primeiro ato na condição de um Golem.

— Mas, Moishe, o bedel é a criatura mais doce e temerosa a Deus que conheço. Estava contente em reiniciar com você os estudos cabalísticos, organizou até um programa didático, estava feliz em poder ajudá-lo.

— Não se ajuda com gozações e com desrespeito. Ele estava rindo da minha cara.

— Não, meu filho, você está enganado. Ele tem um riso permanente, porque vive feliz em sua humildade. E é justamente ele quem poderia ajudá-lo a viver com otimismo e a compreender melhor a Cabala.

— Tenho certeza de que não é essa a intenção do bedel.

E perguntei:

— Diga-me, rabino, quem são esses dois senhores?

— São dois médicos daqui do asilo. O doutor Fraga é um ótimo clínico e o doutor Gastão, professor e analista. Ambos pretendem ajudá-lo.

— Será que o doutor Gastão trouxe uma camisa de força para imobilizar-me?

— Não – respondeu-me o analista – É somente um avental para o senhor ficar mais à vontade. Vamos dar-lhe um calmante e depois levá-lo até a enfermaria.

Achei que era melhor acreditar e assim evitar novos embaraços. Além do que, eu senti que precisava ser ajudado. Não me sentia em condições de tomar qualquer decisão. Faria tudo que me mandassem.

Ajudaram-me a tirar a roupa, vestiram-me o avental, aplicaram-me o calmante e não sei mais o que se passou."

634º dia

"Ao acordar sofri um impacto. Tudo era completamente estranho. Um quarto diminuto, mobiliado somente com uma cama de ferro. As duas janelas ao alto, acima de minha estatura. O pé-direito, creio, com mais de quatro metros, banheiro diminuto, sem porta, uma pequena pia com uma só torneira, paredes imaculadamente brancas e, felizmente, um botão de campainha, que acionei imediatamente, chamando quem quer que fosse.

Compareceu uma senhora de meia idade, esbelta e de sorriso lindo, comunicativa e afável, que imediatamente me confortou com um poder de hipnose instantânea. Com certeza era isso que me faltava: uma empatia tão atraente cujo poder domou, instantaneamente, meu coração vazio e amargurado.

— Seu Moishe, eu sou a doutora Vanderléia – disse-me com um aperto de mão caloroso e batendo em meu ombro com carinho.

— Onde estou? – perguntei já sem medo.

— O senhor se encontra numa casa de saúde mental.

— Estou louco, por acaso?

— O senhor passou por um distúrbio. Já conversei com um de seus filhos. Obtive o histórico de sua conduta e as razões de seu desatino. Posso lhe dizer que, por enquanto, não vejo sintomas de loucura no senhor.

Essas palavras tiveram um poder de magia que me serenaram mais que o sedativo. Pediu-me que falasse algo a meu respeito. Contei-lhe, resumidamente, a razão que alterara minha conduta, minhas intenções cabalísticas e, ao mesmo tempo, dei-me conta que essa psiquiatra, não sendo judia, poderia não compreender-me. Meu discurso durou mais de uma hora. Fiquei tão à vontade que minha franqueza tornou-se absoluta:

— Doutora, a senhora, não sendo judia, pode ter alguma dificuldade para entender-me.

— Mas pode ser que mesmo um judeu não possa compreendê-lo. Diante do seu sofrimento e estudos, o senhor passou a ter uma posição mais crítica e exigente que, acredito, não pode ser confundida com uma introversão, a ponto de chegar a uma loucura, ou melhor, uma paranóia. O senhor, com certeza, procurou abolição de um passado que o atormentou. Tanto assim que o senhor se abre, quer ajuda e não esconde sua verdade íntima, que coincide com o que o senhor expõe. Sua postura não se caracteriza como desequilíbrio. Não é o caso de precisar isolá-lo. Do contrário, seria forjar uma relação falsa de asilo e doença. Falo de maneira explícita e creio que clara, porque soube que o senhor é um homem de muita leitura. Em todo caso, se eu lhe der alta agora, depois desta conversa e a que tive com seu filho, acharão que fui precipitada. Meu diagnóstico está feito. Mas só posso apresentá-lo dentro de alguns dias, depois de termos mais duas conversas e que, aliás, no seu caso, é totalmente dispensável. Mas, infelizmente, a burocracia profissional é empedernida. Fique descansado que logo o senhor terá alta.

— Alta em quantos dias?
— Dentro de três ou quatro dias.
— Com quem devo falar para receber a visita de meus filhos?
— Sei que eles voltarão ainda hoje à tarde. Eles estiveram ontem, mas o senhor estava sedado.
— Mas eu preciso conversar com eles por telefone, antes de venham. Preciso que tragam algo muito importante para mim.

A médica acompanhou-me até o telefone, falei com meu filho e pedi que trouxesse o embrulho de cadernos que contém o meu precioso diário: retrato analítico e fiel de minha vida."

"Agora, que já se passaram alguns dias e estou de posse dos cadernos, dos quais estava temeroso que fossem perdidos ou tivessem sido lidos. Agora, volto a escrever esta exortação.

A visita dos meus filhos foi um bálsamo. Senti que a postura e o afeto dos abraços tinham um calor que nunca senti antes. E as lágrimas e os beijos de minha filha aliviaram, e muito, aquela dor de depressão. Concluí, felizmente, depois dessa visita, que o distanciamento estava somente em mim.

Tive outras duas conversas com a psiquiatra.

— Meu diagnóstico está confirmado – disse-me com aquele sorriso encantador (isso ajuda muito). – O senhor está livre.

— Mas não gostaria de estar livre da senhora, doutora – arrisquei dizer em tom de flerte.

— Está vendo como o senhor está bom! – respondeu com um sorriso ainda mais encantador. Isso revelou o quanto eu fugia da realidade, perdendo muitos encantos ao meu alcance.

— Doutora, tivemos somente três conversas, mas suficientes para sentir saudades da senhora.

— Então procure conversar, sorrir, gargalhar e dizer coisas como o senhor acaba de me dizer. Além disso ria, ria muito e não perca aquele humor característico dos judeus, que eu conheço. Isso lhe fará bem. Mande pra ponta da praia sua tristeza. Não tenha medo de ser feliz, como diz aquela música do Gonzaguinha. Adeus, seu Moishe, tenho um paciente me esperando.

— Doutora, a senhora disse que conhece o humor judaico. Tem, por acaso, procedência judaica?

— Pelo meu nome dá para concluir que não. Mas meu marido é judeu.

Ela deu-me um abraço repentino, mas tão carinhoso, que não queria soltá-la de meus braços. Eu queria guardar para a eternidade aquele calor inefável.

— Agora chega, seu Moishe – e desvencilhou-se de meus braços.

Mesmo essa maneira de desvencilhar-se foi muito doce... Concluí, também, que eu estava frágil. Todo afeto era tão confortante que se constituiu em tábua de salvação em meu naufrágio. E com aquele abraço e aquela doçura da médica, senti-me salvo.

635º dia

"Logo pela manhã, tive uma nova e grata alegria: recebi a visita de meu filho mais velho e, nada mais nada menos, que de Mordechai. Ambos entraram em meu asseado cubículo, que já passou a ter uma mesinha e duas cadeiras, a meu pedido, para que eu pudesse continuar a escrever meu diário.

Depois dos afetuosos abraços, contaram-me que o reencontro dos dois foi conseqüência do encontro de Mordechai comigo no asilo. Concluí então por que meus filhos passaram a ter uma nova postura. Provavelmente por influência de Mordechai, que, ao reatar o velho companheirismo de atuação política, os induziu a uma aproximação mais afetuosa comigo, quando notou minha profunda carência afetiva. Percebi, durante a conversa, que meu filho estava radiante por ter reatado a velha amizade e segredou que minha filha continuava apaixonada por Mordechai. Fiquei radiante ao sentir tanta felicidade num só dia.

A visita estava durando mais de duas horas, quando meu filho pediu, gentilmente, a Mordechai que aguardasse lá fora. Mordechai despediu-se com um forte abraço e eu não consegui segurar duas lágrimas, que Mordechai enxugou com seu lenço.

— Nada de tristeza, seu Moishe – arrematou com um sorriso. – Ainda nos veremos muitas vezes.

Enquanto Mordechai saía, fui tomado por um medo repentino.

— Papai, fique calmo, pois tenho uma notícia que não é agradável, mas que não afetará sua vida. São problemas fáceis de serem resolvidos.

Passei a tremer da cabeça aos pés. Concluí que me tornei um homem muito fragilizado. Tive que deitar-me com a ajuda de meu filho. Mas consegui indagar:

— Mas, o que está acontecendo?

— Papai, aquele senhor, o bedel da sinagoga que o senhor empurrou, teve duas fraturas: uma no fêmur e outra na tíbia, e não resistiu ao pós-operatório, falecendo de uma infecção generalizada, segundo o laudo médico. A família do bedel quer processá-lo, mas tanto o rabino como a diretoria do asilo fazem de tudo para impedir. Estamos em entendimentos com a família dele, e tudo faz crer que pretendem perdoá-lo. Entretanto, o senhor não pode mais voltar ao "Lar dos Velhos", pois temem por sua conduta agressiva. Dizem que o senhor foi também agressivo com uma velhinha que gostava do senhor e que faleceu depois de visitá-lo. É verdade?

Comecei a chorar copiosamente. Meu filho tentou acalmar-me e fui novamente sedado. Quando acordei, estava novamente só.

Concluo que minha serenidade mental, meu bem-estar e meu otimismo têm pouquíssima chance de perdurar.

Por isso resolvi retomar, imediatamente, a redação deste meu diário, com receio de não ter mais condições de fazê-lo, devido às terríveis dores no peito e a sensação constante de desmaio, além de uma vontade de vomitar, que se repete com pequenos intervalos. Creio ser o aviso da minha morte. Uma profunda tristeza me assola.

Embora para mim signifique um grande esforço escrever agora, tenho que empenhar-me, pois pretendo deixar tudo registrado. Além do mais, é uma maneira, quem sabe, de sobreviver e deixar patente minha dignidade. Ou de viver, como disse a psiquiatra: "Escreva, seu Moishe, isso ajuda tanto quanto o 'Prozac' que lhe receitei."

Sinto-me muito transtornado e ainda alimento um impulso irresistível de praticar um novo desatino, mesmo porque não mereço qualquer perdão. Mas, pelo menos, quero atingir um dos meus imperdoáveis desafetos. Quem sabe, eu esteja possuído por um *Dibuk*: aquela alma penada, errante, condenada a vagar entre o céu e a Terra por causa de suas faltas, como na concepção cabalística-hassídica. Ou, quem sabe, em conseqüência de já ter-me tornado um Golem, irreverente até com Deus. Tomara que meu castigo ocorra antes de minha morte. Pena que minha dor seja tão forte. Parece que estou perdendo minha f...

Após a letra "f" segue-se um traço trêmulo declinando para a direita, contrariando a direção da escrita judaica que é da direita para a esquerda.

— Esse traço – disse o rabino – denota o início de sua morte física e, de certa maneira, espiritual. Um fim muito dramático e muito impróprio, justamente quando se abria um caminho alvissareiro... Deus o perdoará.

— Tomara que sim – arrematou José. – Mas ainda não foi esse o fim definitivo. Lembre-se, rabino, que esse Moishe ainda repetiu que era um Golem em seu estado cataléptico? E como o Golem espantou os assaltantes, lembra? Foi a única chance que teve de agir contra o mal. Valeu a pena, pois, com certeza, salvou minha vida e daquela moça que me pediu carona para assistir ao enterro de seu parente. Foi um Golem eficaz, apesar de semimorto.

— Você sempre encontra um lado cômico dentro da desgraça, José. Não sendo desrespeitoso, é uma forma sadia de superar as tristezas, com esse seu mórbido humor.

— Aprendi com o humor de meus amigos judeus. E assim me sobreponho melhor às minhas angústias. Rabino, parece que o dia vai despontar. O senhor não quer dividir o lanche que o primogênito do morto rejeitou, devido aos preceitos religiosos?

— Não, obrigado, José. Faça bom proveito. Enquanto isso, vou fazer minha prece matinal, o *Schmone Esré*.

— Qual o significado dessa prece, rabino?

— Traduzindo do hebraico, designa uma prece composta de dezoito bênçãos que se pronuncia três vezes ao dia, com a face voltada para o oriente.

VIVER COM ENLEVO

O setor mortuário do hospital fica defronte a um amplo pátio de arbustos ornamentais, de onde se pode desvendar um vale amplo e desabitado. Conseqüentemente, um ótimo cenário para assistir ao descortinar do dia, onde o sol se apresenta com todo o vigor de sua grandeza e seu poder de colorir a vida e, para quem quisesse, desfrutar seu otimismo radiante. A claridade, benfazeja, passou a vencer as sombras lúgubres da ante-sala mortuária, dando o tom otimista que amainou a tristeza, antes predominante. O astro-rei, dominando a cena, subia vagaroso com sua vermelhidão inefável, como se retomando a vida dos que ficaram.

José, com seu hábito de treinar sua veia literária, disse ao rabino, que terminara sua prece:

— Vale a pena assistir ao nascer e ao pôr-do-sol quando se ama a vida. É ele que ornamenta e afirma nossa existência.

— É importante que você aprecie as dádivas de Deus com inspiração. Isso revela sua maneira elevada de viver. Aprendemos com a Torá que nada é mais importante que a vida. Pelo que concluí, é grande sua predileção pela literatura. Por isso é bom que você saiba: a arte para nós, judeus, é essencialmente o conteúdo elevado do viver. E, para quem é religioso, ele tem maior profundidade.

José entusiasmou-se com essa apreciação do rabino. Mas quis retrucar que conhecia muitas pessoas não religiosas que elevam sua vida e a dos outros com boas ações, com literatura, que não é um privilégio só dos judeus. Mas ficou calado para não travar qualquer polêmica nem desmerecer o rabino.

Cumprimentaram com um aceno o primogênito e ambos foram telefonar. O rabino, para o serviço funerário e José para a tal Marta, a quem havia dado carona, a fim de comunicar-lhe que estava com o celular que ela havia deixado cair no carro fúnebre, quando sofreram aquele assalto fracassado, em conseqüência da fala do Golem moribundo, na voz do falecido senhor Moishe. "Se não fosse o Golem que o ex-moribundo introjetou, com certeza não estaríamos vivos: nem eu nem a bela Marta, que pretendo conhecer melhor".

Marta atendeu ao telefonema de José com voz firme, mas maviosa, e José concluiu tratar-se de pessoa de bom nível, além de já ter notado seus predicados físicos, como também apreciou os seus sentimentos de gratidão.

Pretendia encontrar a moça o quanto antes, assistir as exéquias do falecido Moishe, e poder conhecer os filhos e o tal Mordechai. Convidou-a, então, a encontrá-lo, se possível, junto ao pátio do setor funerário do hospital, pois devido ao horário, não teria tempo de encontrá-la em lugar distante.

— O senhor não poderia sugerir um lugar menos triste?

Essa resposta acendeu-lhe a imaginação e passou a conjeturar, com a velocidade de um relâmpago, mil e um significados para que ela preferisse encontrá-lo em lugar mais adequado ou alegre... Seria um recanto romântico ou reservado? "Teria ela se encantado comigo?"

Respondeu depois de uma diminuta pausa:

— Velórios são lugares onde as pessoas e os familiares se encontram e não deve ser tomado como algo lúgubre, mas sim como uma despedida, e nem tão definitiva – respondeu, escondendo as outras elucubrações, para "testar" se havia outras intenções na proposta de Marta.

— Não por isso, seu José. É que não tenho condições psicológicas de ver mais pessoas pranteando os mortos.

José sentiu-se repreendido por passar-lhe pela cabeça que pudessem haver outras intenções por parte de Marta.

— A senhora não deve chocar-se com os féretros. É o acontecimento mais corriqueiro da vida.

— Mas não para os parentes e nem para os amigos de quem faleceu.

José concluiu que foi infeliz na resposta. Provavelmente ditada pelo seu estado de carência afetiva, pois enviuvara havia três anos. Qualquer palavra mais doce já lhe parecia uma proposta de aproximação.

Um Cabalista Excêntrico

Finalmente concordaram em se encontrar à tarde, após o féretro do senhor Moishe.

Quando desligou o telefone celular, lembrou-se que não havia solicitado ao rabino e ao serviço funerário para que fosse escalado para acompanhar o féretro.

Foi-lhe dada a anuência. Em seguida, telefonou para sua mãe, que cuida de seus filhos, e ouviu longas reprimendas por não ter dado notícias.

Depois de passar a noite em claro, para manter-se acordado teve o consentimento de tomar um banho frio no próprio hospital.

"Foi uma noite dadivosa, mesmo diante da morte", concluiu: "Ainda mais que um provável amor pode aflorar disso tudo... A morte também pode proporcionar felicidades imprevisíveis", arrematou, ansioso ante o encontro com Marta.

José sentiu-se gratificado ao poder assistir a todo o ritual das exéquias do senhor Moishe, com exceção de ver o cadáver antes do fechamento do caixão, que só pode ser assistido pelo primogênito ou outro familiar mais próximo. Viu, porém, a *Tahará*, que significa purificação: limpeza do corpo e outros preparativos.

A certa altura, o rabino chamou José e perguntou se o corpo do morto passara pelo IML, ou se tentaram fazer uma autópsia.

— Não, rabino. Não foi preciso, pois o médico legista examinou-o dentro do próprio carro mortuário, constatou a catalepsia e, em seguida, deu-se a morte definitiva.

— Se você tem certeza que foi só isso que aconteceu, fico tranqüilo. Mas se foi dada a entrada do corpo no IML, ou se tentaram a mínima violação do corpo, estaríamos diante duma tremenda heresia, pois em nossa religião jamais se permite a autópsia. Nós a consideramos uma profanação dos mortos.

— Em qualquer circunstância? - perguntou José, com visível preocupação.

— Fale a verdade, José. Não violaram o corpo do morto?

— Dou-lhe minha palavra, rabino. Só houve o que lhe contei. Mas eu fiz a pergunta para saber se vocês fazem alguma concessão quando se trata de transplante, para salvar outras vidas.

— Recentemente têm sido feitas concessões, quando em extrema necessidade. Mas com certeza absoluta de que a morte foi comprovada.

José deixou transparecer satisfação com a resposta e ainda ouviu mais outra grata observação do rabino:

— Se você jamais abandonou o corpo do morto, então você praticou uma grande *Mitzvá*[4].

José acompanhou com ansiedade todo o ritual, fazendo perguntas ao rabino, sempre prestativo, que cochichava, ao seu ouvido, as respostas.

— Todos são envoltos em mortalhas brancas?

— O nome dessa mortalha é *Tach'richim*, e serve para ressaltar a igualdade na morte do rico e do pobre. O xale sagrado que envolve o falecido chama-se *talit* e deve ser o mesmo que o acompanhou em vida durante as rezas, mas na morte serve para simbolizar que os preceitos deste mundo não são mais os mesmos depois dela.

Dada a atitude respeitosa e atenta de José, o rabino deu-lhe outras explicações. Sobre o suicídio, sobre a cremação, sobre a conduta no velório, sobre o que é feito na casa de purificação e outros cumprimentos dos rituais judaicos, mas interrompeu as explicações assim que outro rabino, oficiante da cerimônia, iniciou as preces e praticou a *Keriá*, que consiste, conforme a explicação do rabino, em rasgar uma pequena parte da roupa que os filhos do morto estavam usando, para expressar a mágoa pela perda do ente querido, cujo verdadeiro significado remonta aos tempos bíblicos: "E rasgou suas roupas... e enlutou-se por seu filho (José) por muitos dias."[5]

Em seguida, ouviu-se o oficiante dizer outra prece em hebraico, cujo teor foi traduzido para José: "Bendito sejas Tu, Eterno, nosso Deus, Rei do Universo, Juiz da verdade...".

Terminadas as rezas, o oficiante fez um breve discurso, ressaltando os valores morais do pranteado: seus feitos na condição de pai, sua dignidade, seu temor a Deus, e outros predicados, mas não referiu-se às ultimas atitudes ou desvios religiosos antes do desenlace fatal.

Depois dos amigos e parentes baixarem, suavemente, o caixão à cova, cada um dos demais presentes jogou, três vezes, punhados de terra sobre o esquife, enquanto o oficiante repetiu, igualmente três vezes: *Ki afar ata veel tashuv* (Portanto, do pó vieste e ao pó retornarás). Em seguida, os presentes, em honra ao falecido, ajuda-

---

4. Mandamento, dever moral, boa ação.
5. *Gênesis* 34, 37.

ram, com uma pá, a cobrir totalmente a urna com terra. Todos sabiam que a pá não podia ser passada de mão em mão, mas cada um a deixava fincada na terra para que o outro a retomasse e praticasse a mesma ação, conforme determina a tradição: não passar ao outro algo trágico de sua existência.

Então, o oficiante recitou a prece "*Tsaduc Hadin*"[6], onde conclamou todos os parentes do falecido a se conformarem com a sentença de Deus.

Quando a cova ficou completamente coberta, o primogênito disse o *Cadish*, enquanto o rabino foi explicando a José o significado:

— É uma oração pelos mortos, que o parente mais próximo do falecido recita, não só junto à sepultura, mas todos os dias durante onze meses após o falecimento do pai ou da mãe e, posteriormente, em todos os aniversários da morte.

Terminado o sepultamento, os presentes formaram duas colunas e os enlutados passaram no meio, ouvindo frases de consolo. O funeral é considerado terminado quando o oficiante se despede dos enlutados, depois de eles terminarem de passar pela dupla fila de participantes.

José viu o rabino dirigir-se aos três filhos do falecido, junto aos quais estava um senhor de estatura mediana, que durante todo o ato de sepultamento não saía de perto dos parentes enlutados. "Deve ser o tal Mordechai", pensou. Estava certo, segundo a confirmação do rabino, que conversou alguns minutos com os mesmos.

Curioso, José quis saber se o rabino combinara um encontro com os filhos do falecido e Mordechai. O rabino confirmou que acertara uma conversa para logo depois do período da *Shivá*.

— É um período de condolências que termina no sétimo dia após o enterro – disse o rabino, estendendo a mão para despedir-se do curioso persistente.

— Um momento, rabino, eu gostaria muito de assistir a esse encontro.

— Isso depende de que eles concordem. Pois a finalidade desse encontro é entregar-lhes o diário do pai deles e procurar ter uma conversa com o tal Mordechai que, pela descrição feita no diário, deve ser uma criatura merecedora de toda atenção e, com certeza, capaz de desenvolver um debate de conteúdo profundo. Creio que seria bom para mim

---

6. Justiça do julgamento.

e para Mordechai, já que demonstrou interesse em conhecer o misticismo judaico.

— É justamente por isso que pretendo participar. Já pensou, rabino, duas criaturas conscientes e cordatas debaterem pontos de vista opostos? Além do quê, pelo que percebi, pessoas equilibradas não se deixarão levar por obsessões estéreis? Rabino, em nome de nossa velha amizade, faça o impossível para que eu tenha tamanha oportunidade de aprendizado.

— Meu interesse também é esse: aprendizado. Mas, só se houver clima para tanto e se a iniciativa for dele. E, para isso, pretendo ler todos os cadernos do diário, e procurar despertar nos filhos o interesse de conhecerem melhor quem foi seu pai, como também, fazê-los assumir o compromisso de manterem o luto conforme os preceitos judaicos.

— Não pretendo esconder as razões do meu interesse: minha linha filosófica e política coincide com a de Mordechai. E concordo que, eticamente, existe uma aproximação harmoniosa entre os dois extremos. Daí, acredito ser vital para minha formação humanística assistir a este debate, se houver.

— Prometo que se acontecer você estará presente.

Ambos despediram-se com um largo sorriso.

José dirigiu o carro mortuário até o pátio do serviço funerário, quando foi solicitado a participar de outro funeral, visto que várias crianças haviam falecido em conseqüência de uma epidemia infecciosa. A demanda de funerais era grande.

"Mas, como ficará meu encontro com Marta?" – pensou, desesperado.

Acabou indo ao encontro no próprio carro funerário.

Marta recebeu-o com espanto e certa rebeldia.

"Terei de entrar novamente num carro funerário? Gostaria de ter uma conversa gratificante e amistosa sem sombras funéreas, com total descontração. E que encontro afortunado pode proporcionar uma conversa num carro de defuntos?" – Tudo isso ela pensou durante um silêncio tenso, pois nenhum dos dois sabia como iniciar a conversa. Uma evidente expressão de constrangimento aflorou no rosto de Marta.

— Foi neste carro que quase morri e quase perdi o enterro do meu querido avô? – perguntou Marta, em tom de censura.

Por mais alguns instantes perdurou o silêncio. José ficou paralisado diante da figura encantadora daquela mulher de leve sisudez, que a deixava mais interessante, pois revelava sua forte personalidade. Mas, finalmente acabou dizendo:

— Os mortos não largam do meu pé. Só aceitam viajar neste carro... Não é de minha índole, primeiro os mortos e depois a devoção. Prefiro o contrário. Mas, os mortos me obrigam... Desculpe, por favor... A culpa é dos que morrem em momentos inadequados.

Todavia, para Marta, a situação era difícil, quase insuportável. Desde sua infância, os funerais tiravam-lhe todo encanto da vida e afogavam-na em temores durante dias ou meses. Após a perda dos pais, quando adolescente, e agora, com o desenlace do tio-avô, de quem recebera toda a sua formação e proteção até a sua formatura como pedagoga.

— Todos os seus encontros são acompanhados com carros fúnebres? – perguntou, ainda em tom de leve rebeldia.

— Nem sempre – disse José, com visível embaraço.

— Não é pecado não possuir um carro. Porém, ninguém tem predileção em andar em carros mortuários. Desculpe, mas o senhor poderia ter vindo de táxi ou de ônibus, que eu esperaria.

— Desculpe. Eu não sabia que um carro mortuário iria magoá-la tanto – respondeu, contrariado.

Marta caiu em si:

— Perdoe-me. Não quis magoá-lo e nem discriminá-lo por não ter um carro. Para mim, isso não é um predicado. Afinal, Jesus Cristo também não tinha carro, nem carroça, e chegou aos nossos corações. Temo que estou fazendo má figura... Sinto-me envergonhada... Mas peço que não leve em conta meu estado de espírito e considere que meu comportamento é conseqüência da tristeza e do cansaço de quem quase não dorme há dois dias.

Presumindo que Marta deve ser de difícil relacionamento, José achou melhor dar um ponto final. "Bastam os problemas que me atormentam. Além do quê, parece ser uma mal-agradecida e esnobe. Não faz meu tipo, apesar de ser bonitinha...", pensou com seus botões. Estendeu a mão, entregando o celular.

— Apressei o nosso encontro para entregar-lhe isso.

— Oh! Pelo amor de Deus. Não pense que sou uma ingrata. Peço-lhe desculpas novamente. Aliás, para ser franca, eu até que estava desejando este encontro, pois não é sempre que se encontram pessoas tão prestativas como o senhor. O senhor chegou a salvar minha vida e quero provar-lhe minha gratidão. Quer ver?

— Quero – disse José, repentinamente ansioso.

— Aceito entrar nesse papa-defunto e irmos a um lugar mais tranqüilo.

— Mas eu vim com o carro mortuário porque tenho um enterro inesperado, como já expliquei. É bem provável que eu tenha de participar de mais dois, em consequência da morte de várias crianças.

Apesar de sentir-se ainda contrariada, Marta resolveu assumir uma fingida postura resoluta:

— Vou acompanhá-lo.

— Espero que não pretenda acompanhar-me por obrigação ou para redimir-se de um erro que não praticou.

— Não, vou acompanhá-lo, porque, como você disse quando me levou ao enterro de meu tio-avô, a morte nos ensina que devemos apreciar a vida. É o que eu pretendo.

José, repentinamente eufórico, abriu a porta do carro para Marta e sorridente disparou, como se fosse a um lugar festivo.

No trajeto, Marta ficou observando o tamanho volumoso de José: suas mãos enormes, seu pescoço de touro, suas espáduas avantajadas, seu rosto ossudo e seus olhos negros metidos em enormes órbitas de olheiras acinzentadas, quase negras, mantendo um olhar vivo e, às vezes, entristecido. Quando sorria levantava seu avantajado bigode, que lembrava uma fotografia de seu tio-avô paterno, que morrera aposentado como motorneiro. Uma autêntica figura de português, conhecido como "motorneiro dos bigodes". Homem afável de quem Marta ainda guarda afetiva recordação. É justamente por isso que Marta o olhava com empatia.

José, por sua vez, procurava observar Marta o máximo possível, apesar de estar ao volante e preocupar-se com o trânsito. Presumiu que em sua estatura, um pouco acima da média, havia um corpo bem proporcional, apesar de um pouco rechonchudo, o que ia ao encontro da sua predileção. Encantava-se, cada vez mais, com o sorriso doce e franco, revelando dentes perfeitos e muito alvos. Seus cabelos longos, pretos e lisos, envolviam um rosto arredondado e atrativo, lembrando um pouco o de sua falecida mulher, fato que despertava nele um desejo intenso de afagá-la. As meias pretas, os joelhos arredondados à mostra, trajando um conjunto igualmente negro, acentuava seus dotes físicos, e começaram a acender-lhe a libido. Mas, em nenhum momento, mostrou-se perturbado com tamanho encanto, mantendo uma sábia fluidez na conversação. Pretendia mantê-la sorrindo e provar que é possível ficar descontraído mesmo dentro de um carro fúnebre. Resolveu contar um das centenas de casos e gafes hilariantes que amenizam a consternação dos que têm de trabalhar com funerais:

— Certa vez, um companheiro do serviço funerário foi incumbido de transportar dois corpos de pessoas que faleceram, entre outras tantas, em conseqüência de um desastre automobilístico. Eram turistas, em excursão, que viajavam do interior para o litoral. Como os carros funerários eram poucos, resolveram que cada um deles deveria transportar dois ataúdes, colocando um sobre o outro, sendo que, sobre o de baixo, colocaram alguns papelões para que o verniz não ficasse riscado. E, recomendaram ao motorista: 'Não esqueça que o que está embaixo é o corpo da senhora Anabela Pureza dos Santos. E o corpo de cima é o da senhorita Lourdes Ribeiro da Costa'. Como os caixões eram exatamente do mesmo tamanho e feitio, o meu colega ainda perguntou ao encarregado: 'O da senhora não é mais pesado que o da moça?' 'Por que essa pergunta?' 'Porque se houver algum engano, eu sei que o mais pesado é o da velha. O encarregado da funerária, homem forte, levantou um e outro ataúde pela cabeceira, e disse: têm quase o mesmo peso. Carregando em quatro ou seis pessoas, não dá para distinguir. É melhor você não esquecer: o de baixo é o da donzela, e o de cima é o da velha.' 'Mas você acabou de dizer ao contrário.' 'Já é tarde, vá logo. Quando chegar lá mande abrir os caixões que assim você não vai errar, seu cabeça dura.' Dobrou apressadamente os dois óbitos e os demais documentos que devem acompanhar o traslado dos corpos e lhe recomendaram: 'Vá logo, pois daqui até lá são trezentos e tantos quilômetros.' Meu amigo chegou ao destino de tardezinha e quis voltar no mesmo dia para embolsar, com a devida permissão, o dinheiro da estadia. Entregou os dois corpos no velório, e olhando os papéis, pensou: 'se os papéis de cima se referem à velha, o ataúde de cima, evidentemente, é o da velha. E, sendo os papéis de baixo da donzela, o ataúde, evidentemente, é o da mocinha, coitada.' Indagado sobre quem se encontrava em cada caixão, meu amigo confirmou sem pestanejar: 'O de cima é o da madame e no de baixo está a senhorita, que Deus a tenha.' Meu amigo entregou, quase que jogando os papéis. Ajudou no descarregamento dos caixões e retornou, disparado, enquanto os preparativos do velório se faziam em salas separadas, visto que as mortas não eram parentes. Colocaram os nomes de cada falecida diante das respectivas salas e os respectivos livros de presença, como de praxe, e as coroas que vinham com os nomes e condolências junto a cada falecida. Os dois funerais estavam relativamente bem concorridos. Houve um pequeno discurso de condolências do presidente da Câmara de Vereadores junto à urna da jovem e, em seguida, foi igualmente dizer algumas palavras de consolo junto ao ataúde da velha senhora. Como todo mundo sabia que a velhota tinha uma casa de encontros de casais onde praticavam suas traições conjugais, o orador, evidentemente, não podia dizer que a falecida era uma santa, como disse diante do caixão da falecida mocinha. Porém, disse simplesmente: 'Foi dadivosa e benemérita e jamais desamparou os necessitados. Se ela errou em algo, só Deus poderá julgá-la.' Vários dos presentes concluíram que esse discurso cínico e casuístico do político era conseqüente, pois, também ele, freqüentava a casa da velha senhora, cuja vida farta advinha dos aluguéis de suas alcovas. Entretanto, um moço, primo da jovem falecida, dirigiu-se ao político e disse: 'Diga-me, que sabe o senhor sobre minha prima, para afirmar que ela teve seus erros? Ela, por acaso, praticou algum pecado?' 'Desculpe, meu jovem, creio que entrei e discursei em velório errado. É culpa do meu secretário ter invertido as bolas. Troquei a velha pela donzela. Deram-me os dados trocados, esses meus secretários irresponsáveis.' 'Se não fosse o velório, o senhor receberia umas bofetadas por difamar minha prima. O senhor sequer tem respeito pelos mortos e muito menos pelos vivos.' 'Peço, novamente, que me perdoe. Por favor, desconsiderem meus dois discursos.' Criou-se um inusitado mal-estar, e o político saiu pálido, como um cadáver ambulante. Quando alguns dos parentes e algumas amiguinhas da jovem falecida chegaram, com pequeno atraso, logo após os desastrosos discursos do político, uma delas pediu, em prantos, que abrissem o ataúde para ver a amiguinha morta, pela última vez. Os parentes não haviam tomado essa iniciativa, pois temiam ver um rosto deformado em conseqüência da gravidade do desastre. Mas acabaram cedendo ao pedido. Quando destamparam o ataúde, viram tratar-se de uma velha de rosto ainda contraído, cuja cabeça pendia um pouco para o lado, sendo que um dos olhos não pôde ser fechado, devido à deformação causada pelo desastre. Era um olhar de ódio e malícia, como de uma velha bruxa fantasmagórica. Houve gritos alucinantes e desmaios. Os mais corajosos e serenos controlaram a situação, acudindo as desfalecidas e acalmando os familiares. Os de sangue frio logo concluíram que os ataúdes estavam em salas erradas. Mas, na sala contígua, onde, igualmente, abriram o outro ataúde, houve espanto, porém sem desmaios, pois a beleza angelical da jovem, seu semblante sereno e suas faces róseas, despertavam tristeza, mas também encantamento, como se fosse uma santa bem esculpida, como aquela que estimula rezas dos devotos. Uma das presentes, a mais oportunista, gritou: 'Milagre! Milagre! Ela voltou a ser o anjo que era quando donzela. Deus a perdoou! Milagre da Virgem Maria, Mãe de Deus!' Todos pediram que a carpideira se calasse, pois continuava gritando, agora em coral com as demais, estridentemente: 'Milagre! milagre! Salve Santíssima Maria, Mãe de Deus.' Juntando os gritos da outra sala, mais a histeria das carpideiras, estabeleceu-se um inferno generalizado, tumultuando os demais velórios. Chegaram à conclusão de que os mortos haviam ressuscitado ou estavam gritando, antecipadamente, diante do fogaréu do inferno. Finalmente, todos os presentes dos dois velórios saíram da sala, logo após o bandeamento das mortas.

Quando José parou o carro diante do velório, de onde iria trasladar o corpo de uma das crianças, olhou para Marta e percebeu que ela estava melancólica, de olhar vago e calada.

— Parece-me que você não achou graça na história.

— De fato, não mesmo. Meu humor, ou meu estado de humor difere do seu. Pode ser que se eu estivesse tão ligado à morte como você e seus amigos, eu pudesse achar alguma graça numa história como essa, que só aumenta a dramaticidade... Desculpe a minha franqueza.

José sentiu-se contrariado, mas não ofendido. Entretanto, a sinceridade de Marta despertou-lhe maior simpatia e admiração.

— Desculpe. Minha intenção foi amainar sua tristeza.

— Concordo que para vocês, coletores de defuntos, pode até estimular o humor. E que seja até necessário para não levarem para casa a tristeza dos outros.

— É realmente por isso. Mesmo porque, lidando com exéquias, depois de muitos anos, achamos que o humor ajuda e aguça nossa visão crítica diante da morte, quando aprendemos, como já disse, a compreender melhor a vida. Creio até, com maior plenitude e clareza, tudo que o dia-a-dia nos apronta.

— Para quem não tem esse tipo de vivência é complexo o que você está dizendo.

Após um pequeno silêncio, em que nenhum dos dois sabia como retomar a conversação, Marta reiniciou:

— Não me lembro se foi num conto de autoria de Gógol ou de Tchékhov que li algo parecido com esse fato que você contou. Numa pequena cidade russa, onde havia um único letrado, deram-lhe a incumbência de discursar em qualquer efeméride ou funeral. Certa vez ele trocou os nomes, casando um defunto e enterrando o noivo.

— E você não achou graça na história?

— Naquela época, achei muita graça. Por isso, concluo que hoje meu senso de humor não está adequado.

— É bom que você diga isso. Fico aliviado.

— Que bom.

— Mas, convenhamos que o humor brasileiro tem mais força que qualquer ficção.

Olhou o relógio e, preocupado, disse:

— Vamos assistir a mais um ensinamento de vida que a morte proporciona.

Marta gostou da metáfora e concluiu que, para José, a morte enfatiza a vida.

Andaram por um vasto corredor, unindo salas contíguas, onde vários corpos de crianças eram veladas e pranteadas por pequenas multidões que se aglomeravam e se esgueiravam para observar os rostos serenos e infantis que refletiam a pureza de quem não teve tempo de aprender as malícias da vida, segundo a observação de todos os presentes.

Ao encontrarem o nome correspondente da criança morta que José iria trasladar, entraram na sala, e José, como de costume, procurou conversar com um dos familiares. Indagou o que motivou uma perda tão prematura.

— Todas estas crianças faleceram em conseqüência de uma infecção.

— Como assim? – perguntou Marta, estarrecida.

— Os antibióticos não fizeram efeito, pois eram falsificados. Um verdadeiro genocídio! – acrescentou o senhor que explicava a razão da morte concomitante de tantas crianças.

Marta, de olhos marejados, pediu a José que a deixasse ir sozinha, pois não suportava o prantear de tantas mães e parentes.

Nisso, um senhor aproximou-se de uma senhora meio idosa e disse:

— Vovó, eu trouxe a manta que a senhora pediu. É grossa e vai protegê-la do frio.

— Não é para mim. É para Jorginho.

— Mas ele morreu, vovó.

— Você não entende. Ele disse antes de morrer que estava com muito frio. Se a gente obedece as recomendações dos velhos antes deles morrerem, por que não fazer a vontade dos netinhos?

José sentiu-se na obrigação de intervir:

— Senhor, faça a vontade da vovó. Ela se sentirá melhor.

Colocaram a manta sobre as flores que forravam o pequeno esquife. Todos os presentes verteram lágrimas e ouvia-se soluços abafados.

— Não vou acompanhá-lo – disse Marta, resoluta.

— Por favor, suporte mais um pouco – insistiu José. Esta é mais uma lição que revela em que sociedade vivemos. Essa vovó nos ensina que o excesso de racionalidade anula os sentimentos. Ela queria manter a satisfação de atender mais uma vez a vontade do neto.

Marta queria compreender melhor a observação de José, mas estava tomada por um pranto sufocado. Acabou cedendo. Entrou no carro mortuário, onde já estava o esquife alvo do menino, e foi-se dando conta de como José era uma criatura ponderada, inteligente, objetiva e, acima de tudo, digna. Passou a admirá-lo.

Assistiram ao início das exéquias e retornaram aos velórios para o traslado de mais um corpo infantil. E, ainda mais um outro, completando três funerais.

Exaustos ambos, José ainda teve ânimo de convidar Marta para um lanche.

— Depois de tudo a que assistimos você ainda está em condições de por algo na boca?

— Se eu ficasse tomado pelos prantos que ouço todos os dias, eu deixaria de viver.

— Temo que vocês se tornem analistas frios da dor e da morte.

— Um amigo médico legista me disse, quando lhe fiz a mesma observação: 'O morto é como outra coisa qualquer. Se é um corpo de um desconhecido, nem saudade fica.

— E predomina a indiferença.

— Nem tanto assim. Você deve ter percebido que eu compartilho, mas com objetividade e sem dores desnecessárias.

— Sim, acabei de observar.

— Mas insisto que entremos em qualquer lugar para conversar e espairecer. Afinal, continuamos vivos, mesmo entre os mortos...

— Mais uma vez você me convenceu. Além do mais, em conseqüência de sua obsessão de falar sobre a morte, nada conversamos sobre nós.

Entraram numa lanchonete comum e ambos revelaram sua total identidade, somando o passado e o presente, enquanto só José engoliu quatro hambúrgueres e alguns refrigerantes, ainda insuficientes para alimentar aquele esfomeado corpanzil.

— Reconheço que você tem uma cultura muito diversificada, mesmo não tendo terminado seu curso de Sociologia. E admiro você aceitar tornar-se um motorista dos mortos, sem qualquer constrangimento.

— Essa sua estranheza por eu ser um motorista dos mortos pode ter algum resquício discriminatório.

— Nada disso. É realmente admiração por seu desprendimento. Sou de opinião que devemos admirar as pessoas pelo que são por dentro. Frase feita, mas é assim que penso. Porém, ao mesmo tempo, confesso que não gostaria de trabalhar fora de minha área. Nasci para dedicar-me ao ensino. Amo meus alunos como filhos. É minha vocação. É minha paixão.

— E o nosso amor? – perguntou José, de supetão.

Marta enrubesceu diante do inesperado, perdeu a fala por alguns instantes, mas acabou retrucando:

— Calma, calma, não queira queimar etapas. Não podemos somente apalpar nossas superficialidades, é preciso conhecer um pouco nosso íntimo.

José, obcecado pela beleza e feminilidade de Marta, maliciou inicialmente a palavra "apalpar", mas, em instantes, amainou sua libido inicial e concluiu que se tratava duma mulher madura, com valores palpáveis, porém mais profundos, como a inteligência e a personalidade valiosa e bem definida.

— Marta, você já foi casada?
— Sim, por três anos.
— E eu, há três que enviuvei. Mas, felizmente, tenho dois filhos.

Conversaram até noite avançada. Acertaram reencontrar-se no dia seguinte.

E assim prosseguiram por mais de um mês, até o término da licença que Marta obtivera em seu trabalho.

Nesse ínterim, José jamais deixou de procurar o rabino no asilo, onde participava de algumas das tertúlias filosóficas mantidas entre o rabino e Mordechai, num recanto silencioso, e com a presença do primogênito do falecido Moishe – o pseudo-Golem.

Dessas conversas José fez algumas anotações, que releu várias vezes até certificar-se de que não fizera qualquer omissão e, igualmente, certificar-se de ter compreendido o que fora dito no debate:

— Você disse que a religião pode enclausurar a consciência e separar o homem da realidade – deduziu o Rabino. – Você afirma que o mundo é cognoscível através de sua análise e do trabalho que lida com a matéria. Nós, religiosos, cabalistas, afirmamos que a realidade é sempre a mesma. Nós é que mudamos diante da mesma realidade. Por exemplo, quando estamos mentalmente alterados, perdemos a noção dessa realidade. A criança ou a imaturidade é que se adaptam à realidade. Quando eu pergunto quem eu sou, não é o corpo que pergunta, mas sim a mente. O pensamento surgiu antes do corpo. Os pais, quando resolvem conceber um filho, partem do pensamento, até antes do desejo. É a consciência que pergunta quem eu sou, e não é o corpo que questiona. Para nós, tanto a alma como o pensamento precederam a matéria.

– E para nós – diz Mordechai –, o pensamento é o resultado da própria matéria altamente organizada através da adaptação e da transformação dessa natureza pela nossa ação, fundamentalmente, em função de nossas necessidades. A transformação espontânea da natureza é cega, pode fazer bem e pode fazer mal. É necessária uma intervenção de nossa ação consciente.

— O nosso espírito e a matéria são conseqüência da vontade Divina – insiste o Rabino. – Somos nós que mudamos diante da realidade. Em nós mesmos podemos perceber essa verdade. Primeiro vem o pensamento, fruto de uma motivação, depois vem o fruto material. Assim surgiu o Universo, que se iniciou pela vontade espiritual de Deus.

— Eu teria de repetir tudo, pois o senhor repete a mesma argumentação – diz Mordechai.

— É a fundamentação da minha religiosidade. É a verdade Divina. Quero dizer, também, que esta postura religiosa é a própria salvação do povo judeu.

— Não podemos, de modo algum, analisar a questão judaica somente sob o prisma religioso – insistia Mordechai. – Sou de opinião, como muitos marxistas, que a questão judaica é uma questão social. Veja o caso do falecido Moishe, em vez de engajar-se, com os colegas de trabalho, em um sindicato que seria a força coletiva que o ajudaria a garantir seus direitos, refugiou-se na religião, na teologia, que em nada puderam resolver especificamente seu caso. Concordo que, no máximo, deram-lhe algum conforto espiritual, ou até, quem sabe, certa vacilação em sua religiosidade, pois ele esperava algo mais de sua crença religiosa.

— Não, meu caro Mordechai, a religião também é uma forma de luta contra as injustiças, além de confortar as almas e estimular as boas ações que, igualmente, são uma maneira de amenizar os sofrimentos, além de desenvolver uma consciência social, pois a religião prega amor ao próximo. Para nós, o homem chega à perfeição quando se desprende totalmente do egoísmo, do egocentrismo e passa, como finalidade máxima de sua vida, a fazer o bem, portanto, agir socialmente.

— Não esqueça, rabino, que os governos usam a religião politicamente. E, nesse caso, a religião pode estar a serviço do Estado, fazendo com que a religião aja em função dos interesses políticos.

— E o que deveríamos fazer quando o Estado se aproveita da religião, Mordechai?

— O certo seria tratar os problemas políticos com consciência política e impedir que o Estado se aproveite da religiosidade do povo. É comum os homens de Estado usarem a fé para exortarem os fiéis a aguardar milagres, e assim livrarem-se das obrigações políticas, impedindo que o povo lhes cobre promessas eleitoreiras. Veja o caso da seca do Nordeste. O povo precisa compreender que ela não existe por vontade Divina, mas sim devido à sordidez dos homens de Estado e seus protegidos.

Um Cabalista Excêntrico

— Mordechai, por acaso pretende pedir aos judeus que abandonem sua religiosidade, ou até o judaísmo?

— Rabino, não é justo colocarmos a questão nesses termos. Mesmo porque, pode-se ser judeu sem ser religioso. Ignorar a condição de ser judeu nada resolveria. Com a solução dos problemas sociais também resolveremos os problemas que afligem nosso povo.

— Isso está ligado à questão da liberdade religiosa, Mordechai. O homem deve ter o direito de escolher sua religião com liberdade total de culto. Mesmo depois da inquisição, muitos governos só permitiram uma religião oficial. Mas quero lembrar também que a nossa religiosidade e nossa tradição sempre foram o refúgio que solidificou e manteve nossa união. Exatamente por isso conseguimos sobreviver como povo.

— Vários outros fatores contribuíram para a nossa sobrevivência, Rabino, fatores econômicos, políticos e sociais.

— Mas sempre sob a égide da religiosidade e das nossas tradições. Desculpe a minha persistência, não haveria em vocês, marxistas, uma falta de apego ao judaísmo?

— Uma das frases lapidares de Lênin ajudou-me a manter o judaísmo e, com isso, não cedo aos inimigos do povo judeu.

— Qual é a frase, Mordechai?

— "Os comunistas, como internacionalistas conscientes, não podem deixar de ser irreconciliáveis e jurados inimigos do anti-semitismo".

— Mas Stálin fez o contrário.

— Sim, fez terrivelmente o contrário, rabino.

— Ouvir isso me dá um certo alento.

— Faz tempo que tomamos essa postura. Mas nem todos os judeus a assumiram. Lênin já dizia que "a luta contra o anti-semitismo faz parte da luta contra o imperialismo". Quem sabe não teríamos chegado ao paradigma da barbárie nazista, o holocausto, se tivéssemos assumido essa postura. Igualmente Trótski e seu discípulo Abraham León visualizaram, no início dos anos trinta, que o extermínio em massa dos judeus seria maior nos países mais industrializados que nos países atrasados. Aliás, isso é analisado no livro "Marxismo e Judaísmo", de Arlene Clemesha. Nós, marxistas, sempre demonstramos que o anti-semitismo é incrementado quando surgem crises econômicas. Antes e durante as duas guerras mundiais, quando as crises entre as grandes potências se aguçaram, o anti-semitismo foi violentamente incrementado como forma de encobrir as razões verdadeiras das crises.

— Também para mim, Mordechai, essa análise procede. Quando a Alemanha desencadeou a Segunda Guerra Mundial, igualmente iniciou a barbárie do holocausto judeu. E, desgraçadamente, também na União Soviética intensificou-se a maior onda anti-semita, quando foi celebrado o pacto Hitler-Stálin, que nós chamamos de "pacto maldito".

— É como disse Abraham León, dois anos antes de ser assassinado pelos nazistas, aos 22 anos: "O nazismo, antes de mais nada, é o disfarce ideológico do imperialismo moderno".

José observava, vislumbrado, a dignidade, a firmeza dos dois contendores serenos e respeitosos, embora, quase taquigraficamente, tivesse dificuldades para anotar todos os pensamentos que lhe pareciam contundentes e fundamentais. Ao anotar a última frase, entrou o novo bedel da sinagoga com uma carta que entregou ao rabino, que a leu em silêncio. Terminada a leitura, disse:

— É importante que eu traduza para vocês. Esta carta foi escrita pelo bedel anterior, cuja morte foi causada, involuntariamente, por Moishe:

"Querido Rabino Levy

Motivado pela sua proposta para que eu ajude o Sr. Moishe, escrevo-lhe esta carta para expôr os argumentos que pretendo usar, fundamentados na Torá e na Cabala. Mas, para minha tranqüilidade, peço sua opinião quanto à análise que faço do amigo Moishe. Faço-o por escrito, embora eu possa fazê-lo em viva-voz, pois nós nos encontramos diariamente. Porém, ante o receio de não incorrer em más colocações, necessito de sua preciosa avaliação. Pretendo, obviamente, não errar, nem na forma de dizer e muito menos no conteúdo.

Concluo que o Sr. Moishe agarrou-se ao misticismo somente como um alento. Isto é: para lhe servir e não para servir. Ao aproximar-se da Cabala, viu a possibilidade de aproximar-se de Deus. Mais adiante, ao ler Gershom Scholem, concordou que "não há lugar para o misticismo enquanto o abismo entre o humano e o Divino não se tornar um fato da consciência interior". Mas o pobre Moishe, embora concordante com a análise de Scholem, não percebeu seu desvio religioso, conseqüência da sua obsessão, e passou a utilizar os cânones cabalísticos em função de objetivos individualistas e pragmáticos, criando uma espécie de exclusiva "lógica religiosa". Mesmo em seu desvio, considerou que estava no caminho da Divindade. Tudo em função de resgatar sua perdida individualidade centrada numa doentia sede de vingança. Concluiu, infelizmente, que se ele próprio é a vontade Divina, igualmente tornar-se um Golem poderia ser a vontade de Deus. Conseqüentemente, segundo Moishe, sua força mental e física seriam provenientes da vontade Divina. Considerou que não estaria abusando do livre arbítrio que Deus nos concede. Ao mesmo tempo, chegou a considerar que se estivesse no caminho da loucura, tanto melhor, pois assim tudo seria atribuído à sua defasagem mental. E, assim, não mereceria o castigo dos homens. Tudo seria por conta da loucura. O pobre homem está, virtualmente, na contra-mão do caminho Divino e em profunda contradição dentro do seu próprio eu, e com uma herética intenção, creio, até inconsciente. A religião, para ele, tornou-se um meio em função de seus pobres desígnios. Espero que ele mereça o perdão, pois, antes de mais nada, ele é um homem bom e sincero. Sua mente e alma é que estão transtornados.

Rabino, com certeza o senhor deve ter ficado consternado com o pobre Moishe diante de tamanho absurdo. Inconscientemente, ele tornou-se herético, como se fosse um ateu. Dramática é sua amargura permanente, mesmo quando presumia estar no caminho do Divino.

Rabino, peço a Deus que possamos tirá-lo desse terrível conflito. Agradeço ao senhor e a Deus por me darem essa oportunidade de praticar mais esse ato de misericórdia. Vamos tirar esse homem do abismo.

Segue-se a bibliografia e o cronograma de estudos..."

Em Busca de Caminhos Unitários

Por mais de seis meses, José e Marta passaram a encontrar-se nos fins de semana. E, para tanto, Marta viajava mais de quatro horas para vir e outras quatro para voltar. O amor entre os dois estava consolidado e Marta acabou cedendo, após certa resistência, ao convite de irem a um motel. José preparou-se como um noivo para a primeira noite nupcial. Ansioso como um adolescente na primeira relação sexual, teve medo de falhar diante da enorme expectativa.

A espera demorada causou-lhe uma profunda ansiedade. Parecia-lhe que o tempo estagnara, aumentando sua inquietação; por conseguinte, maior receio de falhar... Finalmente, após os seculares quinze minutos, Marta compareceu com seus cabelos soltos, com andar apressado e jovial, mas com um sorriso entristecido.

— Tudo bem com você, Marta?

— Tudo bem.

— Mas parece-me que está preocupada...

— Um pouco preocupada em não decepcioná-lo.

Essa frase acentuou, ainda mais, sua libido e ao mesmo tempo sua ansiedade de entrosar-se com aquele corpo que imaginava esplêndido.

— Jamais me decepcionará. Quanto mais a conheço mais a desejo – disse isso com ímpeto e tremor na voz.

Essas palavras acenderam desejos há tempos adormecidos em Marta. Porém, ao mesmo tempo, receio e indulgência diante daquelas palavras que lhe soaram quase agressivas.

O motel escolhido era agradável. José se propôs a tudo que pudesse satisfazer a sua ninfa.

Durante o ato, percebeu que Marta, além de recatada, era pouco experiente, embora tenha sido casada. E isso intensificou seu desejo. Percebeu que ela estava insegura diante de sua obsessão quase agressiva de possuí-la.

Porém, a libido sobrepujou os receios e ansiedades de ambos. Os corpos sedentos passaram a buscar-se numa harmonia de delírios. Seus desejos atinavam as preferências imperativas. As bocas se amalgamavam, os sexos se entrosavam e os corpos vibravam numa sinfonia de gozos. Sussurravam, reciprocamente, seus nomes. Ante os gemidos, quaisquer palavras seriam empobrecedoras. Os orgasmos vieram num crescendo, como ondas que se acumulam incontinentes e estouram impetuosas. Eram as águas da fertilidade inundando satisfações e certezas. Todos os sentidos se regozijavam numa bonança. E o amor se enraizou nas entranhas e nas almas.

Uma pausa de silêncio, densa de significados, tornou a alimentar a conjugação de reciprocidades insaciáveis. E reiniciaram a amalgamar-se como as águas do mar que se acumulavam para reiterar-se em novo ápice.

Mas o ato contínuo não vingou. O coração de José se negou a colaborar. Estancou abruptamente.

Marta tomou consciência imediata da situação. Com incomensurável esforço, para não perder os sentidos, desvencilhou-se daquele corpo inerte. Vestiu-se trêmula e rapidamente. Interfonou para a portaria do motel.

Compareceu um rapaz com uniforme de porteiro, olhou para o enorme corpo que, embora ainda de bruços, mantinha os olhos arregalados. Friamente, o rapaz baixou as pálpebras do morto. Procurou o pulso e constatou que o gigante expirara.

— Mortinho da silva, dona. Por acaso ele comeu muito antes de vir aqui? – disse o moço com calma, revelando sua frieza.

Em seguida, levantou uma calcinha que estava sob uma cadeira que, diante da circunstância, Marta esquecera de vestir. O rapaz ainda teve a desfaçatez de perguntar:

— A senhora quer que ele leve isso de lembrança?

Marta teve uma reação inesperada. Deu um tapa no rapaz e o chamou de canalha. Em seguida, foi tomada pelo medo de passar por um vexame diante do provável comparecimento da imprensa sensacionalista e da polícia que já haviam chamado.

— Desculpe, senhora. Mas isso aconteceu mais de uma vez aqui neste motel. Lembra do filho do Getúlio? Dizem que ele comeu uma feijoada antes...

Com muito esforço, Marta conseguiu dominar seu desespero. Aguardou a polícia, que, por sorte, compareceu com um delegado e mais dois homens já de cabelos esbranquiçados.

— Fique tranqüila, senhorita, vê-se que a culpa não é sua. Industriais e homens de negócios cinqüentões costumam estourar o coração em cima de mocinhas.

Marta identificou-se. Concluíram tratar-se de pessoa idônea e que o morto não era nenhum industrial ou homem de negócios. O delegado pediu desculpas diante de suas conclusões errôneas. Entretanto, não conteve sua ironia, vício inoculado em seu espírito pelo hábito de procurar contradições nos depoimentos dos incautos fora da lei.

— Seu amiguinho deve ter gasto o salário para passar uma tarde neste motel com a senhorita.

— Espero que o senhor seja respeitoso e não aumente meu constrangimento.

Depois de removido o corpo de José, Marta fez as devidas declarações na polícia para a obtenção do B.O. Entrou em contato com os familiares do morto, ajudou nos devidos trâmites para as exéquias, quando passou a conhecer Andréa, irmã de José. Mulher de exemplar objetividade e de beleza remanescente para seus quase cinqüenta anos. Alta, meio corpulenta, mas elegante e simpática. Uma empatia imediata aflorou entre as duas. Passaram a comunicar-se semanalmente e Marta considerava tão importante alimentar essa nova amizade, a ponto de continuar fazendo suas viagens semanais que lhe consumiam oito horas de ônibus entre ida e volta, como fazia para encontrar-se com José. Num dos encontros com Marta, disse Andréa, repentinamente:

— Gostaria muito que você tivesse se tornado minha cunhada, mas a morte de meu irmão impediu definitivamente esse desejo.

– Nem tanto. Podemos relacionar-nos afetivamente como se fôssemos tais. E, para isso, gostaria de conhecer melhor os filhos de José, seus sobrinhos. Se você permitir, pretendo aproximar-me deles.

— Fico muito feliz – disse Andréa, estagnando seus passos enquanto andavam. – É um sonho que já considerava perdido. Farei de tudo para ajudá-la.

— Preciso dedicar-me a alguém. Se seus sobrinhos herdaram o espírito do José, eu os amarei como filhos. Junto com este que trago de José. Estou grávida de três meses.

Ambas se abraçaram demoradamente e Andréa verteu uma lágrima de satisfação.

Marta passou a freqüentar com Andréa a casa da família de José, onde ganhou, também, o amor da mãe do falecido. Posteriormente, passou a visitá-los sozinha, quando ouviu do filho mais novo:

— Meu irmão mandou perguntar se você quer morar aqui com a gente, como se fosse nossa mãe.

— Pensam, por acaso, que eu quero ser a mãe de vocês?

— Eu acho que sim.

— Vocês têm certeza?

— Sim, temos – responderam em uníssono.

— E se eu der para vocês mais um irmãozinho?

— Seria bom – respondeu o mais velho – assim seríamos os "Três Mosqueteiros".

Marta observou os olhares brilhantes, indagadores, pueris e ansiosos das duas crianças. E, com um misto de compaixão, amor e alegria, por sentir-se amada com tanta espontaneidade, acendeu-lhe, com veemência, uma satisfação maternal. Abraçou os dois e ficaram alguns segundos calados, num acalento de satisfação. Em seguida, o menino maior apanhou um caderno, aliás, uma velha e grossa agenda e pediu que Marta a lesse. Abrindo a primeira página, Marta concluiu tratar-se dos escritos de José. Na primeira página, constavam vários títulos sublinhados. *"Os ensinamentos da morte"; "Meditando sobre a Vida, Através da Morte";. "Amar a Vida, Apesar da Morte"; "Saber Viver a Vida e Saber Morrer Com Sabedoria"; "Sem Caminhos, Sem Destinos"; "As Farsas dos Destinos"; "Buscando Caminhos nos Descaminhos"; "Descaminhos na Busca dos Destinos"...*

O Destino Buscado

Marta passou a ler as frases derradeiras:

"Estou convencido que a morte não é a estação final para quem abriu caminhos. O destino é filho legítimo do homem que busca."

"É preciso forjar e lavrar o destino".

"O homem que abre caminhos não morre, pois dá passagem aos que o seguem posteriormente".

"Na realidade, a vida pode ser como a água: ela procura acomodar-se nos lugares baixos. Mas está em nós escavar caminhos para que as águas tenham o destino que escolhermos".

Marta procurou desvendar nessas frases as profundezas desse José que a impressionara e lhe despertara um amor tão grande. E concluiu: *embora José vivesse numa certa morbidez por tanto lidar com a morte, procurava, ao mesmo tempo, encontrar uma razão alvissareira para sua existência. E que sua obsessão por anedotas era um recurso para amainar um vazio existencial que subestimara nos filhos ou, quem sabe, não era suficiente para um outro vazio: o amor de uma mulher.*

Nesse encontro, Marta resolveu passar o dia todo com os meninos, que falaram muito de seu pai e outros familiares.

— Vocês gostam da tia Andréa? – perguntou Marta abruptamente.

— Sim, gostamos – disse o menino mais novo –, Mas ela nunca tem tempo para conversar com a gente. Ela sempre traz muitos mantimentos, doces, cadernos e livros para a gente estudar, mas sai logo, dizendo que está atrasada.

— E a vovó?

— Dorme o tempo todo. Olhe para ela. A gente está conversando e ela continua dormindo. Roncando e bufando como uma locomotiva, até quando está acordada. Minha avó não tem jeito. Ela sempre anda aprontando.

— Como assim?

— Só para contar a última: certa vez, minha tia trouxe uma carne e perguntou pra vovó: "a senhora ainda se lembra como fazer aquele assado com tomates inteiros e farofa?" "Sim, é claro", disse a vovó. E sabe o que a avó aprontou? Em vez de pôr os tomates inteiros, ela colocou caquis em volta da carne. Os caquis estouraram no forno e tudo ficou uma meleca.

— E tem mais – acrescentou o menino mais velho. – Minha avó já não diz coisa com coisa. Ela pensa que ainda somos criancinhas. Fica contando historiazinhas do lobo mau e do chapeuzinho vermelho. Mas nós lemos para ela histórias do Monteiro Lobato e ela confunde tudo. Outro dia, ela perguntou se tia Anastácia não ia ser engolida pelo lobo mau. Uma vez, vovó fez uma sopa de feijão branco, misturado com feijão preto e mais repolho, macarrão e um monte de legumes. À noite, resolvemos ler mais um capítulo do "Sítio do Pica-pau Amarelo" e minha avó, como sempre, adormeceu. Estávamos com muitos gases devido àquela sopa. Desculpe, tia Marta, mas não consegui segurar mais e soltei um tremendo "pum" e vovó acordou num susto que quase virou a cadeira de balanço e perguntou: – "Mataram tia Anastácia?!" "Não", respondi, "tia Anastácia ia matar o lobo mau mas errou o tiro". "Eu até que ouvi um tiro assim meio abafado", disse, "era um tiro feito de sopa explosiva", respondi. "Sopa explosiva? Só se for sopa de pólvora". "Foi a sopa feita pela senhora, vovó".

— Tá vendo, tia Marta, vovó só apronta.

— Mas eu acho que vocês também aprontam. Coitada da vovó.

Foi justamente esse diálogo prosaico, desprovido de qualquer artifício, que determinou o entrelaçamento dessas vidas. A alegria, reprimida pela ausência de José, restabeleceu-se, magicamente, com a presença de Marta, mãe de amor repentino, espontâneo e de reciprocidade filial que gritou acima da falta de consangüinidade. Tudo aconteceu como se fosse um reencontro após um longo distanciamento.

O menino maior tornou a pedir que Marta lesse mais um parágrafo que ele assinalara naquela agenda com os escritos de seu pai.

"Agora que minha presença é mais freqüente junto aos meus filhos, cheguei à conclusão que não podemos relevar os fatos corriqueiros; sua soma, no dia-a-dia, determinam, selam e aprimoram o convívio afetivo. Igualmente posso dizer que sempre poderá haver um ponto inicial para restabelecer uma feliz vivência. Isso depende em saber assumir, com sabedoria e total desprendimento, o amor filial e amigo. Nesse amor é igualmente indispensável a sabedoria a fim de mantermos uma rota justa para substanciar a felicidade desejada. E, para não cair na fatalidade inercial da rotina, a vida deve ser uma contínua busca, ao nosso redor, como nos longínquos horizontes, pois quem não busca, morre em seu casulo. Foi justamente isso que Marta me inspirou e determinou, como se ela fosse uma camponesa lavrando meu peito, após uma chuva na estiagem."

Nessas frases comovidas, Marta notou certa pieguice, conseqüente de um homem fragilizado pelas incertezas e agruras do dia-a-dia. Mas alegrou-se ante a evidência de gratidão e de esperança que ela incutira nesse ser que, embora experiente, ainda mantinha as vacilações de um adolescente e sentiu o que estava para vir. E concluiu, enquanto abraçava os dois filhos de José, efetivando sua maternidade: "É preciso buscar, alimentar e adornar o destino."

Epílogo
Não Desprezemos o Cotidiano

As mais altas montanhas
nascem em planícies;
os vômitos dos vulcões
afloram das entranhas da Terra
em roncos surdos que são desapercebidas;
as tempestades se iniciam
nas amenidades dos chuviscos;
nos litígios, os ponderados
têm vozes compassivas,
mas nos percursos demorados
serão incontidos;
as revoluções são geradas
nos pequenos desmandos dos mandatários
e estouram em convulsões
arrebentando comportas
de armas e cinismo

Ai daqueles que desprezam
o silêncio dos berros sufocados:
eles são o acúmulo dos séculos esquecidos
e a soma dos insuportáveis cotidianos,
são o prenúncio da explosão
de tudo que somos.

BUSCAS

Desde quando despertou, Laibl vacilou entre o *eu* de seu pai e o *eu* de seu tio: uma vida pendular entre questionamentos, dividido em caminhos quase paralelos e divergentes. Sua existência foi invadida pelos mares das contradições, das inconstâncias e das imprevisões. Foi tragado pela correnteza de outras vidas que igualmente se debatiam e se buscavam, ou soçobraram, ou sobreviveram, temporariamente, nos rumos imperativos e balizados.

A influência marcante que Laibl recebeu, em sua infância, foi de seu tio David, irmão de sua mãe, Rebeca. O tio impressionava pela sua constante alegria, pelo seu dinamismo, por sua determinação e por seu benigno espírito aventureiro. Suas sonoras gargalhadas, estimuladas por suas próprias anedotas, ou de outros, podiam ser tanto de cunho escabroso ou de tipo ingênuo ou, ainda, de cunho político. Tudo que fosse motivo de riso era de sua predileção. Suas leituras estavam sempre voltadas ao humor judaico, ou às charges estampadas nos jornais e nas revistas. *"Viver bem,* dizia, *é saciar o corpo e alegrar a alma. Depois da morte, teremos muito tempo para ficar de cara amarrada".*

David se desdobrava nas mais diversas atividades. Não só para sobreviver, mas também com a intenção de juntar algumas economias e estabelecer-se com uma agência de seguros. Era eficaz e tinha indubitável certeza de seu sucesso, dado o enorme círculo de amizades que cultivava e que lhe facilitavam múltiplas oportunidades de bons negócios. Dificilmente alguém lhe negava a compra de uma apólice de seguro. David sabia de tudo, embora superficialmente. Nos círculos de suas amizades, ninguém tinha aptidão de contestar suas argumentações, visto que as superficialidades dos outros eram maiores. Com sua persuasão e simpatia, acabava se impondo de maneira afável. Se alguém precisasse viajar de férias, ou a negócios, ele obtinha uma passagem mais em conta; se alguém precisasse fazer uma reforma em seu apartamento ele tinha, disponível, um amigo especializado; se alguém precisasse de um médico para a esposa ou para curar uma impotência sexual, ele sabia indicar, e com todo o sigilo, um especialista; se alguém quisesse jogar na Bolsa de Valores pequenas ou maiores quantias, conhecia corretores competentes e confiáveis. Enfim, todos recorriam ao eclético David. Tratava-se de um homem comprovadamente correto. Ele tinha consciência de que sua seriedade significava seu grande capital de giro, mesmo com pouco dinheiro. Era tão idôneo que os vizinhos, quando viajavam, entregavam-lhe as chaves do apartamento, mais o dinheiro necessário ao pagamento das contas do imóvel. Outras vezes, cuidava, com sua irmã, da limpeza, ou terceirizava os diversos serviços. Mas nem todos tinham essa confiança total no David, dado seu jeito bonachão, muito falador e exageradamente extrovertido. Para alguns, dava a impressão de ser um leviano e folgazão. Porém, quando passavam a ter maior aproximação, percebiam sua integridade, eficiência, além de seu coração generoso e sua prestatividade incomum. Não dispensava dinheiro, claro. Mas também não era só isso que o motivava. As conseqüências de sua postura eram imediatas e positivas: choviam-lhe comissões, conforme os serviços prestados, outras vezes gorjetas ou presentes, que geralmente tornavam farta a mesa da casa de sua irmã, onde costumava fazer suas refeições. Morava sozinho no mesmo prédio, um andar acima. Passava a maior parte do tempo no apartamento da irmã, onde jogava conversa fora com o cunhado e brincava com seu sobrinho, Laibl[1]. Não pensava em casar antes dos quarenta ou aos cinqüenta anos. *"Quero viver a vida como um passarinho: livre para voar, ter a imensidão ao meu alcance e fazer o que me der na cabeça"*. Com freqüência, proclamava sua filosofia: *"Mergulhar na vida, como mergulha uma gaivota no mar e fisgar o peixe que eu possa engolir. Nada de sobrecargas que encurtem a vida. Eu já assisti a muitos enterros em conseqüência de muita ambição"*.

David jamais poderia ser taxado de aventureiro ou libertino. Queria, simplesmente, viver a vida com intensidade e, se possível, com sabedo-

---

1. Leão, em ídiche.

ria. Procurava auscultar a todos e inteirar-se de tudo e, assim, transformou-se num tipo de conselheiro e confidente. E, por que não, se as coisas davam certo para esse David esperto e sortudo? – comentavam. Assim alicerçava a devida confiabilidade, além de um ótimo referencial.

David não era um homem singular no meio de tantos imigrantes judeus. Como ele, várias criaturas tornavam-se, até involuntariamente, conselheiros e orientadores por força das circunstâncias, visto que na época, por volta de 1900, a emigração era intensa e um homem como David, e seus similares, eram imprescindíveis. Por isso mesmo, foi convidado a participar do "American Jewish Committee", fundado em 1906, onde se desenvolvia um trabalho burocrático e assistencial, e onde se defendiam os direitos civis e religiosos dos judeus e se mobilizava a colônia, quando necessário, à defesa das causas judaicas e sociais, de ordem benemérita, como de assistência médica e outras situações prementes, especialmente às causas operárias. Outras bandeiras eram igualmente levantadas naquela entidade: a luta contra a Ku Klux Klan[2]. Mas David não aceitou qualquer encargo. Queria continuar a ser o homem dos "setenta instrumentos".

Schloime, pai do Laibl e cunhado de David, só não concordava com a postura sionista[3] do "American Jewish Commitee". No mais, não só apoiava, como dava sua contribuição em ações práticas, e às vezes financeiras, pois admirava o papel efetivo que realizavam. Sendo um "operá-

---

2. Ku Klux Klan, também denominada "Império Invisível". Em 1915, passou a ser liderada por uma figura obscura, um tal de Willian Simmous. Era uma sociedade inicialmente secreta, cujos componentes usavam túnicas e se encapuzavam, alimentando ódios raciais, praticando truculências e assassinatos contra negros, judeus, católicos e imigrantes. Sua "Bíblia" era um livro chamado "Kloran", indicador de seus rituais e feitiçarias. A KKK iniciou-se em 1866 como clube de amigos, cuja primeira atuação foi criar pânico entre populações negras, recém-emancipadas. Essa atuação expandiu-se por todos os Estados Unidos desde a Guerra de Secessão. Em suas fileiras os mais atuantes foram recrutados entre grupos fora-da-lei. Utilizava em seus rituais um código de vocabulário absurdo, palavras que diziam ser mágicas, mas sem sentido, e seus filiados faziam um "juramento de sangue". Usavam cruzes incandescentes durante seus rituais, como advertências, e praticavam toda sorte de barbarismos: como matanças, mutilações, deformações com ácidos, raptos, banhos de piche derretido, incêndios e sabotagens. Dependendo dos estados e locais onde praticavam esses barbarismos, procuravam não deixar rastros identificadores.
3. Sionista, adepto do sionismo. Sionismo, movimento que se efetivou em meados do século XIX como conceito nacionalista. Porém, sua concepção vem dos tempos quando iniciou-se em 586 a.C. o exílio da Babilônia, culminando, politicamente, no estabelecimento do Estado de Israel.

rio consciente", como ele se intitulava, ligou-se ao movimento sindical, onde militava com milhares de outros companheiros sindicalizados, imigrantes como ele, que traziam consigo a enorme experiência de lutas sociais da velha Rússia e da velha Polônia. Como não havia uma legislação trabalhista em defesa dos operários, os patrões podiam despedir à vontade e pagar os salários que quisessem. Conseqüentemente, a liderança de Schloime e de seus companheiros tornara-se fundamental para determinar a força unificadora, embora incipiente do movimento operário na fábrica onde trabalhava e nas demais. Temerosos diante dessa força que se expandia, ou de uma conseqüente convulsão social, os patrões passaram a atender algumas reivindicações. *"Não estamos praticando qualquer delito. Estamos lutando por nossos direitos"*, dizia Schloime em seus discursos. Em decorrência, conseguiu aglutinar simpatias, também dos operários italianos, ucranianos, poloneses e imigrantes dos demais países europeus, que assistiam às assembléias do sindicalismo embrionário.

David rejeitava qualquer militância política ou emprego fixo, mesmo o que lhe foi oferecido pelo "Jewish Commitee" e outras associações de imigrantes judeus. Queria, sim, como costumava repetir: *"viver ciscando como um passarinho ou fisgar peixes bons para o meu bico"*. Depois de suas jornadas de improvisos, nunca voltou de mãos vazias. Conseguia suprir, e bem, suas necessidades e complementar as necessidades da casa de seu cunhado. Fazia-o com alegria e desprendimento, afugentando, assim, uma possível solidão, dada sua necessidade de conviver harmoniosamente com seus familiares, mantendo, simultaneamente, sua liberdade: tinha uma família e, ao mesmo tempo, nenhuma amarra tolhedora. Durante algum tempo, seu cunhado proibiu essa ajuda, achando que seu amor próprio estava sendo ferido. Porém, mediante um acordo que se estabeleceu, ele seria uma espécie de pensionista. Daí, todos acabaram concordando com sua bem-fadada ajuda. Para tanto, o argumento de sua mulher foi determinante: *"Deixemos o David comer conosco. A comida dos bares e restaurantes nem sempre é salutar"*. Todos sabiam que David pagava muito mais que a comida trivial. Pagava com guloseimas, petiscos salgados e doces de especialidade judaica, roupas para o sobrinho, teatro ídiche e, de vez em quando, até um *show* na Broadway, além dos trezentos dólares de pensão.

Entretanto, apesar dos fatores positivos desse convívio, havia o temor de Shloime que seu único filho, Laibl, sofresse uma decisiva influência de David, pois o tinham como um homem sem eira nem beira, apesar de digno. Queria que o menino almejasse um diploma, uma profissão rentável e segura. Mas, tendo um tio como David, sem profissão definida, sem ambição de ter uma família, vivendo ao Deus dará, era temerário... Percebeu, para sua tristeza, que Laibl estava fascinado pela pessoa e pela vida do tio, que contava casos e mais casos, passagens estimulantes das pequenas aventuras diárias, e que chegava sempre de mãos cheias, comprovando suas conquistas e competência: doces, pizzas, pães de cebola, rosquinhas típicas, arenques, aquele fígado amassado com cebola, o pó de chocolate e demais coisas apetitosas que variavam no dia-a-dia. Almoçava-se pouco para comer melhor à noite. E David dizia com orgulho: *"enquanto eu estiver aqui, não se come mais salsichão, que além de ser comida de gente pobre, faz mal à saúde e não é 'casher' "* [4].

O menino Laibl procurava aplicar na rua, com os amigos e estranhos, os ensinamentos do tio: *"Os livros ensinam muito, mas para sobreviver na rua, ou fora dela, é preciso a espertéza que os livros nem sempre ensinam"*. Mas, ao mesmo tempo, lembrava o que seu pai refutava com veemência: *"Na rua e da rua vivem os catadores de lixo, os mendigos, os ladrões e as prostitutas"*. E ouviu atento o tio responder: *"Eu quis dizer que sem a experiência, mesmo a da rua, as pessoas se tornam presas fáceis dos espertalhões"*.

Essas frases martelavam a cabeça do menino, e além de angustiá-lo, alimentavam uma terrível vacilação entre as razões do pai e as do tio. E ponderava: *"Meu tio é um vitorioso e tem uma vida muito mais interessante que a do meu pai, um homem bom e sério, mas sempre triste e carrancudo"*. E suspirava angustiado diante da difícil dicotomia de opções. Sentia uma sôfrega tristeza diante do fosso entre os dois entes queridos. Amava ambos e não queria preterir um ao outro. Porém, certo dia, ao fingir que estava dormindo, ouviu uma conversa entre seu pai e sua mãe, que o levou a uma conclusão determinante:

— Rebeca, é possível que eu seja despedido e sinto que não tenho todo o apoio dos companheiros, porque acham que sou um radical, além de temerem o radicalismo dos patrões.

— E como você soube disso, querido?

---

4. Casher, alimentação ritualisticamente purificada dentro dos preceitos religiosos do judaísmo.

— No pátio da fábrica, um grupo de operários me cercou e um deles disse: *"Schloime, não esqueça que temos família e não temos qualificações além da força de nossos braços. Se formos despedidos, não temos condições de encontrar outro emprego. Isso já aconteceu com muitos de nossos companheiros. Vivemos com medo de sermos atacados pela polícia e pela Ku Klux Klan".* Senti que eu estava ficando isolado. O pior é que o nosso sindicato e a "American Federation of Labor", apoiada pela Ku Klux Klan, ameaçam, abertamente, os pobres imigrantes judeus. Pior ainda, acabei sabendo que vários operários se sujeitaram a trabalhar por um salário miserável. E se justificam: *"Só temos uma escolha, continuar trabalhando com um salário minguado ou passar fome. A fome é pior, pois temos filhos".* Estou sabendo, também, que muitos patrícios estão sendo despedidos em outras indústrias. Além disso, existe uma campanha dizendo que *"todos os judeus são comunistas e devem ser postos no olho da rua".*

Laibl, ao ouvir essa conversa, suspirou e reteve o choro. Cobriu-se até a cabeça, fingindo dormir. Seu coração de adolescente disparou e um medo avassalador o fazia tremer. *"Você não está dormindo, Laibl?",* sussurrou sua mãe, temerosa de que ele tivesse ouvido a conversa. *"Parece que você está tremendo". "Estou com um pouco de frio, mãe".* Rebeca deu-lhe mais um cobertor, de pouca validade para dormir naquele sofá gelado, na saleta que servia de dormitório.

Em conseqüência desse fato, Laibl decidiu-se pelo tipo de vida assumida pelo tio: *"Se meu pai perder o emprego, eu sei como ganhar o necessário para sobrevivermos".* Essa conclusão somou-se ao ímpeto de sua adolescência. Se não fosse o início da madrugada, pularia da cama, já com planos para serem executados. Despertou antes do horário costumeiro, quando a alvorada ainda não se apresentara plenamente.

— O que é isso, filho, é a primeira vez que sua mãe não precisa puxar seu cobertor para tirar você da cama – disse-lhe o pai.

— Tenho muitos compromissos.

— Com seu tio, aquele aventureiro?

— Não, pai, é com os meus amigos.

— A esta hora?

— Sim, a esta hora. Nós vamos pescar no *East River*.

E seu pai fingiu acreditar.

Já na rua, ainda mastigando o pão, Laibl disparava, oferecendo seus préstimos, como de costume. Mas com maior determinação e presteza, servindo os armazéns com pequenas entregas, indo às repartições buscar ou entregar documentos, correndo aos bancos trocar dinheiro graúdo por miúdo, passando recados do tio aos clientes, além de outros tipos de afazeres, como, entre amigos, trocar e comprar figurinhas raras de coleções diversas. Enfim, tudo que pudesse render dinheiro e confiabilidade, como acontecia com o tio: jogo limpo e determinação. Embora quase adolescente, Laibl tinha o corpo avantajado para os seus treze anos: pernas fortes e compridas de tanto correr, o que o favorecia em rapidez, nas maratonas diárias. Sua condição de vitorioso nos jogos com sua turma, preferencialmente no *stikball*[5]. Por sua sugestão, passaram a jogar a dinheiro e organizar apostas entre os que assistiam ao jogo, embora fosse em plena rua. A turma do Laibl e de outro garoto, Jacob Gershwin, com o qual dividia fraternalmente a liderança, como bons "sócios", ao final de cada partida pagava doces para seu time e para o time adversário, sempre perdedor... Havia "marmelada" de parte a parte para garantir os doces, pois se a turma do Laibl e do tal Gershwin perdesse... nada de doces. *"Aí,* pensava, *está a vantagem dos ensinamentos de meu tio: dar vantagens para ter vantagens"*. Porém, certo dia, Laibl concluiu que se houvesse sempre "marmelada", nunca haveria disputa de verdade. Portanto, ninguém seria realmente merecedor de vitória. Daí, resolveu adotar os ensinamentos do pai: *"Os ladrões podem ter vantagens, mas não têm méritos. Portanto, não são vitoriosos"*. Então, estabeleceu um novo acordo entre as turmas: *"Não importa quem é o vitorioso, quem ganhar paga doce também para o time perdedor. E, se as apostas forem muitas, paga-se um almoço lá no China"*. Todos concordaram. Assim, Laibl apaziguou sua consciência diante do tio e do pai.

Mas não só nos jogos Laibl procurava posicionar-se dentro dos preceitos defendidos pelo pai e os ditames de esperteza do tio. Corria para casa, antes do entardecer, fazia os deveres escolares, suas leituras e ouvia música, que era o deleite de toda família. Música ídiche, *blues*, *sentimental's* e, especialmente, o *jazz*, que mexia com seu corpo longo e desengonçado. Na verdade, esse gosto foi muito estimulado pelo tal Jacob Gershwin que, vez ou outra, parava o jogo de *stikball* para ouvir

---

5. Stikball, jogo semelhante ao beisebol, mas jogado com bola de tênis, que é rebatida com punho fechado em vez de bastão; requer muita astúcia.

um gramofone exposto, quase no meio da rua, diante da loja de um judeu, cujo objetivo era atrair clientes. Eram músicas de todos os tipos: desde óperas, até *blues, jazz*, música ídiche, músicas latinas, especialmente cubanas. Negros, judeus, imigrantes latinos, aglomeravam-se diante da vitrola, para ouvi-las. *"Aí está o que meu tio chama de 'ballyhoo'",* pensou Laibl, diante do gramofone berrante e fanhoso. Assim, conseguiu compreender, ao vivo, o que propalava seu tio: *ballyhoo* é a expressão exemplar do novo espírito americano, que é a propaganda com estardalhaço e exibicionismo para estimular as vendas. É a nova filosofia do viver. Quem mais consome mais vive, além de ter satisfação da posse. Quem não possui vive triste e frustrado. *"Mas quem não tem posses, vive triste mesmo, como meu pai: sempre sério, não ri como meu tio, tem medo de fazer qualquer negócio, vive fazendo discursos sérios, fala sempre de perigos; possível perda de emprego, possível revolução e outros medos, que deixam minha mãe apreensiva. Toda vez que papai sai de casa e vai ao sindicato, onde se grita muito, só se fala em lutas, como ouvi nas duas vezes que fui lá com ele. E sobre meu tio, ele também repete a mesma coisa: 'David é um alienado que vive só para encher o bucho e exibir-se com roupas extravagantes. Ele só sabe arrotar vantagens, como se todos fossem burros. Só não brigo com ele por causa de sua mãe. Um dia ainda dou um pé na bunda daquele gozador sem consciência social'. Papai diz isso, mas bem que come tudo que meu tio traz para casa. Acho que os dois gostam de coisas boas. Por isso que não brigam de verdade. Diferente, é só o que dizem... Mas acho que minhas conclusões não estão certas. Meu pai fala, mas faz o que diz",* constatou Laibl, mas continuou a alimentar sua dúvida angustiante: *"Até onde meu pai está certo e até onde meu tio está errado?".*

II

Certa noite, à hora do jantar, David compareceu com embrulhos e sacolas, como de costume.

— Hoje ganhei mais que o mês inteiro – disse eufórico.

— Fez algum negócio escuso? – perguntou Schloime, mal-humorado.

— Você nunca está contente com que eu digo. Você sabe que nada faço de condenável. Ganho dinheiro honestamente e procuro viver bem. É o que você deveria fazer para não ficar roendo as unhas. Por coincidência, hoje mesmo me propuseram três negócios. Só aceitei dois, porque um deles considerei desonesto.

— Qual o negócio que você rejeitou?

— Um advogado amigo, que também trabalha com seguros, teve a idéia de vender seguro de vida.

— Mas o que é que há de errado nisso?

— O errado está no esquema que ele bolou. Inicialmente, fará um anúncio nos classificados dos jornais com o título: *"Nada impede você de fazer um bom seguro de vida! Nem a falta de dinheiro nem qualquer outra situação constrangedora que você possa imaginar"*. Além do anúncio, pretende dirigir-se aos médicos, que poderão informá-lo quais são os pacientes portadores de doenças graves e incuráveis, como câncer e outras. Mediante essas informações, ele vai ao marido ou à esposa ou, ainda, a outros parentes, induzindo-os a fazerem um seguro em mais de uma companhia, mas não muito alto, para não despertar desconfianças. E, havendo a grande probabilidade de morte próxima, o seguro não será pago por muito tempo, e a família poderá ser beneficiada.

— Negócio desumano e sujo, negociar com a expectativa de morte.

— Como eu disse, eu não aceitei, mesmo não se tratando de induzir à morte, que seria um verdadeiro banditismo. Mas eu não aceitei pelo que você mesmo disse. Seria trabalhar com a expectativa de morte, e isso me enoja. O filho da puta ainda argumentou: se a morte é inevitável, por que não ver o lado positivo e ajudar a quem precisa? E eu ainda perguntei se prejudicar a seguradora também não é injusto, já que as seguradoras empregam muita gente? Elas ganham muito dinheiro, respondeu. E é tranqüilo fazer uma coisa dessas? Perguntei. O diagnóstico ficaria em segredo por algum tempo e só depois ele seria divulgado mediante um novo diagnóstico, que seria comunicado à seguradora como se fosse bem recente. Além disso, como eu disse, o mesmo seguro poderia ser feito em outras duas ou mais seguradoras, para acumular um prêmio maior. Haveria uma comissão para o médico e para o agente da seguradora.

— E quais negócios honestos você aceitou hoje?

— Um de outra seguradora, que lançou um seguro em que o segurado concorre a sorteios mensais pela loteria. Caso o segurado seja sorteado, não paga mais a apólice, além de receber o prêmio do sorteio, e, em caso de morte, os herdeiros receberão, também, o valor do seguro. O segurado só paga dez dólares por mês, uma insignificância.

— E é fácil ganhar?

— É muito difícil, pois além de ter de acertar os cinco números da loteria, precisa coincidir com uma das cinco primeiras letras do abecedário que vem estampada, além do número da apólice. Mas, se ganhar, recebe dois mil dólares que, para uma família de operário, dá para viver um ano inteiro, além do prêmio de cinco mil dólares em caso de morte, mas isso só será pago com a carência de um ano após o primeiro pagamento. Assim, a seguradora se garante contra doenças veladas ou morte súbita no decorrer do primeiro ano.

— Não é lá muito honesto, mas é viável para uma família que vive do trabalho.

— Pois é, Schloime. Tá vendo que até para você é possível vender uma apólice dessas...

— Pois então eu compro para dar alguma chance à família e diminuir o desespero, caso eu morra.

— Não precisa comprar. Eu já comprei uma de presente para você, e eu pago as mensalidades, enquanto estiver vivo.

— É bom que você viva bastante. E qual é o segundo bom negócio?

— Peguei uma representação de folhetins de novelas sentimentalóides, ao gosto das mocinhas românticas e das quarentonas desiludidas. Hoje mesmo, já vendi nove apólices e vinte novelinhas a trinta *cents* cada, ganhando dez *cents* em cada, são três dólares e, se ganho em cada apólice a primeira prestação ganhei no total noventa e três dólares que, além dos outros ganhos, perfazem quase cem. E isso só hoje.

— Nada mal.

Diante dessa resposta de rara aprovação do cunhado, David ficou tomado de euforia e iniciou sua costumeira pregação:

— Schloime, o importante é compreender que estamos vivendo uma nova era. A era do *Ballyhoo*. Isto é: fazer o povo acreditar na América a partir do esforço pessoal. Fazer estardalhaço, alardear, ser sensacionalista, com as mínimas coisas, tornar importante qualquer mercadoria, até a mais inócua. As mínimas coisas de nosso país devem ter a maior repercussão. O barulho, a propaganda, deve ser mais importante que o produto. Temos que ser audaciosos. Não deixar que o freguês pense muito no produto, mas fazê-lo achar que o importante é ele ter o produto antes que os outros o tenham. Entregar a mercadoria e logo estender a mão para receber, antes que o freguês pense muito no que está comprando. Fazer todos assumirem compromissos e serem felizes na condição de possuidores. Estamos numa "Nova Era", a era do barulho, do *jazz*, do *charleston*, dos fonógrafos, a era dos carros e, principalmente, a moda de namorar nos carros... (Abriu o "Time" e passou a ler).Veja o que diz um senador: *"Os Estados Unidos não precisam de heroísmos, mas de tratamento; não de panacéias, mas de normalidade; não de revolução, mas de restauração; não de agitação, mas de ajustamentos; não de experimentos, mas de equilíbrio; não de submergir no internacionalismo, mas sustentar-se num nacionalismo triunfante"*. Ele tem razão. Com essa política todos hão de ficar aos pés dos Estados Unidos. A própria Alemanha vive se aproveitando dos nossos dólares. A verdade é que todos têm se recuperado às nossa custas. Temos, sim, é de recambiar os dólares que emprestamos. Os Estados Unidos estão em dificuldades por causa dos outros. Precisamos continuar defendendo a igualdade de oportunidades, mas dentro dos Estados Unidos, e não financiando o oportunismo e a incapacidade dos outros. É preciso manter os Estados Unidos acima dos outros. Consolidar nossas conquistas. O importante é o liberalismo econômico, o *laissez-faire*. É como disse o nosso querido presidente Hoover[6], estamos perto da abolição da pobreza. Meu caro cunhado, precisamos perder o medo de viver, ser otimistas e acreditar em nós.

Schloime, irritado, ouvia, contendo-se para não explodir em berros, como era de seu feitio. Para ele, o que seu cunhado dizia era *"o retrato falado das mazelas e das irracionalidades abrangentes"*. Para ser mais ameno, retrucou ironizando:

— É o êxtase dos estardalhaços, a desfaçatez dos estelionatários, o convívio harmonioso com o crime, o livre curso do tráfego de drogas e bebidas alcoólicas que você acha que engrandecem nosso país, proporcionando lucros extraordinários aos contrabandistas, que se tornam os grandes banqueiros, que determinam a política e a justiça. É verdade, a propaganda faz milagres! Veja como é a nossa democracia: em Tennesse condenaram um professor, porque expunha a teoria

---

6. Herbert Hoover, nascido em 1887, falecido em 1964, trigésimo primeiro presidente dos EUA, de 1929 a 1933. Foi em seu governo que ocorreu a queda da Bolsa de Valores de Nova York e a maior depressão econômica.

evolucionista de Charles Darwin. Em seguida, essa teoria foi proibida em todo o país. Eletrocutaram Nicola Sacco e Bartolomeo Vanzetti, dois imigrantes italianos que mal sabiam escrever, foram presos em 1920 e diante de um interrogatório perverso e confuso e de um julgamento farsante, Vanzetti foi acusado de participar de um roubo a um armazém, juntamente com Nicola Sacco, e responsabilizados pelo assassinato de um guarda e um pagador de uma fábrica, mortos por assaltantes que roubaram 16.000 dólares. Pelo fato de Sacco e Vanzetti serem estrangeiros e considerados anarquistas e opositores das instituições, tornaram-se culpados, mesmo diante da confissão de um tal Celestino Medeiros, de ter sido o verdadeiro assassino. O processo levou sete anos e o Juiz Thayer disse que é melhor não retardar a execução, mesmo sob protestos internacionais de personalidades como Robert Benchley, Dorothy Parker, Bernard Shaw e do Governador de Massachussets, além de outros. Veja só, flagraram um dos peritos ao trocar o tambor do revólver de Sacco, que jamais fora usado. Foram executados sem respeitar o princípio legal e constitucional, sem que o caso fosse levado até o Supremo Tribunal, e sem base de provas, só por supor que eram anarquistas. E mesmo que fossem, a constituição garante esse direito. E todos concordaram porque a "cadeira elétrica é a garantia da democracia americana", como rosnam alguns políticos pusilânimes. No entanto, a Ku Klux Klan já tem cinco milhões de membros e a cadeira elétrica não funciona para eles, apesar de estimularem o racismo, os preconceitos religiosos, especialmente o anti-semitismo, o que é, realmente, contra a nossa Constituição.

Shloime ia impostando sua voz num crescendo e seu cunhado ouvia-o calado para não estimular maior intempestuosidade. E Shloime prosseguiu:

— Propagam que somos uma sociedade aberta. Mas só aberta para quem pode consumir produtos e não idéias. O triste é que você não percebe as idéias disseminadas pelos articulistas e políticos, que estimulam a desconfiança contra os imigrantes, dividindo, assim, o país, impedindo a compreensão dos verdadeiros problemas, que acabarão nos levando à mais terrível depressão. Onde é que está aquilo que os americanos tanto se gabam: *"Oportunidade para todo gênero humano?"* Na verdade, estamos na era da loucura do cinismo oficializado, que dá, na verdade, oportunidades a tipos como você de se aproveitarem, porque acham que os outros estão bobeando, por não conhecerem seus direitos.

— Então você acha, Schloime, que ganhar dinheiro honestamente e ser otimista é um erro? O erro está nos outros exigirem de nós responsabilidades domésticas e internacionais, que só podem nos debilitar como nação. Chega de resolver os problemas dos outros. Que a Liga das Nações vá para o inferno. Todos nos adulam dizendo que somos potentes, saudáveis e vêm com o pires na mão, pedir ajuda ou perdão das dívidas. Acusam-nos de sermos uma sociedade cheia de criminosos. Mas somos a única sociedade a proibir bebidas alcoólicas. Se existem infratores, a culpa não é do governo.

— Mas existem guerras de quadrilhas, verdadeiros governos paralelos. É um contrabando que quase predomina sobre a economia. É um governo voltado só aos homens de negócios, baixando tarifas aduaneiras, mas impondo salários miseráveis.

— Estou vendo que você está envenenado por um espírito antiamericano.

— Quem está envenenado é você, que usa uma terminologia do pior chauvinismo. O erro está em você ser tão inconsciente e politicamente inconseqüente. Esteja certo que o dinheiro que você ganha não lhe dá todas as garantias. Veja como você é contraditório. Viver por viver foi sempre sua única satisfação e única meta. E, agora, você mesmo confessa que corre atrás de lucros, desdobrando-se ao extremo, porque, na realidade, não se sente seguro com o que ganha. Será que o dinheiro lhe dá toda a segurança? Você deixa transparecer, constantemente, sua intranqüilidade, sua avidez, suas incertezas, sua contrariedade quando a bolsa cai ou quando sobe. Percebo que você suspira até quando está cochilando, que lhe falta serenidade, que vive correndo, olhando o relógio enquanto come. E isso é o que você chama de viver plenamente?

— Mas também não consigo viver seu estilo de vida, sem um mínimo de desprendimento: só trabalho, só sindicato, com o risco de perder o emprego ou de ser perseguido. Você me parece uma vítima de sua própria consciência.

— E você é duplamente vítima de sua falta de consciência.

— Não vamos brigar, Schloime. Gosto de sua coragem, de sua dignidade e aprecio sua dedicação ao que você chama de causa proletária.

Para ser sincero, cheguei à conclusão que quando você defende seus ideais com seus companheiros está defendendo a nós todos. Do contrário, os desempregados e os esfomeados virariam este país de pernas para o ar. Ainda bem que vocês lutam organizadamente e fazem o governo ceder em alguma coisa, distribuindo sopas e impedindo que os salários baixem ainda mais. Isso poderia acarretar a total falta de consumo, que levaria o país a um colapso.

— É triste constatar que, mesmo quando você nos dá razão, só leva em conta suas conveniências.

A discussão prolongou-se até a chegada de Laibl. Os dois acharam conveniente dar um ponto final, a fim de não preocupar o menino, que já andava inseguro de tanto ouvir falar de uma possível 'greve geral de protesto', pois sabia que seu pai, sendo um líder sindical, estava envolvido até a medula...

III

A dicotomia sentimental de Laibl em relação ao pai e ao tio tornava-se um abismo de sofreguidão. A divergência de posturas era um vale abissal gerador de insegurança. O menino temia por um rompimento, pois considerava que tanto seu tio como seu pai eram imprescindíveis para a sobrevivência e harmonia do lar. No dia-a-dia, seu sentimento tornara-se pendular, pulando ora para o lado do pai, ora para o lado do tio. Num mesmo período, desenvolvia dois tipos de comportamentos: ora preocupado e sério como seu pai e sua mãe, mantendo um semblante tristonho, ora assumia a postura do tio, dando gargalhadas e divertindo-se com os amigos, ouvindo *jazz* e *blues* à porta da loja daquele patrício.

A vida em Manhattan, especialmente no conhecido *Lower East Side*, onde pululavam as diversidades de imigrantes – italianos, chineses e destacadamente judeus –, extravasava uma alegria comunicativa. As ruas daquele reduto eram uma constância de intensas cenas vivas, apesar do cinza predominante das fachadas dos pequenos prédios, enfileirados sem espaço entre si. Pelo fato de as diversas comunidades preservarem suas línguas, seus costumes, religiões e sua vivacidade heterogênea, dava a impressão de um teatro em permanente mutação, embora com o mesmo cenário de pobreza relativa: ora os jogos disputados pelos garotos;

ora os pequenos furtos que determinavam correrias sem conseqüências; ora pequenas brigas e discussões; ora novos pedestres estranhos no pedaço; ora conversas gritantes de comadres; ora risadas escancaradas; ora mudanças dos que enriquecem e optam por bairros de classe mais alta; ora um recém-enriquecido que se exibia de carro novo; ora novos inquilinos que despertavam curiosidade geral, alimentando novos mexericos. Enfim, naquele palco sem boca de cena, os improvisos eram determinados pelo inesperado da vida. Pouco se podia programar. Mas tudo impunha ação, afugentando a indiferença de quem quisesse ou pudesse viver naquele palco. Outras vezes, uma ou outra passagem dramática com mortes, fruto duma traição de namorados ou fruto de contas mal-prestadas com um traficante de bebidas proibidas pela "Lei Seca". Outro "teatro de variedades" permanente de rua, com características específicas era o *Chinatown*[7], cujo crescimento foi tão rápido que deslocou muitos italianos do *Little Italy* e os judeus de *Lower East Side*. Nesse logradouro, as ruas tornaram-se um burburinho trepidante, tomadas por bancas de verduras, lojas de presentes, muito freqüentadas; dezenas de restaurantes oferecendo comida boa e barata. Ali, Laibl e seus amigos consumiam refeições mais variadas que as corriqueiras, às vezes enjoativas, lá de suas casas... Portanto, podia-se dizer que viver sem ter sido inquilinos de *Lower East Side* era viver longe da mais variada convivência de povos e culturas aglomeradas, naquele lado de Nova York. Essa heterogeneidade era a razão determinante, que fez Laibl optar pela rua, fugindo do convívio maçante de casa, mas que amava. Onde iria buscar maiores razões para rejeitar uma vida de aventuras e alegrias, pensava, balançando-se na sôfrega dicotomia. Mais tarde, pelo resto de sua vida, repetia o que dizia o imigrante e compositor Irving Berlin[8]: *"Todos deveriam ter um Lower East Side na vida".*

IV

Embora Laibl estivesse ciente de que não tinha qualquer dom musical, costumava cantarolar, dando um fundo musical às suas alegrias.

---

7. Bairro dos emigrantes chineses.
8. Irving Berling, 1888. Compositor americano, embora nascido na Rússia, foi para os Estados Unidos da América em 1893. Compôs inúmeras canções populares, como "God Bless América". Faleceu aos 100 anos de idade.

Qualquer contentamento vinha acompanhado daquele cantarolar desafinado. Quando cantava em grupo, com os amigos, todos reclamavam de seu desafinamento: "Laibl não desafina tanto, basta você ouvir", reclamava o amigo Jacob Gershwin. Provavelmente, por não saber entoar os temas musicais que rolavam em sua memória, é que persistia em superar a contradição entre seu cantarolar e a verdade musical, que sua voz não conseguia entoar. Vivia ligando a vitrola do tio, repetindo dezena de vezes a mesma melodia. Daí sua afeição pelo amigo Jacob Gershwin, que sabia assobiar bem as mais complicadas composições e tirava de ouvido muitas músicas, antes de aprender a ler partituras. Embora tenha sido um amigo passageiro em conseqüência dos inesperados da vida, Laibl procurou acompanhar, de forma mais atenta possível, a carreira daquele Gershwin, que, mais tarde, popularizou-se como George Gershwin. Judeu como ele, embora de família um pouco mais abastada, pois os Gershwin eram de classe média e viviam não longe de sua casa, lá no Brooklin. Ficava estarrecido como Gershwin enriquecia as melodias judaicas, pois, segundo a explicação que lera num artigo, anos após, de A. Z. Idelsohn[9]: *"o folclore judaico nunca se preocupou com combinações harmônicas em suas músicas. Muito provavelmente em razão de sua origem oriental, o judeu prefere a melodia. Para ele, Gershwin e outros compositores, a música significa sucessão de notas, mais combinação de sons"*. Laibl, quando ouviu "S. Wonderful", percebeu que existiam elementos judaicos proeminentes naquela música. Não sabia quais. Mas como ouvia, viciosamente, canções judias, percebeu que Gershwin enriquecia as melodias atavicamente judaicas. Embora não soubesse atinar como Gershwin conseguia harmonizar e enriquecer a singeleza da musicalidade judia, que repercutia em seu espírito, despertando irresistível emoção, sentiu a mesma percussão emocional quando ouviu, pela primeira vez "Fanny Face", onde, igualmente, a identidade dessa música foi abrilhantada com a genial harmonização que o comoveu, marejando-lhe os olhos.

Certa vez, num papo de bar, um amigo lhe disse:

— Gershwin amalgamou a música judaica com a música negra, tornando-a a musicalidade das Américas, universal.

---

9. Abraham Zvi Idelsohn, 1882-1938. Musicólogo nascido na Curlândia, viveu na Palestina em 1906, passando a residir nos Estados Unidos da América em 1922, lecionou música litúrgica judaica.

— Para mim – respondeu Laibl – Gershwin não descaracterizou a música judaica nem a negra. Mas ao universalizá-las, manteve suas características, como se estivessem dialogando. Podemos perceber que existem nuances de negritude e judaísmo, como se fossem ondas do mesmo mar. Aliás, eu já o conheci quando ele era Jacob Gershwin. Brincávamos na mesma rua com outros amigos. Ele era impetuoso e muito atento. Só podia dar no que deu: um compositor com autenticidade – completou orgulhosamente.

— Você está sendo meio bombástico e meio poético analisando, assim, nosso Gershwin.

— É culpa do Gershwin. A música dele me torna eloqüente.

O tipo de vida que Laibl incrementou em seu dia-a-dia não lhe permitiu desenvolver qualquer aptidão definida. Mesmo com a música, que era sua paixão lúdica e predileta, jamais tentou dedicar-se a um instrumento. Para seu êxtase musical, bastava ouvir as magias sonoras. Além de sua múltipla e intensa atividade, fazia de tudo para deleitar-se nesse prazer, como se fosse uma obstinação. Passou a ser um amigo oculto de Gershwin. Procurava "acompanhá-lo" à distância, pois seu intento era só ouvi-lo. Isso, quando Gershwin ainda era um simples divulgador de músicas alheias na Casa Remicks, onde os entendidos percebiam que Gershwin não se detinha estritamente às partituras: improvisava ou tirava músicas de ouvido. Seguidamente ia ao Teatro Nacional, lá na Segunda Avenida, para assistir aos musicais judaicos, especialmente os de Abraham Goldfaden[10], que o ajudaram a confirmar a musicalidade e a performance judaicas nas músicas de Gershwin, além do toque melodioso e rítmico do *jazz*, dos *blues* e dos *sentimental's*. Uma das poucas vezes em que foi a uma sinagoga ouviu um *hazan*[11] interpretar cantos oratórios e peças seculares, disse, intimamente: aí está o atavismo musical de Gershwin. Ou será que ele freqüenta sinagogas? Mas, segundo a opinião de um senhor, durante o intervalo de uma opereta, *"esses cantos influenciaram muito pouco Gershwin, pois os meandros, os apuros de sua técnica intuitiva elaborando novos acordes, ca-*

---

10. Abraham Goldfaden, 1840-1906, fundador do teatro ídiche. Em 1876 criou na Romênia a primeira companhia teatral falada em ídiche moderno. Atuou na Europa e nos Estados Unidos, onde morreu. Escreveu mais de cinqüenta peças, entre elas algumas em hebraico, além de várias operetas.
11. Cantor de sinagoga.

dências e modulações criativas enriqueciam tanto, que superavam, e muito, a musicalidade simples dos seculares cantos oratórios daquelas peças religiosas". Laibl não entendeu a elucubração intelectualizada do seu interlocutor, mas ficou satisfeito ao perceber que os entendidos estudavam a música de seu amigo.

Esses encantamentos alimentados pela música, pelo teatro e por algumas leituras determinaram em Laibl a esperança de não se tornar um homem insensível a enlevos mais dignos e belos. Isso o ajudou a amainar a sofrida dicotomia em relação ao seu pai e ao seu tio. Por mais que os ganhos monetários o absorvessem, jamais abdicaria do gosto pela arte, preferencialmente a popular, além do lazer comum a todos os mortais, como assistir e participar de jogos esportivos e, na medida do possível, a satisfação sexual, se as garotas e algumas senhoras lhe concedessem... Tinha medo e repelência às prostitutas, depois que soube da morte horrível de dois garotos, vítimas de sífilis. Com seus quinze anos, sua vivência era como de um adulto. Absorvia, como fazia seu tio, as experiências corriqueiras, as dramáticas, as raras, tanto positivas como as negativas. E repetia, intimamente, as frases do tio, que considerava lapidares: *"Aprender com a vida e vivê-la sabiamente a cada instante". "Procurar ver os homens através de seus atos". "As palavras são, geralmente, enfeites ou camuflagem". "Todo cuidado é pouco com quem quer que seja". "Ganhar dinheiro com sabedoria, pois só com trabalho físico o resultado é diminuto, cansativo e jamais enriquece". "Um homem sem ambição só desce a ladeira da vida". "A honestidade garante lucros mais seguros que as falcatruas, pois, no máximo, só dá vantagens momentâneas e fecha as portas para vantagens mais duradouras". "O melhor capital é a honestidade, a ação e os amigos".* Laibl assumiu esses mandamentos com plenitude e decisão, como se fosse um novo Decálogo, sem considerar-se um herege ante os Mandamentos Divinos. Entretanto, só um dos "mandamentos" do tio Laibl não assumiu com plenitude: *"Tempo é dinheiro"*: Dinheiro sem tempo para viver é empobrecer a própria existência, como fez o rei de Midas, concluía para si.

Para a tristeza da família e do próprio Laibl, nem tudo funcionava sob a égide dos mandamentos do querido tio. Acabou repetindo o último ano ginasial, por faltar às aulas, embora em relação à idade estivesse precocemente adiantado naquele grau de ensino. Completara quinze anos e o distanciado amigo Gershwin completara dezessete. *"Mas ele tem a seu favor o dom que me falta"*, concluía, complexado e triste. Após dias de clausura voluntária e meditação, resolveu abandonar os estudos e, *"só vou dedicar-me ao aprendizado da vida"* – determinou-se.

A resposta à sua estapafúrdia resolução foi uma hecatombe interfamiliar. O pai quase esbofeteia o cunhado, por considerá-lo culpado pela terrível determinação do filho. A mãe berrava, tentando apartar a briga entre os três. Mas o campo familiar de batalha só serenou quando o tio, num berro potente de estrondoso barítono, sobrepujando a gritaria com um "basta", argumentou:

— Estou com você, meu querido cunhado, um homem sem diploma superior é um coitado. Se eu tivesse me diplomado como advogado, ganharia milhões em vez de trocados. Hoje sou um remediado e me desdobro numa correria maluca.

— Mas você está muito melhor que alguns advogados que também se desdobram e sequer têm um carro como você, tio – retrucou o sobrinho.

Argumentos e contra-argumentos e mais alguns berros e ameaças foram se acumulando sobre o massacrado adolescente, cada vez mais diminuído em sua repentina quietude, que, aliás, não era do seu feitio, observando os três massacradores. *"Desta vez, consegui unificar a família, embora contra mim"*. De repente, deu alguns inesperados berros, em tom ridículo de voz em mutação, como de todo adolescente, mas que calou os três postuladores do juízo final:

— Basta! Basta! Basta! Eu quero dormir, estou cansado. Amanhã eu decido e comunico minha decisão. – E foi ao banheiro onde trocou o terno muito justo e ridículo para o seu tamanho, vestiu um pijama, mais ridículo ainda, inadequado para suas pernas e mãos longas. Deitou-se no sofá, enfiou-se debaixo do cobertor e deu sua última "voz de comando" à tropa de três familiares obsequiosos e, repentinamente, silentes: – Agora quietos! Preciso dormir. Amanhã cedo tenho muitos compromissos. O silêncio foi unânime, reforçado com o psiu da mamãe, em apoio ao filho, novo dono da situação.

Também, quem desobedeceria àquele que sustentava, quase que majoritariamente, a casa, diante do perigo de seu pai tornar-se mais um dentre os 15 milhões de desempregados nos Estados Unidos?

V

Laibl continuou acompanhando a evolução artística de Gershwin, como se fosse sua sombra espiritual. Passou a gostar de tangos, após ouvir a primeira gravação daquela música portenha de autoria de seu ídolo. Mais de uma vez, foi ouvi-lo tocar no Clube Literário Finley, no City College de Nova York. Soube, em conversa com amigos, que Gershwin também não fora um aluno exemplar no colégio, como ele próprio. Vários críticos observaram que Gershwin compensava a falta de conhecimentos mais profundos das diversas escolas teóricas da música universal com sua genialidade. Assim, sem amarras formais, Gershwin inovava desprendidamente.Esses comentários eram um bálsamo para Laibl diante de sua vida desregrada e indefinida, embora seguidamente ativa: *"É como eu e meu tio, que sabemos por intuição, mas agradamos e, na prática, colhemos bons resultados. Que se danem os que me criticam constantemente. Mesmo papai e mamãe, que me julgam como se eu estivesse diante do juízo final"*. E continuou elucubrando: *"Gershwin também teve de ganhar a vida antes de poder dedicar-se totalmente à música. Se quisesse tornar-se um acadêmico, os pais teriam de ter posses para sustentá-lo. O mesmo acontece comigo como aconteceu com meu tio. Gershwin teve de estudar contabilidade numa escola pública, mas como é um talento, conseguiu dedicar-se, com bons resultados, só à magia músical. Porém, agora sou obrigado a pular como um macaco, para colher os frutos do acaso. Não tenho outra solução e meus pais sabem disso. Na verdade, criticam-me sem muita convicção. A pobreza os assusta, especialmente a minha mãe. Tenho pena deles. Devem carregar um sentimento de culpa em relação a mim"*. Passou a alimentar certa inveja do amigo Gershwin. Certa vez pretendeu cumprimentá-lo e preparou uma frase: *"Gershwin, você é um vitorioso, e eu sou somente um pouco mais que aquele menino que brincava com você, lembra? Será que compreenderia se eu lhe respondesse que faço de tudo um pouco para ganhar a vida, como meu tio? Bobagem. Ele não perderia tempo comigo e fingiria que não se lembra"*. Assim, ficou só com a intenção e a tristeza, que passou a integrar a sua personalidade de adulto em plena adolescência.

Como de hábito, continuou espicaçando sua consciência, num obsessivo diálogo íntimo: *"Por que me comparo constantemente a Gershwin? Creio que pelo fato de termos iniciado juntos nossa 'escola da vida' na mesma rua, mas nos embrenhamos por caminhos que determinaram destinos diferentes. Sempre confirmo para mim mesmo: minha paixão pela música de Gershwin definitivamente não é fruto da repetição que todos ouvem, mas da fusão de sua sensibilidade que atiça meu atavismo judaico e mais a força do atavismo musical que absorveu dos negros, que também me atinge. É uma força que repercute no sangue e sacode a alma. São os avoengos que passam a nos habitar ou, quem sabe, renascem em nós, renovando a força que nos legaram. Acredito que os chamados 'críticos superiores' têm razão em considerar Gershwin como um Beethowen à sua época, pois teve a coragem de inovar. Para mim é também como a música de Chopin, fruto do instinto poderoso do povo, como nas mazurcas, nas valsas, e como Beethowen na 'Sexta Sinfonia', onde ouço a voz da natureza".*

Esse hábito de acompanhar a carreira de Gershwin teve outros desdobramentos. Passou a ler os críticos e as crônicas sobre música e a colecionar discos de música popular e clássica. Seus ganhos já lhe possibilitavam esse luxo. Sua habilidade, inteligência, melhor administração do tempo e maior presteza que a do tio, redundaram em melhores resultados financeiros. Num mesmo prédio prestava serviços de *office-boy* a vários advogados e contabilistas, além da venda de apólices de seguros, como preposto do tio. Sua avidez por inteirar-se dos meandros das atividades profissionais a quem servia ia acrescentando conhecimentos, necessários ao domínio de várias profissões. Parava nos jardins, parques ou lanchonetes, e lia as petições dos advogados, contratos comerciais, crônicas sobre economia, lia os andamentos de processos, e, a seu pedido, permitiram-lhe acompanhar várias seções de júris. Enfim, qualquer circunstância do viver tornou-se relativamente familiar. Realmente adquiriu noções teóricas e experiência, embora sem a chancela de diplomas. *"E para que, se eu teria de enfurnar-me por mais seis ou oito anos para adquiri-los e mais vários anos de estágio para firmar-me profissionalmente?"* Concluía, justificando-se, embora tendo consciência de sua superficialidade eclética, porém com a certeza de sua praticidade. Ajudado por sua memória privilegiada e sua inteligência analítica, chegou várias vezes a fazer comparações e avaliações aceitas pelos advogados. Lia os autos processuais com espírito crítico e simulava, em sua mente, seções de júri na condição de advogado de defesa ou de acusação e expunha seus argumentos aos profissionais. Um deles afeiçoou-se por sua criatividade e chegou a oferecer-lhe subvenção aos estudos, desde que o servisse com exclusividade. Mas retrucou: *"Não tenho paciência nem tempo de ficar horas e horas com a bunda grudada numa cadeira".* Mesmo assim, o provável mecenas, temendo que algo lhe passasse despercebido, pedia que ele relesse vários processos e petições.

— Mas, doutor – retrucava – não tenho condições de ficar horas lendo processos e petições. Meu tempo é meu capital. O senhor sabe disso.

— Então eu o remunero por tempo de leitura.

— Não, doutor, quero receber por página lida, mesmo que eu tenha várias opiniões sobre cada página. Pois é difícil medir o tempo de raciocínio.

— Dois dólares por página, está bom?

— Negócio fechado.

— Mas falta algo mais a esclarecer. Não opinarei sobre processos da área criminal.

— E por quê?

— Porque as possíveis injustiças de julgamento nesta área podem ser fatais, e eu temo uma possível injustiça.

— Você é mesmo uma alma sensível e uma cabeça privilegiada.

Esse diálogo lastreou ainda mais sua autoconfiança. Conseqüência: passou a ler livros de jurisprudência somente das áreas cíveis. *"Algum dia ainda escreverei romances, e esses conhecimentos hão de ser úteis",* pensou, alimentando esses e outros sonhos que fervilhavam em sua cabeça. Passou a bifurcar suas predileções: amava a diversidade de seus trabalhos e alimentava sua paixão pela música, como ouvinte inveterado.

Seu pai, ao vê-lo retornar carregando processos e livros jurídicos, perguntou:

— Por que está lendo esses livros se você não é advogado?

Laibl retrucou, revelando sua mais nova atividade: *"leitor atento e palpiteiro jurídico".*

— Mas que tipo de advogado é esse que paga para ouvir palpites de um garoto como você?

— Não sou um garoto. E o advogado é um bom advogado. Somente que, conforme ele me explicou, ele ganha tempo se eu fizer a releitura de suas petições ou do advogado oponente, para ver se eu encontro alguma contradição, esquecimento ou brecha que o favoreça.

— E você já encontrou alguma falha nesse sentido?

— Já. Foi no caso da morte de um sócio de uma fábrica, onde o contrato social não estipulava que um dos herdeiros poderia assumir o lugar do pai, em vez de só receber a parcela que lhe cabia como herança. Mas isso acontece porque o advogado faz tudo às pressas. Outras falhas que tenho encontrado não é porque conheço jurisprudência, é porque sou mais atento que o advogado apressado.

— E assim você vai defendendo a moral burguesa.

— O que pretende dizer com isso? Que defendo os lucros e a conveniência capitalista? Agora mesmo o senhor pretendia que eu estudasse advocacia e, ao mesmo tempo, acha que trabalhando com um advogado defendo uma moral burguesa. A sua contradição é mais flagrante ainda: o senhor não trabalha para enriquecer seu patrão, que além de burguês é um explorador perverso, como o senhor já disse muitas vezes?

— Eu trabalho para esse patrão porque não tenho outra saída para sustentar minha família.

— O senhor já me explicou que nada mais tem, além de sua força muscular para sobreviver. O senhor é um homem recalcado. Por isso não sabe ver com bons olhos o tio David, que é um homem que sabe vencer, que nos ajuda e que nos ama. O senhor não é capaz de ver com alegria a revelação de minha capacidade, que só os estranhos consideram.

Essa resposta cortou fundo o coração de Schloime. *"Ser considerado incapaz pelo próprio filho é pior que a morte"*, pensou.

Laibl, ao perceber os olhos marejados do pai e seu ar alquebrado, procurou amainar a situação que ambos alimentaram:

— Pai, eu o considero muito. Sempre que tomo uma atitude penso qual seria seu julgamento... Desculpe.

Laibl observava o olhar de tristeza e de indagação do pai, repentinamente envelhecido. Queria abraçá-lo, mas não o fez com receio de ambos caírem em prantos. Mas Schloime, um homem curtido pela vida, conseguiu dizer com voz trêmula:

— Meu filho, somos cada vez mais estranhos.

VI

Certa vez, ao regressar para casa, Laibl resolveu andar por uma rua paralela, com a intenção de fazer compras, como era o costume de seu tio, numa mercearia de proprietários judeus. Saiu carregado. Poucos metros adiante, ouviu sons de clarinete, violino e de um acordeon, vindos do subsolo de um dos velhos prédios visivelmente deteriorados. Ao ouvir melodias judaicas, cuja predominância musical era de um clarinete, sentou-se num dos degraus que levavam a uma porta abaixo do rés do chão. Ficou cheio de alegria e de sentimentos que o tocaram fundo. Assim que percebeu um intervalo, desceu os degraus restantes. Estando com as mãos ocupadas, deu vários pontapés, de leve, na porta, que foi aberta por um jovem barbudo que, estranhando sua presença, foi dizendo:

— O senhor bateu em porta errada. Deve ser para o vizinho que compra tudo por telefone.

— Não estou errado. Passei e ouvi a música que me pareceu de *Klezmers*[12], que é a minha paixão. Por favor, deixe que eu entre e ouça. Também sou judeu... — E passou a falar em ídiche.

— Mas perece-me que o senhor estava indo para sua casa.

— Realmente estava, mas deixe que ouça um pouco. Gostei muito do som, que é perfeito, bem afinado.

Instantaneamente todos foram unidos numa empatia total. Executaram mais algumas melodias em companhia de uma senhora gorda de meia idade, mãe do clarinetista, que cantava com voz doce e comovente. Às tantas, Laibl passou a desembrulhar os pacotes contendo pão preto, pãezinhos de cebola, salame, pepinos azedos, arenques, doces e coalhada.

— Vamos festejar esse encontro.

— Nada disso – retrucou a senhora. – Tudo me diz que o senhor estava levando isso para sua família.

Houve uma pequena discussão amigável e, diante da insistência de Laibl, os comestíveis foram repartidos, para que Laibl pudesse levar boa parte para sua casa.

Os componentes do conjunto tocavam de ouvido, mas sabiam ler partituras. E isso alegrou Laibl, em cuja cabeça já fervilhavam idéias, que propôs ao conjunto:

— Vocês seriam capazes de interpretar músicas de George Gershwin?

---

12. Klezmers: conjunto músical fundamentalmente influenciado pelo gênero étnico, litúrgico e popular da música judaica, que mais tarde incorporou outras influências locais, onde cada um dos grupos se radicou.

Em resposta, o clarinetista tocou o tema musical de "Rhapsody in Blue", embora fosse uma peça escrita para piano e orquestra. Laibl ficou extasiado. Em seguida, o clarinetista executou o tema musical do *"Concerto em Fá"*.

— Como conseguiu isso? Você comprou as partituras?

— Não, esses temas tiro de ouvido. Mas se tivesse as partituras, eu ensaiaria e adaptaria todas as músicas de Gershwin para nosso conjunto.

— E por que não faz?

— Porque tocando em casamentos, em festas de aniversários, não seria adequado um concerto de Gershwin.

— Seria adequado, sim, pois as músicas de Gershwin são tão melodiosas quanto qualquer uma delas, até as sinfônicas, podem ser cantadas pelo povo. Facilmente ficam na memória.

— É verdade, a música de Gershwin é a expressão do sentimento melódico dos judeus, dos negros, e tomou os corações de toda a América. Passou a ser a música da alma americana. Como dizia meu pai, a música de Gershwin contém até os lamentos eslavos, como os lamentos dos negros. São brados de amor, melodias apaixonantes.

Laibl acatou com alegria essa resposta e não a considerou exagerada.

— Outro dia eu li – continuou o clarinetista – a crônica de um imbecil que dizia ser a música de Gershwin fraca estruturalmente, que a "Rhapsody in Blue" e o "Concerto em Fá" são de um principiante, porque as frases melódicas e as cadências são previsíveis. Esses imbecis, narcisistas de falsa erudição, intelectualóides de gosto duvidoso, preferem os artificialismos à simplicidade, fruto da verdadeira inspiração ditada pelo sentimento autêntico que reflete um povo.

— Eu conheci Gershwin quando ainda éramos moleques. Brincávamos na mesma rua. Naquele tempo seu nome era Jacob Gershwin. (Todos se entreolharam). Posso dizer que aquela vivência de rua levou-o a compôr uma música urbana, na qual prevalece aquele canto de amor espontâneo que acabou explodindo na Broadway. E a Broadway nasceu, como disse alguém, com a força do povo, que acabou caindo também no gosto das elites, mas continua sendo a expressão do povo, pois é do povo que a Broadway tira sua força. Força do povo dos bairros pobres. Se Gershwin não tivesse nascido no Baixo East Side do Brooklin, jamais teria vivenciado tantas experiências e inspirações. Esses elitistas confundem a autenticidade do povo com ingenuidade. Na minha opinião, quanto mais a música é autêntica, tanto maior a sua simplicidade, conseqüentemente, mais aceita. Acredito que o verdadeiro gênio dispensa artificialismos.

— Estou de acordo – disse o clarinetista, satisfeito.

— Se me permitem, eu vou presenteá-los com as partituras de tudo o que Gershwin já compôs.

— Mas isso custa uma fortuna.

— Não é uma fortuna diante da satisfação de poder ouvir Gershwin interpretado por *klezmers*. Um amigo, nosso patrício, há de me facilitar os pagamentos. Podemos, se vocês me permitirem, ganhar um bom dinheiro.

Laibl expôs, resumidamente, seus planos, idealizados naquele instante: "Vocês tocariam em pequenas salas, em rádios, pois sendo só três músicos, os custos seriam baixos, a condução fácil, pois caberiam em meu carro. Tentaria falar com Gershwin para não cobrar, ou cobrar pouco, pelos direitos autorais. Tocariam para banqueiros, advogados, médicos, enfim, para pessoas de maior posse, em seus apartamentos ou mansões".

As perspectivas estavam abertas e os sonhos se efetivariam, pois esse Laibl abria portas e derrubava barreiras. Faria valer sua influente competência.

Pediu, depois de expôr seus planos, para telefonar aos pais e ao tio que o esperavam, com certeza desesperados, àquela hora, duas da madrugada.

Já em casa, chamaram sua atenção pela irresponsabilidade, mas com mesura, pois tendo se tornado a figura determinante para o esteio da família, toda diplomacia era pouca. Em seguida, entrou tio David que, como de costume, fora abraçar o sobrinho. Mas, em vez de abraçar o tio, Laibl observou seu nariz visivelmente inchado e com manchas de sangue em várias cicatrizes recentes, na garganta, em forma de duas paralelas em cada lado.

– Que foi isso, tio? Parece que apanhou de alguma mulher. Esses arranhões são de unhas fortes e bem afiadas.

— Foi isso mesmo, Laibl. A autora dessas cicatrizes foi aquela moça, a Frida, com quem saio há tempos.

— E, por que, se o senhor a trata tão bem? Com certeza não foi porque o senhor, novamente, adiou o casamento?

— Foi porque eu olhei por duas vezes o relógio. Lembrei-me que eu tinha um compromisso e estava atrasado.

— Mas quem o conhece, tio, sabe que seu hábito de olhar constantemente o relógio tornou-se um tique nervoso.

— Mas acontece que olhei o relógio na hora em que estávamos tendo relações, e ela me perguntou: "David, tempo é dinheiro?" E eu respondi, "é claro que é". Em seguida, ela começou a me esbofetear, grudou em minha garganta e tirou lascas de carne. Você acredita, Laibl, que estávamos quase em pleno ápice sexual?

— Mas olhar o relógio exatamente nesse momento é ter mais libido pelo dinheiro do que pela mulher. E ela constatou isso, claro. Mas o senhor não reagiu?

— Como reagir, se eu estava sangrando como uma galinha decepada? E ela vestiu-se rapidamente, sem considerar que eu estava pedindo socorro. Tive a impressão de que estava perdendo muito sangue. E ela ainda gritou: "Seu filho duma puta, não vou ser mais descarga de seus prazeres". Jamais esperaria isso duma moça tão meiga.

— A moça fez muito bem. A mulher precisa se libertar da condição de bicho para prazeres – interveio Schloime.

— Tudo tem seu preço, tio. O senhor pagou pelo que tinha de pagar. Mas já que o senhor está vivo, vamos comemorar.

Abriu os pacotes, expôs os comestíveis e guloseimas e ordenou:

— Comam e façam bom proveito. Eu vou dormir.

— E você, Laibele (diminutivo de Laibl), não vai nos acompanhar? – perguntou sua mãe.

— Não, eu já comi.

— Posso saber com quem?

— Com uma bela mulher que como sem olhar para o relógio.

— Não conseguiram comer tudo? – perguntou o tio.

— Não, estávamos muito ocupados...

— Logo vi – disse o tio, visivelmente satisfeito e acrescentou: – Viver, viver e viver, meu caro Laibl.

— Estou brincando, não foi nada disso, tio. Amanhã eu conto o que realmente aconteceu. Vocês vão ficar alegres em saber.

E enfiou-se debaixo do cobertor, despindo somente as calças.

Os três avançaram triplamente felizes sobre a mesa farta. Por que não? Laibl estava bem, ganhando bem, acima das necessidades e anunciando boas novas e mais essa fartura depois de tantas preocupações, nada mais justo para serem felizes.

VIII

A madrugada se alongava na insônia de Schloime. Dominado por preocupações e receios, tinha dificuldade de desvendar soluções diante do espectro duma comoção social, que assomava ante todos os lares burgueses ou proletários. *"Um medo tomou conta de todo o país. Nunca tivemos tamanha unanimidade de inquietações e falta de expectativas. Seria este o momento certo para uma grande união nacional, para conseguirmos um governo realmente democrático e humano. Mas nem no Partido Comunista nem nos sindicatos temos unanimidade. Estraçalhamo-nos em facções internas, enquanto os interesses dos poderosos aniquilam o país",* deduziu pela undécima vez, enquanto olhava pela fresta da janela, que entreabrira para observar o movimento da rua. Seu filho dormia a sono solto. Mas percebeu que sua mulher mantinha-se sentada imóvel à beira da cama.

— Por que não dorme?

— Pela mesma razão que também rouba seu sono. Tenho medo que algo lhe aconteça durante a greve. Ainda está em tempo de você aceitar a proposta do David e trabalhar com ele no escritório que montou com nosso filho. Você já deu o suficiente à causa. Cansado como anda, nem lhe restam condições para trabalhar (uma pausa de silêncio absoluto). Venha deitar-se, ainda são três horas da madrugada. Dá pra dormirmos mais duas horas.

Schloime continuou a espreitar a rua, onde vagavam retardatários e os ruídos dos poucos carros ressoavam naquela desolação. Deitou-se ao lado da mulher, mas não dormiu. Ambos, imóveis, olhavam para o teto sem dialogar, perdidos nas mesmas incertezas.

Schloime retomou suas elucubrações: *"Em certos momentos, gostaria de ser como David, soltar-me pela vida, sem amarras políticas e sem os meus receios. Mas não. Eu nunca seria capaz e tornar-me um animal gozador sem consciência política. Continuarei vivendo minha vida num nível mais humano e mais pleno de consciência, isso sim. Mas sinto-me velho em meus quase cinqüenta anos. Quem sabe, depois da greve, eu aceite a proposta de David, esse gozador vazio e inveterado".*

Às tantas, Rebeca virou-se para o marido, acariciando-lhe o tórax desnudo, e maviosamente pediu:

— Schloime, pense em voz alta, quem sabe eu possa ajudá-lo. – Ela queria que ele desabafasse.

— Parece que nós dois vivemos em mundos diferentes de nosso filho e do seu irmão. Trabalham, mas gozam a vida como se nada estivesse acontecendo. Enquanto estamos, quem sabe, às vésperas dum grande rebuliço social, eles só atrás de lucros, passando os dias como mariposas, lá na Broadway, ouvindo muita música, vendo *shows*, comprando discos, e outras coisas mais que não sabemos, mas espero que sejam sadias.

— Mas, querido, graças a Deus estão ganhando bem e vivem a vida enquanto podem. Se existem dois mundos, como você diz, nos Estados Unidos, a culpa não é deles.

— Eu não entendo como aquela gente da Broadway não se sente atingida, quando muitos já previram que o país pode quebrar. Estamos em 1929 e há anos o Partido e alguns economistas vêm advertindo a possível quebra da Bolsa de Nova York. A maioria não acredita porque estamos vivendo há vinte anos numa euforia sem consistência, fora da realidade. Muitos poupadores, médios e grandes, jogam na bolsa de valores como se estivessem num cassino, e não acreditam em possíveis perdas. Só ontem, vários pequenos bancos do interior quebraram. Há toda uma trama para que as notícias não sejam pessimistas e não ocasionem uma corrida aos guichês. A incipiente previdência social já faliu. O governo está apático e não se responsabiliza por nada.

— Não entendo, Schloime, a fábrica onde você trabalha está funcionando e vocês ainda querem desencadear uma greve?

— Não é bem assim. Estão dispensando mais da metade dos operários e, ao mesmo tempo, aumentando a carga horária de trabalho. Diminuíram os salários em vinte e cinco por cento, porque todos se submetem devido ao medo de serem demitidos, e ainda acabaram com a enfermaria que conseguimos a duras lutas. O pior de tudo é a divergência do partido com o Partido Socialista, impedindo a formação duma frente poderosa. Todo o país acredita na calúnia de que somos o 'Terror Vermelho', que somos o 'único perigo que ameaça o país'. Os sindicatos têm uma política imediatista e desprezam a mobilização dos operários. Um líder que se diz esquerdista como Norman Thomas declara que é contra a linha marxista, como se o marxismo fosse um divisor em nossas lutas. O que ele quer é isolar nossa liderança. Diz até que somos uma ameaça a soldo duma força externa. Ele ganha com isso porque acalenta o chauvinismo, fundamentalmente da classe média. Nosso slogan *"Não Morra de Fome"* chegou a mobilizar trinta e cinco mil operários numa manifestação pacífica, mas erramos quando pedimos que os manifestantes marchassem até a prefeitura, desafiando a proibição do departamento de polícia, que nos atacou ferozmente, ferindo até os apáticos transeuntes.

De repente, a murmurante conversa do casal foi interrompida pelo tilintar assustador e persistente do telefone. Laibl pulou do sofá onde dormia. Eram quatro e trinta, hora que a cidade despertava.

— Quem será a esta hora da madrugada? – perguntou Laibl, em tom de protesto. – Quem fala?

— Quero falar com o sacana do David – respondeu uma voz estridente.

— Mas ele está dormindo. Eu só o acordo se o senhor disser seu nome e porque está telefonando a esta hora.

— Você é o sobrinho dele?

— Sou.

— Então tome cuidado com seu tio, que é um pilantra. Ele me vendeu uma apólice de seguro e não me advertiu que o prêmio não será pago se houver quebra-quebra, quer dizer, se houver convulsão social.

— Mas o senhor não leu as condições contratuais da apólice? Meu tio costuma dar vinte e quatro horas para que os clientes leiam todas as cláusulas e só depois assinem. E eu também faço o mesmo. Foi isso que meu tio me ensinou.

— Eu não li na hora, porque as letras são muito miúdas e seu tio devia me advertir que existe essa cláusula.

— Mas por que o senhor só se preocupa, agora, de um possível quebra-quebra? Meu pai é tecelão e é contra um quebra-quebra.

— Quebra-quebra é coisa dos anarquistas, e seu pai não deve ser anarquista.

Schloime tapou o bocal do telefone e ordenou ao filho que passasse o telefone para o tio, através da extensão, e tomou o telefone para ouvir a conversa. David atendeu com voz fanhosa:

— Quem é a esta hora?

— David, sou eu, James Wilson.

— Está acontecendo algo grave na fábrica?
— Não está acontecendo, mas pode acontecer.
— Sempre pode acontecer, por isso eu lhe vendi um bom seguro. Mas se o senhor teme que algo possa acontecer, o seguro não paga por previsões, mas sim quando acontece. Como também não cobre temerosidades.
— Escuta, seu filho duma puta, há dias eu venho pedindo para você reforçar o seguro e você não quis tomar providências.
— Mas eu lhe expliquei que o seguro só pode ser reforçado se houver aumento de estoque ou maquinaria. Além do quê, há meses as seguradoras não fazem reforço de seguros, devido à situação de grande instabilidade do país, e pode acontecer uma convulsão ou um quebra-quebra, como já lhe expliquei várias vezes.
— Mas para que, então, serve esta merda de seguro?
— O seu seguro paga por incêndios, cobre em alguns casos os "lucros cessantes" e outros casos que a apólice determina.
— Mas você não me advertiu que não serei beneficiado em caso de quebra-quebra.
— As exceções estão bem especificadas. Pelo visto, não leu todas as cláusulas. Agora, diga-me a verdade: por que tanta preocupação com um possível quebra-quebra? Meu cunhado tem ligações com o sindicato e, na fábrica onde trabalha, a orientação é impedir o quebra-quebra, pois isso depõe contra os sindicatos e só afeta os trabalhadores. Não vejo por que essa preocupação. Meu cunhado está sabendo que muitos patrões estimulam a violência para culpar os comunistas e tentar indenizações do governo. Acredito que não seja o seu caso, senhor Wilson.
— David, eu sei que você é meu amigo, um homem justo, que nunca me enganou, e que tem me ajudado com seus conselhos. Por isso vou ser franco: estou com medo.
— Medo do quê?
— Para falar a verdade, estou desesperado.
— Desesperado?
— Você sabe, estamos atravessando uma situação insustentável. Há meses trabalho no vermelho.
— Seu Wilson, estamos, na verdade, atravessando uma situação difícil. Mas o senhor assegurou um carro novo há pouco tempo e uma

casa comprada recentemente. E, se sua contabilidade está acusando prejuízos, pode levantar suspeitas, pois as companhias seguradoras têm condições de saber de tudo. Mas se o senhor tem outras fontes de renda, tudo bem. O senhor pode justificar seu enriquecimento. Mas não é possível o senhor reivindicar indenizações por falta de lucros. Em todo caso, seja sincero, do que se trata?

— David, estou numa enrascada. Eu mesmo tento provocar um quebra-quebra. Por isso eu quis aumentar o valor da apólice. Os bandidos que contratei disseram que também podem provocar um incêndio. Eles me garantiram que sabem fazer o "serviço" e até já prepararam tudo, usando dissolvente para alastrar o fogo, depois do quebra-quebra, através de uma provocação ou uma briga dissimulada entre operários. Meu medo é que pode haver mortos e feridos se alguém tentar impedi-los.

— Mas isso é banditismo. O senhor tem que impedir essa loucura. É muito fácil descobrirem que o senhor é o mentor e lhe custará uma cadeia de muitos anos.

— Acho que não, pois o Governo quer um "bode expiatório" para culpar os anarquistas.

Schloime, que ouvia a conversa pela extensão, bateu o telefone e passou a se vestir com rapidez. *"Tenho de convocar mais companheiros para reforçar o piquete e impedir o quebra-quebra"*, concluiu consigo.

Rebeca e Laibl estavam amedrontados. Sabiam que seria impossível impedir que Schloime fosse ao encontro dos companheiros para tentar dissuadir os fura-greve e provocadores a entrar na fábrica e fazer o "serviço", que redundaria em prejuízo do movimento reivindicatório e teria, como conseqüência, uma luta corporal perigosa, pois tinham de enfrentar operários desesperados pelo emprego e bandidos dispostos a tudo. David desceu correndo para o apartamento da irmã e disse a Schloime que iria junto para impedir um mal maior. Sabia qual seria o comportamento do cunhado: ele irá se expôr.

— Schloime, eu vou com você. Eu sei como agir com esses facínoras.

IX

O confronto estava prestes a ser desencadeado. Assim que chegou à porta da fábrica, Schloime passou a discursar em altos brados, desmascarando o intento do patrão. Os companheiros que formavam o piquete estavam nervosos. Os bandidos compareceram usando macacões, fingindo-se de operários. Um deles berrou:

— Companheiros, estamos aqui para, com vocês, tomar conta da fabrica e garantir nossos direitos. Somos de uma outra fábrica e de outro sindicato e não vamos esperar pelas promessas falsas dos patrões. Ou eles nos pagam um salário decente ou arrebentamos tudo.

Schloime postou-se à frente dos provocadores e diante dos operários, que se aglomeravam, respondeu com voz alta e firme:

— Esses sujeitos estão aqui a mando do patrão para tumultuar nosso movimento grevista mas pacífico. E eu tenho informações seguras de que eles estão dispostos a destruir a fábrica e pôr a culpa em nós, nos comunistas e nos anarquistas. Cuidado, companheiros, não vamos cair nessa cilada.

O ruído duma sirene da polícia se aproximava e Schloime continuou dando suas palavras de ordem:

— Companheiros, não nos dispersemos. Tenhamos calma. Com nossa unidade somos fortes, e eles precisam de nós. Sem os nossos braços eles não ganham.

O carro da polícia se aproximou. Desceram quatro policiais e, para estarrecimento de todos, também saiu do carro o Sr. James Wilson, que logo começou berrando:

— Eu vim para entrar num acordo com vocês e impedir, com a polícia, um quebra-quebra.

Nisso, quatro truculentos provocadores se aproximaram do senhor Wilson e um deles envergou-se para sussurrar em sua orelha:

— Patrão, nós viemos fazer o serviço. O senhor já nos deu dois mil dólares. Faltam os outros dois mil, como combinamos. Se o senhor não der agora mesmo, a gente cria o bafafá, massacra o senhor e esses quatro policiaizinhos raquíticos, fantasiados de polícia. Compreendeu?

— Mas resolvi que não é mais preciso fazer o quebra-quebra.

— Mas combinado é combinado. A gente ainda pode fazer o serviço. – Mostrou que todos os quatro estavam municiados com enormes barras de ferro.— Se o senhor não quer, o problema é seu. Para tudo acabar bem, passe o dinheiro que falta.

— Amanhã eu pago o restante no lugar combinado.

— Não. Tem de ser agora mesmo, ou a gente acaba com os policiais, que já estão cercados com gente do sindicato patronal. Invadiremos a fábrica e destruiremos tudo com uma bela fogueira.

— Está bem – respondeu o senhor Wilson na surdina, convidando-os para um lugar afastado da multidão. – Eu pago, mas dêem um jeito de pôr fora de circulação aquele magrelo baixinho, que lidera estes anarquistas. Mas sem matar – e apontou, discretamente, para Schloime.

— Só se for mais dois mil dólares, além dos outros dois. São quatro. – disse um dos meliantes.

O patrão pagou e os quatro dirigiram-se a Schloime, que se encontrava num dos degraus junto à porta da fábrica. Cercaram-no e deram-lhe duas violentíssimas pancadas: uma à altura dos rins e outra nas costas, perto da nuca.

Schloime viu um enorme vermelhão diante dos olhos, não teve tempo de sentir dores e desmaiou. Os quatro fugiram, os policiais ficaram impassíveis, e uma turba saiu correndo, inutilmente, atrás dos quatro provocadores. Outros tentaram agredir o patrão, mas os policiais sacaram as armas e o protegeram.

X

Schloime acordou após dois dias num hospital. Ao abrir os olhos viu a mulher, o filho e o cunhado. Quis abraçá-los, mas o enfaixamento e as dores o impediram. Aconselharam-no a não se mover. Recebeu afetos e viu lágrimas correndo dos olhos da esposa.

— Não sinto as pernas – reclamou.

— Pai – disse o filho – o importante é que o senhor está vivo. Os patrões resolveram dar vinte e cinco por cento de aumento, conforme o seu sindicato exigiu.

Schloime sorriu e perguntou:

— Mas o que houve comigo se não consigo mover as pernas?

— Pai, o senhor é um homem corajoso, capaz de compreender e assumir uma fatalidade.

— Que fatalidade?

— Não é definitivo. Mas pode ser que o senhor não consiga andar.

Sobreveio-lhe um choro convulsivo acompanhado pela mulher. Recebeu mais afetos do filho e do cunhado.

Passada a crise de choro, quis saber o que pretendiam fazer para curá-lo. Foram-lhe dadas as devidas explicações e, alentado pelos médicos, foi tomando uma postura, embora fingida, de conformado, com objetivo de confortar os familiares.

XI

David, ao ouvir do sobrinho que pretendia vingar o pai, por ter de andar o resto da vida numa cadeira de rodas, ficou apreensivo.

– Esse seu Wilson, na realidade, nem deu um aumento aos operários. Ele só repôs os vinte e cinco por cento que havia tirado, devido ao medo dos operários se vingarem, por deixar meu pai aleijado. Eu sei como dar um fim nesse filho da puta.

– Está louco, Laibl? A primeira desconfiança cairá sobre você. Esse puto amedrontado já deve ter tomado algumas medidas de segurança. Do contrário, não daria aquele aumento antes da greve começar. O justo é pedirmos uma indenização alta. Com o estado de espírito em que ele se encontra, poderá ceder por um valor que estipularmos.

— Mesmo assim, temos que dar uma lição naquele crápula. Além do mais, os companheiros que visitam meu pai estão sedentos por um revide. Será que só o dinheiro pagará por esse crime?

David se deu conta de que não conhecia a verdadeira índole do sobrinho. Passou a temer que ele praticasse um desatino e, conseqüentemente, se falhasse, ou não, em sua tentativa de matar o senhor Wilson, poderia redundar numa tragédia maior. Felizmente, depois de muitas delongas e discussões, juntamente com outros líderes do sindicato, entraram com um processo contra o patrão e o governo, com o fim de obter a indenização. O senhor Wilson também entrou com uma representação, acusando Schloime de incitar os operários contra ele e de ter programado um quebra-quebra. Tanto Laibl como David ficaram possessos com tamanha sordidez e cinismo. Como testemunhas, o senhor Wilson arrolou os próprios meliantes que iriam praticar o quebra-quebra, e mais os policiais mancomunados para facilitar e forjar a trama.

A petição do processo impetrado por um bom advogado e amigo de David impressionou o juiz. Os testemunhos do real acontecimento eram muitos. Além do quê, o senhor Wilson havia ido, às escondidas, à própria corretora tentar reforçar o seguro, à base de uma gorda propina a outro corretor, que igualmente repeliu a farsa. Todos esses fatos depunham contra o patrão, cujo advogado aconselhou que entrasse num acordo com Schloime. Sucederam-se marchas e contra-marchas, e o acordado foi a indenização de duzentos mil dólares, mais os honorários advocatícios e custos do processo. Tudo tornou-se possível, pois o senhor Wilson estava tomado pelo medo de uma vingança dos operários que estimavam o seu líder, o querido Schloime. Com esse dinheiro, considerou o patrão, Schloime abrandaria os revoltados. Ponderando que jamais poderia atuar como antes, Schloime concordou, mas continuou ponderando se não estava comprometendo sua própria consciência...

A vida dos quatro tomou novos rumos. Todos tornaram-se sócios de David. Alugaram um bom escritório na mesma rua e na mesma calçada para facilitar o acesso de Schloime ao trabalho. À tarde, Rebeca também ia dar sua colaboração e, como seu filho e seu marido, aprendeu uma infinidade de coisas que sequer sabia existirem: linguajar dos processos, contabilidade, seguros, contratos de serviços. Além de outras novidades, foi capaz de assumir, com sua disposição incontida, a limpeza: *"Como no lar, a limpeza também dignifica a organização"*, dizia ela com sua sábia praticidade. Em poucos meses, conseguiram abarcar uma enorme clientela. Até a leitura dos jornais tinha hora certa: sete e trinta. Todos tinham de ler as matérias que interessavam aos clientes, além das resenhas sobre teatro, *shows*, turismo e outros assuntos, para que estivessem em dia e ter o que conversar e ofertar aos clientes. Schloime adaptou-se resignadamente à cadeira de rodas e pôde continuar lendo o que era de sua leitura exclusiva: jornais em ídiche e livros sociológicos e políticos.

Tudo ia a contento e melhor que o esperado, até que um dia depararam com a notícia: *"Mataram o Senhor Wilson, conhecido industrial, comerciante e provável traficante de bebidas"*. A primeira reação de David foi observar o rosto do sobrinho: era um misto de expressão vingativa e satisfação.

— O que você acha disso? – perguntou, intrigado, ao sobrinho.

— É o que tinha de acontecer. O filho da puta era muito perverso. Pior que os bandidos que aleijaram meu pai.

— Você é muito vingativo, Laibl. Agora, podemos dar o caso por encerrado e não ficar alimentando o nosso espírito com sentimentos ruins.

No dia seguinte, compareceram dois policiais. Fizeram um longo interrogatório a David, a Schloime e a Laibl.

— E por que esse interrogatório? – perguntou David, após responder a todas as indagações.

— Nada de especial em relação a vocês. Estamos interrogando todos que freqüentavam o escritório do senhor Wilson.

XII

Cinco de dezembro de mil novecentos e trinta e três, data da abolição da "Lei Seca". Segundo alguns deputados e articulistas, o legislativo americano aprendeu a lição de que o livre comércio de bebidas era menos danoso do que sua repressão durante quase quinze anos, quando a lei era burlada, sob o império do dinheiro, do crime e da corrupção, que corroeram todos os setores públicos e, com rapidez, geraram um Estado dentro do Estado, dominado pela Máfia onipresente.

Meses depois, David recebeu um telefonema da senhora Meyri, que já beirava quatro décadas de idade. Solteira, boa postura física, irradiando energia, olhar de águia, corpo um pouco masculinizado, dada sua paixão pelo remo e mais tarde natação: ombros largos, espinha dorsal ereta, como se estivesse em constante formação militar. Mas, quando ouvia os interlocutores, inclinava-se um pouco para a frente, dada sua avantajada estatura, e trançava os dedos como se estivesse rezando um terço, a fim de demonstrar ser uma ouvinte obsequiosa. Nariz um pouco adunco e, quando se vestia de preto, o que era muito comum, lembrava um urubu espreitando a carniça, segundo observação de Laibl, depois da primeira entrevista.

Foi David quem atendeu o primeiro telefonema de Meyri.

— Seu David, eu sou Meyri, lembra de mim?

— A senhora foi secretária do falecido Wilson durante vinte e cinco anos, não foi, dona Meyri? Mas, pela voz, continua jovial.

— Sou eu mesma, mas com alguns quilinhos a mais e menos jovem que antes.

— Do que se trata, dona Meyri?

— Quero lhe propôr um negócio bastante vantajoso.

— Qualquer que seja o assunto, tem que ser na presença de meus sócios. E se forem assuntos escusos, nada feito. E não adianta insistir. Nossos negócios são limpos e transparentes.

— Não faça pré-julgamentos tão negativos pelo fato de eu ter sido secretária do senhor Wilson. Sou uma mulher digna, tanto assim que o senhor Wilson tinha confiança irrestrita em mim. Os erros e a índole do meu ex-patrão em nada me atingiram. Embora eu saiba de tudo e como tudo aconteceu.

David ficou intrigado com a última frase. Um laivo de curiosidade instigou seu receio em relação ao sobrinho: a tal obsessão de vingança contra Wilson. Sua cabeça passou a ferver com inúmeras suposições. Deu-se uma pausa prolongada e ouviu um berro do outro lado da linha:

— O senhor está me ouvindo, seu David?

— Mas, se a senhora sabia de tudo, por que se calou? Isso dá a impressão que a senhora estava mancomunada com os assassinos do Sr. Wilson.

— Nada disso, seu David. Eu contei tudo à polícia e houve um acordo para eu não incriminar os policiais, pois isso implicaria numa acusação ao Governo e...

David interrompeu a senhora Meyri quase aos berros:

— Isso não me interessa e, além do mais, é melhor não falarmos por telefone.

— Ótimo, então eu vou ao seu escritório e conversaremos.

Marcaram para dois dias depois. Assim David teria tempo suficiente para sondar melhor seu sobrinho e consultar seu cunhado e sua irmã. Quanto ao sobrinho, constatou que suas conjecturas quanto à vingança eram infundadas, para alívio de toda família. E, quanto à conversa com a senhora Meyri, concluíram que nada de impróprio poderia haver, se mantivessem uma conversa coletiva, mesmo que fosse para redimir algumas suposições. Mas, por via das dúvidas e por precaução, convidariam um advogado, devotado amigo, para assistir à reunião.

E assim foi feito. Após os cumprimentos e apresentações, David iniciou, perguntando:

— Inicialmente, diga-nos se sabe quem assassinou o Sr. Wilson.

— Foram os mesmos bandidos que atacaram o senhor Schloime e que iriam praticar o quebra-quebra e pôr fogo na fábrica.

— E como a senhora sabe que foram eles?

— Porque na extensão telefônica eu os ouvi combinando tudo com o senhor Wilson. Após várias conversas, eu passei a reconhecer a voz do chefe daquela quadrilha. Quando eles entraram encapuzados no escritório, eu reconheci a voz do dito cujo, que ordenou ao seu Wilson que abrisse o cofre, que estava num dos armários, e lhes entregasse todo o dinheiro. O seu Wilson não resistiu e entregou tudo. Em seguida, cortaram o fio do telefone, pegaram uma toalha que estava numa cadeira, enrolaram um dos revólveres e atiraram no seu Wilson. O estampido foi surdo.

– Diga-nos como é que a senhora sabe de tudo isso.

— Eu assisti a tudo.

— Assistiu a tudo e não reagiu, nem a molestaram?

— Não, porque não me viram. Eu havia entrado na pequena cozinha, cuja porta é idêntica a uma das portas dos armários, e pude perceber que era um assalto. Fiquei quieta, prendi a respiração e abri a porta pouco tempo depois que ouvi aquele estampido surdo. Encontrei seu Wilson estendido no chão. Quando peguei o telefone para chamar a polícia, vi que os bandidos haviam cortado o cabo.

David, como os demais, ouvia com desconfiança o relato de Meyri. Schloime ficou indignado pela maneira fria com que a mulher relatava com sua voz monocórdica e metálica.

— A senhora sequer ficou triste com a morte de seu patrão. Ele era ruim? Não lhe pagava bem?

— Pagava bem, porque sou uma secretária formada, eficiente, falo espanhol e, além do quê, ele começou a ter certas intimidades comigo. Por isso, quando resolvi deixar o emprego, ele triplicou meu salário, para que eu continuasse e mantivesse segredo em relação às suas más intenções comigo. Com meu espanhol fluente, eles fez bons negócios com o rum cubano, ainda no tempo da "Lei Seca".

— E o que a senhorita pretende de nós?

— Pretendo exatamente isso: que a gente continue a fazer negócios com Cuba, pois agora é mais fácil com o término da "Lei Seca". Os lucros eram grandes para o seu Wilson, e agora podem ser para nós.

— Por que a senhorita nos dá preferência, sem saber se pretendemos tal negócio? E os herdeiros do Wilson não pretendem dar continuidade?

— Já os consultei. Eles moram em Cuba, têm um pequeno hotel luxuoso, uma casa de jogos e, me parece, lidam com prostituição. De modo que nada lhes interessa aqui nos Estados Unidos. Pode ser que tenham algumas pendências com a justiça, e por isso nada mais pretendem aqui nos Estados Unidos. Eles autorizaram que eu ajudasse a fazer a liquidação fiscal da firma, que intermediasse a venda da fábrica, que ficasse com os fichários dos clientes que compravam bebidas e charutos. Estou de posse de tudo, eles pagaram os alugueres atrasados e tenho quinze dias para limpar e fechar o escritório. E é por isso que estou aqui. Não tenho para onde levar aqueles móveis luxuosos. Leiloá-los seria uma pena, pois não arrecadaria o décimo do valor. Mas o mais importante é ter sócios honestos como os senhores para continuar os negócios com os cubanos.

— A senhorita tem alguma procuração dos herdeiros?

— Tenho e até outorgada por um juiz, desde que eu tenha a última palavra dos herdeiros em relação aos preços acertados para a venda da fábrica e dos móveis.

David passou a interessar-se, examinou com os devidos cuidados os documentos referentes a todos os negócios. Com a supervisão daquele advogado de sua amizade, intermediou a venda da fábrica, comprou os móveis do escritório do falecido, ampliou seu próprio escritório, passou a entender-se diretamente com os fornecedores cubanos e aceitou a presença da senhorita Meyri à base de uma comissão de dez por cento somente nos lucros líquidos sobre os charutos e bebidas, sendo que o trabalho daquela senhorita seria o de vendas e supervisão geral desse ramo de negócios: desde a venda até o acompanhamento de desembarque, estocagem, entrega e cobrança. Os custos do negócio, empate de capital e o controle geral, seriam por conta de David e seus sócios/família. O depósito das bebidas seria parte da antiga fábrica do falecido Wilson, que ajudaram vender à base de gorda comissão.

Mas o andamento do novo negócio não foi tão harmonioso devido às discordâncias de Schloime, que resistia ter lucros à base de vícios. *"Que puritanismo bobo, Schloime, com ou sem a nossa presença no mercado de bebidas e fumo, todos continuarão bebendo e fumando. Se você quer manter limpa sua alma, dê uma boa contribuição ao Partido ou ao*

Sindicato dos Têxteis. Vocês sempre obtiveram contribuições dos burgueses para sustentar os movimentos esquerdistas e agora, na condição de novo burguês, você pode desempenhar o mesmo papel evitando qualquer resquício de consciência". Schloime sentiu essas palavras como se fosse uma escarrada em seu rosto, ou como se fosse um desmascaramento, ou, ainda, uma calúnia insuportável. Pior ainda, foi sentir-se incapacitado de dar a devida resposta com aquela altivez revolucionária que sempre o caracterizava. Um sentimento de impotência, ou vacilação, o inibiu, deixando-o prostrado, sem palavras. Sentiu o corpo inerte e sua voz afogada. Era a incapacidade de reagir. A falta de ânimo o dominava. Pensou naqueles companheiros de olheiras fundas, de vida sob o temor constante, daqueles que quase não paravam em pé de tanto cansaço. Concluiu que estava enquadrado numa circunstância sem campo de manobra ou reação. Enclausurou-se em sua própria dor e limitação física. Constatou que sua ética morria dentro dele por inanição. Manteve a mesma postura diante de novas circunstâncias deprimentes. Passou a sentir-se como um covarde desarmado diante da nova realidade que o sucumbia. O silêncio e a obediência na execução de seu trabalho burocrático passou a ser sua resposta inócua, diante de sua massacrada consciência. Assim, tudo seguiu apaziguado na superfície daquele mar de contradições íntimas. Somente sua mulher estava ciente do seu dramático silêncio. Como ele, ela também começou a definhar ao sentir o sofrimento contínuo do marido e a notar que, para ele, a vida tornara-se uma iniquidade. Os companheiros, tanto do Partido como do sindicato, tornaram-se cada vez mais ausentes e só o visitavam para receber a contribuição mensal de que necessitavam. Ambos afundavam naquele subjugamento circunstancialmente incontestável. Sentiam-se incomodados no conforto exacerbado, para seus costumes simplórios, vividos durante cinco décadas. Cada um dos sócios passou a viver em apartamentos individualizados, muito espaçosos e ricamente mobiliados. Viviam à farta, desde que não contrariassem os interesses comerciais. Era fácil constatar, tanto as índoles como os pensamentos pareciam ter-se metamorfoseado em novo modo de viver. O relacionamento tornou-se cada vez mais formal. Conseqüentemente, estabeleceram-se dois pólos psicológicos: um, a identidade do *modus vivendi* de Laibl e seu tio, que gozavam a vida ao extremo, livres de complexos ou sentimentos impeditivos. Outro pólo era a vida recatada, fundamentada no amor e compreensão crescentes entre Schloime e sua mulher. Porém, com uma tristeza exacerbada, que não conseguiam superar, para usufruir as circunstâncias materialmente favoráveis.

XIII

Devido aos relacionamentos comerciais que passaram a ter com Cuba, os quatro sócios receberam aulas de espanhol com dona Meyri. Dos quatro, Laibl absorveu a nova língua como um nativo cubano, pois passou a ouvir programas em espanhol difundidos por uma emissora cubana. Mais que antes, passou a ouvir rumba, sua velha predileção, e retomou velhas amizades com latinos.

Os negócios tiveram uma desenvoltura assombrosa. Laibl revelou-se um ótimo propagandista. Redigiu um folheto falando das delícias do autêntico rum cubano, especialmente em tempo de frio e quando em boa companhia... E terminava com os dizeres: "NÃO BEBA RUM DE BANHEIRA, AQUELE FALSIFICADO. ACABOU A LEI SECA. BEBA O RUM AUTÊNTICO CUBANO DE QUALIDADE E MAIS BARATO QUE O FALSIFICADO". Verifique o selo inviolável de garantia de nossa firma: "ALEGRIA & ALEGRIA ENTRE AMIGOS LTDA". Publicou o mesmo texto em toda a imprensa, jornais e revistas, e alardeou os mesmos dizeres pelas emissoras de rádio. A repercussão foi tamanha que tirou o sossego dos inveterados falsificadores, pois os selos de garantia eram numerados e neles constava o número das notas fiscais de importação, que dificultava o comércio ilegal. Outra vantagem foi o preço de venda, que afastava outros concorrentes, visto que suas compras eram feitas diretamente com os fabricantes cubanos.

Laibl e David passaram a viajar constantemente a Cuba. O gosto por essas viagens não se restringia unicamente aos negócios. Muita alegria, cassinos e, fundamentalmente, porque encontraram patrícios, cujas índoles e predileções coadunavam com as suas. *"Cuba",* dizia um dos novos amigos, *"é o cassino dos Estados Unidos, os cabarés ficam mais em conta que os de Nova York e as mulheres são mais dadivosas. A pobreza as obriga a tudo. E o dólar tem mais força que o ópio na China. Aqui somos todos uma só alegria. O governo, para garantir nossa tranqüilidade, mantém os pobres à distância. Aqui, onde reina o dólar, tudo é copia-*

do dos Estados Unidos. Até a Assembléia Nacional é uma réplica, embora ridícula, do nosso Capitólio".

"Se meu pai ouvisse isso ficaria muito enojado. Quem sabe determinaria sua saída de nossa sociedade", pensou Laibl consigo.

XIV

Laibl passou a viajar a Cuba com maior freqüência que o tio. Em um bar literário, reduto predileto de judeus melhor aquinhoados e de gostos literários e musicais diversos, afeiçoou-se a uma patrícia: loura, esbelta, nariz afilado, rosto um pouco alongado, boca sensual, dentes alvos e perfeitos, sorriso comunicativo, olhar penetrante e atento, um corpo esguio e de belos contornos. Ambos vinham-se observando desde quando se viram pela primeira vez. Laibl tornara-se um homem elegante e de uma comunicabilidade dominante, dado seu empenho e necessidade de cativar os interlocutores às suas conveniências. Mas tinha naturalidade nessa postura e despertava a devida empatia. A gargalhada sonora e natural daquela moça dava um tom de alegria abrangente. Todos se sentiam atraídos por sua comunicabilidade. Foi justamente a força dessa particularidade que provocou o entrosamento. *"Quem ria tão às largas?"*, perguntava-se Laibl. Ao se descobrirem que eram as criaturas de risadas comunicativas, que se destacavam entre os demais, passaram a trocar olhares, e Laibl aproximou-se daquela bela patrícia. Pediu licença para se sentar entre seus amigos. Todos, curiosos, aceitaram sua presença, pois alguns já haviam percebido tratar-se do homem que também ria sonoramente. Essa qualidade era um fator de aglutinação: alegria era o lema daquele grupo, que pretendia viver desprendidamente e, por isso, estava ali. Laibl, bem falante mas com simpatia, entrosou-se rapidamente. Se houvesse um invejoso ou um desmancha-prazeres, bateria em retirada, diante da postura simpaticamente impetuosa e segura desse moço recém-chegado. Bombardeado por perguntas dos curiosos, chegou a dominar o ambiente com suas respostas, gracejos e com seu repertório infindável de anedotas e de casos. Dono de memória privilegiada, logo chamou pelo nome todos os componentes da mesa. Gostou, e muito, do nome da moça da qual se afeiçoou, repentinamente:

— Meu nome em ídiche é Reisele, mas os amigos me apelidaram de Linda.

— A senhorita faz jus ao nome e ao apelido – respondeu Laibl, esboçando seu sorriso dadivoso.

O encantamento mútuo os unia. Durante dois dias falaram-se longamente e passearam quilômetros pelas praias. Laibl passou a conhecer melhor a bela Havana, enquanto expuseram, mutuamente, o acervo de suas vivências. Preferiu chamar sua encantadora Linda de Reisele, devido a uma música ídiche de mesmo nome, pois se adequava àquela figura que passou a amar de imediato. A aproximação foi consolidada, devido às formas de ambos ganharem dinheiro e lidarem com o público. Ela, com sua agência de viagens, representava, em Nova York, os hotéis de Havana e de toda Cuba, além de outros países do Caribe. Embora fosse esse seu "ganha-pão", era formada em letras latinas. "Há circunstâncias que nos desviam dos pendores e preferências", justificou-se por estar atuando em ramo tão distinto ao de sua graduação. Ambos donos de uma objetividade aguçada, trocaram informações de trabalho e se comprometeram a indicar clientes para seus respectivos ramos de negócios. As perspectivas comerciais não interferiram no calor da repentina paixão. As idas e vindas a Cuba tornaram-se freqüentes e os programas de encontros em Nova York, mais as preferências pelos teatros e *shows*, deleitavam a ambos. Os gostos assemelhavam-se. E o fogo do amor entrelaçou os corpos e as risadas sonoras. Um dos amigos dela que os acompanhava apelidou-os de *"casal gargalhada"*. Com a anuência dos dois, o apelido pegou. Passaram a viver juntos no apartamento de Laibl, que era mais confortável. Casaram-se no religioso judaico e no civil, com a perfeita concordância e alegria dos pais de ambos. Como os pais de Reisele moravam em Nova Jersey, aceitaram o convite de Schloime e Rebeca para pernoitarem em seu apartamento e, com isso, entrelaçou-se uma amizade que se somou ao parentesco, quebrando a monotonia de ambos os casais. Os pernoites alongaram-se por dois dias de muita conversa e rememorações. Como os pais de Reisele eram cubanos de nascença, Schloime ficou curioso e quis saber da imigração judaica a Cuba e porque os judeus cubanos eram mais alegres.

— Deve ser porque vivem junto às praias e devido aos turistas que vão alegrar-se com a tropicalidade e a beleza contagiante das mulheres. Mas isso é só em Havana e proximidades. Pois no restante dessa ilha há muita pobreza. Infelizmente, não há movimentos sociais como aqui nos Estados Unidos. Cá entre nós, a ditadura de Fulgêncio Batista amordaçou o povo cubano. Quando vocês vêm a Cuba só percebem uma parte da realidade. Quanto à nossa imigração e ao nosso passado, é uma história muito triste.

— Eu pensei que vocês foram mais felizes em emigrar para Cuba.

— Engano seu. Primeiramente nossa imigração a Cuba foi meio forçada.

— Como assim?

— Em conseqüência das restrições à imigração aos Estados Unidos, os judeus foram obrigados a ficar em Cuba. Muitos dos que tentaram emigrar clandestinamente foram enganados por bandidos que se faziam passar por pescadores, e no meio do mar saquearam tudo dos pobres clandestinos e os jogaram aos tubarões.

— Que desgraça!

— Atualmente, Fulgêncio Batista faz o mesmo com os comunistas que consegue prender. Outras vezes, arregimentavam os pobres patrícios em barcos de pesca ou de turismo, afastavam-se da costa, davam uma volta distante na ilha e paravam em qualquer parte e diziam que estavam nos Estados Unidos. Aquelas criaturas, não tendo outra solução, passaram a trabalhar na pavimentação das ruas ou em trabalhos provisórios, como no corte de cana às vésperas das colheitas. Mais tarde, essa situação foi um pouco aliviada com a ajuda do chamado *Joint*[13], que conseguiu emigrar alguns judeus para os Estados Unidos, assegurando assistência médica àqueles infelizes, alguns dos quais ficaram tuberculosos. Até recentemente, nesta bela Cuba os judeus eram proibidos de exercer atividades comerciais ou qualquer atividade de caráter governamental.

— Que tristeza!

— Meu caro Schloime. Isso se deu em toda a América Latina, onde os governos foram sempre impostos e dominados por grupos radicais em forma de ditaduras. Enquanto os Estados Unidos se diziam e se dizem democráticos, impõem ditaduras no restante das Américas, onde as economias se encontram paralisadas. Mesmo aqui, enquanto sobrevivemos à terrível depressão, o governo ainda resiste a mudanças sociais de verdade.

---

13. Joint: Instituição de auxílio, fundada em 1917, subvencionada pelos judeus americanos para ajuda aos correligionários desamparados, procedentes do Oeste Europeu e do Oriente Próximo.

— Estou vendo que rezamos pela mesma "Torá política".
— Nem tanto. Pela fotografia de Lênin que o senhor tem aí dentro da cristaleira, vejo que o senhor é totalmente da esquerda. Enquanto eu sou um sionista de centro-esquerda.
— Mas temos muito em comum.
— Muitos judeus têm muito em comum, mas em Partidos diferentes.
— Aí está nossa fraqueza. Mas acredite que esse não é um mal só dos judeus. A esquerda americana também anda esfacelada. Por isso perdemos as eleições e os sindicatos são frágeis.
— Como ia dizendo, em Cuba a situação ainda é pior que nos outros países da América Latina, que conseguiram industrializar-se. No entanto, em Cuba só continuamos vendendo rum, açúcar, charutos e, que Deus me perdoe, vendemos mulheres num sórdido turismo.

Nisso, chegaram Laibl e Reisele, voltando depois de dois dias de lua de mel em Miami, carregados de pacotes de presentes e muita comida.
— A festa não acabou – gritou Laibl.
— É isso mesmo, a festa não acabou – acrescentou tio David com igual euforia.
— Meu caro sogro, o senhor vai ficar conosco por mais uma semana. Foi isso que eu e a Reisele decidimos de-mo-cra-ti-ca-men-te...
— Não posso, tenho negócios e obrigações lá em Nova Jersey.

O convite ficou no ar, mas os fluidos festivos permaneceram até o alvorecer.

Laibl observou que havia tempos não via seu pai tão descontraído: *"A faceta mundana e pueril na vida, da qual se havia distanciado, lhe fazia bem. Meu pai tem sede daquele calor humano que a vida operária e sindical lhe proporcionava. Temo que isso não seja temporário"*, concluiu intimamente.

XV

Aproximadamente dois anos felizes se passaram, mas não para Schloime, que definhava a olhos vistos. Para ele, a vida decorria numa iniquidade, divorciada de sua índole e predileções, agravada por suas limitações físicas: dependendo dos outros para chegar ao escritório, para se vestir, além do terrível incômodo de nada poder determinar em prol de sua existência íntima e muito menos influenciar política e ideologicamente, porque passara a ser considerado, pelos companheiros, como um "simpatizante", um simples "contribuinte". *"Logo, logo, serei mais um burguês acomodado, na condição de um burocrata fossilizado e, com certeza, antipatizado pelos antigos companheiros. De líder amado e respeitado, tornei-me um submisso à cretinização de um filho aburguesado e de um cunhado que passou a dominar minha família. Será que o caminho que me resta é vegetar neste cômodo vazio que me massacra? Pensando bem, o que posso exigir dos outros? Posso retroagir ou abrir novos caminhos? Nada mais me resta que me acomodar num mundinho supérfluo"*, e enxugou, rapidamente, as lágrimas, temendo ser flagrado em seu abatimento. *"Quem sabe eu ainda possa travar uma luta ideológica, no campo que me resta, e abrir novos caminhos ao meu filho. Mas para isso, devo ser forte"*, concluiu esperançoso. Passou a observar, com maior acuidade, sua mulher, que passava por ele cantarolando e piscando um dos olhos, como no tempo dos namoricos, dando-lhe beijos na testa, alisando seus cabelos, anunciando um prato novo que preparou para o almoço e outros agrados para rechear a vida de felicidade que restava e que ele não conseguira atinar até então.

Essa "militância" de engajar o marido numa alegria, que sua intuição feminina engendrou como estratégia para espantar a tristeza e tentar trazê-lo a enlevos agradáveis surtiu seus primeiros efeitos: Schloime passou a admirar a alegria assumida pela mulher. Compreendeu que era uma forma de luta para ajudá-lo a suportar o novo tipo de vida. *"Ela sabe o quanto me dói este vazio e faz de tudo para que eu o suporte e veja o lado positivo que resta"*, concluía, tentando colaborar. Passou a exteriorizar melhor seu amor pela companheira: abraçava-a com maior ternura, com maior freqüência, apoiava a readquirida religiosidade que se diluíra nela em conseqüência de seu ateísmo. Sua anuência a essa transformação se devia mais por seu respeito e cordialidade do que por suas possíveis novas concepções. Essa fase de adaptação incrementada em alegria e obediência ativa e passiva às circunstâncias, agiu como lenitivo eficaz. Partindo desse suporte que não era nem político, nem ideológico, mas tão somente amoroso, concluiu: *"Nada mais me resta: tornar-me um simpatizante da esquerda: torcer pela esquerda, como um torcedor de futebol, e apoiar minha mulher no que nos resta de vida, supostamente alegre. Vou conviver com essa filha da puta de paralisia. Ela é a prova de que eu estava certo em meus ódios e em minhas lutas. Se os inimigos me adulassem eu estaria errado. Hei de fazer meus companheiros e meu filho entenderem essa recompensa".*

XVI

David, como sempre, chegou ao escritório antes dos outros. Ao abrir a porta, encontrou um envelope não postado. Continha um bilhete datilografado:

"PRIMEIRO AVISO
SAIAM DO CAMINHO"

Logo associou a entrega desse aviso com um sujeito que cruzara à sua frente na entrada do prédio: tipo corpulento, bem trajado, rosto quadrado, barba por fazer. Impressionava pelo olhar frio com que o encarara, com uma expressão de desacato. *"Deve ser o tipo que jogou o bilhete debaixo da porta",* concluiu.

Em seguida, como de costume, entrou Meyri, exatamente às oito horas. Após os cumprimentos, David perguntou:

— Dona Meyri, a quem a senhora pode atribuir este bilhete?

Meire leu e empalideceu.

— Deve ser dos mesmos bandidos que mataram meu antigo patrão. Usaram o mesmo "expediente".

— Dona Meyri, por favor, não conte nada a Schloime nem a Laibl, e muito menos à Rebeca, sobre o recebimento deste bilhete.

— O senhor deve comunicar isso imediatamente à polícia.

— Mas a senhora não contou que a polícia nada fez, mesmo sabendo quem foram os assassinos de seu ex-patrão? E por que eu hei de acreditar na polícia agora?

Meyri passou a tremer dos pés à cabeça, largou-se sobre uma poltrona como se fosse ter um desmaio e balbuciou:

— Seu David, eles podem entrar aqui a qualquer momento e nos matar... Tenho medo... Quero ir embora... O senhor nada me deve, eu relevo as comissões... Nem quero fazer as contas... Deixe-me ir...

— Nada disso. Pode ficar descansada. Raciocine comigo: se eles mandaram um bilhete é porque não pretendem vir hoje. Eles vão esperar que eu liquide o negócio, mas só o de bebidas, pois eles estão encurralados, perdendo a concorrência só nesse setor. Os demais não lhes interessa.

— Como o senhor sabe que é por causa das bebidas?
— Porque nosso esquema de vendas atrapalha a venda de bebidas falsificadas. Além disso, as bebidas falsificadas têm adoecido as pessoas, e custam somente um pouco menos. Por isso, todos passaram a beber o rum, o legítimo rum cubano que importamos.
— Mas o que o senhor pretende fazer?
— Deixe por minha conta, que eu agirei com cuidado. Talvez eles queiram que eu me associe a eles.
— E o senhor vai se associar com bandidos?
— Veremos. Por enquanto bico calado, certo?

Nisso entrou Laibl, empurrando seu pai na cadeira de rodas. Dona Meyri não teve ânimo de se levantar e continuava pálida.

— Dona Meyri teve um pequeno mal-estar – disse David, com calma e presença de espírito.
— Está grávida? – perguntou Laibl.
— Ainda sou virgem, seu Laibl. O senhor sempre brincando com coisa séria.
—Vamos trabalhar, gente. Depois que dona Meyri beber um copo d'água com açúcar voltará ao normal.

David aproximou-se do sobrinho e disse:
— Virgindade com menopausa dá essa reação – brincou, na tentativa de amenizar o mal-estar de Meyri.

Schloime aproximou-se de Meyri, tomou-lhe carinhosamente a mão:
— Meyri, não leve a mal as brincadeiras desses dois cretinos. Se quiser, chamo Rebeca e ela vai com você ao nosso médico.

Meyri agradeceu e rejeitou a proposta.

XVII

Passaram-se alguns dias e David encontrou um segundo bilhete:

"ÚLTIMO AVISO
SAIAM DO CAMINHO".

Imediatamente enfiou o envelope no bolso antes que Meyri chegasse. Mas ela não compareceu.

Um dia antes David havia anunciado em todos os jornais: *"BEBI-DAS & AMIGOS LTDA está vendendo este ramo de negócio. Caso haja interesse, queiram nos telefonar."*

Os demais sócios leram o anúncio logo pela manhã. Ficaram perplexos:

— David – perguntou Schloime – isso foi iniciativa sua ou de nossos concorrentes, para nos atrapalhar? E se foi idéia sua, você nos desrespeitou como sócios.

David revelou toda a verdade aos parentes e expôs as razões de seu plano:

— Esses bandidos nos telefonarão para um contato e tentarão negociar conosco. Assim, ganharemos tempo e impediremos que optem por uma atitude desesperada. Conversaremos e negociaremos nossa patente de vendas por um preço razoável. Só a de bebida. Mais adiante, podemos nos estabelecer em outra cidade, não muito longe de Nova York. Poderia ser até em Nova Jersey, onde poderemos contar com a ajuda dos pais de Reisele. Levaremos Meyri conosco, junto com a mãe dela. Tenho certeza de que ela concordará, pois arranjaremos moradia e pagaremos uma ajuda de custos para que enfrente despesas imprevistas, e assim continuaremos com a mesma eficiência, sem perdas.

Embora temerosos, todos concordaram com o plano de David.

XVIII

No dia seguinte, David aguardava, ansioso, o tilintar do telefone.

– David, sou eu, o "Mão-de-Ferro". Eu li o anúncio. Faço o negócio contigo. Se for um preço razoável, a gente não vai discutir.

— Trezentos e cinqüenta mil. Cem mil de sinal e o restante na entrega da papelada.

— Por trezentos mil está fechado e os cem mil em cheque à vista, mas com a condição de me trazer a relação dos fregueses para que eu veja se sua clientela é boa de fato. Se vocês concordarem, compareçam amanhã à tardinha, com uma declaração assinada por Schloime, se ele tiver dificuldade de chegar até aqui.

— O senhor conhece Schloime?

— Conheço vocês todos e o passado de cada um.

— Negócio fechado. Amanhã às seis da tarde estaremos aí.

— Mas com a relação dos fregueses.

David teve que explicar aos sócios que não havia a mínima importância em levar a relação dos fregueses, pois essa relação pode ser novamente extraída do próprio talonário, caso lhes tomassem a relação e não saísse o negócio.

Conforme combinado, todos compareceram ao luxuoso escritório do "Mão-de-Ferro", menos Schloime, que se negou a ir, dada sua repulsa em ver de frente aquele crápula.

David entregou o recibo contratual já assinado por Schloime, recebeu o cheque e entregou a relação de fregueses. Todos assinaram o documento e saíram eufóricos.

XIX

Um dia depois, exatamente às dez da manhã, quando Laibl entrou no escritório, viu David e dona Meyri e seu sogro, que fora para inteirar-se dos negócios, estendidos no chão, e seu pai, também baleado, na cadeira de rodas, mas que conseguiu balbuciar, quase inaudivelmente:

— Laibl, sinto que estou morrendo. Para mim, é melhor assim.

E expirou em seguida.

Os bandidos haviam deixado intacto o escritório.

Com esforço, Laibl procurou controlar-se. Chamou a polícia e o socorro público. Procurou manter o raciocínio: *"Os bandidos, para não deixar qualquer prova, em nada tocaram"*. Telefonou em seguida para sua mãe pedindo que não fosse ao escritório. Ela respondeu que iria em seguida. Laibl berrou para que ela obedecesse. Depois que os policiais fizeram a vistoria e os corpos foram removidos, Laibl seguiu ao seu apartamento, a fim de apanhar alguns calmantes para sua mãe. Ao abrir a porta, encontrou outro bilhete idêntico ao do escritório, com os dizeres:

RASGUE O RECIBO/CONTRATO
E INUTILIZE O CHEQUE.

Concluiu que era prudente obedecer às ordens deixadas pelos facínoras. Após o enterro de seus familiares e de dona Meyri, foi procurado pelo advogado, amigo da família, que pretendia entrar com uma representação para incriminar os conhecidos bandidos, sabidamente autores dos crimes. Laibl negou-se a incriminar quem quer que fosse:

— Só pretendo responder ao interrogatório da polícia.

— Mas será muito estranho e pode repercutir mal se você não impetrar um processo.

— Mas no processo eu incriminaria quem? Os bandidos que não vi, embora saiba quais são? Não me dariam um dia de vida.

— Você pode exigir do Estado que investigue e encontre os bandidos. Calar e não reagir é pior. E pode levantar suspeitas contra você.

— Um processo jamais me dará razão, e serei mais um condenado à morte, dada a ameaça que transparece no bilhete.

O advogado compreendeu o temor de Laibl:

— Vamos entrar com uma ação responsabilizando o Estado, pedindo elucidação do crime, sem pedir indenizações. Assim, nem o poder público nem os bandidos se sentirão coagidos ou implicados, e acabarão arquivando a ação por "falta de provas".

— Desgraçadamente, não posso vingar a morte de meu pai, de meu sogro, de meu tio e de dona Meyri. Os assassinos ditam suas leis, que têm mais força que o Estado.

— Espero que você não fique tomado por um sentimento de culpa. Vá ao encontro de sua mãe e, em memória de seu pai e de seu tio, faça algo que era da predileção deles. Você sabe o quê...

XX

Sem a presença determinante e serena de Reisele, Laibl não teria capacidade de suportar tamanho infortúnio. Logo após os sete dias de luto cerrado, como rezam os mandamentos judaicos, e após os trâmites legais, tomaram deliberações: venderam os imóveis e os negócios e seguiram para Nova Jersey. A carga dramática foi sendo amainada com viagens, teatro, *shows*, música e muita leitura recomendada por Reisele, que o ajudou a readquirir esse hábito, quase que perdido.

Passado um tempo, voltaram a dar suas sonoras gargalhadas nos encontros com amigos, onde rolavam velhas e novas anedotas. Laibl, porém, não conseguiu livrar-se totalmente da carga de seu drama. Quando chegavam em casa, fechava-se em silêncio, remoendo o passado recente, vasculhando sua base existencial. Reisele não gostava de interrompê-lo.

Sabia que a meditação é fundamental para clarear caminhos e cortar arestas. Porém, quando observou os olhos marejados de Laibl, falou:

— Meu amor, vamos fazer um pacto: não deixemos que a tristeza nos domine, pois isso nada nos resgatará. Continuemos sendo o "casal gargalhada". Acho que nossa casa está muito vazia. O que nos falta é termos um filho.

— Eu pensei que você estivesse adiando de alguma maneira, pois temos tido uma vida sexual muito ativa.

— Acredito que o problema seja meu. Por isso já marquei uma consulta com o médico da família.

Laibl passou a acariciar a esposa e ela correspondia. Como de hábito, ambos viajaram por seus corpos com as mãos, como prelúdio da sábia e prestativa libidinagem do amor, enlevando a sublimação sexual. Não tinham urgência e procuravam ir ao encontro das preferências mutuamente sabidas. Em certo momento, Laibl acariciou com maior pressão o seio esquerdo da amada e sentiu uma região mais endurecida. Afastou imediatamente a mão, como se tivesse tocado numa brasa. Reisele estranhou a interrupção brusca.

— O que houve?

— Meu bem, você nunca sentiu nada no seio?

— Sinto, de vez em quando, umas fisgadas, mas penso que deva ser um problema muscular, devido aos exercícios que faço.

Ambos se calaram e pensaram no pior. Reisele lembrou-se de duas parentas que faleceram devido ao câncer nos seios.

Continuaram calados e apreensivos.

— Amanhã vou ao médico – disse Reisele, com voz trêmula.

XXI

— Doutor, se for isso que penso, diga-me com toda a franqueza. Porque devo tomar algumas providências imprescindíveis para o bem do meu marido e da minha família.

— É isso mesmo.

— Quanto me resta de vida? Diga, sem receio, doutor, sou uma mulher forte.

— Conforme este diagnóstico, o câncer se encontra em estado avançado. Se a senhora faz questão que eu diga, presumo seis meses ou um ano. Um tratamento adequado, ou uma provável cirurgia pode prolongar sua vida.

— Doutor, peço-lhe, encarecidamente, que não acuse no seu fichário o dia desta consulta. Já que tenho possíveis seis meses, ou mais, date esta consulta para daqui a dois meses pelo menos.

— Mas os exames precisam ser feitos agora e vão acusar a data atual. Não podemos evitar esse detalhe.

— Então esperemos uns três meses para iniciarmos os exames. Acredito que a esta altura não fará diferença.

— Eu estou adivinhando as razões de sua intenção: quer fazer um seguro mais alto para sua família. Admiro sua coragem e benevolência. Mas tenho que resguardar minha reputação e a ética da minha profissão.

— Ainda bem que o senhor é franco comigo. Fique tranqüilo. Para minha família direi que iniciei um tratamento para engravidar.

— Concordo. Lhe darei alguns medicamentos para iniciarmos o tratamento. E a senhora não pode, realmente, engravidar. A senhora deve saber como fazê-lo.

— Há dois anos que tento engravidar e não consigo. De modo que não devemos nos preocupar.

O médico concordou com a proposta e tornou a recomendar que não engravidasse.

— Isso não acontecerá. Fique tranqüilo.

XXII

Após seis meses, o desenlace aconteceu.

Laibl resolveu passar os sete dias de luto obsequioso junto à sua sogra, quando ela interrompeu seu silêncio de introspecção e rezas:

— Meu querido, Reisele deixou este envelope. Está lacrado com resina, pois ela queria ter certeza que esta carta só seria lida depois da sua morte.

Sobre o envelope estava escrito: *"Para o meu querido Laibl. Leia longe de qualquer familiar. É estritamente confidencial"*.

— Desculpe, dona Lola, mas vou ler esta carta no meu apartamento.

Laibl teve dificuldade em abrir o enorme envelope, pois temia rasgar o que estava escrito. Além da carta havia um outro envelope, sobre o qual Reisele recomendou: abra este envelope após ter lido minha carta, que está no envelope maior:

"Meu querido. Espero e peço, por favor, que você siga sua vida da maneira mais normal possível, dentro dos seus pendores e preferências. Você sabe que não é possível refazer o passado, mas é preciso aprender com ele.

Concluí que fomos vítimas de um sistema perverso, onde os lucros e o egoísmo arruínam a alma e a vida. Mas, também, fomos vítimas por aceitarmos as regras de um jogo sujo e desumano, apesar de nossa dignidade. Até recentemente, acreditei que era possível garantirmo-nos sob o jugo das regras desse sistema perverso, que liquida as pessoas e as famílias. Do mesmo modo, quem não se integra no poder da sordidez oficializada torna-se, de uma maneira ou de outra, vítima desse sistema. O mais triste é que, para não sermos totalmente trucidados, tivemos de relevar os causadores das mortes de nossos amigos e familiares. Se tivéssemos continuado em nosso tipo de vida pacata, mas cheia de alegrias, não teríamos pago o preço de uma tragédia. Mas devido à nossa índole, não fomos capazes de prever o drama do desenlace.

Escrevo tudo isso por três razões: primeiro, quero que você compreenda que não nos cabe culpa pelo acontecido. Isso porque tínhamos tão somente por objetivo melhorar nosso padrão de vida e garantir dias melhores. Não fomos vitimados em conseqüência de nossos objetivos, mas, sim, porque não quisemos, repito, integrar-nos num jogo sujo.

Em segundo lugar, é importante que você prossiga sua vida, da melhor maneira possível, pois seria uma loucura jogar fora tudo o que conquistamos, mesmo porque seus pais e seu tio almejavam o nosso bem.

Meu querido Laibl, faça de conta que estou ouvindo você. Jure perante Deus e pela memória de seu pai e seu tio que saberá viver com a dignidade de sempre e com a alegria que sempre foi sua característica. Ria às soltas como sempre, vá a teatros, a shows, a museus, viaje, refaça sua vida, não se torne uma vítima. Procure ser objetivo. Olhe para a frente. Não fique remoendo as tristezas do passado que nada lhe restituirão. Efetive os ensinamentos de seu pai e do seu tio.

Em terceiro lugar, procure fazer qualquer trabalho de caráter social, partidário ou não, pois só assim fará jus ao que você está herdando. Isso, também, para honrar a memória de seu pai e dos companheiros dele.

Pedi a minha mãe que entregasse esta carta assim que eu morresse. Tenho certeza que ela me obedeceu.

Agora, que devo ter morrido, peço que em minha memória você aceite minhas três recomendações.

Adeus. Tenho certeza que você será feliz.

Foi muito bom conhecer e ter o seu amor. Reisele"

Laibl chorou bastante. Depois abriu o segundo envelope, o altamente confidencial:

"Laibl, no Cartório de Registro de Documentos encontra-se um testamento de minha lavra, cujo teor indica você como meu inventariante e principal herdeiro. Fiz um seguro de vida de trezentos mil dólares, na companhia de seguros que faz parte do mesmo banco onde o grande mafioso Al Capone lava o seu dinheiro sujo, fruto do contrabando e do banditismo. De modo que em nada me sinto constrangida ou condenada por ter feito um seguro sabendo que ia morrer. Lembro que você me contou ter se negado com seu tio a participar de um negócio pelo qual seriam feitos seguros altos para pessoas que sabidamente morreriam por doenças incuráveis. Mas fique tranquilo que o dinheiro que pagará meu seguro significa um pequeno resgate pelo mal que nos fizeram. Esse dinheiro servirá, fundamentalmente, para colocar minha mãe, a sua e de Meyri, numa boa casa de saúde, pois a idade das três, o sofrimento e a solidão, com certeza tornar-se-ão insuportáveis, se viverem sozinhas. Portanto, o seguro servirá para atender às necessidades básicas das três, pois o sofrimento as unirá, amainando suas tristezas. E você, vá viajar logo em seguida, após resolver o problema das 'comadres'. Espaireça e dê suas gargalhadas. Com o seguro e mais a venda dos imóveis você poderá manter uma vida tranquila e atender suas predileções.

IMPORTANTE: rasgue ou queime imediatamente esta carta."

Após a leitura, Laibl voltou a chorar. Era a explosão acumulada das trágicas sequências. Procurou recobrar o sentido da existência.

"Quero compensar as vidas que me roubaram. Quero tornar-me a soma das respostas impedidas. Recobrar as chamas e a sequência dos meus amores assassinados...

Deus, se me ouves, permita e me ajude."

Foi até a janela, observou o vaivém de gente e dos carros. Era a vida que se reafirmava. Sentiu-se tomado de energias que acendiam o fogo de suas ponderações:

"A razão e o amor à memória dos que amei serão o esteio, o enlevo e a dignidade de meus atos."

XXIII

Depois de realizar todas as recomendações de Reisele, Laibl passou a elaborar o plano de novo tipo de vida de acordo com seus pendores e possibilidades. Conseguiu uma casa de repouso, de bom nível, para sua mãe, sua sogra e para a mãe de Meyri. As três aprovaram a solução, pois sentiam que essa aproximação lhes faria bem. A mãe de Laibl, considerando atender a última vontade de seu marido, assumiu um trabalho de benemerências, através do sindicato dos têxteis.

Cumprida a missão, Laibl sentiu-se à vontade para atender seus desejos, com vigor obstinado. Tinha os céus, a Terra, a vida ao seu dispor e dinheiro para atender seus caprichos, que considerava sadios: *"Tenho o mundo à minha disposição. Hei de conhecê-lo com todas as suas variantes. Vou abrir minhas asas como um condor e vestir minhas 'botas de sete léguas'"*, e se refestelou numa cadeira de balanço em seu apartamento.

Pôs-se em ação. Lembrou do amigo Gerson, com quem brincava nos tempos de garoto, cujo pai, capitão Robert Mansfield, comandava grandes navios de longos percursos. Naquele tempo, ouvira histórias fantásticas sobre o mar e cidades distantes que o capitão sabia contar, despertando curiosidade e alimentando o desejo de aventuras. Laibl foi ao encontro daquele amigo. Apesar das duas décadas que o separava daquela amizade, chegou a bater na mesma porta onde, por sorte, continuava morando: *East Side*, bairro de pequenos prédios populares, habitados por famílias de classe média-baixa, geralmente proprietários dos apartamentos em que residiam. Mas Laibl não encontrou ninguém. Uma senhora idosa, vizinha dos Mansfield, informou que todos haviam ido ao porto, pois a família viajaria com o velho capitão. Sem perda de tempo localizou o navio e conseguiu um camarote espaçoso, dentre os somente trinta disponíveis naquele navio misto, de grande calado, cuja rota era o Caribe, vários países da América do Sul, e o retorno por vários portos do Brasil, se a carga não fosse suficiente para lotar os porões daquele enorme navio da Moor Mclormach.

— A viagem pode levar mais de três meses – advertiu o comandante Robert Mansfield.

Laibl olhava-o, observando sua envergadura física, que o tempo não conseguiu vergar: *"O mar fortalece e serena os homens"*, pensou consigo, ao ouvir a voz pausada e firme do velho marujo, como se estivesse falando há vinte anos, aflorando lembranças dos tempos de moleque, quando brincava no bairro judeu de Lower East Side com o filho do *"intrépido homem que sobrepujou mares revoltos e tempestades desafiantes"*, na visão de Laibl, nos tempos de menino e na razão de hoje, que pretendia constatar na viagem.

— É isso mesmo que pretendo. Viajar sem pressa de voltar. Além do mais, em companhia do pai de um velho amigo. Ainda bem que não tem data precisa de retorno, pois pretendo conhecer portos e cidades que, para mim, só existem nos mapas. Quero vivenciar a índole dos povos latinos. Suas músicas, suas alegrias e até suas tristezas. Quero voltar carregado de valores e enlevos como um navio que recolheu de tudo que deve e pode...

— Meu caro Laibl, trabalho há quase quarenta anos nesta companhia, em navios semimistos de longos cursos, que têm poucos camarotes, creio que só servem para tipos que, lá no íntimo, são contemplativos, acredito, como você. E isso é bom, pois os poucos passageiros passam a ser meus amigos e me ajudam a suavizar a monotonia. Não tirei férias nos cinco últimos anos, e a companhia presenteou-me com o direito de ocupar duas cabinas, graciosamente, como parte de recompensa por minha dedicação. De modo que vão viajar comigo minha esposa e minha filha que você conheceu quando menina, no tempo em que você ia buscar meu filho mais moço para brincar e vagabundear. Mais tarde, quando já rapaz, você só reviu minha filha numa apresentação de George Gershwin, está lembrado? Ela separou-se do marido. E viaja conosco para espairecer.

— E seus outros dois filhos não viajarão conosco?

— Não, mas você os verá, antes de levantarmos âncoras.

Mil e uma conjecturas passaram a ferver a cabeça de Laibl: *"Estaria o velho capitão pretendendo aproximar-me de sua filha? Ou estaria me advertindo por algo que possa acontecer entre mim e ela? Aquela de bele-*

za exorbitante e de curvas atordoantes? Vamos ver o que acontece. Mas tomarei minhas cautelas... Aliás, nem é preciso ter cautelas, pois Reisele está presente, e ainda toma conta de mim...".

Até o início da viagem, que levaria quatro dias até encherem os porões daquele enorme navio, o capitão permitiu que Laibl ficasse no camarote contíguo ao seu e de sua família. A intenção era transformar o camarote numa verdadeira moradia: acomodar um gramofone com seu enorme alto-falante, tipo trombone, discos em abundância, uma razoável biblioteca, muitas roupas para todas as variações climáticas, sapatos para a eternidade, bebida para servir o capitão e sua família e para os prováveis amigos, e a indispensável cadeira de balanço de sua predileção para as leituras, além de dois binóculos e um pequeno telescópio para aproximar o Cruzeiro do Sul, do qual um velho professor de geografia lhe falara ao referir-se ao Brasil, quando ainda cursava o ginásio. O camarote ficou atulhado, a ponto tal que o capitão comentou:

— Parece que você vai continuar morando neste camarote até depois de aposentarem o navio. E para que uma cadeira de balanço? O navio vai balançar bastante.

Laibl respondeu com um sorriso e abriu a primeira garrafa de rum.

— Só bebo depois do jantar ou antes de dormir. E peço que não ofereça bebida aos meus imediatos.

— O senhor teme que percam a rota?

— Mais que isso. Para não morrermos afogados.

Laibl percebeu a dureza e senso de responsabilidade do capitão, e concluiu que sua conduta devia ser sóbria em todos os sentidos, para não causar contrariedade ou decepções ao velho "lobo do mar" e sua família. Mas passou a admirar esse velho amigo "domador dos sete mares". *"A vida do mar endurece as pessoas. Mas eu quero que o mar me torne mais contemplativo e me ajude a meditar através dos seus mistérios, magias e horizontes infinitos. Quem sabe, aprendendo a navegar, serei um bom capitão dos meus sonhos. Inicialmente, pretendo contaminar-me com as mensagens do chiado da quilha rompendo os mares, ouvir as ondas estourando neste casco monstruoso, ouvir meus discos coadunando com o arfar do mar e ver o navio aportar em outras civilizações. Pretendo vivenciar as belezas e as tristezas dos povos latinos",* pensou Laibl ao ver o barco se afastando, lentamente, do velho cais na embocadura do rio Hudson.

Só então Laibl foi reapresentado a Rachel, filha do amigo capitão, quando já se tinham passado quinze anos daquela noite da apresentação de Gershwin. Observou aquela mulher que ainda mantinha uma postura jovial, olhos vivos e negros, esbelta, embora um pouco encorpada, cabelos castanhos e longos, denotando que seu recatamento não condizia com sua expressão inteligente e olhar irrequieto.

Laibl olhou-a, procurando não expressar sua admiração por aquela criatura naturalmente dominante. A sombra de Reisele estava ali... ressoando sua recomendação: *"Laibl, viva a vida..."*. Entretanto, aflorou um tênue conflito íntimo: não queria manter-se fingidamente recatado, nem pretendia revelar seu instintivo desejo pela exuberância daquela mulher de belos dotes pessoais. De uma maneira poderia parecer indiferente e, de outra, poderia revelar-se um garanhão. Uma postura intermediária seria difícil e fingida... *"A solução é ser naturalmente simpático e respeitoso, como realmente sou"*, determinou-se.

Os dias se passaram lentos como a lentidão do pesado e sobrecarregado navio, que rangia sobre os vagalhões, e mesmo na serenidade o mar impunha seu poder ao suspender tonelagens descomunais, sem qualquer esforço, e que o gigantismo do navio nada significava para a imensidão dos oceanos. *"Parece que o mar nos adverte, constantemente, de seu poder, e nos faz respeitá-lo mesmo quando sereno. Vejo isso na expressão atenta do capitão. Melhor é ser passageiro, quando os navios estão em mãos e consciências plenas de seu papel"*, concluiu Laibl. Como igualmente concluiu que não devia alimentar uma aproximação íntima com Rachel. Pretendia ter total liberdade nos portos onde o navio fosse atracar. Não para dar livre curso a libertinagens, para as quais não tinha predileção, mas para freqüentar bares, cinemas, possíveis espetáculos teatrais, ou vagar por becos, ruas e parques, livremente. Enfim, vivenciar outras vidas, outras culturas e outros costumes, sem restrições. *"Quero desdobrar minha existência, aprimorar minha filosofia de vida"*.

O tempo, o mar, a contemplação solitária, as recordações, o convívio amistoso com o capitão, com sua esposa e filha fluíam num crescendo lastreado numa afinidade de assuntos diversos. A músicas de Gershwin, as músicas latinas, especialmente cubanas, e mais as músicas e canções israelitas, tornaram-se o deleite unificador dos espíritos nadando em atavismos aflorados. Especialmente na alma da mulher do capitão que tinha procedência judaica, visto que seus pais, no tempo de mocidade, davam-se com os parentes do capitão, que também tinham procedência judaica só por parte de mãe.

Certa manhã, Laibl compareceu à ponte de comando com um quepe de marinheiro e um cachimbo no canto da boca, tossindo ao dar a primeira tragada. Todos riram de sua indumentária de marinheiro, com aspecto de menino, tomado pelo sonho de pilotar navios, sem ter sido sequer marinheiro raso. Tentou explicar a seriedade de seu sonho, mas não conseguiu devido ao engasgo com a fumaça do cachimbo. Foi socorrido com fortes tapas nas costas. *"Quero ser marinheiro de longos cursos"*, conseguiu dizer com voz rouca. Essa espontaneidade despertou maior simpatia do capitão por esse Laibl sincero como uma criança. E o aceitou como aprendiz:

— Laibl, eu o previno que não é o cachimbo que faz o marinheiro... Vou acreditar nesse seu desejo. Espero que não seja fogo de palha...

Os poucos camarotes e o restaurante ficavam no mesmo nível da ponte de comando. Laibl tomava seu café, às pressas e, com alguns passos, já estava junto ao timoneiro. Acompanhava a leitura dos mapas marítimos ao lado do capitão e de seu imediato. Aprendeu a fazer a leitura das bússolas, decorou os sinais Morse, o significado dos sinais com bandeirolas, a pontuar o navio através das estrelas e outra infinidade de ensinamentos que fazem a ciência do navegar. Uma veneração pelo estoicismo dos homens do mar levou Laibl a uma humildade profunda: *"Ser marinheiro é aprender a não errar para não morrer, e aportar alimentos e vidas nos confins do planeta. Dominar os mares exige humildade e uma sabedoria determinante"*, concluiu, tomando o capitão como referencial.

XXIV

Num balanço vagaroso, o navio singrava ao largo da costa americana. Aos poucos passageiros, os dias se alongavam numa monotonia inevitável. Mas para Laibl, para o capitão, sua mulher, sua filha Rachel e tripulantes, o tempo era escasso: todos imbuídos com os desempenhos de suas atribuições: Laibl, assoberbado como timoneiro de primeira viagem, leitor dos mapas e demais tarefas que o comandante lhe confiou; Rachel, debruçada sobre livros e rascunhos; Esther, mulher do capitão, intrometida na cozinha, elaborando pratos preferidos do capitão, de sua filha e agora de Laibl. Todos os paladares eram atendidos.

À noite, os jantares prolongados em companhia de outros passageiros tornavam-se tertúlias de bons papos, deslumbramentos de histórias vivenciadas ou inventadas, audições musicais alimentadas pela vitrola de Laibl, que observava a constante preocupação do comandante atento que, de tempos em tempos, ia à ponte de comando dar alguma ordem ou fazer alguma inspeção. Numa das vezes que voltou a sentar à mesa, levantou-se em seguida, num só impulso, apesar de seu corpo grandalhão, e saiu apressado. Laibl o seguiu, por curiosidade e apreensão.

— Algum problema, capitão?

— Você não sentiu um "tremor" diferente do navio?

Vez ou outra, Laibl percebia uma espécie de percussão dos motores do barco quando em ascendência dos vagalhões. Mas naquele mar calmo, não.

Quando entraram na ponte de comando o capitão indagou ao timoneiro e ao auxiliar:

— Um dos motores está rateando ou o distribuidor não foi limpo como mandei lá em Nova York. – Ao mesmo tempo, o capitão ouviu um rangido curto, como de um estalo. Olhou em direção à proa e gritou: – Como é que vocês não fixaram o cabo de aço do meio com a haste baixa do guindaste?

— Estava fixa. O senhor mesmo conferiu, capitão. Mas parece que se soltou.

— Chame rápido um marinheiro e vamos ver o que houve.

Constataram que o cabo estava solto.

— Com certeza – concluiu o capitão – foi mal fixado e se soltou ao atravessarmos uma das vagas.

Em seguida desceram à casa das máquinas. O capitão tornou a indagar se tinham limpado o distribuidor. Um dos marinheiros confirmou que sim. Foram até o depósito de combustível e o capitão ordenou que agitassem o óleo diesel e tirassem uma amostra. Constataram, ao examinar, que havia uma pequena porcentagem de água.

— Capitão, chovia torrencialmente quando abastecemos os tanques.

— E não cobriram com lona a boca do tanque enquanto abasteciam?

— O senhor recomendou e nós cobrimos.

— Então a água da chuva penetrou no batelão que nos abasteceu.

O capitão ordenou que os motores deviam passar a ser abastecidos por um dos outros tanques. Em seguida calculou se o abastecimento seria suficiente até chegarem a Havana. Fixaram o cabo solto e tudo ficou restabelecido a contento. Só faltava chamar a atenção do marinheiro que fixara mal o cabo de aço central que, como conseqüência, poderia ter causado sérios danos se acontecesse um temporal, pois com mar bravio, o casco do navio não resistiria devido à carga total que o barco deslocava. Laibl ficou ansioso para ver como o capitão chamaria a atenção do marinheiro.

— Eu não lhe dou essa oportunidade porque não se chama a atenção de quem quer que seja diante de colegas.

— Mas eu gostaria de ter essa experiência.

— Depois eu relato. Mas, de antemão, fique sabendo que não ralho com ninguém. Uma conversa amistosa tem mais força que berros.

Percebeu que o capitão convidou o marinheiro para tomar um chá em sua cabine. Curioso, Laibl ficou aguardando, à distância, o resultado da conversa:

— Sabendo que é um marinheiro atento e responsável – falou o capitão –, considerei que poderia estar havendo alguma situação que o atormentava. Primeiro lhe perguntei se estava enfrentando algum problema com ele ou com alguém de sua família. Contou-me que sua mulher havia fugido com um marujo da marinha de guerra, seu ex-amigo, e que sua filha estava sendo cuidada por sua mãe. Em seguida, propus-lhe que tomasse um avião quando chegarmos em Havana e voltasse para Norfolk, onde mora sua família. Ele me agradeceu chorando, ofereci-lhe mais um chá e o aconselhei que ficasse por lá por alguns dias, até quando aportarmos em Norfolk, onde descarregaremos o açúcar que vamos carregar em Havana. Contou-me, quanto ao cabo que se soltou, que foi chamado por um colega para ajudar-lhe a fixar outro cabo, e assim, esqueceu de apertar devidamente as presilhas do cabo que ele mesmo estava fixando.

— Capitão – observou Laibl –, o senhor é um pai, um amigo, e, por isso, acredito que é querido e respeitado. Nos livros de aventura que li, todos os capitães são duros e implacáveis com os marujos.

— Aqueles capitães eram os principais causadores de motins. Amizade e compreensão são fundamentais na vastidão solitária do mar.

Laibl ficou encantado com a postura do comandante e ainda fez mais uma observação:

— Interessante, viemos do norte, rumamos para o sul e retornaremos ao norte.

— O roteiro de um cargueiro é determinado pelos interesses das companhias e seus principais acionistas, que muitas vezes nos fazem mudar a rota em pleno alto-mar. Por isso, todos os passageiros que nos acompanham assinam um contrato, onde reza que o roteiro pode sofrer alterações e alongar-se mais que o previsto, ficando o passageiro obrigado a pagar adicionais pela estadia, se a viagem for mais demorada. As regras da vida no mar não dependem só do poder legislativo. Às vezes pedem nossa opinião, mas a última palavra é deles, dos acionistas majoritários ou simplesmente dos donos. Dependendo das circunstâncias, quem determina sou eu, pois as soluções circunstanciais dependem das condições de navegação. E, aí, a experiência e o bom senso determinam.

— Como disse sua filha, um bom capitão é a criatura mais apta para dirigir um país.

— Você gosta da minha filha?

Laibl estranhou a pergunta inesperada, mas respondeu:

— Gosto, e cada vez mais.

O capitão pôs suas mãos pesadas nos ombros de Laibl, deu-lhe uma sacudidela, como gesto de aprovação à sua maneira, olhou fixamente seus olhos, sem pronunciar uma palavra sequer.

XXV

À noite, após ouvir referências de Laibl quanto ao procedimento do capitão em relação às falhas do marujo, Rachel comentou:

— Se os homens de Estado tivessem a mesma postura que meu pai, o convívio social seria harmonioso. A sociedade seria uma nau com rumos menos tempestuosos e ninguém se sentiria como um subordinado. Meu pai procura fazer de todos participantes conscientes. É como ele mesmo diz, numa frase lapidar: *"Todos dependem de todos para que a viagem da vida prossiga"*. Agora, acompanhando-o mais de perto, concluo que é mais complexo cumprir a rota e manter um navio flutuando que dirigir um Estado. Além do quê, nada pode ser protelado nem superficialmente resolvido.

— É impressionante como seu pai sente o navio. Parece um prolongamento de seus sentidos. É como um pai auscultando permanentemente um filho. Aliás, lembro que ao dar-me a primeira explicação sobre navegação, ele disse: quando um navio é lançado ao mar, ele se torna um ente vivo.

— Tenho a impressão que, mesmo dormindo, ele sente todas as reações do barco. Várias vezes, ele deu-me a entender que a vida dos homens do mar precisa de um entrelaçamento fraternal que o próprio mar exige. Pena que são poucos os homens sobre a face da Terra que têm essa compreensão. Também para mim papai repetiu a frase: *"Quando um navio é posto no mar, toma vida. E essa vida depende da consciência que os marujos devem assumir em harmonia com sua própria existência. O mar desenvolve um espírito universal e fraterno".* No mar impõe-se um dos fundamentos do Decálogo, *"Amai o próximo como a ti mesmo"*, pois não pode ser uma frase retórica ou desobedecida. É exatamente isso que os homens deveriam assumir para um convívio harmonioso e seguro. Estamos viajando há quatro dias e todas as noites ouço-o sair de sua cabine e voltar com um dos imediatos fazendo recomendações. Tenho tido a curiosidade de ler o diário de bordo que ele mesmo faz questão de escrever. Fico emocionada pela maneira como ele observa e comenta os problemas de ordem prática, corriqueiros, sobre o tempo, a rota, as soluções referentes ao comando, além dele inserir as observações sobre as pessoas: suas índoles, preocupações íntimas; as conversas e os problemas de ordem coletiva, além dos imprevistos, que são freqüentes. Ele mantém outro diário, à parte, sobre as promoções. Ontem mesmo li cinco páginas, redigidas com letra miudinha e caprichosa, analisando um imediato que deverá tornar-se seu substituto ou indicado para comandar outro navio da frota. Meu pai vai fundo nos problemas, como um filósofo. Acredito, cá entre nós, que ele entende da vida no mar como o escritor Joseph Conrad[14], que ele e eu apreciamos muito.

— Até agora, minha atração pelo mar foi sempre contemplativa e confesso que já tentei escrever um poema sobre o encantamento que ele exerce.

---

14. Novelista Inglês, nascido em Varsóvia em 1857, obteve cidadania britânica, filho de um revolucionário polonês; viveu sua juventude na Polônia; perdeu o pai aos treze anos; mudou-se para Marselha, tornou-se marinheiro, chegando à condição de capitão de navios mercantes. Suas obras de aventuras envolvem a vida marítima.

— Para mim, o mar é muito mais do que um estímulo de encantamento ao olharmos sua superfície. Em sua profundidade habitam dramas que podem inspirar mais que o ninar de suas ondulações: o drama dos animais que lutam por sua sobrevivência; em suas profundezas estão os túmulos dos heróis e das esperanças dos que naufragaram sem aportar aos seus sonhos. Meu pai observou que os peixes formam os cardumes como forma de enfrentar o perigo, pois devem, com certeza, ter o sentimento do coletivo, como as manadas de animais. No mar está a própria História da humanidade. Através do mar, povos inteiros foram dominados e muitas vezes dizimados com suas civilizações. Veja o que a Espanha, Portugal e França fizeram no século dezesseis. E, mais recentemente, há dois séculos, a Inglaterra dizimou, quase que completamente, os nativos da Austrália. O mar foi sempre mais dramático que poético.

Rachel continuou dissertando sobre outros fatos históricos, mas também falou sobre a beleza do mar, citando poetas franceses, espanhóis, clássicos gregos e americanos que cantaram outras águas, como o Rio Mississipi.

— Admiro sua cultura e sua modéstia. Interessante, quando estamos entre outras pessoas você se mantém calada, enquanto os outros tomam a liderança da conversa. Confesso que, de agora em diante, fico temeroso com seu crivo analítico.

— Nada disso, Laibl, de minha parte confesso que sua vivência é bem mais rica que a minha. Vivi debruçada sobre livros, e quando me deparei com problemas agudos da vida agi sem experiência e até com ingenuidade.

— Mas com sua cultura, minha vivência seria mais elevada e, com certeza, mais crítica. Hoje, concluo que não teria me perdido em atalhos e superficialidades, se tivesse um senso mais crítico que a cultura nos dá. Falta-me o refinamento que os livros aguçam. Reconheço que tenho permanecido no verniz da vida. Acredito até que vivi um vazio, por falta de um lastro mais filosófico da existência. Aliás, tenho balançado entre o simplesmente viver e ser. Viver, até uma ameba vive. Mas ser é algo muito profundo. Do contrário, de que serve a consciência? Meu pai viveu e agiu sob a égide de uma consciência política e social que o elevou, creio, a uma existência mais consciente e de profunda ética, tornando-o amado e respeitado em sua liderança. Acredito que ele, como seus companheiros, contribuíram até para um novo curso da História de nosso país.

— Aí está a prova que essa colocação evidencia: a teoria e as concepções só podem ser efetivadas pelos que vivenciam intensamente a vida, assumindo posturas determinantes. No meu caso, só constatei a profundidade da vida quando me esborrachei nela. Só quando afundei, constatei que não bastou agarrar-me à luminosidade do saber. Era preciso reagir com atos práticos, não só com um saber diletante que, às vezes, pouco determina. Conclusão: a força do saber só é válida com a determinação do agir. Eles devem se complementar. Não basta ter um bom navio sem conhecer as manhas do mar e a ciência da boa navegação.

— Algo me diz que, devido ao seu excesso de modéstia, suas reações são temerosas e demoradas. Tenho a impressão de que você fica remoendo demais suas conclusões para depois reagir. Com certeza sua reação foi tardia diante do seu ex-marido. Quem sabe ele impunha uma liderança pela força ou pela tentativa de sobrepujá-la ante o temor de sua sabedoria. Estou certo?

— Taí, mais uma prova de como sua intuição se aguçou em sua vivência.

— Francamente, estou perdendo meu receio diante de você. E não compreendo como um homem perde uma mulher com tamanhos valores.

— Tenho certeza de que a perda foi dele e a vitória está sendo minha, ao ter-me rebelado contra aquele domínio perverso.

— Ele a agredia fisicamente?

— Se fosse assim, o desenlace seria mais rápido e menos sofrido. Pior que isso foi não perceber a tempo que seu domínio foi num crescendo lento e bem calculado. Iludi-me pensando que, ao negar-me, temporariamente, estaria harmonizando o casamento e com o tempo superaríamos as arestas.

— Mas como pode alguém subjugar uma mulher como você?

— Aí está, novamente, o que significa a falta de vivência. Por exemplo, por mais que se leia sobre sexo, a experiência é mais reveladora.

Laibl sentiu-se embaraçado diante do exemplo, pois lhe pareceu muito forte. *"Será que ela é muito liberada, ou eu que sou um malicioso inveterado?"*, pensou.

— Laibl – continuou Rachel –, sou formada em História e Sociologia. Isso, infelizmente, teve pouca valia em minha vida conjugal. Mesmo que eu tivesse lido sobre os meandros da psicologia, não seria suficiente para ajudar-me a enfrentar o casamento. Provavelmente, um dos fatores que anuviaram minha percepção foi a sede de ter um homem (Laibl tornou a maliciar...) e de segurar, a qualquer custo, o casamento. Para tanto, contribuiu a persistência de meus pais, que queriam ver-me casada. Essas coisas da pobreza das tradições, colocadas acima de uma visão mais respeitosa em relação à mulher.

— Como assim?

— Não é agora que lhe farei uma análise psicossocial. Mas meu naufrágio dentro do casamento foi ceder para salvarmo-nos diante dos problemas financeiros e podermos manter uma vivência digna. Justamente aí que nossa nave conjugal pôde evidenciar as razões do meu naufrágio como pessoa. Meu marido era um ótimo e talentoso engenheiro. Mas não encontrava campo suficiente para se afirmar entre os concorrentes. Eu tive a idéia de oferecermos não só lindos projetos de casas com bom padrão, mas também o visual de uma casa já montada com todo mobiliário, cortina, e até com os devidos apetrechos que facilitariam a vida diuturna. Elaboramos projetos para casas de praia, de campo e para subúrbios. Passei a comprar todo tipo de publicação especializada em decorações, absorvi um vocabulário específico, e tornei-me tão convincente que fazia os clientes se sentirem felizes, visualizando os encantamentos de uma vivência confortável, garantindo-lhes a vantagem de não terem trabalho algum para assumir o sonho de morar bem, sem enervarem-se com detalhes. Iniciamos com o pé direito. Um sucesso estrondoso. Ampliamos o escritório, os fornecedores foram ao encontro das nossas idéias, até que comecei a perceber que meu "ex" começou a apresentar todas as minhas sugestões como se fossem dele. Inicialmente, isso não me importava. Afinal, era ele o engenheiro, o responsável profissional. Porém, certa vez, disse a uma cliente, com toda ênfase, que as idéias eram dele e que eu, como não era do ramo, dava alguns palpitezinhos, apresentando-me como sua auxiliar. Fiquei magoada e lhe perguntei a razão daquele procedimento. Ele respondeu que tinha de preservar e valorizar sua reputação profissional. *"Por isso*, argumentava, *apresento-me como um profissional completo, conseqüentemente. Isto significa mais dinheiro no bolso, deu pra entender, Rachel?"* Perguntava-me como se eu fosse uma imbecil. *"Mas por que, perguntei, não valorizar a mim também, para maior confiabilidade dos clientes?"* Respondeu-me que provavelmente eu teria que me voltar à História e à Sociologia, que eram minhas áreas profissionais. Ficou evidenciada sua intenção de me afastar. Isso, depois do sucesso que assegurou nosso enriquecimento. Senti-me não só traída e desmerecida como pessoa, mas também pelo meu talento nas diversas idéias que implantei. Eu tinha abandonado a redação final de minha tese de doutorado fazia cinco anos.

— Qual era a tese?

— Uma tese sob o título "A MULHER NA HISTÓRIA E NO COTIDIANO". Eu já havia escrito mais de setecentas páginas, e, por sugestão de minha orientadora, eu deveria reduzi-la para, no máximo, quatrocentas e cinqüenta. Trabalhei nela durante quatro anos, li uma centena de livros, fiz pesquisas em bibliotecas, entrevistei professoras de várias áreas, psicólogas, pessoas comuns e abandonei tudo, com o intuito de firmar meu casamento, apesar de todo esse trabalho que considerei bem fundamentado. Até que, um dia, um outro gesto sórdido enojou-me tanto que ultrapassou os limites de minha tolerância. Imediatamente, resolvi dar um ponto final a um casamento que se tornara insuportável. Sorte que não tivemos filhos.

— Posso saber que gesto foi esse?

— É degradante, mas posso contar. Certa noite, ao iniciarmos uma relação sexual, ele mostrou-me seu sexo enrijecido e disse: veja que maridão você tem. Fiquei tão transtornada, que nada consegui responder. Ele havia se reduzido ao seu pênis e a mim a uma mulher que o aceitava só porque tinha um pedaço a mais, como dizia Freud, ao explicar que a mulher tinha inveja do homem por causa desse pedaço. No tempo em que li isso, eu compreendi que a mulher havia se rebaixado ao domínio do homem por causa desse pedaço a mais. Entretanto, do ponto de vista fisiológico, os seios da mulher, somados, têm mais volume que aquele pedaço do qual alguns homens se vangloriam. Diante daquela revelação de baixeza e diante de minha reação, ele tentou se justificar, dizendo que estava se referindo à sua glória profissional. Minha revolta tornou-se insuportável, pois diante do desprezo total à minha colaboração, senti que eu nada mais significava. Estava reduzida a uma utilidade doméstica. Concluí que se não desse um basta imediato, eu me sentiria prostituída dentro de meu casamento, ou escravizada nele.

— Situação ridícula e digna de um sujeito sem caráter e sem personalidade – observou Laibl, admirando a franqueza e a coragem de Rachel.

No íntimo, tornou a se indagar: *"Será que ela é uma mulher liberada demais?"* E continuou:

— Desculpe por tê-la levado a essa confissão (lembrou-se daquele caso de seu tio que apanhara da namorada quando olhara para o relógio). Mas eu gostaria, muito, de ler sua tese.

— Eu a estou reformulando porque, além de enxugá-la, passei a ter uma visão da vida mais contundente e, acredito, mais clara do ponto de vista político, sociológico, psicológico e historicamente mais adequada.

— Gostaria, se você concordar, que me expusesse os pontos fundamentais de sua tese.

— Ótimo, assim eu posso testar minha capacidade de persuasão e matar a sua curiosidade, que me parece sincera.

— É claro que sim.

— Está bem. Logo após o jantar. Mas eu prefiro que seja lá em sua cabine, para que ninguém nos moleste.

Ao tornar a maliciar a postura de Rachel, caiu em dubiedade angustiante: *"Até onde mereço essa atenção e franqueza, e por que essa proposta de ficarmos a sós? Ou será que ela pretende encorajar-me a avançar o sinal... e tomá-la como mulher?... Ou será que sou como meu tio, que vejo a mulher em detrimento do ser humano que ela é?... Ou será que ela pretende testar minha compostura, minha dignidade?"* Esta dubiedade tornou-se um tormento.

XXVI

Como sempre, foi mais um jantar de sucessão de pratos, de muitas histórias, invencionices, com a participação de quase todos os poucos passageiros.

— Laibl, espere-me em seu camarote que eu vou apanhar os apontamentos da minha tese.

Laibl, tomado de nova expectativa, mesclou, novamente, seu espírito malicioso com a admiração pela espontaneidade de Rachel, mas ficou igualmente temeroso pelo que o capitão pudesse deduzir diante do fato de sua filha e ele ficarem a sós em seu camarote.

Rachel sentou-se na poltrona preferida de Laibl, dirigiu o foco do quebra-luz sobre os seus papéis e iniciou, enquanto procurava um parágrafo em sua tese:

— Interessante que, depois daquele ato ridículo e nojento do meu "ex", passei a meditar como a mulher foi secularmente restringida ao papel de reprodutora e serviçal do sexo e manipulada em sua submissão. A tal ponto que ela mesma, muitas vezes, considerava-se fatalmente reduzida à condição mínima na sociedade. Isso, ainda hoje, em pleno 1933, leva as mulheres a serem contidas diante de seus direitos, mantendo-se como ente exclusivo de serventia. Infelizmente, é assim que ela se assume em casa e na sociedade, agravando ainda mais as limitações que lhe são impostas, estimulando um pseudofatalismo de que é exclusivamente do homem o desempenho das funções determinantes, mesmo no sexo.

— Segundo um artigo que li, recentemente – disse Laibl –, a mulher ainda procura reter seu orgasmo, como se fosse algo pecaminoso.

Rachel sorriu em aprovação e prosseguiu:

— A mulher, nesta sociedade, é levada a ser passiva, ser virgem para seu futuro marido, ser casta e, concomitantemente, é lícito ela prostituir-se socialmente ou até no casamento. E, muitas vezes, para sobreviver, acovarda-se, renegando seus direitos. Conseqüentemente, o sexo tem sua face política, pois tem relação com o modelo político em que vivemos.

Laibl teve alguma dificuldade de entender, dado o tom acadêmico da exposição, e ia sendo esclarecido pelas respostas às suas perguntas.

— A mulher – continuou Rachel –, para romper as limitações autoritárias que lhe são impostas, tem de conscientizar-se de seus valores. Veja só, eu, que me considerava consciente, submeti-me a um domínio sórdido, porque fui cegada pelo imediatismo ou por deixar levar-me por supostas conveniências, além da minha flagrante ingenuidade de acreditar mais nas palavras que nos atos do meu ex-marido. Tornei-me uma vítima porque não efetivei meus conhecimentos. Fui tomada pelo vazio e perversidade de um sujeito sem escrúpulos. Durante cinco anos estive na contramão de minhas concepções. Estava sendo tragada pelo modelo hierarquizado. Precisei tombar para erguer-me nos conceitos sociais que eu mesma apregoava junto às minhas colegas.

De repente, Rachel parou de folhear os papéis ao encontrar o parágrafo desejado.

— Aí está. Veja o que eu digo na parte histórica de minha tese: Infelizmente, procura-se escamotear a participação feminina na História da Humanidade, como se ela fosse a parte somente cordata. Até nos manuais escolares não revelam a participação das mulheres na velha Grécia, na velha Roma, na antiga Gália, na Germânia, na Idade Média e no Renascimento. A mulher sempre teve o espaço limitado pelas conveniências do homem e do Estado. Na antiga Grécia a situação da mulher era idêntica à do escravo. Em Atenas, ser livre era uma regalia só dos homens. Platão afirmava: 'Se a natureza não tivesse criado as mulheres e os escravos, teria dado ao tear a prioridade de fiar sozinho'. Em seguida passo a ilustrar com dados e fatos de como a mulher era escravizada nos trabalhos de fiação, preparo de alimentação, nos trabalhos pesados como extração mineral e trabalho agrícola. Filosofia, política e artes eram para os homens. Mais adiante eu cito Xenofontes ao tratar da educação da mulher em suas atividades naturais: "(...) que viva sob uma estreita vigilância, veja o menor número de coisas possível, faça o menor número de perguntas possível". Veja, Laibl, o contraste que existia na civilização grega, onde era valorizado, ao extremo, o pensamento, o conhecimento e as artes. Ainda hoje, porém, com maior cinismo, pois não se diz às claras como na velha Grécia, as restrições às mulheres são quase as mesmas. O único registro de exceção que se tem daqueles tempos gregos é de um movimento de formação cultural da mulher. Foi uma escola fundada por Safo, poetisa nascida em Lesbos no ano 625 a.C. Infelizmente, só se tem conhecimento de alguns fragmentos de seus poemas exortando os deuses do Amor. Veja só, naquele tempo tão discriminatório, ela deu seu primeiro grito de alerta e teve a coragem de se opor às humilhações. E hoje, muitas mulheres, eu inclusive, vacilamos em resgatar nossos direitos. Sinto-me vilipendiada comigo mesma.

Laibl, comovido e extasiado pela cultura de Rachel, sentiu-se distanciado e ao mesmo tempo retraiu seu ímpeto de abraçá-la. Tomou-lhe as mãos, e uma frase aflorou-lhe com naturalidade:

— Rachel, como foi bom você se livrar dele...

Ela suspirou:

— Vamos prosseguir. Perceba que tentam justificar, através da condição biológica da mulher, as razões da opressão nas relações sociais. Como disse um sociólogo: "Não é a fatalidade biológica da mulher que explica sua opressão. Mas, sim, a hierarquia imposta pelos dominadores da sociedade e do Estado, que temem a consciência social da mulher".

Passou a folhear, novamente, seus papéis e deteve-se em outro parágrafo.

— Veja como regredimos aqui na América. No século XVI, os cronistas europeus, quando chegaram, ficaram estarrecidos com a relevância da mulher entre os Iroqueses e os Hurons, que era uma sociedade de caçadores e onde não havia uma distinção entre a economia doméstica e a economia social. Não havia uma imposição de um sexo sobre o outro. A realização de tarefas e o direito sobre decisões domésticas e sociais eram mútuas. Em seguida eu faço um retrospectiva dos avanços e recuos dos direitos da mulher durante o feudalismo, na sociedade moderna e no capitalismo. Mas eu quero ainda referir-me a uma escritora francesa, à qual tenho grande veneração: Christine de Pisan, que viveu no século XIV. Ela tornou-se a primeira mulher a ser indicada como poetisa oficial da Corte. Na condição de cortesã, ela poderia ter-se afastado dos problemas sociais. Porém, manteve-se na luta contra as discriminações da mulher e por seus direitos. Cá pra nós, ela pode ser comparada com a Rainha Esther[15]. Ainda, nesta tese, faço uma longa relação de mulheres heróicas que lutaram contra a discriminação. Mostro, também, que faz parte das táticas de domínio a perseguição às minorias e às mulheres, afastando-as de seus direitos para torná-las presa fácil na manipulação econômica e política.

Mais esclarecido, após outros comentários, Laibl sentiu-se encorajado a fazer suas observações, como se estivesse diante de um analista. Comentou, claramente, seu procedimento com Reisele e como procediam seu pai e seu tio diante da questão feminina, em seus relacionamentos.

---

15. Rainha Esther, esposa do rei persa Assuero, heroína do Livro de Esther, último dos Cinco Rolos (MEGUILOT) da Bíblia que relata a história de Esther, de onde se origina a festa de Purim. Diante da postura da Rainha Vashti ao ter-se negado a apresentar-se diante dos convidados, foi escolhida Esther, coroada Rainha, que ocultou seu judaísmo. Esther era prima de Mardoqueo, descendente de Kish, pai de Saul.

As horas avançaram sorrateiramente e, quando se deram conta, a madrugada estava sendo engolida pela aurora. Mas o tempo foi suficiente para que uma empatia profunda os unisse.

Rachel arrumou seus papéis, levantou-se e comentou:

— Espero não tê-lo saturado com meus desabafos e minhas teorizações.

— Posso abraçá-la? – foi a resposta inesperada de Laibl.

— Isto não se pergunta, isso acontece.

Laibl abraçou-a ternamente e depois com volúpia.

Rachel não se desvencilhou, mas afastou seu tórax, e segurando o rosto de Laibl entre as mãos, fixou-o bem nos olhos, que brilhavam como os seus.

— Agora não, Laibl.

— Por que não?

— Porque os espectros de seus entes ainda estão vivos dentro de você. E eu também não conseguiria, porque meus ferimentos são muito recentes. Prometo que não faltará ocasião. Quando estivermos com os espíritos e a mente mais preparados...

— Mas o que faz você concluir que o meu estado de espírito me impede de possuí-la?

— Várias vezes vi você chorando. Ambos precisamos superar esta fase de dores e rancores. Mas ambos podemos e devemos nos ajudar.

Beijaram-se e se despediram.

Minutos depois, Rachel retornou e bateu à porta. Ao abri-la, Laibl viu sua querida com dois pratos: um de doces e outro de frutas.

— Mamãe não quis nos estorvar e reservou isto para você.

Beijaram-se novamente, com maior ternura.

XXVII

Suavemente, o navio atracou em Havana. Amanhecia. A sinfonia portuária despertava num crescendo orquestrado, nas pautas corriqueiras que um porto impõe no vaivém de cargas e vidas. Uma bruma se dissipava em tépida brisa, anunciando o calor tropical. O tilintar de correntes, o uivo dos motores elétricos dos guindastes, o ronco dos caminhões que chegavam, os gritos de ordem dos práticos de bordo, o falar berrante entre os carregadores, os apitos graves e agudos dos navios e rebocadores, o borbulhar sonoro dos motores das lanchas e o despontar do clarão solar que ressaltava o azul escuro do mar, o verde vivo dos morros distantes, o horizonte sereno, mas ofuscante, e as cores berrantes dos barcos pesqueiros, os acenos fraternos dos pescadores, tudo definindo um dia primaveril; cena pontuada de movimentos precisos e bem ensaiados nos infindáveis dias de trabalho, num desdobrar de estafas e desvivências, irremediavelmente estigmatizadas.

Laibl, apesar das poucas horas de sono, corria para todos os lados, como um garoto levado. Queria observar todas as operações de atracamento. Como os porões eram abertos e como seriam as descargas e o carregamento. Viu o capitão separar vários papéis burocráticos para a alfândega e receber outros sobre a legalidade das mercadorias. Percebeu, no decorrer dos trabalhos, que o capitão fazia muitos cálculos para a distribuição correta do peso das cargas, acompanhou o abastecimento de combustível e outras inúmeras providências. Resolveu, de comum acordo com Rachel, que não visitaria os mesmos lugares onde estivera com Reisele... Essa atitude franca contribuiu para uma confiabilidade maior entre os dois.

Na véspera, Rachel havia preparado dois roteiros de visitas. Um, como ela chamou, de "turismo superficial" e, outro, de "turismo histórico e cultural".

Ambos partiram em direção sul. Passearam pela orla, pelos becos, entraram nas igrejas que encontravam e Rachel tecia comentários sobre as arquiteturas, admiravam os monumentos, entravam nos bares para se refrescar, conversavam com populares, atendendo curiosidades recíprocas. Enquanto caminhavam, Rachel ia expondo seus conhecimentos de História, sobre os locais que foram cenário de acontecimentos transformadores dos rumos históricos do país:

— Cuba tem uma História linda e intensa. Dizem que foi o primeiro ponto das Américas tocado por Colombo, que lhe deu o nome de Juana, em homenagem ao primogênito do Rei Juan de Castilho, herdeiro do trono espanhol.

Às tantas, dividiram um prato de comida típica e primitiva: o Yuca, alimentação indígena, feita de mandioca amarga, mas adoçaram-na a gosto. E Rachel prosseguia comentando, enquanto comiam:

— A Universidade de Havana é uma das mais antigas das Américas. Foi fundada por volta de 1728. No massacre praticado pela Inglaterra, a universidade foi preservada. Depois do tratado de Paris, em 1763, Cuba foi devolvida à Espanha. Na época, o tráfego de escravos para lavoura era intenso. Numa revolta de escravos em Haiti, foram destruídos os principais engenhos de açúcar. Com isso, Cuba foi muito favorecida. Mas em 1868, na "Guerra dos Dez Anos", iniciou-se o período das revoluções e da resistência dos grandes proprietários de tera, contra o domínio espanhol.

Em seqüência, Rachel falou sobre José Marti[16] e por que os cubanos o chamam de "O Apóstolo", e que desde 1887 foi a figura central dos independentes. Mencionou a poesia desse mártir e herói da fundação do Partido Revolucionário Cubano, que organizou uma expedição a partir da Flórida, mas, por ordem do presidente dos Estados Unidos, Stephan Cleveland, os armamentos e os navios foram confiscados. Entretanto, os conspiradores não foram molestados e passaram a atuar no próprio território cubano. Marty foi assassinado numa emboscada em Dos Ríos.

— Mas como você consegue memorizar tudo isso?

— Memorizo porque leio minhas anotações numa ficha que elaboro, antes de visitar qualquer cidade. Mesmo quando visito cidades americanas pela primeira vez. Isso se tornou um hábito. É por isso que meu turismo não é superficial. Mas, continuando, os Estados Unidos ocuparam Cuba de 1889 até 1902. Porém, através de uma tal de "Emenda Platt", os Estados Unidos, disfarçadamente, mantiveram seu domínio, pois Cuba passou a ser uma pátria arrendada por empréstimos escorchantes, tornando este país um verdadeiro protetorado, que cedeu bases na baía Honda e Guantanamo. Essa situação ainda perdura sob a anuência do ditador Fulgêncio Batista.

Seguindo o roteiro que Rachel sugeriu, visitaram durante os dias de permanência: Plaza de las Armas, Casa del Gobierno e de la Intendencia, o Convento de São Francisco de Paula e, enquanto andavam,

---

16. José Marti (1853-1895), escritor e político cubano. Mártir da independência do país e líder da unidade hispano-americana. Poeta e ensaísta. Nasceu em Havana. Aos 15 anos teve publicado seus primeiros trabalhos em jornais clandestinos. Em 1869 criou o jornal *La Patria Libre*. Preso, condenado ao trabalho forçado e deportado para a Espanha. Em Saragoza formou-se em filosofia, direito e literatura. Viveu em Nova York, de onde preparou a revolução cubana. José Marti jamais cultivou a arte pela arte ou por diletantismo. Morreu em combate em Boca de Dos Ríos, província do Oriente, Cuba.

Laibl ouvia-a analisar as influências estrangeiras nas diversificadas arquiteturas, e retiveram-se mais na Catedral barroca de Havana, no Teatro Tacon, semelhante ao teatro Real de Madrid e, diante do mini Capitólio, imitação do Capitólio de Washington, Rachel comentou:
— É o cúmulo da falta de originalidade.

No dia seguinte de permanência em Havana, Laibl assistia como os porões do navio eram abarrotados de açúcar. Observou como os carregadores, empilhando sacos enormes, suavam e bebiam água com uma concha, como a de sopa, que mergulhavam num tonel. Bebiam e, em seguida, enchiam a concha novamente para despejá-la sobre a própria cabeça. O suor e o líquido escorriam pelos corpos negros e brilhantes sob um sol fustigante e o olhar implacável de um capataz.

Os porões do navio foram fechados e lacrados, as amarras desvencilharam o cargueiro, bem mais pesado. Um apito ensurdecedor e grave anunciou o desenlace habitual e o início de mais uma aventura, tudo sob o olhar curioso e nostálgico dos passageiros, marujos e os remanescentes do porto, que soltaram as duas últimas cordas, como um desenlace de adeus.

A noite se impôs apressada, desfazendo o brilho derradeiro do sol mergulhado no horizonte. A sinfonia portuária foi decrescendo numa surdina, como orquestra bem coordenada. Os sons emudeciam, cedendo ao cansaço dos portuários. O cargueiro se afastava lentamente com a imponência de sua enormidade, tornando tudo um murmúrio nostálgico em harmonia com o chiado cantado pela quilha aguda e altiva, tomando o rumo traçado, determinado por uma força invisível, acima de uma possível outra opção dos marujos ou passageiros e mesmo dos desígnios do capitão. Era uma aceitação, mas não era o destino derradeiro.

Outros destinos serão impostos acima das buscas dos que viajam os mares.

XXVIII

A proa foi direcionada para noroeste, à cidade Norfolk. O navio parecia bufar com a carga máxima que recebera. Oscilava lentamente sobre as vagas e ventos fortes, contínuos. Porém, o velho casco mantinha-se insensível às marolas dando tapas desafiantes e inúteis, desfazendo-se em espumas alvas. Esse navegar perdurou durante cinco dias em mar aberto, pois o capitão preferia a distância da costa, onde o tráfego é menos constante.

Rachel debruçava-se sobre sua tese, lapidando-a como um ourives. Para tanto restringiu, ao máximo, o tempo nas tertúlias diárias, mas não ignorou os diálogos com Laibl, pois, para ambos, o convívio e o repassar das vivências tornaram-se indispensáveis como reflexão vivencial. Conseqüentemente, alimentavam uma união que os amalgamasse no dia-a-dia. Uma harmonia, espontânea, amainava o latejar de ressentimentos recentes, ou distantes, que haviam ferido suas vidas.

Na travessia entre Havana e Norfolk, o capitão preocupou-se mais que habitualmente. Concluiu que o navio não deveria mais viajar com a carga máxima, dado o cansaço dos motores e o cansaço da flexibilização do casco e dos cabos. Quando aportou o navio, sentiu um alívio, como se tivesse superado grandes dilemas. Teve uma longa conversa, pelo telégrafo, com o presidente da companhia, persuadindo-o da lógica de sua conclusão.

A descarga foi iniciada. Metade dos porões foram esvaziados naquele porto.

— O que você sugere para visitarmos? – perguntou Laibl.

– Iniciemos pela área portuária, que faz parte da região metropolitana. O nome deste porto é Hampton Roas, que está interligado por pontes, túneis e canais. O acesso à cidade Norfolk é feito por uma ponte-túnel.

— Então vamos. Deve ser um passeio lindo.

Visitaram o Museu de Artes e Ciências. À noite, ouviram a orquestra sinfônica e andaram pelas ruas desertas até encontrarem um bar, onde retomaram os fios de suas conversas até quando a madrugada se despediu, dando vez às penumbrosas silhuetas de edifícios levemente dourados por um sol ainda indeciso.

No dia seguinte, Laibl ouviu de Rachel um sucinto apanhado histórico da cidade. Quando ela se referiu às atividades econômicas da região e à construção naval, ele pediu que fossem visitar os estaleiros.

— Quero ver como é a gestação de um navio.

E foram.

— Eu esqueci de contar que Norfolk foi prejudicada pelas guerras napoleônicas, devido ao bloqueio que restringiu seu comércio. Além das conseqüências da Guerra da Secessão, Norfolk só voltou a comerciar com o exterior e os Estados do Norte quando puderam construir a estrada de ferro, que possibilitou o escoamento do carvão das minas da Virgínia.

Os porões esvaziados foram recarregados com fardos de algodão, produtos agrícolas, tecidos, artigos manufaturados e de madeira.

Laibl observou como o comandante orientava a distribuição das cargas e recebeu uma explicação porque os carregamentos não podiam ser misturados:

— O navio reage aos carregamentos e as mercadorias se comportam diferentemente de acordo com o clima dos porões. Portanto, nem todas as mercadorias podem viajar nos porões abaixo do nível do mar e nem todas podem ser misturadas. É como o corpo humano, que reage de acordo com o que ingerimos.

Repentinamente, surgiu o marujo que havia antecipado sua chegada a Norfolk, por anuência da companhia e do capitão, para que visse sua filha e sua mãe, que estavam sós, abandonadas por sua ex-mulher. Foi uma recepção eufórica.

— Acredito que sua filha deve precisar ainda mais de sua presença – disse o capitão.

— É sobre isso que gostaria de lhe falar – respondeu o marujo ansioso.

— Nem precisa. É claro que você gostaria de ficar um bom tempo em terra. Sei que é importante para você, sua filha e sua mãe. Eu já providenciei tudo pelo telégrafo. A companhia concordou em você trabalhar no dique seco, onde estão dois navios em reparo. Por dois anos você sentirá falta do balanço do navio.

O marujo, de olhos marejados, abraçou o capitão, expressando sua gratidão.

Todos, ao seu redor, contagiaram-se com a emoção. E Laibl assistiu a mais uma lição de humanismo. Passou a sentir no capitão um preenchimento do vazio afetivo deixado por seu pai. E ouviu o velho capitão recomendar, carinhosamente:

— Vá, meu caro marujo. Procure outra mulher. O mais importante para um marinheiro é saber que tem alguma mulher que espera por seu regresso. Daqui a dois anos você vai matar a saudade do mar. Não sou poeta, mas posso dizer, meu caro, que os marinheiros navegam constantemente entre dois amores: o mar e a mulher.

— Combinado, capitão – falou o marinheiro, descendo rapidamente a rampa de acesso ao cais, e deu um aceno de despedida antes de desaparecer num velho trapiche.

XXIX

Laibl concluiu que, para manter um navio flutuando, é indispensável um convívio cooperativo e fraternal entre os marujos e o capitão; que, na consciência individual diante do imperativo de união para uma sobrevivência, todos devem despir-se da inveja, do egoísmo e da preguiça. Pensou: *"Isso é resultado não só de uma estratégia didática do comandante, mas da compreensão assumida, acima de qualquer índole, de que viver é o desejo supremo do homem, especialmente quando se vive sob os desígnios do mar. Essa consciência de que o eu deve viver sob a égide do coletivo é o aprendizado de todo marujo, assim que desvenda a navegação. Qual seria a interpretação de meu pai diante dessa vivencialidade? Chamaria essa circunstância de descaracterização da luta de classes? Que a ideologia está acima do sobreviver, simplesmente? Diria que é um afogamento do eu? Ou concluiria que a tática do capitão nada mais é que a maneira de evitar motins? Ou, sendo o capitão um fiel servidor, procura, a todo custo, manter a disciplina dos marujos, evitando os prejuízos que as contestações e indisciplina poderiam acarretar? Em todo caso, como seria bom se a humanidade tivesse essa consciência coletiva e pudéssemos impedir que o Estado fosse um poder discricionário e distanciado dos que navegam a vida. Meu pai diria que o capitão é um colaborador da classe dominante, um conciliador de classes, pois alimenta a ilusão de que os privilegiados são os protetores dos menos aquinhoados. Melhor seria que o poder não agisse à sombra de uma classe. Mas isso seria impossível, pois 'todo poder de Estado é opressor', como já li. Enfim, meu pai me chamaria de ingênuo diante da minha suposição de que esta realidade, tão profundamente sedimentada, poderia ser espontaneamente diferente. E meu tio diria que quem sobrevive deve ser feliz com seu quinhão".*

Essa conversação, com as lembranças remanescentes, com os mortos tornou-se uma obstinação inquietante, na busca de uma postura definitiva em sua consciência embaraçada. *"Rachel, na condição de socióloga terá, com certeza, uma opinião mais definida para iluminar-me."*

A proa do cargueiro foi apontada ao mar aberto. Após longas milhas, e apesar das milhares de tonelagens, o navio desenhou com elegância um semicírculo, e voltou-se para o sul, deixando atrás de si a longa cauda de espumas alvas diluindo-se na vastidão.

Rachel, ao perceber o rumo definitivo, pensou: *"Devemos ter uns bons dez dias de navegação até chegarmos a Miami. Tempo disponível para um bom avanço na reformulação de minha tese".*

Todos se obstinaram em seus afazeres: desde a lavagem dos assoalhos, reparos mecânicos, retoques de pinturas, lubrificações, testes dos motores dos escaleres e outras dezenas de cuidados. Só restou a monotonia ou a nostalgia ("Quem sabe prazerosa", pensou Laibl) para alguns dos poucos turistas, tomados pela contemplação do vasto mar solitário.

— Parece-me que tudo está em ordem – disse Laibl, ao ver o capitão sentado numa poltrona na ponte de comando.

— Está tudo em ordem, mas nunca satisfatoriamente.

— Como assim?

— Meu querido, até o excesso de silêncio num navio é preocupante. Ele evidencia que todos estão acomodados. Geralmente, isso acontece quando se está numa longa rota, sem escalas. A quietude profunda é um perigo para os navegantes. Mas quando percebemos o vaivém dos marujos, as conversas do timoneiro com os auxiliares, significa que estamos controlando a travessia. É assim a vida no mar. É uma aventura que não permite descuidos. Todos sabem que no mar existe um perigo maior ou menor. Muitas vezes é no silêncio, quando estamos desprevenidos, que as conseqüências dos imprevistos podem ser graves. Outras vezes, em circunstâncias desfavoráveis, quando todos estamos atentos e mobilizados, o perigo é menos iminente. É como nosso corpo, quanto menos cuidados, mais próximo o nosso fim.

— Então, o senhor nunca descansa. Sua vigília é contínua.

— Agora estou descansado, mas atento e feliz, sentindo que o navio segue, com "satisfação", como um animal bem-tratado. Ouça o ritmo dos motores. Parece um relógio suíço. Meu querido, o mar me ensinou que entre a tranqüilidade e o imprevisto está a dialética da vida marítima.

Laibl não conseguiu atinar essa dialética. *"Mas ele está contente, e isso é o fundamental"*, concluiu.

Nos dias subseqüentes, acompanhou pelos mapas marítimos por onde o navio avançava. Procurou compreender por que se afastavam mais, outras vezes menos, da costa. Explicaram-lhe que são vários os fatores: "Bancos de areia; outras vezes devido à presença dos barcos de pesca, navios de turismo; outras vezes, são os ventos que afastam os barcos, além de outras infinidades de razões. Por exemplo: amanhã passaremos diante da cidade portuária de Savannah, de onde partem muitos navios que também se afastarão o máximo da costa. Teremos, então, de afastar-nos ainda mais".

Nas noites subseqüentes, as tertúlias entre Laibl e Rachel tornaram-se sucessivas. Ela lia-lhe as reformulações de sua tese e ele, para ela, vasculhava sua vivência, como que expondo sua consciência. Repentinamente Rachel o interrompeu:

— Laibl, por que você não põe tudo isso no papel? Essa análise sobre sua dicotomia pendular, a procura de uma filosofia de vida, desde sua infância, vacilando entre a postura de seu pai e de seu tio, duas índoles quase opostas e ao mesmo tempo sôfregas. Esse temor de não cair numa vida vazia e superficial. Percebo a dramaticidade na sua maneira de se justificar, constantemente, lutando para afastar seus inócuos sentimentos de culpa. O convívio com centenas de pessoas de diversas gamas e esse enorme caleidoscópio de experiências que você viveu prematuramente. Aquela experiência com aquele grupo de *Klezmers*, tudo isso pode resultar em livros comoventes, e acredito que bons. Seu vocabulário é vasto e suas leituras estão sendo cada vez mais críticas. Escrever pode preencher e fundamentar sua vida, assentar melhor suas decisões, elevando o sentido de tudo que você observou. Veja bem, meu querido, dentro de alguns dias viajaremos pela costa da Flórida, para chegarmos a Miami. Isso me faz lembrar de Mark Twain[17], que nasceu por lá. Ele também tinha uma alma de marujo. Viajou tanto que chegou às nascentes do Amazonas. Viajou, subindo e descendo o Rio Mississipi acumulando histórias e lendas, conheceu, em minúcias, a vida daquela região e assim pôde escrever os mais belos livros de nossa

---

17. Twain, Mark. Nome de nascença: Samuel Lanchorne Clemens. Escritor americano, precursor duma literatura de estilo humorístico, não se deixou influenciar pelo estilo europeu, utilizou-se das gírias locais; seus personagens são homens rudes do campo. Nasceu na Flórida no dia 30 de novembro de 1835 e faleceu em Redding, Connecticut, no dia 21 de abril de 1910.

literatura. Sua literatura não objetivou somente uma satisfação estética, foi com intenção explicita de ajudar a formar o caráter, principalmente dos jovens. Com sua literatura densa de ensinamentos despertou muitas consciências na luta contra a escravidão. Eu acredito que a missão do escritor é enriquecer a realidade. Escrever é aflorar as profundidades e as razões do viver. Experimente, Laibl. Quem sabe você desperte o talento que mora no fundo de seu eu. Tenho certeza de que lá nos confins do seu inconsciente tem muito de grandioso querendo aflorar. Você tem alma de poeta. Tenho percebido seu êxtase diário diante do sol nascente e do poente. Quantas vezes observei que você se emociona até as lágrimas com uma melodia.

— Prometo que vou tentar. Quem sabe seja uma forma de resgatar meus pais e meu tio, que eram bons e dignos.

— Que bom, Laibl. Conte comigo. Farei de tudo para ajudá-lo.

Abraçaram-se com ternura. O afeto e a objetividade das palavras de Rachel tornaram-se seu esteio existencial. Estimulado, repassou vivências, como se fossem velhas páginas, elaborando frases na memória, como se estivesse redigindo. Era uma retrospecção analítica, com profundo senso crítico de seus comportamentos diante de sua vida e a de todos com os quais lidou. E pensou: *"Saberei refletir, no papel, a existência que transborda em mim? Como é que os poetas sabem comover com palavras e refletir alegrias, tristezas, e levar ao êxtase do amor ou a revoltas? É preciso usar bem o atavismo da vida e das palavras para saber direcionar o pensar e os sentimentos. Tenho a vivência. Portanto, a matéria-prima. Falta-me saber lapidar as verdades que moram em mim. Saber intuir metáforas e imagens para engrandecer minhas histórias. Ah, Rachel, preciso de sua presença para estruturar minha vida em atos e em palavras. Palavras adequadas que evidenciem o que explode em meu peito. Resgatar as vidas truncadas, numa fluidez de idéias e atos. Resgatar alegrias perdidas na cegueira da inconsciência. Alçar largos vôos como águia e mergulhar com precisão na busca duma verdade seletiva. Saberei expor os dramas que se escondem nos sorrisos? Saberei dizer por que, logo que um navio se distancia do porto, já desperta o desejo de retorno? Saberei dizer por que as lembranças dos cantos familiares se desdobram na vastidão do mar como ecos encantados e gerados das vivências? Saberei dizer por que um homem consciente como meu pai se conformou e se confortou diante da morte? Saberei dizer por que muitos homens não conseguem desbravar caminhos diante dos impedimentos?"*

Essas idéias e dúvidas prolongaram-se por horas, num misto de ansiedade e dramáticas ponderações. Não conseguiu conciliar o sono. Saiu para o convés, recebendo um vento ponteiro e estimulante.

Na outra extremidade, próxima à popa, estava Rachel. Correram um de encontro ao outro. Abraçaram-se como se tivessem voltado de outras esferas, carregados de saudades. E Rachel cochichou:

— Laibl, precisamos nos apoiar.

— Precisamos – respondeu ele, também num murmúrio.

E ambos seguiram ao seu camarote.

O vento assobiava por entre a fresta da vigia semi-aberta, o mar ninava o barco num balanço lento, e as ondas, atiçadas, açoitavam o velho casco, em ritmo contínuo. Tudo convidava àquela ventura. Na penumbra, as silhuetas dos dois corpos esguios se buscavam, e entrelaçaram-se no ímpeto de fusão e levitaram no arrebatamento do pleno amor.

XXX

Após vários dias de navegação, o navio aportou em Miami. Era madrugada. A manhã despontou suavemente sob um sol tímido, por entre a bruma transparente, denunciando um outono suave, naquele clima subtropical, próprio do Estado da Flórida. Horas depois, quando a bruma se dissipou, podia-se vislumbrar a beleza da baía Biscayne, na foz do Rio Miami.

— No século XVI, quando os espanhóis chegaram aqui – informou Rachel –, encontraram os índios Tequesta, que dominavam esta região. Miami significa 'água doce' na língua nativa. Na época, os espanhóis não conseguiram 'pacificar' os índios. Mesmo assim, puderam levar grandes tesouros para a Espanha. Igualmente, os ingleses, durante os vinte anos de concessão, não foram capazes de subjugar os indígenas. Já no período americano, com o tráfico de escravos, mesmo com as grandes plantações de algodão, não tiveram grande desenvolvimento, pois com a guerra contra os índios semínolas, que não lhes davam sossego, tiveram que abandonar os algodoais.

Laibl ouviu outras dissertações históricas, ainda no navio.

— Mas o que veio fazer aqui um navio cargueiro semimisto, numa região turística? – perguntou Laibl ao capitão.

— Descarregar material de construção, tecidos para as manufaturas, pois as plantações de algodão ainda são insuficientes aqui neste Estado. Além disso, teremos novos passageiros. Não esqueçam que partiremos amanhã. Vocês terão pouco tempo para turismo.

O navio zarpou.

Singraram por quatro dias pelo Golfo do México, navegaram até Nova Orleans, desceram até Jalapa e Vera Cruz, rumaram ao Mar do Caribe, onde Laibl obteve novos e pormenorizados conhecimentos de navegação local, sobre as complicações e perigos daquele mar, geralmente rebelde e de fortes correntezas. Repentinamente o navio entrou numa zona de chuva torrencial, comum no verão daquele trópico, seguido de ventanias que uivavam nos cabos, nas quinas e nos mastros. Um ribombar de trovões se mesclava com os estrondos do colérico mar que lutava com a tempestade, batendo sonoramente suas ondas no casco da embarcação altiva. A chuva em rajadas somava-se à ferocidade tempestuosa, levantando enormes marolas sobre as ondas agigantadas que lambiam com ferocidade o convés. O navio balançava como uma miniatura naquele mar enlouquecido. Quem estivesse fora dos camarotes seria provavelmente engolido pela fúria das águas. Quem olhava pelas vigias podia assistir os ensandecidos diálogos de inclemências entre o mar batendo-se no velho casco, e entre a chuva e o vento. Era uma luta na qual ninguém cedia. A galhardia da embarcação amainou os espíritos irrequietos dos amedrontados. A cada vaga, a proa se erguia como num desacato às fúrias. E, quando baixava em queda livre, batia sobre a superfície agitada, percutindo num estrondo como de um canhão, como se fosse esmagar um dinossauro rebelde, levantando volumes de água formando um V que se pulverizava em espumas chiantes. Novamente a proa se levantava e o fenômeno se repetia. Lufadas velozes e contínuas inclinavam o navio ora para bombordo, ora para boreste, como um pêndulo invertido. As descargas dos raios desenhavam figuras instantâneas e o estrondo dos trovões se somava ao ulular desafiante dos ventos cada vez mais raivosos, levantando as águas até os desvãos externos da embarcação. A chuva tornou-se mais torrencial; parecia composta de milhões de esguichos, tentando penetrar no navio.

No passadiço, Laibl ficou estarrecido quando viu um leve sorriso no semblante do capitão. "Como sorrir num momento como este, em plena tempestade?", pensou consigo. Aproximou-se do velho 'lobo do mar' e perguntou:

— Capitão, está tudo bem?

— Está tudo bem. É uma intempérie passageira. São os choques de temperaturas, comuns nesta região. Logo passará. Estou satisfeito em ver o comportamento dos marujos, sem qualquer indício de pânico. Tomaram todas as precauções para enfrentarmos estas agitações das intempéries. Propositadamente, não dei uma ordem sequer, e meu velho e querido barco se comporta seguro, sem ser dominado pelas circunstâncias. Meu caro Laibl, preparar um marujo para o mar é como preparar um filho para a vida.

Diante da serenidade do capitão, Laibl pôde assistir, tranqüilo, aquele espetáculo de fúrias que se tornaram encantamentos.

A previsão do capitão estava certa: hora e meia após, o sol voltou a lançar seus raios acalentadores. O azul do céu estendeu-se até o horizonte, e uma alegria de alívio contaminou a todos. Visivelmente satisfeito, o capitão comentou:

— Está vendo, Laibl, a serenidade da natureza apazigua e conforta, enquanto, com sua raiva, todos se fecham em seus medos. Veja como todos se unem e comemoram a beleza serenada. Se os homens fossem calmos, seriam mais fraternais e acatados com simpatia.

Laibl quis retrucar que na vida não é bem assim, pois os jogos de interesses tornam tudo mais complexo. Mas preferiu não discutir com o bom capitão, circunstanciado à vida do mar.

Contornaram Honduras e Nicarágua. O navio seguiu vagaroso pelo mar raso do Banco de los Mosquitos, entrou em mar aberto das Grandes Antilhas e pelo Mar das Pequenas Antilhas, e rumou por longos dez dias, atingindo as costas brasileiras, aportando no Recife, capital pernambucana, onde Laibl e Rachel passearam pelos rios Capiberibe e Beberibe e visitaram pontos turísticos. Rachel confessou que pouco sabia sobre a História daquela cidade, que considerou nostálgica e pacata.

— Nem tanto – observou Laibl, após assistirem a um espetáculo folclórico ao ar livre, onde reinaram ritmos quentes, coreografias agitadas e vestimentas de cores berrantes. Ouviram explicações sobre o significado daquelas danças: maracatu e frevo. Desengonçados, tentaram participar do folguedo, despertando hilaridades, fato que agradou e confraternizou outros turistas ali presentes.

Abastecido de combustível, de mantimentos e de frutas tropicais, rumaram ao Sul. Mar aberto, mas não muito longe da costa. Vez ou outra, podia-se observar a sinuosidade variada do continente, como que despontando do mar.

— Teremos quinze dias de navegação contínua – anunciou o capitão.

Nos mapas, Laibl ajudava a pontuar a posição do navio e já se alvoroçava em sugerir tais ou quais medidas necessárias, para que a rota fosse bem cumprida. O capitão aprovava acenando com a cabeça. Além dessa dedicação, Laibl passou a anotar as lembranças que lhe afloravam do passado remoto e recentes. Propôs-se a observar, de maneira mais aguçada, cada um dos passageiros: suas posturas, suas conversas, suas reações diante de tudo, os diálogos dos marujos, suas histórias, seu problemas. Disse a Rachel:

— Desde quando você me estimulou a escrever, tento mergulhar em tudo e na alma de todos, abaixo do verniz das aparências. Concluí que não basta olhar para dentro das pessoas, mas entender suas reações, além do tom de voz e do seu olhar. Procuro observar se as palavras usadas correspondem à sua verdade interior, ou ao seu verdadeiro estado de espírito. Percebi, e várias pessoas me confessaram, que seus atos não correspondem ao seu desejo real. Escarafunchar tudo que nos rodeia passou a ser meu intento. Procurar destrinchar como um cirurgião aguçado de mãos seguras com um bisturi capaz de incisões profundas, para atingir verdades, as mais camufladas. Passei a dar importância a fatos que desconsiderava.

— Isso é ótimo, Laibl – disse Rachel, com alegria.

— Observando os passageiros, concluí algo que me parece determinante. Algumas dessas criaturas, idosas, ficam à mercê do tempo, como prisioneiros esperando passar os dias para cumprir sua "condenação", mergulhados num vazio. Ouvindo-os falar, percebe-se que suas mentes não concatenam raciocínios mais complexos. Dão a impressão de que, para eles, a vida é uma linha horizontal, sem nuanças. Passaram a ser criaturas neutras diante de tudo. Temem participar. Alienam-se em seus casulos. Ficam só nas constatações corriqueiras. Outros, até menos idosos, mantêm-se nessa postura, não revelam reações: aceitam, indolentemente, todas a circunstâncias, como diante de uma predestinação irreversível. Os que praticam exercícios físicos e lêem, jogam melhor com as idéias e me parecem bem mais felizes. Você acredita, Rachel, passei a ter um alento maior de viver e concluí que minha existência se desdobra como se eu estivesse absorvendo, por assim dizer, as vidas que me rodeiam. Parece que me multiplico no tempo e que me torno a soma de outros e, especialmente, a soma da multiplicidade de nós dois...

Rachel abraçou-o com alegria radiante e com risadinhas infantis.

— Rachel – continuou Laibl –, a lembrança de meu pai tornou-se uma constante obsessiva. Procuro entender por que um homem, corajoso e objetivo, psicologicamente bem estruturado, confessou preferir a morte, depois de uma vida dedicada a um ideal, por uma vida mais digna para todos, encorajando o vacilante com sua persuasão de homem convicto e determinado. Acredito que o pivô dessa mudança tenha sido o ódio ao tipo de vida que passou a levar nos últimos anos, que considerava vazia e supérflua. *"Este luxo me incomoda. Para sua mãe, é ainda pior. Criou nela uma sobrecarga inócua: passou a cuidar dos bibelôs, a lustrar obsessivamente os móveis de casa e do escritório, amarrou-se a outras superficialidades, que passaram a dominá-la"*, dizia meu pai. Percebi em minha mãe que ela se tornou mais religiosa, e um temor confesso de perder os bens materiais rapidamente acumulados. *"Estamos perdendo o enlevo da vida, repetia meu pai. Caímos na pobreza da superficialidade. A religiosidade de sua mãe é a prova de que a religião inibe a consciência"*. Meu tio retrucava dizendo que a religiosidade também leva a uma consciência social, pois induz as pessoas a se unirem e praticar ações coletivas de ajuda. E meu pai retrucava: *"A benemerência é uma forma de curar as feridas, como as enfermeiras nas trincheiras, que curam para que sejamos novamente feridos pelos inimigos. O certo é desarmar os que nos massacram. Tirar-lhes o poder de fogo..."*. Meu tio respondia que é uma ingenuidade superar os poderosos, que o máximo possível é adaptar-nos ao campo que nos resta para não sermos dizimados. Meu pai respondia com frases precisas e cortantes, às vezes aos berros, que acabavam inibindo meu tio.

— Acredito – ponderou Rachel – que ele desenvolveu um sentimento de culpa em relação aos companheiros de Partido e do sindicato. Pelo que você relatou, ele tinha, realmente, um asco a uma vida que só satisfaz o lado material da existência. O conforto não lhe bastava. Ele se alimentava mais dos ideais do que da comida farta. Acredito que não era somente uma questão de índole. Era uma postura alimentada pelas profundas convicções, inerentes aos revolucionários.

— Além do mais, ele sentiu-se inútil diante das limitações impostas pela paralisia. Com certeza considerou que não tinha mais a capacidade de opções. Isso me ficou claro quando me disse: "meu filho, a pior dor de um homem como eu é ser considerado como sujeito que fraquejou e ser desprezado pelos velhos companheiros de luta."

— Procure escrever sobre isso, Laibl. Será uma ajuda para você mesmo e, creio, até para os psicólogos, que provavelmente ainda não se aprofundaram no comportamento de homens como seu pai, que vivem por suas paixões revolucionárias.

— O dramático é que meu pai morreu, vitima do que ele mais tinha asco: a ganância.

Nos seguidos dias de navegação até o porto seguinte, tanto para Rachel como para Laibl não houve campo nem para solidão nem para monotonia: singraram suas vivências como uma quilha veterana que passa e perpassa mares navegados, numa determinação impulsiva de consciências, em busca de destinos desejados, como intrépidos timoneiros em vigília.

XXXI

O navio rumava, vencendo variações marítimas. Um grupo de passageiros com sensibilidade musical ouvia, diariamente, os discos selecionados por Laibl e Rachel. Qual não foi o estarrecimento de todos quando ela passou a analisar as músicas de Gershwin:

— A musicalidade de Gershwin está ligada à musicalidade dos negros e dos judeus. Essa ópera que acabamos de ouvir chama-se "Blue Monday Blues", tem os arranjos do músico negro Will Vodery.

Repentinamente, Rachel passou a cantar, com voz cristalina e afinada, a canção "You Just You", imitando a cantora Vivienne Segal. Todos aplaudiram de pé a revelação de seus dotes. Para Laibl foi o desdobramento de sua paixão. Beijou-a impetuosamente e disse:

— Essa música deslanchou a carreira de Gershwin e de Will Vodery. E agora, meu amor, também será sua vez de grande cantora. Serei seu empresário.

Todos riram, aplaudindo em aprovação.
As noites musicais tornaram-se mais apreciadas.

XXXII

Deslizando suavemente, o navio entrou na placidez do Rio da Prata. Diante de tamanha serenidade das águas e das planícies imensas que se avistavam, tinha-se a impressão de que o barco ficara estático e que o rio e a paisagem é que viam ao seu encontro: era o agrado dadivoso da natureza. Era o fim da madrugada. Como sempre, o atracamento foi vagaroso e a costumeira sinfonia portuária despertou num crescendo.

Laibl perguntou a Rachel o que ela sabia sobre a História da capital Argentina. Rememorou uma ligeira retrospectiva, falou sobre a resistência dos índios contra colonizadores, sobre San Martín, sobre a "Aliança Tríplice"[18] que retalhou o Paraguai, de como Buenos Aires tornou-se um pólo cultural e industrial, ao estilo das capitais européias; de como a Argentina ficou dependente da Inglaterra, além de outras observações políticas.

— Sei disso tudo porque vivi um bom tempo em Londres, e lá as notícias sobre a Argentina eram freqüentes.

À tarde visitaram o museu Colón, o monumento ao San Martín e, no dia seguinte, passearam de barco pelo delta do Rio da Prata.

Permaneceram por mais dois dias no porto para complementação de cargas e descargas.

Regressando, rumaram por um dia e uma noite pelas águas do rio platino, por quase trezentos quilômetros para navegar em mar aberto. O tempo era agradável e as vagas longas ninavam suavemente o barco, durante três dias de navegação, até adentrarem, através de vários estreitos, para deslizar, lentamente, pela Lagoa dos Patos, atingindo o estuário do Rio Guaíba, onde, finalmente, o navio aportou, no cais extenso e triste de Porto Alegre, cidade que se alonga por planícies e colinas.

---

18. Tratado entre o Brasil, a Argentina e o Uruguai, em oposição ao governo de Solano Lopez, do Paraguai, firmado em Buenos Aires, em 1865. A Aliança tríplice, também denominada Guerra do Paraguai, foi a mais abaladora das guerras nas Américas. As forças paraguaias foram quase que totalmente dizimadas. Em Cerro Corá foi derrotado o último contingente, onde tombou Solano Lopez.

O clima subtropical e de plena primavera era um convite aos turistas e de aproximação com a cidade.

Rachel admitiu a Laibl que nada sabia sobre a cidade e sua História, mas visitaram o Museu Histórico. Chegaram até a Praça da Liberdade, agradável pela arquitetura dos prédios, que Rachel comparou com a Praça São Venceslau, de Praga, na Checoslováquia, onde estivera:

— É uma praça que também fica num declive – disse ela.

No convés, o comandante recebeu a visita do capitão da polícia aduaneira, de quem se tornara amigo. O diálogo decorreu num espanhol capenga, mas inteligível. Tomaram juntos o suculento café da manhã e, como sempre, presenteou o visitante com charutos e uma garrafa de rum, cubanos. Esse agrado era o hábito do comandante em todos os portos. Laibl não se fez de rogado e pediu ao visitante que o levasse a um *show* ou onde pudesse ouvir música brasileira.

— Casualmente – respondeu o visitante –, hoje vou a um churrasco numa fazenda perto da cidade Alvorada. Fica a uma hora e meia de carro. Vou levar um quarteto de músicos para alegrar a festa de um compadre, velho estancieiro getulista, grande criador de gado e que tem um dos maiores arrozais do Rio Grande do Sul. Aliás, vocês estão carregando os porões com o arroz desse amigo.

Laibl não entendeu a palavra churrasco nem getulista. Mas perguntou se o quarteto era bom.

— É excelente. Tocam tudo que tu imaginares.

— Sabem ler partituras?

— Devem saber, pois tocam de tudo, como eu já disse.

Uma alegria infantil tomou conta de Laibl. Não queria perder essa oportunidade. Rachel negou-se a acompanhá-lo:

— Quero trabalhar em minha tese, deixá-la pronta até o término desta viagem.

— Laibl – disse o comandante –, não esqueça que zarparemos hoje mesmo, por volta das vinte horas.

— Não tem problema – respondeu o visitante, olhando seu relógio. – São oito da manhã. Temos doze horas pela frente.

— Vou levar minha vitrola e alguns discos – disse Laibl.

— Não precisa. Vai ter muita música.

— Mas eu gostaria de estimular esses músicos a tocarem algo de Gershwin.

O visitante não entendeu esse "algo de Gershwin", mas concordou que Laibl levasse a tal vitrola. Dois marinheiros ajudaram a carregar os discos, a vitrola e aquele alto-falante parecido com a parte superior de um trombone. Laibl e o visitante entraram num carro de três bancos. Mesmo assim, não foi fácil acomodar o quarteto de músicos, o alto-falante, a vitrola e os discos, além dos comestíveis complementares da churrascada, e mais duas garrafas de rum cubano, solicitados pelo capitão aduaneiro.

— Sem rum e sem pinga toda alegria é capenga – acrescentou, para convencer o comandante, que não entendeu a palavra capenga.

A viagem decorreu agradavelmente, apesar dos percalços da estrada ruim, cheia de irregularidades e muito pó. O entrosamento de Laibl com os gaúchos foi imediato: muitos risos diante do espanhol com sotaque de americano nova-iorquino. Laibl não conseguia entender os chistes regionais, mas foi envolvido com as gargalhadas sonoras daqueles gaúchos gordos e bigodudos.

— Como é mesmo seu nome? – perguntou um dos músicos.

— Laibl Bergman.

— Nome complicado. Vamos te chamar de Leão. Tu tás de acordo? E qualquer um de nós tu podes chamar de gaúcho.

— E o que quer dizer gaúcho?

— Gaúcho quer dizer valente, que garantiu as fronteiras entre o Brasil e suas fronteiras do sul na base do fuzil, do facão, usando bombachas, botas, laços, tomando chimarrão, montado em cavalos destemidos.

Laibl os ouvia como um idiota atento. Tudo lhe causava alegria: o ambiente comunicativo, a curiosidade mútua e o orgulho salutar de exporem os valores da terra e dos vultos ali nascidos. Laibl entendeu que se tratava de pessoas fazedoras da história. "É um povo orgulhoso de si", pensou.

O carro percorria aqueles pampas de verdume rasteiro e brilhante sob os raios de um sol acalentador. Extensas coxilhas cobertas de pastagens, rebanhos de gado ruminando na quietude da imobilidade. O olhar curioso de Laibl era irrequieto. Ondulações afloradas repentinamente do solo, com aspectos de facões gigantescos, despertaram-lhe a curiosidade:

— São montículos artificiais? – perguntou.

— São naturais – respondeu um dos músicos. – Por eles se parecerem com facas, os espanhóis os chamaram de cuchillas, daí o nome que lhe demos de coxilhas.

Os últimos quilômetros de estrada eram, ainda, mais irregulares. O carro andou aos solavancos. Mas chegaram. Recepcionados com gritos de euforia, Laibl ficou impressionado e quase intimidado, temendo não se integrar naquele ambiente. Mas foi inevitavelmente envolvido: aceitou os abraços calorosos e riu como os outros, sem perceber razões plausíveis para tanta euforia: "Será que já estão altos nessa bebedeira matinal?" – perguntou-se. Não queria ser um estranho e procurou integrar-se na algazarra. Estranhou aquelas indumentárias e pensou: "Estes devem ser os tais gaúchos. Quase todos gordos, usando aquelas calças largas, botas sujas de terra, com esporas exageradas; alguns com camisas xadrezes e lenços vermelhos no pescoço, todos com facões em bainhas encravadas de metal dourado, ao lado da cintura. São *cowboys* um pouco diferentes", concluiu. Alguns tomavam chimarrão, outros mordiscavam pedaços de carne na ponta de facões, outros em pratos com garfo e facas de cozinha, outros mordiam pedaços de linguiça. E o mais estranho para o visitante foi observar como assavam as carnes: em espetos enormes fincados na terra, junto a valetas cheias de carvão em brasa, de onde se ouvia o chiado das gorduras gotejando nos carvões incandescentes.

— Amigo, vai-te servindo à vontade. Tem muita carne e se preciso tem mais bois aí no pasto... Tem bebida para todo tipo de macho: magrela como tu e barrigudo como eu – disse o anfitrião, terminando a frase numa gargalhada de estourar os tímpanos, sacudindo sua enorme pança.

— Obrigado.

— Nada de obrigado. Vá comer, pode lascar os nacos que quiser – ordenou-lhe o gordão, estendendo-lhe um enorme facão, com um gesto tão próximo que poderia ter-lhe cortado um naco dos beiços.

"Esses gaúchos gostam de amizades festivas. Com certeza deve ser o hábito de todos os brasileiros" – pensou. A algazarra ia num crescendo de gargalhadas e de vozes tonitruantes, saindo daquelas bocas cheias de dentes fortes e bigodes exagerados cobrindo os lábios: *"Figuras um pouco estranhas, mas agradáveis. Nunca vi gastronomia tão exagerada e tão festiva, e nunca ouvi tantos arrotos naturalmente aceitos. Pudera, com tanta cerveja"* – constatou o tímido Laibl.

O conjunto musical acomodou-se num dos inúmeros quiosques. O sanfoneiro era a figura central, executando músicas regionalistas. Quando a música era romântica, era o violão o instrumento predominante. E quando samba, era o saxofone. Laibl embeveceu-se com a variedade de melodias e ritmos envolventes. "É um caleidoscópio músical", pensou. Dos mais de uma centena de participantes do folguedo gastronômico, poucos davam atenção aos músicos. Laibl, durante mais de duas horas, ainda segurava o facão, sem tê-lo usado para cortar seu naco de carne.

Num dado momento, o sanfoneiro se levantou e ordenou:

— Vamos comer, que o bucho está roncando.

Laibl pediu ao saxofonista que esperasse, pois, angustiado, queria que ele ouvisse um trecho da música de Gershwin. Ansiosamente, deu corda no gramofone e disse:

— Será que você consegue *play* esta melodia?

E destacou "Same Wonderful". Após ouvir, o músico pediu que repetisse, e em seguida executou com tamanha nitidez que Laibl se estarreceu.

— Você sabe, Gaúcho, que Gershwin também foi saxofonista? Agora, por favor, será que você consegue *play* mais esta? – E destacou só a primeira melodia de "Rhapsody in Blue".

— Mas é um pianista que está tocando.

— Mas pode ser executada também no sax. Eu já ouvi tocado por um conjunto em Nova York.

O Gaúcho pediu que repetisse e em seguida tocou o tema musical com tal sentimento que parecia tê-lo transformado num lamento. Laibl aplaudiu e reteve a vontade de abraçá-lo.

— Sabe, Gaúcho, parece que você deu mais alma a essa rapsódia. Você fez o mesmo que Gershwin. Com essa música ele libertou o *jazz* do pobre limite de ritmo que era só para dança. Ele valorizou o jazz com nova energia e engrandeceu a música americana.

Em seguida Laibl destacou outra faixa do disco, onde uma clarineta, em Si bemol, intercalava com outra clarineta baixo e com um oboé, e ainda com um sax soprano, onde cada instrumento predominava separadamente o tema músical. Era, na verdade, um disco raro, gravado por um grupo desconhecido de Nova York. Incrivelmente, o gaúcho conseguiu imitar os diversos instrumentos em seu sax tenor, simplesmente baixando ou elevando as escalas. Além dessa façanha, conseguiu improvisar em *stacatto*, brincando com o tema músical, despertando risos de Laibl.

— Você é um mago! – gritou. – Essa melodia dá até pra tocar em ritmo de samba – acrescentou o Gaúcho. – Quer ouvir?"

— É claro que sim.

O Gaúcho chamou o pandeirista, que deu o ritmo, e o saxofonista verteu Gershwin em tempo de samba.

— Você transformou o humor jazzístico de Gershwin numa magia – disse Laibl, emocionado.

— Vamos nos servir, pois a fome tira minha inspiração. Depois podemos continuar com as músicas de sua terra, que me agradam.

Laibl, ao começar a deglutir, ficou embevecido com o sabor das carnes. Tirou lascas, imitando os gaúchos. Experimentou a picanha, a maminha, as costeletas de porco e de boi, a fraldinha e outras espécies, além das lingüiças, das coxas de galinha e pedaços de bife de tira. Começou a sentir-se empanturrado e pediu que parassem com as oferendas exageradas, também no sal.

— Toma um vinho de nossa terra, que é o melhor do mundo. Ele ajuda a descer as carnes bravas – disse o anfitrião, com aquela voz exagerada de barítono, tornando a sacudir a pança ao gargalhar, ao fim de cada frase que pronunciava.

Laibl aceitou o copo de vinho. Em seguida foi obrigado a tomar uma pinga que quase lhe enfiaram goela abaixo.

— Vira o copo de uma só vez, rapaz, como um bom gaúcho – disse-lhe outro grandalhão.

Passou a sentir um forte calor no peito e, em seguida, em todo o corpo. Pensou que era por causa do braseiro vivo das valetas. Afastou-se, mas o calor continuava e uma sede avassaladora ressecava sua garganta.

— Gostaria de beber algo frio.

Deram-lhe um copo de cerveja. Passou a sentir uma tontura e sentou-se num banco. Ao seu lado tomou assento o anfitrião, que desandou a discursar, soltando um bafo misto de tabaco e rum:

— Tá vendo, moço, como vivem os gaúchos? Na maior fartura. É por isso que todos cobiçam esta terra. É por isso que nos tornamos caudilhos. Queremos garantir o que é nosso. É por isso que já fomos separatistas. Mas depois pensamos, por que empobrecer o Brasil? Aí a gente se reintegrou. Mas ficou a nossa fama de rebeldes e bravos. Garibaldi[19] e sua mulher Anita[20] se inspiraram na gente, e lutaram conosco. Eles aprenderam com os gaúchos a tática de guerrilhas e assim conseguiram conquistar a Sicília. Tu sabias disso, gringo? (Não esperou a resposta de Laibl). E o gordão continuou:

— Não gosto das leis da cidade porque têm muita influência estrangeira. Amamos nossa música regional. Eu vi que tu gostaste de nossa música regional, que tu gostaste de nossa carne, de nosso chimarrão, que, aliás, Laibl, não bebeste. Por isso eu estou gostando de ti. Dizem que somos rudes, mas somos também sentimentais. Amamos a vida livre. Nós somos o símbolo da liberdade, da independência do Brasil. Meu caro gringo, leia o nosso escritor João Simão Lopes Neto e tu verás o porquê de nossa grandeza. Meu filho, traga amanhã o capitão do teu navio, ele vai gostar.

De repente o anfitrião lascou-lhe um beijo e disse:

— Tenho um filho como tu. Cheio de vida, inteligente e sabe comer também.

Laibl já não ouvia as últimas palavras e não compreendeu a razão do beijo. Empalideceu e levaram-no, correndo, a um canto, onde vomitou tudo e por sorte reteve seu estômago. Sentiu-se flácido, sem forças para andar. Deitaram-no numa rede, no alpendre do casarão (sede da fazenda), onde dormiu um sono, o mais prazeroso e profundo de sua existência.

Acordou no dia seguinte, quando a madrugada se despedia, com vontade incontida de urinar. Não passara a noite naquela rede, mas numa cama enorme num quarto grande, onde viu somente um guarda-roupa.

---

19. Giuseppe Garibaldi (1807-1882), militar e guerreiro italiano nascido na França. Lutou pela unificação da Itália e no Brasil participou na Revolução Farroupilha. Ele empunhou as bandeiras: da liberdade, do nacionalismo e da independência em vários países. Na Itália participou na campanha pelo "Ressurgimento", que culminou com a unificação daquele país, anteriormente dividido. Nascido em Nice, filho de navegadores, influenciado pelos ideais nacionalistas de Giuseppe Mazzine e pelo filósofo francês Sant-Simon, criador do chamado Socialismo Utópico, Giuseppe Garibaldi lutou com os franceses em 1870 e 1871, na guerra franco-prussiana, participou da batalha de Nutis-Saint-George e da libertação de Dijon. Em conseqüência, por seus méritos, foi eleito membro da Assembléia Nacional da França.
20. Anita Garibaldi (1821-1849), cujo nome de nascimento era Ana Maria Ribeiro da Silva, casada com Giuseppe Garibaldi, participou em lutas políticas no Brasil e na Itália recebeu o epíteto de "heroína dos dois Mundos."

Andou em ziguezague e tropeçou numa banqueta. Não lhe haviam tirado sequer os sapatos para dormir. Não deparou com quem quer que fosse. Só ouviu uns roncos que vinham de diversos quartos. Saiu desesperado com medo de urinar nas calças. Não encontrou o banheiro, e ao ver uma porta semi-aberta, saiu e foi urinar do alto do alpendre. Ao longe, um galo anunciava a aurora. Aliviado, sentiu uma tontura, mas conseguiu voltar ao quarto e largou-se como num desmaio.

À tarde, foi levado de volta, em estado quase inconsciente. Medicado no porto, aplicaram-lhe uma intravenosa e continuou semiconsciente. Entretanto, ao ver que o cais estava vazio onde atracara o navio da Moor Mclormach, o susto foi grande e sua adrenalina disparou. E passou a gritar fanhosamente no bocal do alto-falante da vitrola:

— Capitão Jonas! Capitão Jonas! Estou de volta, atraque o navio para eu subir! Capitão Jonas!

Dali em diante não soube mais o que lhe aconteceu. Um sono letárgico de quase dois dias o dominou.

XXXIII

Ao despertar, abriu os olhos vagarosamente. Viu-se numa penumbra. A tênue luz que iluminava o diminuto ambiente vinha de três pontos: eram três vigias gradeadas. Uma voltada para o lado externo e as outras duas ladeavam uma porta, dando a impressão de dois enormes olhos opacos observando-o aterradoramente. Percebeu que estava deitado num beliche. Confuso, tomado de desespero, levantou-se num só impulso, abriu a única porta e deparou-se com grades fortes como das celas de presídios. Ficou perplexo, e percebeu que não era um pesadelo quando agarrou-se às grades, sentindo a temperatura fria dos ferros. Tomado de pânico, tentou forçar as grades para desvencilhar-se da prisão, e passou a gritar, em espanhol, com todo poder de seus pulmões:

— Soltem-me!... Soltem-me!... Não sou gringo!... Não sou espião!... Não sou comunista!... Não sou anarquista!... Não sou fascista!... Sou amigo de vocês, dos gaúchos!... Sou um cidadão americano!...

Intercalava seus berros em inglês e em espanhol: *"I am americano! Yo soi um cidadano del Norte America!...,* e outras miscelâneas.

Nisso, de uma escada diante da cela desceu rapidamente, um marinheiro, mulato forte, sorridente, de camisa listrada, na lateral de seu quepe estavam as insígnias da marinha brasileira, e disse:

— Calma, gringo, a grade está aberta. É só virar a chave que está aí do lado de fora.

Aberta a grade pelo marinheiro, Laibl ficou com receio de sair: "Deve ser uma cilada", pensou. Mas, repentinamente, apareceram os quatro gaúchos do conjunto músical. O alívio foi instantâneo.

— Onde estou? – perguntou Laibl, com voz ainda trêmula.

— Vamos subir ao convés, para tu tomar ar fresco e a gente te explica.

Tomando fôlego e apaziguado, ouviu do próprio saxofonista:

— Tu comeu muito, misturou muita bebida, vomitou e tombou. Na verdade, todos tombaram. Acordamos só no dia seguinte às doze horas. Mas tu ainda continuou muito mal. Estavas pálido e sem força para andar. Na estrada, tivemos de parar várias vezes para tu vomitar. Quando chegamos, o teu navio tinha partido. Depois fomos informados pelo prático do porto que o comandante, pelo visto teu protetor, antes de zarpar, combinou que ele esperaria por mais quatro horas ao largo, aguardando por ti, e deixou cem dólares para que te levássemos até o navio, na lancha da capitania. Mas como não chegamos, o comandante tomou o rumo, e disse que te esperaria no porto de Santos, dentro de seis dias, tempo necessário para alcançá-lo. Aqui estão os cem dólares, um bilhete que ele deixou para ti e mais quinhentos dólares que ele deixou para tuas despesas.

Foi um bálsamo. Agradeceu com os olhos marejados de alegria. Leu o bilhete: *"Laibl, espero que esteja bem, seu desmiolado. Tomara que o imprevisto seja fruto de sua irresponsabilidade e não conseqüência de alguma ocorrência grave. Envie-me, imediatamente, um telegrama dizendo se você está bem. Deixei um dinheiro para despesas imediatas e, se possível, tome qualquer navio que chegue ao porto de Santos, onde permanecerei por três dias, até completar as cargas. Somados os seis dias de navegação mais os três de permanência, você tem nove dias pela frente. Faça tudo para que você chegue a tempo. Um abraço que você não merece. Jonas."*

A leitura da carta o deixou alentado.

— Mas em que navio estamos? – perguntou.

— Estamos num navio brasileiro, de cabotagem. Pertence ao Lloyd Brasileiro. Navio bom, quase novo.

— E por que naquela cabina que parece uma cela?

— Porque o navio está lotado. Nem na terceira classe tem vagas. Por sorte nossa, o capitão da aduana é amigo do seu comandante, resolveu acomodar-nos naquela cabina que, na realidade, é destinada ao transporte de presos políticos. Como não há presos para serem levados, podemos nos acomodar lá, mas com direitos iguais a todos os passageiros.

— Mas vocês também viajam para Santos?

— Depende de ti.

— Como depende de mim?

— Porque se tu pagar uma taxa ao comandante, para comermos na primeira classe e mais uma taxa reduzida pelas passagens, podemos viajar juntos, apresentar-nos para os passageiros, tocar músicas nossas e de sua terra, e assim teremos condições de ir até o Rio de Janeiro, que é o nosso sonho.

— E quanto vai custar tudo isso?

— O dinheiro que seu comandante deixou dá, e ainda sobra.

Laibl lembrou-se de examinar sua carteira e percebeu que seu dinheiro, os cinco mil e quinhentos dólares, estavam intactos. Com mais os seiscentos, perfaziam seis mil e cem dólares."Gente boa e honesta", pensou.

— Concordo e agradeço. Mas ainda tenho de comprar algumas roupas para viagem. Só tenho esta no corpo.

— Foi bom lembrar. Ia me esquecendo que uma moça bonita, que estava junto do seu comandante, deixou uma trouxa grande de roupas.

Foram até o camarote do comandante e fizeram o acerto combinado. Todos se confraternizaram, inclusive o comandante, que se revelou simpático e acolhedor:

— Hoje vocês jantam comigo. Já me disseram que têm um bom repertório musical para nos distrair. Como estão em cinco, precisarão de mais um colchão que já mandei providenciar – disse o comandante, apertando a mão de todos.

Laibl voltou ao camarote-cela e se deu conta de que os instrumentos musicais já estavam num canto, junto com uma trouxa de roupas. Abriu-a. Eram suas e tinha um envelope. Era um bilhete de Rachel:

"Meu querido Laibl, tomara que tudo esteja bem com você. Pressinto que o desencontro é conseqüência de algum abuso de comida ou bebidas, ou engano com relação ao horário de zarparmos. Espero que meu pai não fique muito contrariado. Sei que a leviandade não faz parte de sua índole. Estou louca para revê-lo. Mil beijos, Rachel".

XXXIV

No decurso da tarde, Laibl remoía-se de culpas. Procurou afugentar esse sentimento analisando as operações portuárias e como se comportavam os passageiros que chegavam ao navio. Os de primeira classe tinham primazia; em seguida, os de segunda e, finalmente, os de terceira. Após um intervalo, assistiu à chegada de mais uma família. Uma carroça chegou próxima ao portão do cais, de onde desceu um senhor de meia-idade que, com o carroceiro, descarregaram dois baús, algumas trouxas e uns ferros amarrados que lembravam os pés de máquinas de costura. Pouco depois, chegou um senhora acompanhada de um garotinho, aparentando quatro anos, duas mocinhas de uns doze ou treze anos e um menino por volta de dez. Ao passarem pelo portão, um cão de raça dálmata também tentou entrar. Mas foi impedido pelo guarda, que lhe deu um chute e travou o portão. O animal latia e uivava num só desespero e tentava, inutilmente, saltar as grades altas, onde se feria nas patas e no focinho. As crianças acenavam despedindo-se do animal e choravam vendo-o correr de um lado para o outro como uma fera enjaulada. Andavam, mas sempre olhando para trás, observando o cão, cujos latidos passaram a ser intercalados com uivos longos como os de lobos solitários.

Marujos e carregadores ajudaram a levar a estranha bagagem para dentro do navio. O senhor, chefe da família, subiu por último, carregando duas cabeças de máquinas parecidas com as de costura, amarradas às extremidades de uma corda que passava por detrás de seu pescoço. Parecia carregar um balancim, mas sem aquela travessa. Andava devagar e com receio de perder o equilíbrio ao subir as escadas íngremes.

Os familiares retardatários, após levarem suas tralhas à cabina, subiram ao convés inferior e todos se recostaram à balaustrada, observando a luta dramática daquele cão inconformado, forçando as grades durante horas a fio. A persistência do dálmata foi tanta que se largou, esgotado, sobre os paralelepípedos, revelando um esgotamento profundo, passando a latir e uivar, como numa convulsão de estertor. O porto foi tomado pela nostalgia. Alguns passageiros ainda acenavam àqueles poucos que ficaram no cais. O cão ainda uivava ecoando, dolorosamente, na solidão do porto. Era a persistência de um animal inconformado, mas vencido. Seus uivos tornaram-se uma surdina terminal. Era o impedimento que o afeto não vencia. Era a grandeza de um animal ferido, mortalmente, pelo amor. Passou-se a ouvir somente o ronco ritmado do rebocador que puxava o navio, que deslizava nas águas mansas da Lagoa do Patos. O entardecer e o distanciamento aprofundaram a melancolia daquela família. Outros, extasiavam-se com a beleza do sol mergulhando lentamente seu vermelhidão na placidez das águas e da paisagem solitária. Uma lua cheia desvendou-se, dadivosa, e passou a pratear, com sutileza cintilante, as ondulações suaves do mar. O chiado da quilha se impôs em busca de novos destinos.

Repentinamente, o grupo musical gaúcho irrompeu dentro do clima nostálgico, cantando uma marchinha, a toda voz, acompanhando-se com instrumentos de percussão:

"Terra gaúcha, meu bem,
Terra de nossa paixão.
Quem sai e volta a Porto Alegre, meu bem,
Mostra que tem coração.
Ô gauchinha, não convém você chorar,
Vou sair de Porto Alegre duma vez
Pra não voltar".

Mas a intenção dos músicos de interromper aquela sintonia não vingou. Tudo e todos voltaram ao estado nostálgico, em harmonia com a paz daquelas águas e planícies. Somente o pio de uma gaivota solitária destacou-se na placidez.

XXXV

Quando a noite se fez plena, Laibl desceu ao convés inferior, ansioso por conhecer aquela família que consternara a todos:
— Meu nome e Laibl Bergman – disse, estendendo a mão ao cabeça daquele grupo familiar.

— O meu é Jacob Mendelbaum. Com certeza somos patrícios.

E apresentou os demais de sua família: a esposa, mulher de estatura mediana, gordinha, de olhar especulativo e sorriso rápido, para manter seu semblante triste e sério; duas meninas também de olhos castanhos e indagadores, cabelos escuros envolvendo seus rostos. Além do menininho, um garoto irrequieto, de olhar vivo, corpo miúdo, observando com ar indagador tudo o que se passava ao derredor.

— Acredito que o senhor fala o ídiche.

— Todos falamos.

— Aquele cão sensibilizou a todos. Sua luta por ficar com vocês foi dramática. Foi uma demonstração de amor profundo. Pena que nem todos os homens sabem amar com tanta obstinação como aquele animal.

— É um cão que se afeiçoou à gente. Quando o conhecemos ele estava acorrentado, vigiando um terreno, vizinho à nossa casa. Meus filhos passaram a levar-lhe comida, e assim nasceu essa afeição. O dono dele permitiu que ficasse com a gente. Trazê-lo conosco é impossível, pois não sabemos o que nos espera quando chegarmos a São Paulo.

— Não têm mais parentes?

— Tenho uma irmã e o marido dela, que vivem no Rio de Janeiro.

— E vocês tentaram a vida em Porto Alegre e não deu certo?

— É uma longa história. Quem sabe durante a viagem poderei lhe contar.

A família desceu para jantar na terceira classe e Laibl subiu à primeira. Assim que sentou à mesa, ponderou: "Por que não os convido para comerem comigo, aqui na primeira, e eu pago a taxa de diferença?" Desceu correndo e chamou o tal Jacob Mendelbaum e lhe formulou o convite, que não foi aceito:

— Agradeço e, por favor, não se ofenda. Não quero que meus filhos pensem que dependemos de terceiros...

Laibl ficou desconcertado com a resposta. Pediu desculpas e estendeu a mão em despedida:

— Amanhã, ou hoje mesmo, se possível, conversaremos – arrematou com a intenção de manter o diálogo.

"Deve ser um homem receoso. Assim como era meu pai: arredio com pessoas desconhecidas, medo das intenções alheias, além de outros medos e outras desconfianças germinadas naquela vida truncada pelos receios. Isso o impedia de fazer novas amizades. Vai ver que esse Mendelbaum é um

homem de atuação política clandestina... Quem sabe... Se for assim, farei de tudo para provar que sou filho gerado nas mesmas circunstâncias... Conheço bem esse drama..."

XXXVI

Laibl procurava afugentar a nostalgia causada pela ausência de Rachel e de seu fraternal capitão. Objetivando evitar uma prostração, ofereceu, graciosamente, seu aprendizado náutico. Para que fosse aceito, submeteu-se a uma sabatina proposta por ele mesmo, que durou várias horas, atendendo mais à curiosidade do comandante do que à necessidade de seus préstimos. Suas respostas foram metade em inglês e metade em espanhol. Na parte prática, até nas minúcias, comprovou sua eficácia: pediu uma corda fina, com a qual inovou laços de marinheiro, além de fazer boas leituras de bússolas. Estarrecido, o comandante elogiou seus conhecimentos e deu-lhe a devida anuência:

— Sabendo trabalhar e de graça, você está aprovado. Nessas condições Colombo aceitou vários judeus em suas naus – disse o comandante em risadas sonoras.

Imbuindo-se de humildade para não ferir suscetibilidades dos marujos veteranos e novatos, Laibl acompanhou o comportamento dos marinheiros e o desempenho do navio. Empenhou-se em alimentar a empatia necessária para um bom relacionamento, como aprendeu com o pai de Rachel. Sem exagero de avaliação, em dois dias tornou-se amigo do comandante e seus auxiliares, especialmente com o primeiro imediato, com quem formou uma dupla de reciprocidade e confiabilidade total, assumindo, diariamente, por várias horas o timão. O apoio de todos traduziu-se num convívio descontraído. "Que boa índole tem este povo. Será que existem exceções entre eles?", indagou-se. Ao elogiar a embarcação, respondeu-lhe o colega timoneiro:

— Todos os navios da linha "Ita" têm boas qualidades náuticas. É o que chamamos de "navios marinheiros".

Laibl tinha dificuldades de entender alguns termos. Mas, receoso de ser cansativo, não indagava seus significados. Supria a falta de entendimento com a intuição e a prática do navegar.

O barco deslizava normalmente em seu rumo. As noites eram preenchidas com longas conversas em torno do conjunto musical dos gaúchos, que animava os passageiros com ritmos quentes dos sambas, das marchinhas carnavalescas e do regionalismo gaúcho.

Laibl indagou se na música brasileira existia algo mais suave.

— É claro, seu 'Leão', temos o nosso Catulo. O Catulo da Paixão Cearense. Ouça. – E interpretou "Luar do Sertão". Alguns dos presentes acompanharam, cantarolando baixinho, mas o Gaúcho pediu que cantassem a toda voz, e o fizeram com devoção.

Laibl ficou embevecido:

— Parece quase um lamento e tem muita melodia – comentou.

— E as palavras desse canto são um dos mais belos poemas de nossa língua. Essa música é tão amada quanto nosso Hino Nacional. Seu "Leão", vou tocar e cantar uma canção especialmente para o senhor, que está longe de sua namorada. É uma melodia que poucos conhecem. Chama-se "Palavra de Martírio".

A emoção de Laibl foi grande. A melodia era triste e o arranjo melódico, intercalando as estrofes, lembrava um canto judaico. O Gaúcho escreveu os versos da melodia e presenteou-o a Laibl:

— Leva de lembrança, seu "Leão", são versos do Catulo e a melodia, dizem, foi composta em parceria com Amaleto de Medeiros, músico de estilo bem popular e muito inspirado. Tenho uma idéia: O calor está insuportável e a noite estrelada, vamos continuar no convés.

Na verdade, o Gaúcho estava meio tocado e precisava de ar fresco. O convite se estendia a todos: início de verão, calor abafado dentro daquela sala, e lá fora, uma brisa balsâmica, conseqüente da velocidade do navio, tocado em máxima velocidade. A preferência foi unânime.

As estrelas pigmentavam o céu como lantejoulas. Era um convite ao romantismo musicado.

— Cantemos primeiro "Noite Cheia de Estrelas" – ordenou o Gaúcho, postando-se bem na proa do barco e, para destacar-se, subiu num monte de cordas, junto à amurada.

— Hoje será a noite do Catulo.

E iniciou com um sinal para que todos o acompanhassem. E, assim, ouviu-se por um bom tempo a alma do Brasil, como qualificou o próprio Gaúcho.

O barco encontrava-se à altura de Santa Catarina, perto do Paraná, onde as águas costumam ser irrequietas. Inopinadamente, o navio adentrou em zona turbulenta: uma bruma envolveu o navio, como se alguém tivesse jogado um manto poroso. Um denso chuvisco dançava ao sabor de ventos desordenados. Era a instabilidade tormentosa do verão que surgia inesperadamente. O mar encapelado fustigava com suas marolas o casco do barco, que navegava e ia em frente. De repente, o Gaúcho perdeu o equilíbrio devido à guinada violenta a boreste, para desviar-se de outro navio que vinha a bombordo, como uma aparição fantasmagórica e súbita, de dentro daquela bruma cegante. Em conseqüência, o Gaúcho teve de soltar o saxofone, que não estava preso à presilha de segurança, para segurar-se no parapeito. Laibl, que estava atrás dele, tentou segurar o instrumento, mas só conseguiu tocá-lo com a ponta dos dedos. Ouviu-se uma batida seca no casco do navio e o sax desapareceu.

— Eu te compro um novo instrumento – disse Laibl, prontamente.

Hora e meia após, o navio safou-se da zona tormentosa e o pânico dissipou-se, mas ficaram os receios diante de outros possíveis imprevistos próprios daquela região marítima.

Laibl ficou admirado com o comportamento dos marujos e do navio. Reagiu, intimamente, em aprovação, como se fosse um experimentado comandante.

XXXVII

Era o segundo dia de navegação, desde que zarparam de Porto Alegre. Intimamente, Laibl estabeleceu uma estratégia para conquistar a confiança de Jacob Mendelbaum. A princípio, as conversas seriam de ordem rotineira, incrementadas numa reciprocidade afetiva como aquelas dos que precisam, avidamente, mergulhar seus corações em amizades, onde se somem e se alimentem. E isso só é viável na junção com aqueles igualmente tomados pelas mesmas ansiedades: buscar o convívio fraterno que valoriza a vida, em que só os perseguidos e aflitos atinam como sendo indispensável; aquela reciprocidade, que une os homens nas mesmas buscas, no enlevo da dignidade e da confiabilidade, nas buscas éticas, que, reciprocamente, se engrandecem. Ambos perceberam que um mesmo objetivo os aproximava. Embora vindos de horizontes distintos, mas gerados em éticas e medos idênticos, buscavam aquela reciprocidade vital estimulada pelas mútuas curiosidades e geradas em ambientes que se equivaliam nos diferentes malabarismos para a conquista de metas idênticas. Igualmente excitantes eram as experiências trocadas, às vezes inusitadas e tristes ou hilariantes, porém, enriquecedoras. Quando Laibl sentiu que sua proximidade afetiva descortinara o coração de Jacob, partiu para uma segunda fase. Para tanto, imbuiu-se da personalidade de seu pai. Afloraram aqueles ensinamentos políticos, históricos, alicerçados com aquele incontestável fundo ideológico que herdara como algo sublime: razão de vida daquele homem que considerava um visionário, embora incapaz de imitá-lo integralmente. Porém, válida como força reveladora, para abarcar a confiabilidade daquele Jacob Mendelbaum, embora ainda reticente. Mas foi o caminho certo e seguro para amainar as esquivas daquele homem fechado em desconfianças, impedernidamente receoso às delações, às ciladas, além daqueles condicionamentos, frutos de uma vida ilegal. Outros fatores coadjuvantes entre Laibl e Jacob foram a língua ídiche, que outros não entendiam, e, sobretudo, as lógicas conclusivas que Jacob manipulava intimamente: *"Jamais um rapaz com seu passado e filiação e nas condições de estrangeiro, também em dificuldades psicológicas e de sofrimento inesperado, estaria aqui só para me espionar. Isso não faria sentido. Além do quê, eu e minha família somos os mais próximos e com melhores condições para acalentá-lo, e é o que visivelmente procura, dada a insistência de ser afetivo"*, concluiu Mendelbaum.

Essa fase custou três dias de longas horas de revelações, inclusive as de foro íntimo. A segunda fase decorreu dentro duma lógica analítica, que revelou a profunda consciência de ambos. Se ideologicamente havia uma empatia, também não houve dissonâncias, visto que ambos desconheciam os meandros históricos do país do outro. Portanto, *a priori*, não podia haver contestações.

A certa altura Laibl disse:

— Eu sempre achei que meu pai tinha um faro político incomum. Ele vivenciava a realidade mais que os altos dirigentes do Partido. Sua presença diuturna no sindicato e nas fábricas tornava-o sensível à realidade. Isto é, sabia como tudo repercutia na primeira linha de combate e na mente do povo. Certa vez, em conseqüência de uma de suas análises, foi repreendido pela direção do Partido. Disseram-lhe que sua obrigação era cumprir o que fora determinado pela maioria do Comitê Central. "Mas a maioria, obtida por simples votação, não pode es-

tar sempre certa, pois a realidade muda no dia-a-dia", foi sua resposta. Diante desse revide foi convocado à presença de William Z. Foster[21].
— Não diga! E você sabe como decorreu essa conversa?
— Lembro o fundamental, pois meu pai relatava esse fato com freqüência. Ele era um homem mental e praticamente bem organizado. Contou-me que geralmente acordava às duas ou três da madrugada e ficava remoendo tudo que ouvira, tudo que dissera e tudo que lera naquele dia. E, assim, concatenava suas idéias, tirava suas conclusões, estabelecia suas táticas e organizava seus argumentos para as assembléias, que ele chamava, criticamente, de reunismo. Recentemente, antes da pretendida grande greve, ele disse: "Os Estados Unidos estão sem rumo. Temos quinze milhões de desempregados que estão dispostos a seguir as bandeiras das esquerdas. As fábricas estão abarrotadas de estoques, pois três quartas partes deixaram de ser exportadas. Nem Roosevelt tinha clareza do que deveria ser feito", dizia meu pai, convicto. Isso foi em 1932. Lembro, muito bem, que o celebrado colunista Walter Lippman[22] dizia que, embora Roosevelt fosse um homem agradável, não tinha aptidões para ser presidente. O ambiente era de derrota em todas as Américas. A depressão foi mundial. Os únicos que ganhavam dinheiro eram os traficantes de bebidas, devido a "Lei Seca". A política tornou-se sinônimo de corrupção. Em conseqüência desse panorama meu pai dizia: "Está em nós sabermos canalizar os sentimentos de revolta do povo e acabar com essa desgovernança. Para tanto, devemos ter uma política abrangente. Nesse momento, toda a subestimação de forças dissidentes seria um erro grave". Em conseqüência dessa analise meu pai propunha uma política de aliança de todas as forças de esquerda. Mas suas propostas foram rechaçadas. E aconteceu justamente o contrário: William Foster atacou os socialistas, isolando-nos, assim, também de outras forças progressistas. Ao ouvir de William Foster que "não podíamos nos afastar do *Comintern*"[23], meu pai ficou uma fera e quase foi expulso do Partido. Em 1933 estávamos no auge da depressão. O Democrata Roosevelt, que, aliás, procede duma família tradi-

---

21. Candidato do Partido Comunista à presidência dos Estados Unidos, em 1932.
22. Lippman, Walter: nasceu em Nova York em 1889, escritor, jornalista-editorialista do Herald Tribune e New Republic, escreveu mais de vinte livros, detentor de dois prêmios Pulitzer.
23. Comintern, fruto da III Internacional Comunista, fundado em 1919.

cionalmente republicana, bandeou-se para o Partido Democrata, por conveniências de última hora. Sua falta de originalidade foi tanta que o seu *"New Deal"*[24] foi uma continuação do *"Square Deal"*, cujos propósitos eram idênticos. Ele não tinha um programa para solução dos problemas, o que significava que o sistema estava totalmente falido. O próprio Governo Federal evidenciou sua fraqueza e incapacidade em atender as demandas do povo, apelando, ridiculamente, para a caridade. Lembro-me que também Norman Thomas[25], candidato dos socialistas, obteve menos de um milhão de votos, quando esperava mais de três milhões. O pior que, além de não conseguirmos a unidade com os socialistas, a apatia política e a falta de uma força aglutinadora das esquerdas levaram-nos à derrota. Lembro-me que meu pai disse à direção do Partido: "O *Comintern* está longe da realidade americana". Disse-me em segredo: "Parece que eles não têm interesse em soluções para os problemas nacionais".

Laibl continuou discorrendo com maiores detalhes sobre a vida em Nova York como reflexo de toda a América e concluiu:

— Meu pai foi uma vítima direta do sistema e do Partido.

— Também do Partido? – perguntou o estarrecido Jacob.

— Sim, também do Partido, onde passou a ser totalmente discriminado. E morreu porque, involuntariamente, trombou de frente com o sistema ao tornar-se um concorrente da máfia das bebidas.

Mendelbaum constatou sua afinidade com aquele homem que, embora jovem, já vivera intensamente e com sensibilidade, absorvendo a herança política de seu pai. Concluiu, finalmente, que podia confiar seu passado e transmitir suas experiências, além de poder corresponder à sua postura coerente e bem fundamentada.

Passou a haver uma reciprocidade conseqüente.

XXXVIII

Jacob iniciou por revelar sua trajetória política, desde sua prisão na Polônia, em sua mocidade, como chegara ao Brasil, de como fora preso e quase extraditado. Isso levou horas, intercaladas de muitas perguntas de Laibl.

---

24. Plano do Governo para o restabelecimento econômico e seguridade social.
25. Thomas, Norman: candidato à presidência dos EUA pelo Partido Socialista, em 1932.

No dia seguinte, Jacob passou a dissertar sobre a situação política:
— Também nós tivemos e temos contrariedades dentro e fora do Partido. Alguns companheiros consideram que devemos restringir nossa luta nos moldes duma revolução democrático-burguesa, até que possamos avançar para a revolução socialista. Outros argumentam que nossa estratégia deve ser a imediata revolução socialista. Os contrários dizem que não podemos queimar etapas, pois ficaremos isolados. Outros consideram que a revolução democrático-burguesa é uma mancomunação com a burguesia pusilânime, que nos trairá cedo ou tarde, e estaríamos facilitando os interesses dos inimigos de classe. É melhor, dizem, termos o apoio do único país que já fez a revolução, a União Soviética, do que ficarmos à mercê das classes dominantes. Outros insistem que essa fase da revolução democrático-burguesa contrasta com aqueles que se colocam contra qualquer coalizão com as forças nacional-reformistas. Temos outra facção significativa, que são os tenentes que desprezam a luta política e consideram que só um governo militar pode garantir as conquistas sociais. Infelizmente poucos admitem que estamos fora da realidade, que estamos, historicamente, numa fase de grandes transformações conseqüentes, como daquelas que você mencionou: da depressão internacional, em que nosso país está sendo obrigado a se industrializar, justamente por causa da crise do café, que, por sua vez, está possibilitando o surgimento duma burguesia industrial, preocupada em substituir as importações que afogam nossa economia. Essa força, embora pragmática, tem interesse para que se desenvolva o sentimento nacionalista. Como você vê, essa situação possibilita uma política ampla e abrangente pelos interesses nacionais. Muitos companheiros argumentam que devemos manter a pureza proletária sem nos comprometermos com a burguesia, mesmo a industrial. Getúlio Vargas passou a praticar uma política populista. Ele teve a sensibilidade de copiar um estudo elaborado pelos comunistas em função de uma legislação trabalhista à altura das exigências atuais, que, aliás, também faz parte de nosso programa: regulamentar a jornada de trabalho para oito horas diárias, o descanso semanal, que não existia antes, férias, previdência assegurada, justiça trabalhista, com participação dos operários, organização do sindicalismo, que, aliás, criou o peleguismo (Jacob teve de explicar o termo). Na realidade, Getúlio acabou se apossando das reivindicações que os comunistas apregoavam. Como aconte-

ceu com vocês lá nos Estados Unidos, também aconteceu conosco por não desenvolvermos uma política ampla, deixando campo livre para os demagogos populistas.

— Mas o senhor está apoiando o ditador que o prendeu e quase extraditou? – perguntou Laibl, confuso.

— Não estou defendendo. Pelo contrário, estou provando que na base dos nossos erros o ditador firmou-se no poder. Veja: o sindicalismo getulista é uma tática de manter o proletariado sob controle restritivo, impedindo, na realidade, suas manifestações políticas independentes. A ditadura criou uma caderneta de trabalho, além da caderneta de identidade, para que esse Estado Novo tenha total controle sobre o operário, pois além dos dados pessoais, deve ter uma fotografia carimbada pela polícia. E, se o operário sair do emprego, ele deve comunicar ao Estado por que e onde vai morar ou trabalhar. O próprio Ministério do Trabalho está subordinado à polícia.

Os três dias subseqüentes de navegação foram quase que tomados por relatos mútuos. Laibl resolveu anotar tudo que ouviu daquele Jacob Mendelbaum: uma vida atribulada, rica e comovente. Para tanto, conseguiu um caderno escolar oferecido pelo Gaúcho saxofonista, onde passou a escrever em ídiche, por uma questão de segurança. Mas, nesse ínterim, não foram dispensados os saraus, nem as brincadeiras que Laibl, com a participação do conjunto musical e alguns marujos, praticava com os filhos de Jacob e outras crianças a bordo.

Uma dessas brincadeiras criou uma situação embaraçosa a um dos marujos: quando um vento varria fortemente a proa do navio, ele costumava brincar com sua boina, jogando-a contra o vento, fazendo-a voltar às suas mãos como se fosse um bumerangue. Um dos garotos quis imitá-lo, mas o marinheiro, com medo de perder sua boina, não permitiu. Mas o menino resolveu trazer, às escondidas, o chapéu de palheta de seu pai. Na tentativa de imitar o marujo, o garoto jogou, com sua força total, o chapéu contra o vento. Mas o chapéu não lhe voltou às mãos, e voou levado pelo vento forte a ponto de sobrevoar o navio acima da chaminé, indo pousar no mar, atrás do navio. Todos riram, menos o marujo e o garoto causador da perda. O revoltado pai do garoto tentou incriminar o marinheiro pela perda. Felizmente, todos tomaram partido em defesa do marujo e do garoto. E Laibl, imediatamente, prometeu comprar um chapéu novo para aquele pai enervado, impedindo-o de surrar o filho, impedindo-o, igualmente, de ter um filho malabarista...

Laibl se manteve participativo, desde o acompanhamento da faina de navegação até as brincadeiras, e num afã de passar ao papel tudo o que ouviu de Jacob Mendelbaum, procurando anotar na melhor forma literária.

XXXIX

A velocidade do navio foi reduzida ao mínimo. Estava chegando ao porto de Santos com auxílio de um rebocador e sob o comando de um prático. Laibl chamou a um canto o filho sapeca do Jacob e lhe perguntou em espanhol:

— Você quer ganhar esta miniatura do navio, que pediu ao seu pai?

— Sim – respondeu o garoto com olhos brilhantes.

— Então prometa uma coisa.

— Prometo.

— Mas você ainda não sabe o que é.

— Mas eu prometo.

— Jura?

— Juro. – E fez um sinal da cruz com os dedinhos.

— Mas é assim que um judeu jura?

— Meus amiguinhos juram assim. Se o senhor quiser, juro por minha mãe.

– Não precisa. Preste bem atenção. Tá vendo este envelope? Aqui dentro tem uma coisa para o seu pai. Guarde aí no bolso de dentro de seu casaco. Você só entregue a ele quando chegarem a São Paulo. Agora repita o que eu disse.

— Eu só entrego pro meu pai quando chegar a São Paulo.

— Agora repita em ídiche.

E o menino repetiu.

— Agora o barquinho é seu, e leve essas duas bonequinhas para suas irmãs.

O barquinho e as duas bonecas (duas baianinhas) foram confeccionados pelos marujos, que vendiam para reforçar suas receitas.

Laibl havia colocado mil dólares naquele envelope, junto com um bilhete: *"Jacob, aceite este dinheiro, que pode ser útil em caso de algum imprevisto. Caso não, dê a uma entidade beneficente ou a algum companheiro necessitado. Um abraço deste amigo que admira você e sua família. Se as coisas melhorarem, e se quiser tomar contato comigo, escreva a qualquer jornal ídiche de Nova York que serei encontrado."* E assinou somente com um L.

Em seguida Laibl se postou na amurada do convés e, avidamente, procurou avistar o navio da Moor Mclormach. Após um bom percurso no canal do cais, avistou o que ansiava. Rachel e sua mãe viram-no e gritaram seu nome, a plenos pulmões, e acenaram com ambos os braços.

O navio do Lloyd atracou dois armazéns adiante. Laibl despediu-se afetuosamente do comandante e seus auxiliares e convidou o grupo musical gaúcho para acompanhá-lo até o navio do capitão Jonas.

Laibl abraçou sua amada como se tivesse voltado de um longo e sofrido exílio. Ambos com olhos marejados de alegria, não conseguiram pronunciar uma única palavra. Após um bom silêncio, Rachel conseguiu dizer:

— Nunca mais faça isso, seu bobo.

O capitão foi ao seu encontro, cumprimentou os gaúchos e abraçou, a quem já considerava seu futuro genro e disse:

— Não precisa explicar nada, já percebi o que aconteceu.

Combinaram subir a Serra do Mar, em direção a São Paulo, onde comprariam o novo saxofone e o chapéu de palheta para aquele pai do filho peralta.

— Desta vez vou junto, disse Rachel.

— E eu também vou com vocês – disse a possível sogra de Laibl.

— Vamos de trem, que é o passeio mais lindo da face da Terra – sugeriu o Gaúcho.

À distância, Laibl viu que Jacob e sua família acenavam se despedindo, e as duas filhas e o menino levantavam os brinquedos em sinal de agradecimento.

A subida da serra foi um espetáculo inusitado e arrebatador: as silhuetas das montanhas, a dança das nuvens entre os picos, as águas do estuário lá embaixo, as repentinas quedas d'água, o tilintar das cremalheiras e dos cabos que puxavam o trem, a percussão das rodas avançando nos trilhos, tudo multiplicava os encantamentos.

— Isso é mais lindo que a viagem de trem pelos Alpes – comentou Rachel.

E perguntou:

— Por que vocês guardam segredo dessa beleza e não exploram isso turisticamente?

A resposta do Gaúcho foi um sorriso.

Já no planalto paulista, admiraram o aspecto londrino da Estação da Luz. Percorreram o Bairro do Bom Retiro, topando com judeus e italianos, visitaram o Museu do Ipiranga e foram atrás do saxofone que encontraram numa casa de discos e instrumentos musicais, à Rua Mauá. Só tinha um sax com as qualidades pretendidas pelo Gaúcho:

— Mas esse é muito caro e é importado, e ainda tem essas belas gravações de enfeite que encarecem ainda mais – argumentou o dono da loja.

Quando o Gaúcho quis se manifestar, Laibl fez um sinal de silêncio, com o indicador sobre seus lábios.

— Custa três mil e quinhentos dólares – disse o dono que, ao ver a aprovação de Laibl, acrescentou: – A caixa aveludada e os suportes ficam em mais quinhentos.

— Nos Estados Unidos ninguém pratica esse tipo de abuso. As caixas fazem parte do instrumento, mesmo quando de luxo.

O dono, assustado com a reação, com medo de perder o negócio, logo emendou:

— Estou brincando: é presente da Casa.

Mas Laibl, que não se deu por satisfeito, falou:

— Não é favor algum, é sua obrigação.

A essa altura, quem ficou receoso foi o Gaúcho, temeroso de perder a oportunidade de ter aquele instrumento de seus sonhos: um sax importado, com todos os registros imagináveis.

Laibl enfiou a mão no bolso, separou os dólares e contra-argumentou:

— Está aqui. Dinheiro vivo. Se o senhor quer que saiamos contentes, dê-me aquele chapéu de palheta que está na cabeça daquele boneco, na vitrine.

O comerciante esbugalhou os olhos em cima dos dólares, tão necessários diante da situação periclitante de seu estabelecimento. Aqueles dólares eram sua salvação.

– Está certo. Eu lhe dou também a camisa de malandro que vesti no boneco, que é uma homenagem aos sambistas do morro carioca.

O Gaúcho descreveu o perfil de Noel[26]. A primeira música que lhe tocarei neste sax, seu "Leão", será a "Fita amarela", de Noel.

Diante da postura fria e sem reação do Laibl, o comerciante concluiu que devia fazer mais um agrado:

— Além do chapéu e da camiseta, ainda lhe dou mais um pandeiro, o melhor da casa.

Apertaram-se as mãos, selando o negócio.

Todos saíram satisfeitos e o Gaúcho fez um grande esforço para reter a euforia que acelerava seu coração.

— Todos nós brigamos no faz-de-conta. Não sei quem foi o melhor ator ou o mais cínico, disse Laibl. – E acrescentou: – resolvemos todos os problemas: eu fico com uma camiseta original e você, Gaúcho, ficou com um belo sax americano, mais um instrumento para o seu colega baterista, e mais o chapéu de palheta para aquele pai contrariado. O mais interessante que o preço deste sax, acredito, deve ser o mesmo que eu pagaria em Nova York.

Laibl, Raquel e sua mãe estavam ávidos para assistir à descida da serra. Tinham razão, o espetáculo foi mais deslumbrante, pois o sol descia e dourava a silhueta daquela paisagem linda.

De retorno ao cais, um dos marujos da Lloyd veio ao encontro do Gaúcho com o saxofone que caíra no mar. Todos estarrecidos, não entenderam a magia.

— Como foi isso? – perguntou o Gaúcho, espantado.

— Aconteceu que, na queda, o sax ficou preso entre a âncora e o casco do navio. Foi encontrado pelo colega que estava retocando a pintura.

— Será que ainda dá pra tocar? – perguntou Laibl, percebendo que na parte da curvatura externa o instrumento estava danificado.

O Gaúcho, embora assustado com a pergunta, tentou tirar algum som do sax avariado. Mas saiu algo como um gargarejo e, em seguida, como um mugido. Todos riram e Laibl soltou uma gargalhada, que apaziguou o Gaúcho.

— Se for possível consertar, devolvo-lhe o novo – disse o saxofonista, especulando a resposta do Laibl.

— Fique com os dois, pois um é sax tenor e o outro é barítono.

---

26. Noel Rosa, cujo nome de nascimento é Noel de Medeiros Rosa, considerado o maior expoente da música popular brasileira. Em suas composições, onde o verdadeiro samba predomina, estão presentes o lirismo e o sarcasmo do espírito carioca.

XL

O navio permaneceu por mais dois dias no cais santista, até abarrotar os porões. Laibl e Rachel mergulharam em suas fainas literárias. Ambos adquiriram mais cadernos, onde literalizaram suas predileções. Laibl sentiu-se entusiasmado com seu último texto e submeteu-o ao crivo de Rachel. Mas antes, comentou seu próprio estilo:

— Eu o escrevi na primeira pessoa, não porque seja mais fácil. Mas, sim, porque quando se relata na primeira pessoa é como estar passando ao leitor a impressão de que estamos contando algo a um amigo, como se fosse, só ele, merecedor de nos ouvir. Essa aproximação pode cativar o leitor. Eu encarnei o filho do casal que, embora ainda menino, o imaginei já adulto, relatando a saga de sua família a um amigo. Eu quero que você leia a última parte.

Rachel fez a leitura com interesse e percebeu que Laibl intitulava cada um dos capítulos:

"VIAJANDO REMINISCÊNCIAS"

Minha mãe nos legou três grandes ensinamentos. Coragem, dignidade e perseverança. Sua maneira de dizer as coisas foi sempre muito direta. Sem rodeios. Não era, definitivamente, dada à diplomacia. Era um pouco brusca em suas réplicas e brava nas tréplicas. Porém, dadivosa ao extremo. E ai daquele que traísse sua devoção.

Meu pai foi um dedicado militante da esquerda, que abraçou sua ideologia quase que em detrimento da família. De tal modo que considerava a vitória da esquerda a única solução de todos os problemas, conseqüentemente, também os de seus filhos. Minha mãe foi o sustentáculo de sua militância. Prenderam-no, em 1935, em conseqüência de uma delação.

Morávamos na Rua Visconde de Itaúna, numa pequena vila de quatro casas, perto da Praça Onze, no Rio de Janeiro. Os policiais compareceram na calada da noite e deram ordem de prisão, prometendo que meu pai iria, somente, prestar algumas declarações e que seria libertado em seguida (o que jamais aconteceu com outros companheiros, na maioria desaparecidos para sempre).

Meu pai não acreditou em tal promessa. Ameaçaram prendê-lo à força. A tática, segundo minha mãe, era ganhar tempo até que chegasse o leiteiro, que comparecia pontualmente às cinco da manhã, quando raiava o dia. Foi o que aconteceu.

Os policiais permitiram que minha mãe entreabrisse a porta e atendesse o tal leiteiro. Mas ela empurrou a porta com violência, saiu correndo para o meio da vila e passou a gritar a plenos pulmões: "Estão prendendo meu marido. O Jacob, que todos vocês conhecem. Um pai de família!... Isto é um desrespeito, uma injustiça!... Ajudem. Não deixem que esses bandidos levem meu marido!..."

Foi um discurso berrado que tirou todos os vizinhos da cama, que se concentraram à porta de nossa casa, protestando contra a prisão. Alguns, mais exaltados, gritavam:

— Ninguém vai levar o Jacob daqui.

Nisso apareceu mais um reforço policial, mas não à paisana. Meu pai foi levado (mas com muita resistência), porém, com muitas testemunhas. E isso era primordial.

Na Polícia Central, à Rua Frei Caneca, minha mãe e nós (eu, minha irmã, a irmã adotiva e mais um irmãozinho de quatro anos) ficamos dias seguidos na escadaria da entrada do prédio da Polícia, insistindo que soltassem meu pai, e que nos deixassem falar com Felinto Müller, então chefe da Polícia do Distrito Federal.

Felinto Müller acabou concordando que somente minha mãe entrasse para falar com ele. Provavelmente para conseguir arrancar alguma declaração conveniente ao serviço secreto.

Ela entrou gritando: "Solte o meu marido. Ele é um homem honrado, pai de família, temos um filho brasileiro e estou grávida. O senhor não pode prendê-lo nem deportá-lo!"

— Sente-se, acalme-se, vamos conversar – disse Felinto Müller.

Minha mãe sentou e resolveu tirar os sapatos, pois seus pés estavam inchados e doídos. Mas, ao tirar o primeiro sapato, seu instinto agressivo e revoltoso levou-a a atirá-lo no chefe da Polícia, atingindo-o em pleno rosto. Seguiu-se um alvoroço, até que Felinto Müller resolveu mandá-la falar com Vicente Ráo, então Ministro da Justiça, que estava com a ordem de extradição do meu pai, faltando somente a assinatura de Getúlio Vargas.

Resumindo, outros fatos e diligências foram tomados, até que o Ministro Vicente Ráo concedeu ordem de soltura.

Quem persistiu e fez um comovente discurso diante do Ministro foi minha irmã, que na época tinha somente doze anos de idade.

Viajamos em seguida para Porto Alegre num navio da saudosa linha "Ita".

Ao terminar a leitura, Rachel beijou Laibl e comentou:
— Você escreve com simplicidade e é convincente. Isso é primordial. Além do quê, vale mais a persistência do que a competência.

Laibl assustou-se com o comentário:
— Quer dizer que eu só tenho persistência? Não possuo o dom para escrever?

— Não, seu bobinho. Eu quero dizer que sua persistência vale mais que sua competência. De que vale a competência se não há persistência? De que vale um competente preguiçoso? Você tem a persistência que valoriza sua competência. Por isso acredito que será um escritor competente. E, pelo fato de você ter escrito originalmente em ídiche e depois traduzido para um inglês cristalino, mostra competência valorizada pela persistência. Você tem um estilo próximo a John Reed[27]: clareza, simplicidade e precisão. Por isso você será lido.

Beijaram-se novamente.

Rachel comunicou que dera redação definitiva à sua tese. Laibl pediu que ela lesse e comentasse com ele. Assim, além da afinidade amorosa, o enlevo cultural aprofundou a união entre eles. Especialmente para Rachel, que se certificou da espontaneidade e da humilde sede de saber de Laibl, onde não havia qualquer vestígio de disputa. "É a harmonia que sempre busquei" – pensou Rachel.

XLI

O navio singrou por mais uma noite e atracou no porto do Rio de Janeiro. Era grande desejo de Rachel conhecer a cidade carioca, da qual lera vasta literatura turística e cultural. Tanto ela como Laibl haviam acertado um reencontro com o conjunto músical, pois, por sorte, o navio do Lloyd que os levava atracou no mesmo cais. O Gaúcho que já vivera naquela cidade elaborou um roteiro, que tentaram cumprir.

---

27. John Reed, escritor norte-americano, 1887-1920.

Alugaram um carro com o qual percorreram as praias localizadas ao sul, cujos nomes Rachel procurou memorizar. Em seguida solicitou que fossem visitar as principais igrejas.

— Pelas igrejas posso aquilatar o grau de espiritualidade mística de um povo e, de certa maneira, suas influências – disse ela, para justificar seu interesse. Por sugestão do guia iniciaram pela igreja de Nossa Senhora da Glória, da Candelária, e outras, sobre as quais o Gaúcho fez suas dissertações, comprovando seus conhecimentos históricos e religiosos. Ficaram encantados quando subiram, num pequeno bonde, até o morro Santa Tereza. Quando o diminuto bonde trilhou sobre os arcos do velho e desativado aqueduto, puderam vislumbrar uma parte maior da cidade e aquilatar sua maravilha.

— Este aqueduto foi construído em 1723 e reformado pelo governo de Gomes Freire – informou o Gaúcho, acrescentando outras informações históricas.

— Eu li – disse Rachel – num livro sobre a história das principais cidades do mundo que vocês elaboraram um plano de remodelação desta cidade inspirados no de Hausman em relação a Paris, e que foi encomendado um projeto urbanístico do francês Donat Alfred Agache, que vocês só efetivaram parcialmente".

O passeio turístico alcançou parte da tarde, e foram almoçar num pequeno hotel adjacente ao Cassino da Urca, quando, de repente, Rachel disse:

— Quero visitar um bordel.

O estarrecimento foi de todos, especialmente de Laibl:

— Um bordel, por quê?

— Porque os bordéis denotam algumas características de um povo e o grau de miséria de um país.

— Mas nós não viemos para ver que tipo de miséria existe por aí. Além do quê, existem vários tipos de bordéis. Os mais luxuosos podem ser reveladores do grau de opulência ou degenerescência dos abastados. Isso pouco ajuda a conhecermos um país.

— Nada disso, Laibl. Pelos prostíbulos que cercam os cassinos de Cuba pode-se aquilatar que tipo de governo Fulgêncio Batista impôs aos cubanos.

— Isto é uma curiosidade boba – arrematou Laibl, vivamente contrariado.

Intimamente, pensou tratar-se duma curiosidade libidinosa. Suposição que passou a preocupá-lo.

Por sua vez, o Gaúcho, para ser atencioso, arriscou ir ao encontro da curiosidade de Rachel:

— Seu "Leão", muitos escritores mencionam os prostíbulos do Rio de Janeiro. Os pintores de renome, como Di Cavalcanti, e um pintor judeu, Lasar Segal, gostam de pintar prostitutas da região do Mangue na chamada Vila Mimosa. É um meretrício miserável, mas de prestígio...

— Em todo país, todos os *bas-fonds* têm suas características, e variam de época para época. O de Paris é diferente do de Nova York. Têm sua gíria e as prostitutas seu jeito peculiar de seduzir – insistiu Rachel.

— É estranha essa sua curiosidade – retrucou Laibl.

— Não é nada estranho. Todo sociólogo deve tomar por referência os prostíbulos e não se basear só nas estatísticas.

— Agora, eu também fiquei curiosa – disse a mãe de Rachel.

E foram.

Laibl passou a alimentar a idéia de escrever um conto ou uma crônica a respeito do que iria assistir. Ao chegarem, observou aquelas mulheres seminuas de sorrisos dadivosos; umas fazendo mímicas e gestos obscenos, outras de olhar triste, mas fazendo convites insistentes, através de persianas esparsas das portas que davam para a rua. "Mercadorias vivas e explícitas", pensou Laibl consigo, como frase da possível crônica que pretendia escrever. Tudo era simples, mas não paupérrimo. Ouvindo vozes maviosas de convites insistentes e obscenos, Laibl concluiu, ainda consigo: "É, sem duvida, um romantismo marginal, onde a miséria ainda não conseguiu matar, totalmente, a ilusão delas (as prostitutas) de serem alguém: ou com felicidade fingida, naquelas junções fugazes, com aqueles desesperados por sexo que nunca experimentaram antes; ou, provavelmente, jamais terão alegria afetiva."

Às tantas, uma jovem de cabelos desalinhados, de barriga saliente que denotava gravidez, de sorriso escancarado revelando falhas dentárias, dirigiu-se à mãe de Rachel:

— A senhora é cafetina aí do Mangue?

Laibl sentiu temor, imaginando tratar-se de um desacato. Interpôs-se entre as duas e disse em seu espanhol de sotaque estranho:

— A senhorita está enganada. Estamos de visita.

Depois de uma gargalhada estrepitosa, a prostituta empinou o peito, pondo os seios à mostra, e disse:

— Nada de medo, seu moço, não uso navalha. Só quero saber se essa gringa é uma nova cafetina. Se for, eu trabalho para ela em troca de comida e cama. Eu fui expulsa do puteiro, porque estou grávida.

Laibl estendeu dez dólares para ela. Em retribuição, quis beijá-lo, mas ele se esquivou.

Após essa cena, todos estavam ansiosos para fugir daquele ambiente que lhes pareceu ameaçador. Atravessaram duas ruas paralelas e chegaram à Rua Visconde de Itaúna, nome nada estranho para Laibl. É a rua da qual Jacob Mendelbaum lhe havia falado e que anotara em seus rascunhos.

— Vamos andar um pouco por esta rua – propôs Laibl.

Seguiram distanciando-se da Praça XI e Laibl deparou-se com aquele vilarejo de quatro casas, e imaginou aquela cena do pequeno comício e da prisão do Jacob. A pedido de Laibl, todos se detiveram por alguns minutos junto ao portão daquela vila. Não entenderam por que, mas a expressão de Laibl denotava tristeza.

— Isso o faz lembrar alguma coisa? – perguntou o Gaúcho.

— Sim, uma vila lá de Nova York – mentiu.

Atravessaram a avenida que tinha um canal ladeado de palmeiras imperiais enfileiradas simetricamente. O outro lado da mesma avenida chamava-se Senador Eusébio. Entraram num botequim, sentaram-se em torno de uma diminuta mesa com tampo de pedra e pediram café. Um português enorme, rechonchudo de bigodes exagerados e com voz de barítono disse:

— Aqui só servimos chopes e sanduíches. Mas a hospitalidade brasileira é como a hospitalidade portuguesa. Eu vou buscar café de nosso uso, feito por minha mulher.

E foi ao fundo do bar, retornando com uma enorme chaleira e canecas de ferro esmaltado, e serviu. Laibl, Rachel e sua mãe ficaram com receio de beber, mas acabaram engolindo e gostaram.

— Para que serve aquela tela lá no fundo? – perguntou Laibl.

— À noite passamos filmes de Charles Chaplin. Temos um pianista que toca enquanto o filme roda. É muito agradável. Venham e tomem um chope por conta da casa. E, se quiserem, um cálice de vinho do Porto.

O português não quis cobrar o café. Despediram-se e prometeram voltar quando da próxima viagem de retorno.

— Dêem um beijo na Estátua da Liberdade. – E abaixou-se para dizer ao ouvido de Laibl: – É o que nos falta aqui.

Laibl olhou com ar indagador, e o português acrescentou:

— Não precisa ser uma estátua tão grande como a de vocês, mas que seja da liberdade... (Estabeleceu-se um silêncio embaraçoso)

— Sabem por que eu digo isso? – prosseguiu o português, – porque eu observei vocês parados por alguns minutos diante do portão daquela vila de quatro casas. Eu conheço todos dessa redondeza. Vocês têm algum parente que mora naquela vilinha?

Ao fazer essa pergunta, o português olhou fixamente para Laibl.

— Não – respondeu Laibl, sentindo suas mãos esfriarem.

— É o seguinte: ha uns oito ou nove meses, eu vi a Polícia Especial retirar à força um homem daquela vila. Observei que durante uns dois meses a família saía de casa, quase que de madrugada, e só voltava à noite, sem aquele homem que foi preso. Depois, aquela família saiu com sua mudança, já com o seu chefe, que parecia alquebrado, e nunca mais os vi. Os senhores sabem, quando a Polícia Especial leva alguém é porque esse alguém está incomodando o governo. Aliás, a ditadura.

Ao ouvir essas palavras, Laibl estendeu a mão em despedida e disse com voz trêmula:

— Muito obrigado pela acolhida.

Os demais repetiram seu gesto. O Gaúcho percebeu a situação embaraçosa, parou o primeiro carro de aluguel e ordenou ao motorista que os levasse ao porto.

As palavras do português continuaram repercutindo nos ouvidos do transtornado Laibl como um eco insuportável. Um pânico apossou-se dele. Seu olhar distante e fixo no nada e sua mudez às indagações de Rachel criaram um estado de angústia que contaminou a todos. O carro seguia com velocidade. De repente, Laibl quebrou seu silêncio, como despertando de uma letargia:

— Para onde estamos indo?

— Para o cais do porto, meu amor – respondeu Rachel, acariciando seu rosto e olhando-o fixamente nos olhos.

— Parece que eu tive um pesadelo. Foi muito ruim.

"Pesadelo de olhos abertos?" – estranhou Rachel, intimamente, e acrescentou em tom apaziguador:

— Mas agora está tudo bem.

Finalmente, entravam no porto. Laibl retomou sua cor e seu olhar natural, mas deixou indagações no ar. "Será que este 'Leão" é normal?", indagou-se o Gaúcho.

— Gaúcho, disse Rachel, se quiser, venha com seu conjunto jantar conosco para uma despedida alegre.

O Gaúcho concordou e olhou para Laibl, como pedindo sua anuência. Laibl sorriu em aprovação.

XLII

Durante o jantar Laibl foi monossilábico. Rachel, entretanto, procurou elevar seu ânimo. Ao terminarem, o Gaúcho convidou seu anfitrião para conversar:

— Seu "Leão", eu percebi sua perturbação depois daquelas palavras do português, e acredito que compreendi tudo.

— Tudo o quê? – perguntou Laibl.

— Seu "Leão", não tenha receio de mim, nem o senhor devia temer o português. Mesmo antes, não foi difícil concluir as razões de suas conversas cochichadas, no navio do Lloyd, com aquele senhor, e sua afinidade com a família dele. E, ademais, pelo fato dos senhores só conversarem numa língua que a gente não entende, deu para concluir tratar-se de um perseguido político. Isso está sendo muito comum em nosso país. Também pelo fato do senhor entregar, se não me engano, um envelope ao filho daquele homem e dando a perceber que fazia recomendações, e a maneira como o senhor ficou observando aquela vila, e, após as observações do português, tudo ficou evidenciado para mim. O senhor procurou ajudar um perseguido político. Acredite, seu "Leão", admiro sua grandeza e desprendimento. Confesso que também tenho um pai perseguido pela ditadura do Getúlio.

Laibl passou a desconfiar, ainda mais, do Gaúcho. Sorriu para camuflar seu estado de espírito e manteve-se calado. Ouviu de seu interlocutor outras histórias e apreciações políticas, igualmente comprometedoras. Mas o falante, ao perceber que estava se excedendo com suas revelações e apreciações ofensivas ao governo de Getúlio, resolveu moderar e finalmente calar-se diante do seu ouvinte mudo, pálido e de olhar vazio. Para encerrar o monólogo, indagou:

— Seu "Leão", posso trazer meus colegas para alegrar o ambiente?

— Será bom para nos todos – disse Laibl, na certeza de obter a aprovação do capitão.

XLIII

No dia seguinte, Laibl amanheceu no convés. A perversidade dos medos roubara-lhe o sono. Resolveu permanecer no navio, rejeitando os passeios ao Corcovado e ao Pão de Açúcar. Uma psicose tomou conta de si: "Estou sendo vigiado, mesmo à distância... Acredito que aqui no navio ninguém me espionará... Sou amigo de todos e ninguém teria interesse em me perseguir... Mas os cães me farejam à distância... Foi muito estranha a coincidência daquele português ter-me observado e fazer aquele comentário"... A desconfiança em relação ao Gaúcho tomou proporções maiores: "Será que ele é um secreta da polícia?... Será ele um cínico escolado?... Será que um homem com sensibilidades artísticas pode ser um perverso?... Não pode ser... Estou sendo injusto... E o Jacob Mendelbaum e sua família, será que estão sendo perseguidos, ou que foram encarcerados novamente? E se eu for implicado nisso tudo?"...

Seguiu mecanicamente ao seu camarote. O tormento das indagações negativas abalaram-no a tal ponto que seu olhar voltou a ficar vago e, tomado de uma total ausência, largou-se sobre a cama.

Rachel o seguiu. Parecia estar diante de um homem que perdera toda a sensibilidade. Sacudiu-o como se tentasse despertá-lo daquela letargia reincidente:

— Laibl, o que está acontecendo com você? Tente reagir e me diga o que o atormenta.

— Medo... Medo...Medo...

— Medo do que, Laibl? Você está num navio americano. Aqui dentro estamos em território de nosso país.

— Nada disso. Engano seu. Estamos em águas brasileiras. O Jacob Mendelbaum me contou que o serviço de espionagem americano instruiu os agentes brasileiros na perseguição e massacre de um comunista americano aqui no Brasil. Eles deram ordem de massacrá-lo. Seu nome era Victor Allan Barron. Tomei nota desse nome para averiguar o que ele fazia nos Estados Unidos e ver se sua família tinha conhecimento de sua morte.

— Mas nada nos pode acontecer. Se tivesse de acontecer já teria acontecido. Além do quê, você jamais praticaria algo condenável.

A postura segura de Rachel e suas palavras tiveram a força de tonificá-lo, revertendo o seu estado de espírito. Eram palavras de poder mágico. Passou a responder às perguntas de sua amada como se estivesse diante de um "Messias". Não foi difícil para Rachel concluir que seu amado aflorara do tormento causado pela hecatombe que dizimara sua família, e que seu receio em relação a Jacob Mendelbaum inocularam-lhe um sentimento de culpa como o que tem em relação ao seu pai. O próprio relato e mais a interpretação dos fatos com palavras apropriadas de Rachel desempenharam grande alívio e trouxeram-no de volta ao bom senso.

O jantar apetitoso e mais a noitada musicada pelo conjunto gaúcho deram livre curso à alegria que voltava.

Três apitos graves e breves anunciaram a partida. A despedida foi comovente. Os gaúchos desceram vagarosamente do navio tocando "Cidade Maravilhosa"[28]. Já no cais, Laibl os viu conversando com o prático que balançava a cabeça em aprovação de alguma solicitação. Um laivo de receio aflorou, novamente, no íntimo de Laibl. Porém, imediatamente, tudo ficou esclarecido: os quatro gaúchos entraram na lancha do prático, que seguiu o navio que deslizava lentamente. Crescia um sentimento nostálgico na proporção do distanciamento, cada vez mais lacunoso. O Gaúcho, postado à frente da lancha, passou e tocar "Rhapsody in Blue" e em seguida o "Luar do Sertão". Os olhos de Laibl e de Rachel estavam marejados. A voz embargada de ambos não lhes possibilitou de gritar adeus. "Este povo está pleno de gratidão e pureza. Os desprovidos de sentimento têm chance de aproveitar-se dele", pensou Laibl, observando os acenos dos quatro gaúchos.

A Lancha postou-se a boreste do navio para levar de volta o prático de bordo. E o saxofonista gritou:

— Seu "Leão", estamos na boca da noite carioca. Veja como é linda essa boca: a Baía da Guanabara.

Laibl observou o lusco-fusco dos distantes lampiões contornando a baia, como se fossem um colar de pérolas acesas, tornando sorridente aquela "boca" iluminada. Laibl sentiu-se dentro dela, de céu

---

28. Composição de André Filho, de 1935.

enluarado. O navio seguia, sem pressa, e o som do sax foi sendo atenuado pela distância. A derradeira sonoridade, em surdina, apertava os corações.

A luminosidade carioca foi se apagando na garganta escura do mar, mas as estrelas se mantiveram cintilantes.

XLIV

"*Como preferência de todos capitães, o navio singrava em mar aberto. Era aquela alegria dos pássaros ganhando horizontes. Era a alegria do aconchego com a vastidão, onde os marujos se acalentam na ventura de navegar. Aquela alegria de sentir a navegação quando o mar dialoga com linguagem desafiante, testando o amor do marinhar. Os marujos sabem: ai dos marinheiros que não se viciam nos imprevistos da imensidão salgada; ai do marujo sem o indomável sangue serenado; ai do marujo sem consciência de seus méritos e ai dos marujos que se vergam às tempestades*", escreveu Laibl em seus apontamentos. E passou a vislumbrar na rudeza da mareagem a capacidade de viver serenamente as advertências engendradas na beleza do mar. Um senso poético e humano aflorava em sua contemplação, na vigia e no respeito às forças silentes ou aos rugidos dos mares encapelados. "*Vou navegar a vida como um marujo: reagir sem abalar minha estrutura e as razões do meu navegar existencial*", concluiu, como se tivesse encontrado a chave de todas as portas...

"*A quilha indomável chiava rompendo a imensidão. Era o prazer dos que amam a navegação, especialmente nos dias claros quando avançam sem empecilhos e quando as noites, sem nuvens ameaçadoras, não apagam as estrelas*". Essa visão descrita por Laibl era a postura romântica que se apossava dele. Mas constatou que esse deleite era fruto da intimidade que a navegação permitia: "*Em minha condição, a faina do marinhar é um diletantismo que me mobiliza somente pelo lado poético e lúdico. Alimento, em mim, a satisfação constante em cumprir todos os mandamentos de uma navegação competente. Mas percebo que os homens que sobrevivem do mar perderam o encanto dessa magia*". Constatou, igualmente, que sua vida de navegante o mergulhava em meditações que se desdobravam em inspirações e em buscas de rumos. Entretanto, não queria perder-se em atalhos. Passou, então, a administrar seu tempo com objetividade. Nada, porém, deveria escapar às suas preferências durante as horas do dia. Não queria dosar, mecanicamente, seus deleites, sua sede de saber e de alimentar sua devoção por Rachel: fonte de amor, sabedoria e companheirismo. E constatava: *"Eu me multiplico junto dela. É preciso que eu corresponda devidamente".* Sorvia, como um sedento, as explanações didáticas e pacientes dessa professora exclusiva, que, por sua vez, admirava a postura de seu aluno obstinado. Ela se desvendava aos olhos do amado como uma salvadora que o libertava das trevas. Ambos percebiam que não só absorviam conhecimentos, mas tomavam consciência das verdades que aguçavam suas visões críticas sobre literatura, história ou sociologia que, por sua vez, desdobravam suas vidas. Tudo, absolutamente tudo, passava pelo crivo crítico de suas consciências. Eram mundos que se amalgamavam e inspiravam o escritor que despontava. Embora Rachel tivesse dado por terminada sua tese de doutorado, passou a reelaborá-la, lapidando o seu aprofundamento estrutural, mesmo sobre as verdades que jamais seriam definitivas sem a dialética da vida, que exige constante revisão, mesmo do passado. E isso em conseqüência, também, do tino crítico e aguçado das observações conceituais de Laibl, que sugeriam novas redações. Aliás, também de cunho poético, que a fizeram concluir: "A precisão não deve dispensar metáforas: devemos persistir nelas como fazem os poetas que engrandecem, aprofundam e desdobram as verdades. Até os mais frios conceitos tornam-se mais abrangentes, e agradáveis à leitura, quando revestidos de metáforas. Repare, meu querido, até entre nós acontecem saltos quantitativos e qualitativos como acontecem na história e nas ciências sociais, disse Rachel, arrematando suas observações.

— Acho um pouco mecânica essa comparação com nosso amor. Dê-me um beijo para compensar essa inadequação.

Rachel o beijou repetidamente e se amaram como dois adolescentes.

À noite, os apreciadores de Gershwin rodeavam a vitrola e ouviam, como dizia Laibl, o eco da alma americana. Reprisavam "Rhapsody", e antes de repor o disco sob a agulha comentou, como já havia comentado:

— Vocês sabem, Henry Osborne Osgood, o maior editor musical da América, considera "Rhapsody" melhor que a "Consagração da

Primavera" de Stravinsky[29]. E agora, todo o Brasil vai ouvir a "Rhapsody" de Gershwin, pois eu ajudei o primeiro grupo musical de gaúchos a interpretá-la.

Exageros à parte, Rachel achou graça.

Em outra noite, Laibl discorreu sobre a ópera "Blue Monday". Na noite seguinte fez uma verdadeira conferência sobre "Porgy and Bess", com ar professoral, vaidoso de seus conhecimentos:

— Essa ópera é baseada no *best-seller* do escritor Du Bose Heyward. É um romance que versa sobre um miserável. Reflete o caso de "Porgy", retratando a vida pobre dos negros de Charleston, relatado por um branco lá do sul dos Estados Unidos. É um livro contundente, que comoveu Gershwin. O libreto da ópera foi escrito pelo próprio autor do livro, em 1927. Mas a composição definitiva só ficou pronta recentemente, em 1934. Eu também fiquei comovido ouvindo essa ópera. E resolvi visitar George Gershwin, que se havia mudado do bairro pobre onde nós brincávamos e fora morar num apartamento luxuoso de cobertura, lá no Riverside Drive, esquina com a Rua 75, com vista panorâmica do Rio Hudson e Palisades. Por telefone pedi sua permissão de visitá-lo. Ele concordou, acredito, porque argumentei que fora amigo dele de infância. Entretanto foi a maior decepção que podia sofrer em minha vida.

— Por quê? – indagou Rachel.

— Porque, assim que o mordomo abriu a porta, ouvi lá de dentro uma voz um pouco fanhosa como alguém que acabara de acordar. Pensei, inicialmente, que não fosse o Gershwin. Mas era. Não veio ao meu encontro. Só ouvi-o dizer, autoritariamente: "Você veio ver as minhas pinturas e conhecer meu apartamento. Pode olhar à vontade". E eu ainda tive a coragem de gritar de volta: "Gershwin, sou seu amigo de infância, não se lembra? Sou o Laibl, lembra que jogávamos juntos?" "Muitos dizem que foram amigos meus. Desculpe, mas eu preciso dormir mais um pouco", respondeu, sem ter a mínima curiosidade de me ver. Olhei rapidamente os quadros que ele pintou, observei a luxuosidade

---

29. Igor Feodorovich Stravinsky, compositor russo nascido em 1882 e falecido em Nova York, em 1971. Naturalizou-se francês em 1934 e em 1945 naturalizou-se americano. Com o tempo, passou a simplificar suas esplendorosas orquestrações em orquestrações estritamente indispensáveis, aproximando-se assim ao gosto dos americanos e o de Gershwin, particularmente.

do apartamento, nos limites permitidos. O mordomo, por sua vez, acrescentou: "Meu jovem, o Gershwin está esperando uma moça. Ele até pensou que fosse ela. Ele gosta que as pessoas amigas venham ver seu apartamento e suas pinturas. Mas é melhor que você venha outro dia, desculpe." "O senhor", respondi, "diga ao seu patrão que enfie toda essa riqueza no rabo dele e que apodreça com seu dinheiro". Saí desalentado, como se tivesse perdido um grande sonho. Mas, mesmo assim, não deixo de admirar o talento genial de George Gershwin.

Em seguida, deu corda no gramofone e pôs o disco a rodar. Os primeiros acordes impuseram silêncio, respeito e curiosidade dos que não conheciam a obra. Ao terminarem de ouvir os dois discos, Rachel comentou:

— Dizem que o poeta e dramaturgo Bertolt Brecht[30] fez o músico judeu-alemão Kurt Weil[31] abandonar o projeto *Neue Musik*, que chamou de "burguês" e o estimulou a musicar óperas dele (de Brecht) em oposição ao empobrecimento político da cultura do dinheiro e do sexo. Os textos dessas óperas são irônicos e sarcásticos como nas paródias, cantadas em estilo bem americano. São de uma musicalidade vibrante, como a música de Gershwin, com influência da música judaica e negra, na abrangência do jazz. Eu li numa crônica, se não me engano em 1932, que os nazistas denunciaram essa musicalidade como a "transfusão do sangue negro". Vejam que até na música os nazistas são racistas. É preciso dizer que "Porgy and Bess" é fundamentalmente uma louvação ao amor. O amor não é negro nem branco. O amor, acima de tudo, é o amor.

— Eu acredito, Rachel, que se poderia dizer que o humor que transparece na música de Gershwin é fruto da necessidade de sermos bem-humorados, como forma de combatermos as aflições da vida. Nós, judeus, costumamos combater nossa melancolia com o humor, no dia-a-dia. Mas, na música, os negros aliviam seu estado deprimente com dois estilos: exortar sua alegria no jazz ou extravasar suas tristezas através dos sentimental's e dos blues.

---

30. Dramaturgo e poeta alemão, nascido em Ausburgo, em 1898, falecido em 1956, exilou-se nos Estados Unidos, mas continuou lutando contra o nazismo. Sua poesia e seu teatro têm um cunho profundamente didático e social.
31. (1900-1950) Compôs várias sinfonias e músicas de câmera, musicalizou a "Ópera dos Três Vinténs" de Bertold Brecht, ainda em Berlim, radicou-se no EUA, compondo musicais para filmes e teatro.

— Meu querido – disse Rachel – você se expressa com clareza e inteligência. Eu também quero ser clara e precisa para esse auditório de amigos: eu amo você!

Todos aplaudiram essa exclamação e cantaram um pequeno trecho de "Porgy and Bess".

XLV

O navio tocou o porto do Recife, somente para o abastecimento, e rumou por vários dias distante das costas, até navegar por fora das Pequenas e Grandes Antilhas.

Precisamente, ao completar cento e cinco dias desde sua partida, por ordem do comandante, contornaram a Estátua da Liberdade. Todos no convés saudaram-na como a um amigo saudoso. A emoção de retorno impôs um silêncio unânime. Aquele sentimento profundo emudeceu a todos.

Quando o vozerio retornou, Rachel suspirou:

— Laibl, olhe bem para esta estátua, que chamamos "da Liberdade". Não parece que ela levanta a tocha para clarear caminhos?

— Parece mesmo. Ainda mais que sabemos que a liberdade é tão condicionada.

— Eu até diria que é uma estátua aflorada das ilusões, alimentando nossas buscas. Ainda mais que sabemos que a América é mais uma ilusão que uma verdade.

— Mas, além dessa conclusão tenho outras: essa viagem e nosso entrosamento ajudaram a definir-me diante da vida. Acredito que superei várias indecisões em minhas buscas, que muitas superficialidades retardaram meu caminho. Passei a ter um pavor do vazio. Você e o mar levaram-me a reflexões sobre o meu comportamento, o comportamento de meus pais, do meu tio. Apercebi-me que estávamos sendo sufocados pelo domínio das posses e do corriqueiro, que passaram a ser algo como entidades. Especialmente para minha mãe, coitada, que ao sairmos da pobreza pensou que havíamos conquistado a felicidade eterna. Era o embotamento na superficialidade. Foi somente meu pai que nos alertou. Ele se enojava diante do que ele considerava de "coisificação da vida", o "vazio existencial que passou a nos dominar".

Rachel, embora discordando de alguns aspectos, ouvia-o com admiração pela sinceridade e indagava intimamente: "Como pode conviver numa só criatura tanta pureza e tanta malícia?". E o interrompeu:

— Meu querido, as coisas pequenas também têm importância em nossas vidas. Cuidado com os radicalismos. Não fiquemos só nos grandes enlevos sem as alegrias que as coisas miúdas proporcionam. Elas nos ajudam a sustentar as preferências elevadas. Querido, façamos um pacto: saibamos ter alegria nas coisas pequenas e satisfação nas razões mais sublimes. As coisas materiais da vida são como um braço para alcançarmos enlevos maiores. Pena que não seja o privilégio de todos.

— Prometo considerar suas observações. Mas, por enquanto, vamos selar este pacto – e abraçou-a com calor, beijando-a com volúpia.

Quando o navio aportou, todos sentiram aquele alívio de retorno. Laibl e Rachel desembaraçaram suas bagagens. Sua mãe permaneceu no navio a fim de preparar uma infinidade de pratos para serem consumidos pelo capitão durante os subseqüentes e longos percursos. Ela sabia que saboreando seus pratos, seu marido amenizaria a solidão; sabia que o paladar também aproxima recordações.

Assim que pisaram no cais, Laibl percebeu que Rachel olhava fixamente para um homem alto, magro, roupas em desalinho, barba de muitos dias, olheiras impressionantes, olhar triste e que sorria timidamente. Aquele homem era a presença da lástima. Trazia um ramalhete de flores miúdas. Rachel empalideceu. E, com voz trêmula, pediu a Laibl:

— Aguarde-me aqui, por favor – e andou uns cinqüenta metros em direção àquela figura desalentada:

— Como é que você se atreve a vir nos esperar? – perguntou Rachel, em tom de desacato e de repreensão.

— Aquele sujeito é seu namorado? – foi a resposta.

— Isso não lhe diz respeito.

— Tome, eu trouxe estas flores para recepcioná-la.

— Nada quero que seja seu. Faça o favor de dar o fora.

— Nem pretende saber o que acontece comigo?

— Não! Nada me interessa a seu respeito.

— Rachel, estou numa pior. Vim pedir uma nova oportunidade. Sou um novo homem. Reconheço que errei. Errei muito.

— Interessante, você está exatamente como quando começamos. É bem possível que você tenha se dado mal com aquela que tomou meu lugar.

— Insisto, dê-me outra oportunidade. A voz era metálica e nada convincente.

— Você perdeu também a noção do ridículo.

— Então dê-me trinta dólares e eu deixo você em paz.

Rachel tirou cinqüenta dólares da bolsa e enfiou na mão do pobre homem.

— Tome, e não tente me procurar.

Ele não agradeceu. Deu as costas e se foi. Rachel teve a curiosidade de olhar para trás e viu seu "ex" jogar o ramalhete num latão de lixo.

— É seu "ex"? – perguntou Laibl. E arrematou: – Parece que ele está na pior.

— Por favor, Laibl, não falemos disso agora. – E estabeleceu-se um silêncio durante todo o percurso até chegarem ao *East Side,* da Segunda Avenida, bairro de apartamentos populares, prédios de dois ou até quatro andares. Laibl já conhecia o bairro, pois morara perto. Mas ficou observando a cor ocre dos pequenos prédios que sempre lhe atraíram: as escadas externas de segurança nas quais brincara, e sentiu-se saudoso daquela infância de vida desprendida e alegre.

Entraram no apartamento, que era amplo e simples.

Durante dois dias, Laibl e Rachel mataram saudades dos velhos tempos comendo nas adjacências e resolvendo pequenas pendências. Laibl percorreu bancos e repartições para legalizar o inventário de sua herança.

Na terceira tarde, Rachel chegou horas antes de Laibl. Abriu a caixa postal e, entre as correspondências, um envelope chamou sua atenção. Não estava selado e endereçado à mão. Subiu correndo os dois andares, sentou-se à mesa, abriu sofregamente o envelope e leu a carta de caligrafia trêmula:

"Rachel, é uma pena que você não tenha dado uma segunda oportunidade ao meu filho. Ele se suicidou. Leia o bilhete que ele pediu que eu lhe entregasse. Natália, sua ex-sogra."

O tremor das mãos foi tal que ela teve de apoiá-las sobre a mesa para que pudesse ler:

"Rachel, agradeço por sua última colaboração. Com os cinqüenta dólares comprei uma boa variedade de pílulas, com as quais prepararei um 'coquetel', creio infalível, para o meu suicídio. Acabei de molhar duas toalhas que colocarei sobre meu rosto depois de esvaziar todos os frascos e sentir o início de meu sono derradeiro. Assim, não terei o mínimo de oxigênio para uma possível salvação. Nunca mais a molestarei.

Perdoe-me por não saber corresponder à sua grandeza.
Seja feliz com quem possa merecê-la, Willian."

Após a leitura, Rachel refestelou-se numa poltrona. Ficou olhando para o nada. Não encadeou qualquer análise sobre o desenlace. Sequer teve o mínimo estarrecimento. Simplesmente ficou estática durante um bom tempo. De repente, como que involuntariamente, começou a picar os dois bilhetes, cujos pedaços deixou cair sobre o vestido. Outro tempo se passou e ela recolheu os pedacinhos miúdos e, vagarosamente, foi ao banheiro, jogou-os na latrina e deu várias descargas, até não restar qualquer vestígio. O estímulo que a moveu foi apagar aquela derradeira lembrança.

Quando voltou à sala, viu sobre a mesa um caderno volumoso, onde Laibl escrevia todas as madrugadas, em cuja capa tinha o título desenhado em letras góticas: APONTAMENTOS. Começou a lê-los pela parte final: BROADWAY.

Broadway, meu acalanto fugaz, minha alegria, meu refúgio, meu ópio espiritual.

A Broadway seria meu castigo se eu não soubesse aflorar de suas perdições. A Broadway sempre foi a vez dos tímidos, dos audazes, dos bem e mal-apessoados: escape das ilusões, das incertezas do amor, da tristeza engalanada, do meu mergulho para safar-me das obviedades incômodas e do alívio de minhas obsessões.

A Broadway foi gerada para tornar-se uma euforia inquestionável, musicada, cantada nos palcos multiplicadores das cenas roubadas da vida, e dos artifícios paridos de suas entranhas engendradas: descaminhos das buscas que se desvanecem nas fantasias ou na morte, ou na desventura, ou nos vícios, ou na sífilis, ou nas vantagens dos que transacionam sonhos.

A Broadway é uma inconteste mentira sacramentada. Nela, o amor pode ser um momento da perdição dos mal-amados. Nela, o desvario é sincopado de gozo e ilusão. Nela, os escapes se debatem entre anseios e arrependimentos. Nela, o afeto é mal-engendrado e abre feridas.

Amo a Broadway como o menino que resta em mim, onde as feéricas luzes insistem em iludir-me; onde nada contesto, onde a alegria é um ponto final ou um retorno aos sonhos. Amo-a como um adolescente desprendido e febril de desejos, onde as prostitutas sabem exaltar. Nelas temo a libido sem enlevo e temo a queda após o enlevo.

A Broadway tem invisíveis malhas traiçoeiras que tragam minha pureza remanescente. A Broadway foi minha escola de malícias e universidade dos meus medos ante as verdades barradas em suas portas. Odeio e amo a Broadway porque ela impõe às nossas caras máscaras convencionais. Amo a Broadway porque consegue esconder-me de mim mesmo, na briga com minha essência.

Na Broadway não preciso da redenção. Nela espanto as sombras dos fantasmas que me impingiram.

Na maquilada crueza da Broadway, onde me embebo de artes desalmadas, camuflando as verdades que esconde, aguço-me em suas fantasias onde me embaraço, consciente, em meus desenganos. Em sua rica pobreza, sonho meus sonhos esvaídos e, nela, confirmo minhas buscas.

Na Broadway, penduro minha vida num eufórico vazio.

A Broadway é uma feérica alcova coletiva, refúgio de meus desencontros, de onde retorno à amplidão do oxigênio viciado.

Quando a Broadway tragar toda a América, não saberemos mais o que é ser em nosso próprio ser.

Que Deus nos livre dessa possível premonição.

Tomara que a América saiba aflorar sua verdade.

Tomara que a América encene a vida, sem artimanhas.

No decorrer da leitura, Rachel foi se desvencilhando do seu estado letárgico. Refletiu sobre o texto, desdobrando cada pensamento, tentando mergulhar nos íntimos confins de Laibl. Apagou as luzes, ficou na penumbra, refestelou-se numa poltrona e voltou a meditar nos meandros daquela alma inquieta. Queria buscar o âmago de seu amado. Para tanto, era imprescindível desvendar os mistérios abissais naqueles pensamentos e confissões. "Laibl é um vulcão que ainda explodirá em seu potencial de vidas submersas", concluiu, arrebatada pela leitura.

A balbúrdia das ruas foi tragada pelo silêncio. Isso significava que o bairro adormecia. Uma solidão aguda apossou-se dela. A ausência de

Laibl tornou-se um vácuo doloroso. Quando a campainha soou, ela saltou da poltrona, correu à porta, abriu sofregamente os vários trincos e Laibl surgiu como uma aparição, mas terrena, porque carregado de pacotes. Ela pendurou-se no seu pescoço e ele teve de soltar as sacolas e embrulhos para não perder o equilíbrio. Ela o beijou impetuosamente. Ele correspondeu, mas estranhou a veemência.

— Laibl, preciso muito de você.

— Nós nos precisamos.

— Laibl, vamos até a Broadway, passar a noite por lá. Serei sua amante, sua mulher, sua concubina, sua amiga incondicional. O que você quiser. Da maneira que você preferir.

Laibl ficou intrigado com essa avalanche de adjetivos, substantivos e desejos. Mas conseguiu manter a objetividade:

— Primeiro, vamos comer algo. Eu trouxe guloseimas e salgados judeus, como no tempo de meus pais e do meu tio.

— Não, Laibl. Vamos. A gente come por lá.

— Aconteceu algo com você?... (Silêncio de alguns segundos, enquanto continuavam abraçados) Desculpe minha pergunta. Por acaso você conviveu com seu "ex" aqui neste apartamento?

— Temporariamente. Depois, você saberá tudo. Agora, vamos sair logo daqui.

Laibl procurou adivinhar as razões da premência, mas achou melhor obedecê-la. Acomodaram a maior parte dos comestíveis numa geladeira, o restante deixaram espalhados pela sala e foram.

Na Broadway, as horas avançadas da noite nunca fizeram a diferença. Os néons coloriam o rosto de Rachel, que a tornava mais linda. Andavam apressados e indiferentes ao vislumbre das vitrines chamativas. Chegaram ao "Off-Off-Broadway", lugar de muitos teatros, onde Laibl buscava o hotel de um amigo. Hotel de classe média alta, ótimo refúgio de artistas e enamorados. Entraram e tornaram a levitar na plenitude do amor...

Felizes para sempre?... Talvez... Mas oniricamente felizes enquanto pudessem navegar a vida em busca de rumos.

UMA LOJA IMACULADA

I

Daquele Jardim da Luz ficou a saudade e o viço resistente, como numa mulher que perdura seu vigor e beleza, embora descuidadamente.
Nos anos 1930, o atraente Jardim da Luz era um retiro aprazível, densamente arborizado, com diversificada fauna, seu paisagismo elaborado, tanto pela natureza como pelo mágico talento dos jardineiros. Atualmente é circundado de prédios, avenidas e ruas com tráfego aloucado, liberando o implacável monóxido de carbono. O quase abandono desse reduto ainda não conseguiu derrotar a exuberância da flora e da fauna, que resistem ao abuso e ao descaso, onde se acumula o lixo que alimenta gordas ratazanas.
No lufa-lufa da desvivência e da modernidade, um grande contingente passa diariamente por esse jardim, na busca de um possível e empobrecido lazer, ou para alimentar-se de recordações dos tempos idos, olhando os pequenos lagos, outrora habitados por peixes vermelhos e prateados, que cintilavam sob os raios de um sol acalentador. Naqueles tempos, no coreto do jardim, uma banda alegrava as noites de sábado e as tardes dominicais. Naquela São Paulo, que já se tornara uma metrópole, o bairro do Bom Retiro ainda mantinha feições e amenidades interioranas na maioria de suas ruas, nas quais as famílias colocavam cadeiras defronte suas residências e repassavam lembranças das terras longínquas e dos entes que por lá ficaram.
Após trinta anos de freqüência desse lugar, o Sr. Moisés segue aguardando, diariamente, a abertura dos portões do Jardim da Luz,

que outrora não era cercados de grades, nem precisava de segurança policial para assegurar a integridade de seus freqüentadores. Os que puderam envelhecer têm de aceitar a loucura dos novos tempos e conviver com diferentes freqüentadores, como as prostitutas, que passaram a marcar sua presença assídua e quase dominante, além dos desempregados, malandros, gigolôs e batedores de carteiras, às vezes importunados pelos policiais. Porém, o que predominava e predomina é a convivência pacífica desses ecléticos freqüentadores, incluindo as gordas ratazanas. O que satisfazia o Sr. Moisés era ouvir a sinfonia espontânea que se metamorfoseava: o dia começava com um frescor ou com um frio ameno, o chilrear festejante dos pássaros que despertavam anunciando a vagarosa aurora, o ronco sincopado dos primeiros carros iniciando a jornada, e o som que veio num crescendo, no decorrer dos anos, até tornar-se um rugido monocórdio de motores, como de leões ameaçadores, abafando, cada vez mais, o canto dos pássaros.

Nesse Jardim da Luz, transformado pelo escoar dos tempos, a alegria do Sr. Moisés persistia em contemplar a cena do sol vencendo as últimas sombras. Era o alento de que o novo dia seria mais um bom capítulo de sua vida, e que sua velhice seguiria tranqüila, visto estar assegurada por uma estabilidade duramente conquistada.

Pelos idos dos anos 1940, quando fora morar no Bom Retiro, o Jardim da Luz despertara-lhe um vivo e obstinado interesse sentimental e saudosista. Lembrava-lhe o bosque do outro lado do Rio Vístula, que corta Varsóvia, onde costumava atravessar uma velha ponte para embrenhar-se num bosque, em sua outrora meninice, quando construía com galhos secos e folhagens, diminutas cabanas, onde pretendia esconder-se com amigos e familiares se ressurgisse um novo *pogrom*[1]. Mas, também, naquele bosque costumava brincar com os colegas do *cheder*[2].

Conseqüentemente, o Jardim da Luz passou a ser um referencial de recordações e o cenário adequado para reconstituir a história e as cenas vivenciadas, sincopadas de alegrias passageiras, e meditar sobre as vacilações e as decisões que forjaram seu destino.

1. Movimento popular de violência contra os judeus.
2. Denominada escola tradicional de primeiras letras no sistema educacional religioso, que vigorou entre os judeus. Era freqüentada por meninos de sete a treze anos e ensinava a ler o Pentateuco e o Livro de Orações em hebraico.

Uma Loja Imaculada

Passou a amar o Jardim da Luz como um depositório de velhos cenários de uma densa dramaturgia elaborada pela vida. Amava a bruma matinal, quando o sol perpassava as brechas das folhagens que formavam cones luminosos. Dada sua religiosidade, aqueles cones luminosos se metamorfoseavam em rolos sagrados da Torá, metáfora que o mergulhava num alento indagador: "Será esta uma mensagem de Deus?"

As nuvens claras do nevoeiro dançam e dançavam, lentas, como véus, atiçando sonhos e lembranças, tal qual no bosque nos arredores de Varsóvia. Não poucas vezes essa afinidade lhe marejara os olhos, dada a ausência dos parentes e amigos, desaparecidos nos idos da Varsóvia querida.

Reter-se matinalmente, por um bom tempo, no Jardim da Luz passou a ser tão inevitável como abrir os olhos ao acordar. Sua mulher, Fany, além de preparar-lhe a mesa para o café, já separava o capuz, o xale e o casaco, para protegê-lo da friagem das manhãs paulistanas, que no outono e no inverno, além de serem frias, são úmidas e, às vezes, brumosas.

O Jardim da Luz passou a ser a continuidade de sua casa. Aos sábados e domingos os dois seguiam juntos e tomavam assento no mesmo banco, que tornou-se psicologicamente cativo pelas décadas de uso, no qual, em uníssono, reconstituíam sua saga. Moisés, que era um persistente andarilho, explorou quilômetros e quilômetros do Rio Tietê. Naquele tempo, esse rio serpenteava sinuosamente os arredores de São Paulo. O grande encanto naqueles tempos era ver os batelões carregados de areia deslizarem, vagarosamente, nas águas mansas do rio. Certa vez resolveu mostrar essa bela cena à sua mulher. Levou-a, quase forçada, pois não tinha, como Moisés, aquela sensibilidade poética. Conseguiu levá-la, apesar de seus resmungos.

— Olhe, Fany, que beleza. Que beleza ver esses barcos cheios de areia e esses pobres homens empurrando, com taquaras apoiadas no fundo do rio, para fazer os barcos deslizarem tão devagarinho. Isto não lembra, Fany, algo de sua infância?

— Não, nada me lembra.

— Nem o Vístula, onde as barcaças iguais a essas carregavam tijolos, mantimentos, para alimentar nossa Varsóvia?

— E o que tem isso?

— Fany, só agora percebo que você não tem sensibilidade. Não vê a beleza desta quietude? A mansidão do rio? Os barqueiros levando areia para garantir o crescimento da cidade, para as pessoas poderem construir seus lares? Não sente o cheiro da terra, ainda úmida de orvalho? Não sente o cheiro desse estábulo, cheio de vacas leiteiras, iguaizinhas àquelas vacas enormes que aquele polonês ordenhava para nos fornecer leite quase de graça?

Fany permaneceu indiferente à analogia, chegou a torcer o nariz, irritando o desalentado Moisés diante da sua frieza.

— Fany, como você é pobre por dentro. Por isso você não sabe enxergar a beleza do mundo. Por isso você é mal-agradecida quando eu levo flores para casa.

— Como assim?

— Não lembra que você, em vez de agradecer, dizia que eu deveria guardar o dinheiro, pois as flores murcham e é inútil gastar em flores?

— E não está certo o que eu disse? E agora você me fez andar por horas seguidas nessa terra lamacenta cheia de umidade para ver vaquinhas soltando bosta e fedor, para ver umas barquinhas e assistir ao sofrimento desses pobres barqueiros que se matam para transportar areia? Onde está a beleza? Só vejo tristeza e tudo fede por aqui. Você acha, realmente, que vale a pena tanto esforço? Olhe como aqui tudo é triste, até a cara dos barqueiros.

— Fany, eu vou continuar contemplando essa "tristeza". Você pode ir para casa, sozinha.

— Você ficou louco? Deixá-lo aqui e ir sozinha para casa? Nunca vi você tão nervoso comigo e não sei o caminho de volta...

— Eu volto com você. Vamos juntos, mas como dois mundos diferentes.

— Não entendo como você pode ser tão contraditório: gosta do perfume das flores e, ao mesmo tempo, fica contente em sentir o fedor de um estábulo. Meu querido, vamos para casa e deixe por aqui essa sua contradição. Em casa, seremos felizes com as nossas coisinhas.

— É verdade, Fany, com as nossas coisinhas, por sinal mesquinhas.

— Moisés, não seja tão amargo.

E voltaram em silêncio.

II

As décadas rotineiras de Moisés só variavam nas recordações e no tempo, mas não no espaço. Tomar assento para vislumbrar o passa-

Uma Loja Imaculada

do e avaliar os tempos recentes, pedir a Deus pelo futuro dos familiares e amigos, pedido esse que iria repetir muitas vezes, na sinagoga, em suas rezas matinais. Em seguida, ir para sua loja à Rua Mauá. Inicialmente, era uma loja de roupas usadas, depois foi ampliando o espaço ao comprar uma loja vizinha, passando a vender guarda-chuvas, depois roupas íntimas, cama, mesa e banho, produtos de higiene, além de perfumes vulgares, a pedido das prostitutas que freqüentavam as redondezas de sua loja.

Fruto desse comércio, conseguiu sua estabilidade. Formou seus filhos: um médico, uma psicóloga e um economista. Com esse último tinha pequenas turras, pois o economista queria, a todo custo, que seu pai agisse dentro dos conceitos científicos da economia e não na improvisação ou na intuição:

— Pai – dizia –, você tem que se organizar melhor e não ficar na improvisação, com essas cadernetas ensebadas que, às vezes, nem você entende. Precisa fazer um balanço de vez em quando, saber a quantas andam seus negócios.

— Como está, está bem. Eu sempre sei em que situação está minha loja, sem computador, sem as suas ciências de economia. Veja – mostrando uma mala velha –, comecei com esta mala, e agora tenho esta enorme loja. Compro tudo à vista e só vendo à vista. Descontando o valor dessa velha mala, o resto é lucro, incluindo a casa que moramos e mais o valor dos diplomas de vocês. Não preciso de balanços nem de ciência para saber se estou bem.

— Mas isso é muito primitivo. E essa história da mala é mais velha que o senhor.

— Mas a minha é verdadeira. Para que complicar? Estou satisfeito com meu jeito primitivo.

Em conversa com sua mulher Moisés dizia:

— Ter filhos doutores nem sempre é uma satisfação. Eles acham que estão com toda a verdade e que nós nada sabemos. Devem rir nas nossas costas. Esquecem que temos algo a ensinar com nossa sabedoria de vida que, na realidade, os fez chegar onde chegaram.

— Não os subestime. Afinal, os méritos são deles também. Se não fossem estudiosos e disciplinados nada teriam conseguido. Sabe, Moisés, eu até gosto dessas suas briguinhas com nossos filhos. É sinal que a família existe e que é uma maneira de amar. Até entre marido e mulher é salutar certas rusguinhas, para que a vida seja melhor ajustada. O sempre amém pode ser falta de sinceridade.

— A gente se ama sem rusguinhas.

— Você é que pensa que nossas rusguinhas não existem. Quantas coisas eu tenho que refazer, ostensivamente, porque não estou de acordo. Mas você finge que não vê...

— Finjo justamente para evitar rusguinhas.

No íntimo, Moisés apreciava as pequenas contradições e os pequenos acertos que, na sua opinião, alicerçavam a felicidade do convívio. Discordava dos amigos, especialmente dos mais jovens, de que a harmonia do casamento pode cair numa monotonia que acaba cansando. Mas para ele e sua esposa, o convívio era constantemente enriquecido pelas recordações e pelo trabalho na loja, cuja atividade constantemente se renovava com as novidades trazidas pelos representantes, pelos clientes, pela coisas corriqueiras dos vizinhos, pelos acontecimentos ocorridos na rua, pelas manchetes dos jornais e pelo minúsculo radinho de pilha. De modo que o velho e o novo se intercalavam e a monotonia não tinha vez.

A constância de repassar a vida no banco do Jardim da Luz foi sempre o fundamental para Moisés: era uma forma de recuperar seu passado. Era rebuscar nos abismos de seu eu e, fundamentalmente, aprender com as reminiscências, a dosar suas atuais reações, até nas mais inesperadas circunstâncias. *"Não existem regras para reagirmos quando somos afetados em nossos sentimentos. Mas quando a vivência nos caleja, a primeira reação é apelarmos para a prudência sem afogar nossos sentimentos"*. Dado esse raciocínio, Moisés reconstituía, constantemente, os fatos e circunstâncias para determinar, se possível, sua opção de vida, e concluía: *"Sempre fui obrigado a escolher meus caminhos por opções impostas, por dramáticas dicotomias; ou morrer, em vida, diante de limitações; ou arriscar, com minha família, destinos desconhecidos, como sempre aconteceu com os judeus, desde o grande Patriarca Moisés; ou morrer no cativeiro, ou levar todo o povo, com todos os riscos, até Canaã. Mas, desde então, Canaã passou a ser a sorte de encontrar um lugar para simplesmente sobreviver, e sobreviver enquanto nos deixassem"*. Essa constatação levou esse Moisés ao hábito de auscultar seus familiares e amigos, de ler jornais, de analisar as circunstâncias históricas ou momentâneas, para que lhe permitissem tomar decisões e poder sobreviver. Sempre foi difícil para ele escolher um caminho, mesmo consultando patrícios comuns, estudiosos e gente de consciência política – rabinos, militantes de esquerda ou de direita; mas, ao tomar uma decisão, seguia à risca sua determinação e dizia, prestando contas à sua consciência: *"Escolhi um caminho possível ou provável, para forjar o meu destino e dos que me são queridos, até que me obriguem a tomar outra vertente em nossas vidas. Não cheguei a ouvir a voz de Deus, mas ouvi a voz do povo que me circunda. Deve ser o mesmo, como quando Moisés ouviu a voz de Deus. Que assim seja pela vontade do Supremo".*

Entre os demais judeus poloneses, Moisés foi um dos poucos a conseguir estudar numa escola pública, laica. Isso possibilitou-lhe ter uma visão mais abrangente sobre a História universal e sobre a Polônia. Foi um aluno aplicado, absorvendo conhecimentos diversificados, desde literatura até ciências. Em conseqüência, passou a amar a Polônia como pátria inefável. Procurou entender por que aquela Polônia fora tantas vezes presa fácil e joguete de outros países, por que durante o Império Russo e, mesmo após o Congresso de Viena, o ducado de Varsóvia ficara totalmente subjugado aos russos, embora mantendo o nome Polônia; por que os judeus e os poloneses tornaram-se súditos do Czar, e por que, após a queda do império Russo com a revolução de 1917, muitos judeus resolveram manter sua relativa cidadania polonesa, acreditando que, com o surgimento de uma nova república democrática polonesa, poderiam respirar mais aliviados devido aos acordos de Versalhes de 1919 que, no papel, davam garantias às minorias e plena igualdade de direitos, extensiva também aos judeus. Então resolveram ficar. Mesmo porque a constituição polonesa, naquele período, era considerada a mais democrática da Europa ou até do mundo. Assim, a maioria absoluta dos judeus resolveu ficar. Daí concluiu: *"Nossos destinos estavam à mercê do destino de outros povos; nossas escolhas dependiam das vontades e conquistas também dos outros; as contingências históricas nos impunham caminhos nas encruzilhadas adversas. Enfim, para nós, judeus, sempre restava a dicotomia: ficar ou fugir; perecer ou viver nas limitações das discriminações; calar ou lutar com os demais injustiçados. No decorrer de minha existência constatei: os políticos democratas e conscientes sempre nos abriram mais espaço, onde pudemos participar e conviver. Infelizmente, não havia unidade suficiente entre nós, judeus, para uma posição unânime; por isso éramos fracos e por isso não conseguimos ligar-*

nos aos poloneses, igualmente massacrados pelo poder e pelos dominadores estrangeiros".

Nessas retrospectivas críticas, Moisés suspirava a cada conclusão, condenando as vacilações individuais e da coletividade judaica. Costumava ferir sua própria consciência com essas análises.

"Mas quem poderia adivinhar qual seria a decisão mais certa, se todos, tanto judeus como poloneses, eram vítimas dos caprichos dos czares e dos pseudogovernantes? Sempre voltávamos a nos deparar com uma encruzilhada. Se estivéssemos diante de uma dicotomia, de caminhos conhecidos, ou preferenciais, as coisas seriam mais fáceis. Creio que nunca foi essa a nossa circunstância, pois as dicotomias são uma bifurcação num quadro definido. Mas, para nós, judeus, a situação era adivinhar qual a escolha para uma possível sobrevivência. Enfim, um destino sujeito aos caprichos imprevisíveis de governantes indecisos, ao obscurantismo ou a vários 'ismos'."

Moisés dava-se uma pausa para suspirar com um gemido de sofreguidão. Olhava o relógio e dizia a si mesmo:

— Está quase na hora de abrir a loja.

Lá, já o esperavam dois vizinhos para ajudarem-no a suspender a porta de ferro ondulado, pois, há anos, não podia fazê-lo sozinho. Um desses ajudantes era um bondoso português e o respectivo porteiro do hotelzinho de categoria abaixo de uma estrela, onde pernoitavam casais de uma só noite, representantes interioranos que atendiam bares e pequenos hotéis da redondeza. Todos conheciam esse Moisés, contador de histórias da velha Polônia, histórias e fábulas com base bíblica e fatos recentes, frutos de sua leitura dos jornais diários. Outros, especialmente representantes, aproveitavam para dar um vista de olhos nas manchetes, para evitar gastos na compra de jornais, já comprados pelo seu Moisés. Meia hora após a abertura da loja, comparecia dona Fany com uma trouxinha na qual já estava o almoço dos dois, que seria aquecido numa espiriteira, algumas frutas, uma garrafa térmica de café com leite e um recipiente plástico com um mingau à base de germe e farelo de trigo e mais um suco, geralmente de laranja. Toda alimentação para o restante do dia, de acordo com a orientação do filho médico, que zelava pelos pais, prematuramente desgastados.

Assim decorriam os dias até prazerosos, pois o velho casal sabia incrementar as horas com conversas entre si, além dos bate-papos com amigos, vizinhos e fregueses, infelizmente cada vez mais escassos. Isso devido à concorrência de vários camelôs que se instalaram na calçada e por causa da concorrência das diversas lojas de departamentos, embora um pouco distantes, pois as prostitutas preferiam ir à caça de clientes no centro, que era próximo. Conseqüência: Moisés foi obrigado a diminuir seu estabelecimento, arrendou uma das lojas e com isso ganhou mais um amigo. Um português afável que montou uma venda de secos e molhados com o nome "Casa dos Amigos / Secos e Molhados". Ao que dona Fany comentou:

— Se o português vendesse tudo *casher*[3], poderíamos comprar tudo dele e assim evitar as minhas cansativas andanças.

— Que bobagem, Fany! Onde se viu um português cristão vender comida *casher*? Você ficou louca?

— Não fiquei louca nem burra. Deixe eu acabar de expor minha idéia. O português poderia arrendar uma parte da loja a um patrício, que venderia comida *casher*, pois tem muitos judeus aí nessa redondeza.

— Que bobagem. Quem teria certeza que a comida não seria contaminada pela comida não-*casher*? Que absurdo, Fany!

E, assim, Fany ficou satisfeita com mais uma rusguinha amorosa, que reafirmou a fidelidade ao judaísmo e a amorosidade de seu marido.

Quando entrava um provável freguês na loja, Fany corria para se antecipar ao marido e, cheia de mesuras, esfregando as mãos, num reflexo condicionado, atendia com tal paciência, que as pessoas ficavam constrangidas em deixar de comprar algo, nem que fosse uns grampos, panos de cozinha ou, com sua verve e simpatia, boa parte da loja. Mas, ultimamente, Moisés, desgastado e sem ânimo para acumular mais posses, foi deixando para a esposa toda a iniciativa, especialmente atender os clientes, mesmo os mais freqüentes. Moisés concluiu e assumiu: *"Ficará tudo por aqui mesmo. Não vou mais me empenhar como antes"*. E a loja passou a ser somente uma distração e um referencial para repassar recordações, como no banco cativo do Jardim da Luz.

Os primeiros sintomas de senilidade atacaram inicialmente dona Fany. Dificuldade em lembrar os preços, os nome dos fregueses, mesmo os mais freqüentes, dificuldade em lembrar onde encontrar determinada miudeza ou artigo de uso comum, e uma vagareza em atender ou falar, que indispunha uns e outros, além da perda de paciência no

---

3. *Casher* significa o alimento puro e bom, preparado segundo o ritual judaico.

atendimento. Somando tudo, a loja foi declinando a ponto de serem obrigados a passar mais uma das lojas contíguas, para não acarretar maiores prejuízos. Restou uma porta somente – um diminuto ponto de vendas, separado por um tapume da parte maior da loja que arrendaram. E esse diminuto estabelecimento foi mantido por orientação insistente do filho médico e da filha psicóloga, para manter Moisés ativo juntamente com sua Fany. O filho mais velho do casal passou a fornecer mercadorias para suprir a pseudoloja, e assim impedir que a fechassem totalmente. Resolveram impedir que os velhinhos continuassem a comprar indevidamente, ou por simpatia e amizade dos costumeiros representantes. Tendo morrido o velho guarda-livros da loja, não foram mantidos atualizados os livros fiscais. O filho economista foi protelando agregar, legalmente, essa lojinha à sua enorme rede de lojas. O tempo foi passando, a negligência e a omissão da fiscalização levaram ao esquecimento as medidas necessárias para o funcionamento da diminuta porta comercial, que passou a ser aberta todos os dias tardiamente, em horários incertos, pois tudo dependia da hora que o casal acordasse. A indiferença e a total omissão de cuidados para o devido funcionamento da lojinha chegou ao ponto de um ou outro freguês sair sem pagar e ainda ouvir os formais agradecimentos: "Volte sempre, um bom dia para o senhor". Enfim, tudo que o filho economista decidisse por eles estava certo e bom. Queriam paz, sossego e tempo disponível para suas recordações, elocubrações e conversas.

O hábito de tomar assento no cativo banco do Jardim da Luz continuou, mas um em companhia do outro. Cada um temia o desamparo do outro, em suas pernas já vacilantes.

— Sabe, Fany – dizia Moisés – ainda lembro totalmente a língua polonesa. Até raciocino em polonês como no meu tempo de garoto. Lembro que eu era ótimo em história, geografia, geometria e matemática. Ainda ontem, na loja, refiz mentalmente um dos teoremas de geometria e relembrei muita coisa de álgebra.

— O que é teorema?

— Não importa, Fany, o importante é que eu me lembro de tudo. Fico recordando por que tive de arrumar e desarrumar nossas malas, devido à incerteza de ficarmos ou termos de deixar a Polônia e dos parentes que temiam embarcar para um país estranho. E fico analisando nossas vidas e por que não éramos desimpedidos para assumir um caminho ou mesmo ter o nosso destino, independente dos outros. O porquê da nossa sina de judeus errantes, como já analisaram muitos escritores judeus.

Passou a predominar uma longa pausa de silêncio e meditação, interrompida por Fany:

— Pense em voz alta, Moisés, gosto de ouvir você falar. Aprendo muita coisa.

— Depois de sessenta e cinco anos de convívio você só se lembra agora que pode aprender comigo?

— Eu sempre achei isso. Mas acontece que você sempre foi muito calado comigo. Falava mais com os fregueses ou com os amigos lá do "pletzele"[4].

Moisés não se fazia de rogado e gostava de fazer-se importante para sua esposa, jorrando seus conhecimentos:

— Sabe, Fany, naquela velha Polônia, nossa ilusão com o governo de Pilsudski durou pouco. As conquistas democráticas se esvaíram, só ficaram constando no papel, na chamada nova constituição. Na prática, o governo não garantiu os direitos estipulados por lei, mesmo com os protestos dos deputados judeus e até de alguns não-judeus. Daí recomeçou o nosso medo e dúvidas, se devíamos ficar na Polônia ou emigrar para algum canto do mundo. Antes, até ficamos conformados em não nos deixarem, como sempre, comprar um pedaço de terra, bastava deixar-nos viver com alguns direitos democráticos. Passei a freqüentar vários partidos políticos judaicos de sionistas de esquerda, sionistas de direita, comunistas e outros 'istas' que nem me lembro de todos os nomes. É como diz aquela piada israelense: *onde tem dois judeus, tem três partidos.*

— Você ainda teve sorte, Moisés, por poder freqüentar tantos lugares onde se discutia de tudo. Isso lhe deu maior oportunidade de tornar-se inteligente e culto. Minha casa, como você já dizia naquele tempo, era um lugar medíocre. Lembro-me que uma amiga, operária, convidou-me para assistir a uma reunião num sindicato. Quando contei, alegremente, o que vi e que ouvi coisas diferentes e interessantes, minha casa quase desmoronou com os gritos de condenação do meu pai e da minha mãe:

---

4. Lugar costumeiro de encontro na rua entre os patrícios, onde discutiam política, fofocavam e "brigavam" para fazer valer suas respectivas opções político-ideológicas.

"Você vai ficar contaminada com as idéias daqueles comunistas ateus. Nunca mais me traga aquela sua amiga devassa para dentro de casa. Na próxima vez expulso vocês duas. E, para sempre". Papai e mamãe berravam, espumando de ódio, intercalando xingamentos, pragas e premonições, que até os diabos ficaram amedrontados. Aliás, nem sei como você teve coragem de falar com um homem como meu pai, para pedir-me em casamento. Se ele soubesse que você freqüentava reuniões de partidos políticos de direita ou de esquerda, também o enxotaria. Para ele, um judeu só devia freqüentar o *cheder* e a sinagoga.

— Primeiro, eu ia casar com você e não com sua família. Depois, seu pai tinha pressa de desencalhar suas quatro filhas, por isso não questionava muito o que pensavam seus futuros genros. E, finalmente, seu pai dava a impressão, devido à sua postura ereta, meio fidalga, de ser um homem de posses, apesar de seu pequeno estabelecimento de tecidos. Eu pensei que o dote fosse ser bom. Mas foi, como dizem os brasileiros, mixuruca.

— Então, por causa do dote você arriscou, sem me conhecer o suficiente?

— Não, querida, devido à sua beleza. Seu olhar cheio de bondade e sua meiguice. Aliás, seu olhar também parecia de pidona. Parecia dizer: quero você para mim.

— E a minha inteligência, você nem questionou?

— Você mesma disse que em sua casa a mulher não precisava ser inteligente. Bastava obedecer aos pais e ao futuro marido...

— Nem tanto assim, Moisés.

— Mas foi isso que você deu a entender.

— Então você confirma que sou uma burra?

— Nada disso, querida. Até que você é inteligente, tendo saído de uma família como a sua.

— Família de burros, mas você aceitou o dinheiro do meu pai.

— Foi para mim e para você. Com aqueles trocados, pudemos iniciar nossas vidas juntos.

— Moisés, é melhor você voltar a falar sobre a política da velha Polônia, que é mais interessante.

— Tá bem. Como ia dizendo, naquele tempo tentamos salvar aquela frágil democracia, unindo-nos a outras minorias como ucranianos, bielorrussos e alemães remanescentes. Mas pouca coisa foi conseguida.

Na realidade, foi uma protelação para o golpe de Estado do Marechal Pilsudski, se não me engano em maio de 1926, eliminando o regime parlamentar e dando vantagens aos anti-democratas, reacionários e chauvinistas.

Tossiu e continuou:

— O ditador conseguiu iludir o povo com um falso programa social, obtendo até a aprovação da esquerda que chegara a apoiar, abertamente, aquele golpe de Estado, pois supunha que os partidos entravam a aplicação daquela pseudo-reforma social. Enquanto isso, Pilsudski, para assegurar sua ditadura, apoiou-se nos terratenentes, nos grandes industriais, ferrenhos inimigos políticos dos operários e camponeses. Os anti-semitas retomaram sua perversidade, mesmo com a fingida oposição de Pilsudski à barbárie racial. Conseqüentemente, Fany, resolvemos pedir novas "Cartas de Chamada" de amigos daquele Brasil distante, e refizemos nossas malas. Pena que nem todos os familiares resolveram arriscar-se por um destino melhor. Ficaram na velha Polônia. Mais tarde, pelas cartas recebidas, fiquei sabendo que Pilsudski, antes de morrer, homologou a chamada constituição de abril de 1935, na qual dizia que o Estado Polonês era patrimônio de todos os cidadãos. Mas com a morte de Pilsudski, todos os partidos políticos foram obrigados a "solidarizar-se" no "Campo da Unidade Nacional". Logo em seguida, consideraram que os judeus não faziam parte da nação polaca. Assim, o governo possibilitou o terrorismo anti-semita. E diziam nos jornais, nas reuniões e nas escolas polonesas: "Os judeus constituem um grupo de estrangeiros supérfluos que precisam ser eliminados do corpo político da Polônia".

Essas revivências, muitas vezes, iniciavam pela manhã, perpassavam as tardes na lojinha, no jantar e acabavam na cama, onde, com freqüência, Moisés continuava falando e Fany adormecia.

— Você já está dormindo, Fany?

Não havia resposta. Só um ronco sonoro.

— Coitada, cansou de ouvir as velhas histórias da velha Polônia, que já devo ter repetido milhares de vezes. Mas não importa. Como diz o samba que meu filho mais velho costuma cantar: "Recordar é viver, eu ontem sonhei com você", minha velha Polônia. Meu passado é minha vida. Lá ficaram muitas tristezas, mas também muito amor e esperança, deixando, creio, uma doentia saudade que marcou meu peito e minha mente, apesar dos desígnios indeléveis à mercê dos outros.

Moisés, tomado por irresistível sono, fez quase que balbuciando a reza da tarde, que havia esquecido.

III

Moisés já se aproximava dos noventa anos e sua mulher mais de oitenta. Não aceitavam submeter-se à sua idade cronológica. Insistiam em prosseguir sua rotina de vida: passar o dia na lojinha, conversar, repetir dezena de vezes as mesmas histórias para os vizinhos e amigos, para as freguesas e prostitutas compradoras de cosméticos, *lingerie*, lenços e outras miudezas.

O filho economista montou um esquema para que aquele diminuto estabelecimento não desse, pelo menos, grandes prejuízos. *Valia a pena manter os velhos naquela terapia ocupacional, para que a senilidade não avançasse mais depressa,* segundo a orientação da psicóloga, igualmente filha do casal.

Havia condições financeiras de manter uma governanta para os velhos, além de um taxista para levá-los diariamente até a lojinha e uma balconista para ajudar no atendimento aos fregueses, na cobranças e nos pagamentos. Porém, os fregueses tornaram-se cada vez mais raros. Podia-se ouvir o vôo das moscas, o virar das páginas dos jornais que seu Moisés ainda tinha capacidade de ler e entender, ou o barulho dos carros que passavam. O diminuto estabelecimento era penumbroso. Somente um facho de luz ajudava a leitura do seu Moisés. Dona Fany ocupava-se em limpar o pó dos plásticos que continham peças miúdas de *lingerie*, blusas e outras mercadorias. Limpar o pó era a única tarefa que podia desempenhar. Distraía-se com esse trabalho, cantarolando velhas canções de ninar ou cantigas de sua mocidade. Os dias decorriam, ao léu da paz ou interrompidos por novidades das manchetes lidas pelo esposo em voz alta e rouca, se as notícias fossem empolgantes.

Mas as preferências eram voltadas às recordações.

Quebra da monotonia mesmo foi quando, repentinamente, compareceu uma senhora um pouco além dos quarenta, embora aparentasse pouco mais de trinta. Alta, rechonchuda, equilibrando-se em sapatos de saltos muito altos, sorridente, bem maquiada, exalando um perfume agressivo, olhos expressivos, penteado de quem nunca sai do cabeleireiro, colo abundante, seios ostensivos num decote desavergonhado, quase mostrando os mamilos, que transpareciam em seu vestido colante, denotando as curvas excitantes de seu corpo e dentes como pérolas sempre à mostra. Sua presença exuberante assustou dona Fany. E, quando essa madame pronunciou: Senhor Moisés!, Dona Fany teve um tal chilique que perdeu, repentinamente, sua carga de oito décadas, saiu quase que correndo de trás do balcão e disse aos berros: "O que a senhora quer com meu marido? De onde a senhora o conhece?"

De fato, sua reação se justificava. Tudo indicava que não se tratava de uma freguesa qualquer. Como é que aparece, de repente, já sabendo o nome do marido? E por que aquele olhar malicioso e tanta coquetice, além do rebolado para dirigir-se ao Moisés? E por que um sorriso tão exagerado?

— Moisés, diga a verdade, essa dona andou comparecendo aqui enquanto eu preparava seu lanche lá em casa? – berrou dona Fany.

— Calma, calma, Fany, é a primeira vez que vejo essa senhora. Qual é o nome da madame? – perguntou Moisés com reverência e com ego satisfeitos por receber olhares tão significativos.

— Sou madame Lolita – respondeu a inesperada, mantendo seu sorriso dadivoso, sem alterar-se com a reação de Fany. – Não se assustem, não sou fiscal de renda, ou da Prefeitura.

– Não estamos assustados. Nada devemos – respondeu Moisés, com certa agressividade.

— Senhor Moisés, sou madame Lolita, eis meus documentos, já fui professora de curso primário, hoje não exerço minha profissão.

— Se a senhora veio pedir alguma contribuição, errou a porta.

— Não, senhor Moisés. Nada disso. Eu vim propor-lhe um negócio.

— E que negócio a madame quer com meu marido? – perguntou Fany, empinando seu peito raquítico, encarando aquela madame altiva e enorme.

— Calma – gritou Moisés. – Vamos ouvir com paciência dona Lolita. Pode ser que tenha algum negócio interessante... Se a senhora quer comprar esta loja, é perda de tempo, pois ela é nosso único meio de vida.

— Nada disso, seu Moisés. Venho lhe propor uma maneira de melhorar seu estabelecimento.

— Não é venda de droga?

— Seu Moisés, tenha calma. Meu negócio é honesto.

Moisés se acalmou, mas continuou tão desconfiado quanto sua mulher.

— Primeiro me diga como a senhora chegou até aqui e de onde sabe meu nome.

— Cheguei até aqui e sei seu nome por informação de uma das "meninas" que costuma comprar aqui em sua loja. Ela teve uma idéia muito interessante, é por isso que venho propor-lhe um bom negócio.

— Então diga logo o que é esse "negócio".

— Agora, sim, estamos no bom caminho. O senhor sabe, seu Moisés, que as "meninas" que vêm aqui para fazer compras são muito pobres, porque têm pouco juízo. Gastam demais e não pensam no dia de amanhã. Não é sempre que vão continuar gostosas e jovens. O senhor sabe disso e dona Fany também.

— Isso não me interessa. Se a senhora quer me proibir de vender para elas, nada feito. Aqui quem entra tem o direito de comprar se pagar. E não vendo a prestação.

— Nada disso, seu Moisés. Preste atenção. As minhas "meninas", as mais novatas, são geralmente procedentes do interior. Quando elas vêm trabalhar...

— Trabalhar? A senhora chama isso de trabalho? Deitar por dinheiro?

— Seu Moisés, em muitos países deitar na cama por dinheiro é uma profissão legalizada, como outra qualquer. Mas não é isso que lhe deve interessar. Como ia dizendo, as meninas do interior ainda vêm com aquelas calcinhas horríveis de algodão que vão quase até o joelho, que mais parecem ceroulas. Calcinhas assim tiram o tesão até de um garoto.

— Faça o favor de falar com mais respeito na frente da minha esposa.

— Desculpe, quero dizer que calcinhas parecidas com ceroulas impedem até a líbido dum adolescente.

— Não entendo disso, nem quero entender. Eu só quero é vender calcinhas. Nada mais me interessa, dona Lo... Lo...

Uma Loja Imaculada

— Madame Lolita, seu Moisés. O negócio é convencer as meninas, caipiras, a comprarem uma bela *lingerie* para despertar maior desejo nos homens.

— Já disse que isso não me interessa. Mas se a senhora quer comprar calcinhas rendadas para elas eu vendo todo o estoque, mas à vista.

— Como eu disse, não é só isso. Compreenda, seu Moisés, os fregueses das meninas querem ver elas vestirem calcinhas *sexy*. Diante disso, uma delas teve uma boa idéia. Depois do ato, elas pretendem pedir ao freguês que as presenteie com uma nova *lingerie*. E, se eles concordarem, elas vêm aqui, compram acompanhadas do freguês ou não, mostram-lhe as peças compradas para comprovar a aquisição. Como muitos de seus fregueses concordaram em presenteá-las, não é possível que fiquem comprando várias vezes por dia novas calcinhas. Isso acarretaria um estoque enorme e jamais iriam usar tantas. O senhor há de compreender que um *strip-tease* com calcinhas caipiras de algodão grosso dá pena e não ajuda a despertar muito desejo...

— E que tenho eu com isso, madame Lolita?

— Tem a ver sim, pois a idéia seria elas comprarem do senhor pelo preço que o senhor vende, depois devolveriam a mesma peça, e o senhor reembolsaria só a metade do dinheiro que cobrou no ato da venda. Isso lhe daria maior lucro, não haveria necessidade do senhor manter grandes estoques, aliás impossível nesse espaço pequeno de sua lojinha.

— Nada feito, madame Lolita. Moisés não vai viver de explorar "meninas".

— O senhor não vai explorar "menina" alguma. Elas não vão dividir com o senhor o que ganham na cama. Só lhe darão lucro na venda e revenda das mesmas mercadorias. E assim o senhor permite que elas ganhem um pouco mais, pois em vez delas dizerem que pagaram dez pela mercadoria, dirão que pagaram vinte. De modo que recebem o dobro e o senhor ganha mais cinco em cada peça, além do lucro que o senhor já aufere.

— Não gosto de negócios com mulheres da vida.

— Mas o senhor já faz negócios com elas o tempo todo. E ademais, o senhor mesmo já disse: quem entra aqui é somente "o freguês", seja lá quem for. O senhor nada tem a ver com a vida delas. Negócio é coisa à parte.

— Está certo, Moisés, negocio é negócio – disse surpreendentemente dona Fany.
— E você já está de acordo, Fany? Eu ainda não – disse Moisés, emburrado.
— Moisés, vamos conversar a sós lá no cantinho.
— Com licença, madame Lolita.
— Pois não, seu Moisés.
Os dois foram ao canto e cochicharam:
— Moisés, o negócio da madame é bom. Vamos aceitar. Não precisamos empatar nada, aumentaremos nossos lucros, sem riscos. Além disso, quero um carro só para nós e um motorista para o dia inteiro para visitar os netos, e quem sabe um apartamento só para nós no Guarujá. Vale a pena, Moisés.
Terminada a "consulta", ou melhor, o cochicho, Moisés anunciou:
— Negócio fechado, madame Lolita. Mas tem um detalhe: eu não aceito devolução de mercadoria que já foi usada, mesmo que só uma vez. Se abrir o lacre do plástico, também não troco.
— Então podemos fazer o seguinte: na primeira vez as meninas compram duas peças iguais. Uma, servirá para mostrar sempre a mesma peça, provando, de mentirinha, ao freguês, que compraram a mercadoria. E a outra, ela devolve e o senhor paga a metade que ela já havia pago. Com elas, é claro, fica o excedente que cobraram.
— Tá bem, dona Lolita. Mais uma coisa: a senhora sabe que nós, judeus, gostamos muito de fazer perguntas.
— Pode fazer.
— A senhora disse que é professora. Por que "trabalha" com estas "meninas"? Não gosta da sua profissão?
— É uma história muito longa, mas eu resumo: fui professora durante alguns anos. Depois, fui envolvida por um espertalhão que me levou por maus caminhos, conseqüentemente tornei-me prostituta de luxo porque, lá no fundo, odeio a pobreza. Mas, sempre soube ser precavida e tirar vantagem das circunstâncias. Depois, com muitos amantes, comida boa em restaurantes de luxo, fui engordando, engordando, os clientes me trocaram por amantes mais novas, e concluí que até sexo, quando mercadoria, é mais vantajoso no atacado. Então, resolvi ligar-me ao sexo de alta rotatividade. Isto é, sexo popular, sem luxo, o rapidinho. E agora oriento essas "meninas" a tirar

algumas outras vantagens para garantir o seu futuro. Tudo para o bem delas.

— Para o bem, na cama, com muitos?

— Seu Moisés, muitas coisas na vida são inevitáveis. Às vezes é apenas uma porta que se abre e é só por aquela que devemos passar. Devemos, portanto, aproveitá-la.

— Não estou de acordo, madame Lolita. Existem outras portas que podemos abrir quando almejamos uma vida digna.

— Não vamos discutir dignidade, pois todos estamos envolvidos com coisas que não são lá muito dignas. Por isso é melhor sermos amigos em nossos negócios e só. Se questionarmos muito nossa dignidade, é melhor o senhor ir para uma sinagoga e eu para um convento.

IV

A lojinha prosperou com uma rapidez assombrosa. Puseram luminárias novas e mais potentes, acabando com o ambiente penumbroso. Dona Fany passou a dar ordens ao motorista de seu carro importado. Visitava os filhos e netos diariamente. Moisés trocou a velha e desgastada poltrona cheia de rasgos por uma moderna com rodinhas, além de comprar uma escrivaninha especial para suas leituras. Continuou, entretanto, a fechar a lojinha às sextas-feiras à tarde, para não ferir o *Shabat*. Se a lojinha estivesse lotada de compradoras, pedia:

— Senhoritas, precisamos fechar imediatamente. Se quiserem, podem voltar na segunda-feira.

Mas como é que as "meninas" iriam voltar na segunda-feira se o movimento, nos prostíbulos, era intenso nos fins-de-semana? Então compravam mais de uma peça, jogavam o dinheiro no único balcão, saíam correndo sem esperar que fizesse o embrulho. Outras vezes, dona Fany oferecia-lhes um pedaço de papel para que embrulhassem, elas mesmas, as compras. Tudo para agilizar o atendimento. Muitas vezes, mais de trinta "meninas" se acotovelavam no diminuto estabelecimento. A prosperidade deslanchava com tamanho ímpeto, que Moisés já pensava em reaver as outras duas lojas contíguas que havia alugado. Mas os dois inquilinos não aceitaram. E assim, a lojinha continuava atulhada de "meninas" que compravam e devolviam, que devolviam e compravam muitas calcinhas *sexy*, que o filho economista fornecia, pois passou a fabricá-las, dada a intensificação das vendas e auferir, assim, maiores lucros.

Madame Lolita vez ou outra também passava para cumprimentar o seu Moisés e dona Fany. Numa dessas visitas, fez uma compra enorme. Teve de esperar alguns dias para levar a mercadoria, pois o estoque era insuficiente para atender sua demanda.

— Mas por que comprou tanto, madame Lolita? – perguntou Moisés, curioso e feliz pela venda.

— Eu abri mais um ponto para as "meninas" lá de Campinas. Resolvi dar maior oportunidade de ganhos, também, às "meninas" de lá, fazendo o mesmo tipo de negócio com as benditas calcinhas.

— E por que não compra calcinhas lá mesmo em Campinas?

— Senhor Moisés, pelo fato do senhor ser bom e honesto, eu lhe conto a verdade: não compro lá porque não encontrei calcinhas tão graciosas como as que o senhor vende e, sendo com um preço melhor, por que haveria de trocar de fornecedor?

— Mas vou ter de aumentar o preço por causa da inflação.

— Eu já estava esperando isso. Mas sei que o senhor não vai abusar.

— Desculpe, madame Lolita, a senhora deve ganhar bem. Por isso não discute preço comigo.

— Sim, como já lhe disse: tudo, no atacado, dá maior lucro. Tanto em venda de mercadoria como em venda de sexo. Aliás, há muito tempo concluí que tudo é comércio. Tem muitas mulheres que se vendem ao próprio marido, porque não têm coragem de deixá-lo, mesmo quando não estão satisfeitas. Aí está o comércio a varejo.

— Não concordo. Eu vivo com minha Fany há pouco mais de sessenta anos e somos felizes.

— Desculpe, eu estava me referindo às mulheres insatisfeitas e não à sua amada Fany. Seu Moisés, vamos falar do nosso comércio. Quero lhe fazer mais uma proposta: no dia que o senhor estiver cansado de tocar essa sua lojinha, fale comigo que a compro com o estoque e o prédio à vista.

— Se um dia eu resolver livrar-me da loja falo com a senhora.

V

O tempo e o ramerrão seguiam seu curso, porém em constante ascensão. O movimento da lojinha chegou a determinar uma nova feição àquele trecho da Rua Mauá. Dois hoteizinhos foram arrendados por madame Lolita, que mandou pintar as fachadas de cor ocre avermelhado. Os barzinhos adjacentes tiveram melhora em seu movimento, os policiais que perseguiam as prostitutas tornaram-se mais licenciosos, devido às propinas de madame Lolita, as "meninas" estavam organizadas e solidarizadas, como se pertencessem a um sindicato, e passaram a freqüentar postos médicos, pagando uma pequena taxa para serem atendidas com uma medicina preventiva às doenças sexualmente transmissíveis, como se fosse numa espécie de convênio. Assim, Lolita era líder inconteste das "meninas", que a tratavam de "mãezinha".

Os políticos, à caça de votos, passaram a dar grande importância ao contingente de "meninas" que, por sugestão de madame Lolita, poderiam tornar-se os melhores cabos eleitorais. Pudera, com tamanha clientela de "meninas" e seus milhares de clientes, dizia madame Lolita:

— O voto sexual é voto certo. E, com esse argumento, obtinha vantagem permanente de não molestarem e, sim, protegerem as "meninas", garantir matrícula nas escolas aos filhos das "meninas-mães", garantir licença maternidade através dos fundos de poupança acumulada para as que, por descuido, engravidavam; obtenção de carteira de trabalho em oficinas de costura (fictícias), para que algumas delas pudessem dizer em casa que trabalhavam como operárias, em *taxi-dancing* ou em outras atividades, para que assim pudessem garantir uma aposentadoria. Madame Lolita pensava, realmente, em tudo.

VI

Numa certa tarde, o filho mais velho de Moisés, o economista, compareceu quando baixavam a porta do estabelecimento e disse ao pai:

— Precisamos conversar. Ainda bem que mamãe não está presente.

— O que está acontecendo? – perguntou Moisés, visivelmente empalidecido e amedrontado.

— Pai, o senhor sabe que sempre fui um simpatizante da esquerda.

— O que foi, filho? Será que você foi delatado?

— Nada disso, pai.

— Lembre-se que a Inquisição também já existiu aqui no Brasil. Sabia que no tempo do Estado Novo, quando o ditador Getúlio Vargas se aliou aos nazistas e aos integralistas, eu já pensava em fazer nossas malas para sairmos daqui, como no tempo da velha Polônia? Só que não sabia para onde poderíamos fugir, pois as ditaduras se espalharam por toda a América Latina. Ainda outro dia revi um artigo do historiador Gustavo Barroso que, em 1937, instigava o anti-semitismo. Guardei bem o nome dele.

— Pai, agora não há nada especificamente contra os judeus.

— Mas ouvi dizer que mataram um jornalista judeu.

— O Vladimir Herzog. Não foi por ser judeu que o mataram, mas por ser comunista.

— Mas foi o primeiro que mataram.

— Não foi o primeiro. Mataram também outros que não eram judeus.

— Mas por que esse mistério, temendo que mamãe o ouça?

— Pai, eu sou amigo de um velho companheiro do Partido, militante em tempo integral, sem dinheiro, que come e se esconde em casas de simpatizantes. Precisamos mandá-lo para fora do país antes que seja preso ou morto.

— Se precisar de algum dinheiro posso dar, e assim a gente também se livra dele, sem correr perigo de envolverem você.

— Envolvido eu já estou, faz tempo.

— Meu Deus! Para que se envolver com essa gente, ainda agora que você se tornou um industrial, tem responsabilidade familiar, tem filhos e empregados para cuidar....

— Pai, isso tudo não importa.

— Como não importa, seu idiota. Não vê que você corre o risco de perder tudo?

— Pai, o problema é muito sério. Meu amigo corre grande perigo.

— E nós também, se você continuar envolvido com esse comuna.

— Pai, sejamos humanos e solidários com os que lutam por dias melhores. Saiba que essas criaturas também lutam e lutaram para que os judeus não fossem vítimas das ditaduras.

— E o que adianta se agora corremos perigo por sermos judeus como em qualquer ditadura? Já disse, prefiro dar dinheiro e me ver livre de um perigo maior.

— Não precisa desembolsar nada, pai. Só quero que a gente guarde alguns livros e coleções de jornais e revistas que esse meu amigo colecionou, que não devem ser queimados ou jogados em um rio, pois trata-se de valiosos documentos históricos que não podem ser perdidos.

Uma Loja Imaculada

— Você ficou louco de vez. Como é que você pode pôr em risco a loja, a família, sabendo que essa nova ditadura não nos perdoaria?

— Pai, este é o lugar mais seguro, pois jamais alguém desconfiaria que um homem como o senhor, que todos apreciam por sua religiosidade, por levar uma vida pacata vendendo calcinhas, iria ter ligações com comunistas.

— Os comunistas são realmente perigosos. São capazes de tudo para tomar o poder. Jamais permitirei essa loucura.

— Pai, ter a simpatia dos comunistas é mais seguro do que ficar passivo diante da ditadura. Pagamos com um terço do nosso povo por não termos reagido devidamente ao nazismo. Além do quê, precisamos dar nossa contribuição a este país que nos acolheu, onde ficamos a salvo do nazismo. E lembre-se que foi justamente a esquerda que mais lutou para que Getúlio rompesse com a Alemanha nazista e entrasse em guerra contra ela. Também, pai, precisamos parar de nos comportar como eternos estrangeiros.

— Mas como é que você tem a coragem de me jogar na cara que me comporto como um estrangeiro? Não criei meus filhos aqui? Não tenho propriedades aqui? Não falo a língua daqui melhor que muitos natos? Pago impostos, embora não integralmente, mas os outros comerciantes brasileiros fazem o mesmo. Se eu me mantenho neutro é para que não digam: esse judeu se mete em nossa política, se não está contente, que vá embora. E isso já ouvi várias vezes. Aqui em São Paulo, até um nordestino é tratado como um estrangeiro. Mas quando um judeu comete algo em desacordo com o governo, o erro toma dimensões bem maiores. Por isso, não me meto e temo por seu envolvimento. Mesmo assim, o judeu sempre se encontra sob suspeita, exatamente por ser judeu. Vivo há noventa anos sob a acusação de ser um estrangeiro, e isso sempre me amedrontou. São os outros que nos tratam constantemente como estrangeiros. E não somos nós que queremos ser estranhos. E vem você, agora, meu próprio filho, me acusar de comportar-me como estrangeiro? É demais. Nunca pensei em ouvir de você o mesmo que ouvi dos antisemitas lá na velha Polônia.

Lágrimas escorriam pela face diminuta e enrugada do velhinho.

— Será que nesse seu partido também o ensinam a nos discriminar?

Isaac jamais pensou que pudesse magoar alguém, ainda mais seu próprio pai. Era terrificante. Quis dizer algo, mas as palavras ficaram entravadas na garganta. Sua mente fervia, impedindo a concatenação de uma frase que amainasse a circunstância dramática que criara. Mas, instintivamente, abraçou o velho pai e ambos choraram, aliviando a tensão. Foi um abraço silencioso que possibilitou a ambos dizerem algo que vinha do coração:

— Pai, não foi isso que eu quis dizer. Eu quero que ajudemos a resolver um problema que está acima da nossa condição de judeus. Mas saiba, pai, que os comunistas ou os democratas verdadeiros sabem que a ética de um povo se revela conforme sua atitude com um estrangeiro.

— Eu sei, filho. Nem eu quero impedir que você pratique uma boa ação. Para nós, judeus, uma boa ação é fundamental para justificar nossa existência e ganhar as graças de Deus. Isso está na Torá e no Talmud.

Isaac sabia que obtivera o consentimento do pai para guardar os livros subversivos, não por seus argumentos políticos ou ideológicos, mas pela própria ética religiosa que o velho sempre estimulara. Portanto, não poderia entrar em contradição, arruinando sua dignidade diante do filho.

Para que tudo corresse bem e com segurança, Isaac organizou um esquema para acomodar na lojinha o material subversivo. Foi trazendo os livros ilegais aos poucos entre os pacotes de mercadorias. Além disso, teve a idéia de encabeçar cada pacote de revistas, livros e publicações diversas com revistinhas infantis ou revistas pornográficas que seu filho adolescente colecionava, também clandestinamente. O economista, ao descobrir que seu filho era um apreciador de literatura pornográfica, ficou duplamente contente: seu filho estava ficando homem, apesar das tias ainda o colocarem, vez ou outra, no colo. E ficou igualmente contente, pois esse material subversivo misturado com o outro ajudou a disfarçar a literatura comprometedora. Toda essa miscelânea cultural condicionada em pacotes foi acomodada debaixo do balcão de atendimento, e para maior simulação, colocou outros velhos pacotes de livros fiscais e velhos bloquinhos usados de notas ao consumidor, amarrados em muitas pencas, acumuladas por mais de quatro décadas, que ficaram envoltas por uma quantidade de pó tão grande que formavam espessa camada. Colocados por cima do material subversivo poderia se considerar o disfarce ou esconderijo perfeito.

Certo dia, seu Moisés, velho curioso, resolveu apreciar o material explosivo. "Afinal", pensou, "que idéias contêm aqueles livros e materiais que podem levar aqueles 'vermelhos' a arriscarem a vida e se dedicarem tanto?". Para satisfazer sua incontrolável curiosidade, e não havendo possibilidade de ler o material na loja, colocou um dos pacotes, o menor deles por ser o menos pesado, num saco de lixo e depois o envolveu em um pano de pratos, como se fosse o embrulho em que sua mulher trazia a refeição. Com esse disfarce entrou tranqüilo no carro e, de madrugada, em sua casa, enquanto a esposa dormia seu sono angelical, Moisés abriu o pacote. Foi uma detonação. Deparou-se, ao folhear pequenas brochuras, com desenhos de total obscenidade, as mais desavergonhadas possíveis. Nas legendas dos diálogos encontrou as palavras mais reles que podiam enrubescer os mais desbocados. Puxou as revistas da parte de baixo do pacote e deparou com várias delas com mulheres nuas. "É isso que meu filho chama de idéias revolucionárias... Vai ver que ele anda se masturbando depois de maduro, apesar de ter uma mulher tão linda e dedicada. Vai ver que é madame Lolita que o está levando para o mau caminho. Afinal, aquela Lolita é envolvente e profissional do sexo. Com certeza ela deve fazer coisas na cama que minha nora não sabe fazer... Que Deus me perdoe por tê-lo apresentado a essa prostituta desavergonhada". Não resistiu ao desespero e ao insuportável sentimento de culpa. Ligou para o filho. E com voz em extrema surdina disse:

— Isaac, faz tempo que você tem intimidades com aquela vaca da Lolita?

— Pai, não estou entendendo. – O coração acelerado: – Está acontecendo algo com mamãe?

— Não, meu filho, sua mãe está bem, graças a Deus. Acabei acordando sua mulher com este telefonema?

— Não, pai, ela está dormindo.

— Então preste atenção à minha pergunta. Você anda saindo com a Lolita, aquela vaca?

— Que pergunta mais louca! Você está bem, papai?

— Por que agora: pa-pa-i. Por que você não diz só pai, como sempre? Sua consciência o está acusando de alguma coisa? Eu entendo. Traindo sua mulher a essa altura da vida?

— Pai, eu já vou até aí. Você não está normal. Mamãe está perto de você?

— Estou bem. Não tenha receio, a Fany está dormindo, fungando e roncando. Não é capaz de sentir nem ouvir um terremoto, graças a

Deus. Seria o fim do mundo se ela soubesse de sua loucura. Filho, se você tem alguma coisa com aquela vaca a gente dá um jeito. Não vou admitir que você desmorone seu lar.

— Pai, são quatro horas da manhã. Deus queira que não seja um pesadelo que estou tendo.

— Não é pesadelo algum. Não tente disfarçar. Você não me engana. Por que não responde a minha pergunta?

— Como é que o senhor quer que eu responda a uma pergunta tão absurda?

— Tá vendo? Você não respondeu de imediato, mas entendeu o que perguntei. Não é, portanto, um pesadelo, e percebo que o medo domina você por inteiro.

— Meu único medo é que o senhor tenha enlouquecido.

— Quer me fazer de louco para que eu não perceba o que está acontecendo? Seu cínico, ingrato de miolo mole.

— Pai, pare com isso. Eu vou até aí.

— Não. Não venha agora, pois sua querida mulher pode desconfiar. Tá vendo, eu ainda sei raciocinar para compensar sua loucura. Amanhã passe na loja, diga que você vai me mostrar o andamento da construção de sua casa. Assim poderemos conversar, seu maluco.

Moisés bateu o telefone sem esperar outra resposta.

Isaac compareceu à loja conforme o combinado. Já no caminho, Moisés iniciou a conversa em altos brados:

— Por sorte, aquela Lolita não apareceu hoje para fazer compras. Eu a estava esperando com uma vassoura nas mãos.

— O que o senhor diria a ela para justificar uma agressão? – perguntou Isaac, tentando estimular um pouco de ponderação ao pai, tresloucado de ódio.

— Não tenho nada para justificar diante de uma prostituta que desandou com meu filho, arruinando um lar.

— Pai, acalme-se, pelo amor de Deus. Se Lolita é aquela morena bonita que compra calcinhas na loja, saiba que jamais conversei com ela. Só a cumprimentei quando o senhor me apresentou a ela. Fiquei contente por ela comprar bastante e somente do senhor.

— Não vai me dizer que ela nada tentou com você. Um homem bonito e rico. Essas vacas sabem muito bem onde e o que buscar. Eu vi com esses meus olhos como ela admirava seu porte. Ela tinha um olhar brilhante de, como ela costuma dizer, tesão. E você ainda acaba de afirmar que ela é bonita, mas tem medo de dizer que ela é também gostosa.

— Não digo isso porque não experimentei. E o senhor também não pode dizer, pois tenho certeza que também não experimentou.

— Tá vendo como você tem a mente suja? Foi ela que deu aquelas revistas pornográficas?

— Pai, aquelas revistas pornográficas são para despistar aquele material ilegal.

— Mas o único material ilegal que vi são mulheres nuas, posições sexuais que nunca imaginei e palavras que nunca pensei que alguém teria coragem de escrever.

— Ainda bem que o senhor não viu a literatura ilegal. Significa que a camuflagem pode funcionar.

— Mas me diga, onde que você conseguiu aquelas sem-vergonhices?

— Com Saul, meu filho, seu neto.

— Meu Deus, será que ouvi direito? Meu neto, que fiquei preparando durante um ano para o *Bar-Mitzvá*[5] com o mais conceituado rabino de São Paulo, numa comemoração onde gastei mais de cinqüenta mil. E, agora, em vez de continuar lendo a Torá, está lendo pornografia e você ainda se conforma com isso? Estou vendo que seu lar já desandou. Que vergonha! Que vergonha! Se sua mãe souber disso, ela morre.

— Pai, nada desandou. Seu neto é tido como um dos melhores alunos, está terminando precocemente o segundo grau, já fala inglês, já leu mais clássicos de literatura que eu li em toda a minha vida.

— É? Eu não sabia que os clássicos agora são mulheres peladas com linguajar escabroso.

— Pai, meu filho, seu neto, é um bom menino. Respeitoso, consciente de suas obrigações, ávido de saber e, se comprou aquelas revistinhas, foi pela necessidade de se masturbar. E eu tenho de fingir que não vejo, para não criar nele qualquer sentimento de culpa.

— Tá vendo? O próprio pai finge que não vê as porcarias que o filho faz e ainda deixa que ele use, sordidamente, o dinheiro da mesada.

— Primeiro, ele tem aulas de educação sexual na própria sala de aula. Segundo, ele tem abertura para falar comigo tudo que quiser sobre sexo

---

5. Lit. em hebraico, filho do mandamento. Solenidade pela qual o rapaz judeu, aos treze anos, ingressa na maioridade religiosa, daí em diante responde por tudo perante Deus.

e por isso não temo que meu filho fique desinformado, correndo riscos que o sexo o perturbe, especialmente em sua adolescência. Pai, diga a verdade, o senhor, quando menino, nunca se masturbou?

— Uma só vez ou, quem sabe, duas. Eu tinha muita necessidade, mas tinha medo, porque um amigo meu confessou que se masturbou e levou cinqüenta palmadas de palmatória na mão esquerda, porque o professor lhe perguntou com que mão ele se masturbava, e ele respondeu que era com a esquerda. Na época, achei esquisito ele ser canhoto só para se masturbar. Mentiu, porque ficou com medo de não poder escrever com a direita se apanhasse nela. A mão em que apanhou ficou infeccionada e demorou meses para sarar. E sabe como o professor descobriu?

— Não.

— Quando ele achou dentro do caderno daquele menino um desenho de menina nua. E o professor perguntou quem fizera o desenho. Ele disse que fora ele mesmo, porque não queria prejudicar seu irmão mais velho, que realmente havia desenhado a peladinha. Em seguida, perguntou se ele se masturbava. Ele respondeu que sim. Daí, o professor pegou a palmatória e disse para ele estender a mão. Ele estendeu a mão esquerda e o professor perguntou: é com essa mão que você se masturba? Ele respondeu que sim. Então você é canhoto só quando se masturba? – perguntou o professor.

— Tá vendo, pai, a hipocrisia fez o senhor sofrer, em vez de receber esclarecimentos e ajuda para viver sem complexos.

— Espero que para esclarecer melhor meu neto você não o leve a uma prostituta. Por isso que não quero que você o leve até a loja, para que ele não olhe aquelas "meninas", que ficam quase mostrando as calcinhas em plena rua. Com tanta necessidade e de tanto olhar, ele pode pegar uma sífilis.

— E se ele perguntar se aquelas calcinhas foram vendidas pelo senhor, qual deve ser a resposta?

— Cada um faz o que quer com a mercadoria que comprou.

— Infelizmente, não chegaremos a um ponto em comum. Se o senhor está mais calmo, é o que basta.

De fato, o velho estava mais calmo. Voltaram à loja e as contradições continuaram a sobreviver, embora encobertas pela dissimulação, mas em plena paz cordata.

VII

Ao sentar na sua nova poltrona de rodinhas, junto à escrivaninha moderna, Moisés se acomodava como num trono, quando surgiu Lolita, como uma aparição encantada, na soleira da porta, com aquelas paradinhas artísticas e sensuais, ora de frente, ora de lado, salientando seu dotes de curvas provocantes, com aquela beleza jambo e aquela alegria exuberante, muito segura de si, gesticulando, rebolando a cada passo, como Carmen Miranda quando cantava "Chica-Chica-Bum".

— Meu caro amigo Moisés. Já passei pela manhã e senti, sinceramente, sua falta.

— Obrigado, minha cara Lolita. Seja bem-vinda. O que é que a senhora precisa?

— Preciso de mais duas mil calcinhas. Ando vendendo para todos os puteiros de Campinas.

— Por que a senhora fala de maneira tão... tão...

— Tão grosseira é o que o senhor quer dizer? Então, prostíbulos, casas de alegria e tolerância, lupanares etc. etc. Besteira, seu Moisés, as palavras são boas quando expressam a verdade. O resto é enfeite, demagogia ou, também, hipocrisia. O bom para o senhor é que quero duas mil calcinhas para amanhã. Pode ser?

— Tá certo, madame Lolita.

— Já deixo pago.

— É assim que se fala, madame Lolita.

— Seu Moisés, será que seu filho...

O coração do velho acelerou-se repentinamente.

— O que é que a senhora quer com meu filho?

— Nada quero com seu filho. Só saber se ele tem condições de fabricar muito mais.

— Se é só isso que a senhora quer saber, eu lhe garanto que sim.

— É só isso. Que mais poderia ser, seu Moisés?

— Nada mais, porque pensei que a senhora não me queria mais como intermediário.

— Se o senhor ganha altas comissões das vendas do seu filho, eu passo a comprar diretamente dele. O importante é ter um preço bom.

— Nada disso, madame. Eu não faria isso com meu filho. Mas como é que a senhora passou a vender tanto?

— Já lhe disse, abri mais três filiais, e com belas "meninas". Além disso, organizei um grupo de moças, que, às vezes, também são "meninas", que vendem as calcinhas de porta em porta, ou nos puteiros, aliás, desculpe, nas casas de tolerância ou lupanares, como queira o senhor, seu Moisés.

— Desculpe, madame, mas certos detalhes não me interessam.

— Foi o senhor quem perguntou, e como eu gosto de ser didática, explico. Mas eis aqui o dinheiro pelas duas mil calcinhas. Pode contar.

Moisés passou a conferir o dinheiro.

— Dinheiro foi feito para ser conferido. Amanhã a senhora pode vir buscar a mercadoria.

— Seu Moisés, não esqueça que eu pretendo comprar sua lojinha. Por que o senhor não vende e vai gozar o resto de sua vida?

— Não vendo porque tenho uma freguesa como a senhora.

— Seu Moisés, tome cuidado com as coisas que o senhor diz. Podem interpretá-lo mal.

— Como assim?

— Podem pensar que o senhor tem algum interesse extra-comercial comigo. Será que por acaso tem?

Moisés ficou rubro.

— Nada disso, madame, não me leve a mal, pelo amor de Deus. Eu quero sossego. Não alimento sonhos impossíveis.

Lolita achou muita graça na resposta e percebeu que abalara a velha e frágil estrutura psicológica do pobre Moisés, alterando seu estado de espírito. Deu uma sonora gargalhada e acrescentou:

— Seu Moisés, o senhor é um amor de velho e ainda se comporta como um adolescente que se perde diante de uma mulher.

Moisés baixou os olhos, tornou a enrubescer e, numa risadinha nervosa, gaguejou:

— Até-té-té lo-lo-go, ma-ma-ma-da-da-me – e estendeu sua mão suada e fria, mas sentiu a mão quente e macia de Lolita, e ela segurou a sua por segundos demasiados, sorrindo ostensiva e maliciosamente.

VIII

Tudo estava às mil maravilhas naquele oceano de harmonia, de rosas e de alegria estável. Tudo funcionando a contento em todos os sentidos: lucros sem dívidas, freguesia cativa e constante, comida para satisfazer qualquer gula, harmonia familiar com amor em abundância, viagens bem programadas, desejos satisfeitos sem pecados – pelo menos os eticamente permitidos – netos encantadores, estudiosos e respeitadores; esposas dedicadas e tudo o mais de bom que pudesse se efetivar na longevidade do nosso querido Moisés. E, por isso mesmo, nosso velhinho passou a viver sob receios e questionar sua consciência. "Será que mereço tanto, meu bom Deus? Será que meus pecados, embora passageiros, na realidade quase ingênuos, foram totalmente perdoados? Será que nunca esqueci de *Minchá*?[6] Será que pratiquei *Mitsvá*[7] suficiente para merecer tanta generosidade de Deus? Acredito que preciso rever minhas atitudes antes que seja tarde. Temo morrer sem redimir-me devidamente. Quero uma redenção digna de um bom judeu. Consultarei um rabino. Mas, qual rabino? Sim, um rabino. Um rabino que não exija demais de mim. Mesmo porque o que eu tenho já passei para os meus filhos. Se a redenção for um preço alto, não terei como corresponder às dádivas de Deus. Sei que nunca fui um *Tzadik*[8], mas também nunca fui um devasso".

Moisés passou a viver um tormento, cuja razão plausível lhe era desconhecida. Vasculhou seu passado, seu presente e só deparou com pequenos pecados imaginários, mas que nunca chegara a praticar. "Será que Deus nos castiga por maus pensamentos, ou será que não pequei por falta de coragem? E isso equivale a um pecado efetivo? Só uma vez pensei em possuir a mulher de um amigo, mas logo me contive, percebendo como seria nocivo para os três, embora sentisse que era o desejo dela também. Concluí, na época, que Deus haveria de considerar-me como um homem com ética, incapaz de desrespeitar qualquer um dos Dez Mandamentos. Portanto, creio que optar pelo bem já é o caminho de Deus".

E, assim, Moisés seguiu pesando seu atos na temida "balança Divina" e concluiu que não tinha competência para tanto. "Só um rabino poderá ajudar-me na redenção".

---

6. Lit. oferenda. Prece vespertina, antes do pôr-do-sol.
7. Mandamento, dever moral, boa ação.
8. Devoto, justo, santo. Título geralmente dado a rabis hassídicos.

IX

O movimento da lojinha era tal que parecia um pequeno comício permanente naquele espaço diminuto. Era um tumulto que chamava atenção dos transeuntes e, certo dia, um fiscal estadual e outro federal, que trabalhavam em dupla, resolveram entrar no diminuto estabelecimento que, havia cinco anos ou mais, não era fiscalizado. Dois velhinhos tomando conta do comércio de uma só porta, que até então estava geralmente vazia, não estimulava ou quase não justificava fiscalização. "São dois 'coitados', pensavam, não vale a pena molestá-los. Os custos de uma fiscalização não compensariam ao Fisco. Melhor fisgar peixes mais graúdos". Mas agora, uma lojinha bem iluminada e com tantas "meninas" se acotovelando, vale a pena, concluíram os dois fiscais, sedentos de multas. Forçando a entrada com seus ombros, como se fossem cunhas, conseguiram chegar junto ao balcão, e foram logo perguntando:

— O senhor vende sem nota fiscal?

— Não dá tempo de fazer uma notinha, como os senhores estão vendo. Elas pagam e saem correndo sem pegar a nota ao consumidor.

Os dois fiscais deram uma sonora gargalhada.

— Quer dizer que o senhor não dá nota fiscal, porque as freguesinhas saem correndo e por isso se dá ao direito de enganar o Fisco, prejudicar a arrecadação, prejudicando o país?

— Quando eu fecho a loja e as "meninas" vão embora eu faço algumas notas.

— E o senhor se lembra quantas calcinhas vendeu?

— Sei porque minha mulher conta todos os dias o estoque que restou.

Os dois riram.

– Qual é o seu nome? – perguntou um deles.

— Moisés – Estava muito pálido.

– Nome bíblico, seu Moisés. Vejo que o senhor costuma ler. Que livros são estes que estão aí na ponta do balcão. São duas bíblias, por acaso?

— Uma Bíblia e um livro de contos talmúdicos.

— Seu Moisés, peça às "meninas" que evacuem a loja.

De repente, entre as "meninas", surgiu uma líder, que gritou:

— O senhor quer que a gente faça o quê na loja?

— Que evacuem imediatamente.

— O senhor acha que a gente vai fazer uma coisa dessas?

— Você não está entendendo, menina, estou pedindo para saírem da loja – gritou.

— *Nóis* estava entendendo outra coisa. Mas quem manda aqui é o seu Moisés.

— Seu Moisés, por favor, mande que saiam da loja. Com esse tumulto, não é possível a gente conversar.

Moisés estava com receio de ficar sozinho. "Pode ser um assalto. Por que não se identificam?", pensou.

— Elas têm o direito de ficar o tempo que quiserem.

— Mas, com elas aqui dentro, não dá pra conversar e trabalhar.

— Trabalhar?

— Sim, trabalhar, sim. Pois queremos ver e conferir os livros.

Um medo aterrador empalideceu ainda mais o pobre Moisés. Suas pernas não o sustentavam. Largou-se sobre a poltrona como se fosse desmaiar. Diante do tremor quase epiléptico do pobre velhinho, os fiscais ficaram preocupados, e tentaram acalmá-lo:

— Seu Moisés, não fique nervoso. Somos apenas fiscais e só queremos ver os livros.

— Mas deixem as "meninas" ficarem aqui. Não precisa que fiquem todas, só algumas.

— E para quê? O senhor nada tem a temer. O senhor é um homem que lê a Bíblia, o Talmud, é com certeza temeroso a Deus. Um senhor de total lisura precisa de umas moças desse tipo para ajudá-lo? Ajudá-lo no quê?

— O senhor, seu fiscal – disse a líder – está passando dos limites. Se o senhor quer lisura, tem aqui – e levantou o diminuto saiote, mostrando as nádegas.

Daí seu Moisés perdeu a palidez, ficou repentinamente rubro, milagrosamente recobrou as energias e gritou:

— Ponham-se todas para fora. Fora! Fora!

E a líder retrucou:

— *Nóis* sai, seu Moisés. Mas *nóis* fica na porta, pra ver se esses fiscal *faiz* alguma coisa no senhor. O senhor é um homem bom. *Nóis* defende o senhor.

Um pouco aliviado, Moisés perguntou:

— Que livros os senhores querem?
— Ora, que livros! Livros fiscais, é claro. Não há de ser livros de sacanagem. Aliás, próprios para este ambiente cheio de putinhas.
— Senhor fiscal, peço que o senhor mantenha o respeito aqui na minha loja.

Os fiscais soltaram mais uma sonora gargalhada, mas Moisés continuou:

— Elas são fregueses como qualquer um. Se os senhores quiserem comprar calcinhas, também lhes vendo.
— Não nos compare e chega de conversa mole. Mostre-nos os livros.
— Que livros?
— Outra vez que livros? Os de sacanagem também, seu Moisés.
— Eu só mostro os livros fiscais. Os outros não.

Gargalharam novamente.

— Vai ver que o homem tem livros sacanas – disse um deles. – Mostre, queremos ver.

Moisés pôs sobre o balcão dois pequenos pacotes de livros fiscais, com tamanha quantidade de pó que lembravam aqueles feltros grossos, envolvendo os pacotes. Quando os fiscais se aproximaram para a averiguação, Moisés resolveu assoprar para tornar visível o conteúdo. O pó levantado formou uma nuvem escura que deixou os ternos pretos dos fiscais acinzentados e seus rostos tornaram-se máscaras como nos filmes de horror.

As meninas, lá de fora, contorciam-se de tanto rir, diante daquele espetáculo inusitado.

Os fiscais e seu Moisés tiveram acesso de tosse. Saíram da loja para tomar ar e foram até um barzinho beber água e limpar a garganta. Ao voltarem para a loja, dona Fany, felizmente, já havia chegado. Tomou conhecimento do acontecido. Acalmou o marido, e quando os fiscais retornaram, pegou uma escova velha parecida com uma vassoura de palha sem cabo e tentou escovar os ternos dos fiscais. Levantou outra nuvem de poeira.

— Chega – gritou um deles, e pediu para que dona Fany abrisse, lá no fundo da lojinha, pacote por pacote, com cuidado para não levantar mais pó, e disse gritando: – A senhora traga para nós o livro de entrada e saída de mercadorias, o livro de termos de ocorrência para lavrarmos nossa presença, o livro do inventário de cada mês, o livro de apuração de ICM, o livro de Inspeção do Trabalho, o livro diário e o talonário.

— Senhor fiscal, eu não vou lembrar disso tudo. Eu vou abrindo os pacotes, tiro o pó e o senhor vai separando o que precisa ver.

— Eu vou passando os pacotes e você abre.

Moisés temia que abrissem um dos pacotes com material comprometedor. Os fiscais iam examinando os livros e ficaram estarrecidos:

— Faz cinco anos que esses livros estão desatualizados.

— O contador morreu há cinco anos.

Os dois balançaram a cabeça e um deles falou:

— O contador morreu e o senhor acha que pode ficar desobrigado com o Fisco? Assim não dá, seu Moisés.

Ao abrir mais um pacote, dona Fany deu um berro, como se tivesse topado com um rato. Moisés havia dado por engano um pacote indevido.

— Que foi, Fany?

Fany passou a sacudir no ar um dos livretos de desenhos obscenos e berrou:

— Como se explica isso, Moisés? Desenhos de sem-vergonhice. Foi aquela safada da Lolita quem trouxe isso para você?

Os fiscais se esbaldaram de rir, pegaram o folheto, riram ainda mais e um deles disse:

— Este é o único livro que está em dia, seu Moisés.

— Não são meus, são do meu neto.

— Muito bem, seu Moisés, tal avô tal neto.

E as risadas continuaram. Até que dona Fany sofreu um ligeiro desmaio. Correrias, gritos e discussões revolucionaram a loja e a Rua Mauá.

Depois de hora e meia, quando o pó, os espíritos e o juízo se acentaram, um dos fiscais disse:

— Seu Moisés, temos de lacrar a porta da sua loja até que o senhor ponha tudo em dia e pague a autuação que vamos lavrar, depois de fazermos os cálculos, que vão demorar um bom tempo. Vamos levar só os livros fiscais. Mas se o senhor quiser nos presentear com os livros de sacanagem, a gente agradece.

— Pois não. É presente da casa.

Moisés ficou intimamente alegre, supondo que os livretos de safadeza estariam amainando a fúria dos fiscais. Enquanto conversavam com seu Moisés, dona Fany telefonou ao filho, pedindo que comparecesse imediatamente. Mas, quando Moisés viu que os fiscais lacravam a porta, começou a sentir-se mal. Dona Fany, que havia solicitado seu carro e respectivo motorista, resolveu levar o marido ao Instituto do Coração. Então chegou o filho e, ao ver a palidez do pai, concordou que o levassem imediatamente ao hospital.

— Calma, pai, não se preocupe. Tudo será resolvido. Eu conheço os fiscais. São meus amigos, eu acerto com eles. Podem seguir, eu logo encontro vocês lá no Instituto do Coração.

Em seguida, cumprimentou os fiscais.

— Não precisavam fazer isso com o velho. Lacrar a porta foi demais. Se vocês sempre acertam comigo, poderiam ter acertado com ele também.

— Não sabíamos que era seu pai. O senhor sabe que temos de apresentar serviço.

— Apresentam serviço massacrando os pequenos?

— Seu Isaac, as coisas aqui estão por demais irregulares. Há cinco anos que sequer é realizada qualquer escrituração nos livros, nunca foi emitida uma nota fiscal. Se não fizermos nada, chamarão nossa atenção na Regional. Podemos dar um jeito de reabrir amanhã. Isso depende do senhor e da chefatura. A gente dá um jeito...

Nisso chegou Lolita que, já informada por uma das "meninas", logo foi dando ordens às suas subordinadas:

— "Meninas", vamos acabar com esse comício. Vão indo para os seus devidos lugares, que deve ter muito freguês esperando por vocês. Seu Isaac, se precisar de uma ajuda estou às ordens – arrematou, segura e despachada.

— Obrigado. Já converso com a senhora. Deixe, primeiro, despedir-me dos meus amigos.

Despediu-se dos fiscais e remarcou com eles para o dia seguinte, a fim de reabrirem o estabelecimento. Em seguida, dirigiu-se a Lolita:

— Eu sei que a senhora deixou pago duas mil calcinhas. Não sei se meu pai estará de volta amanhã. Se quiser, eu lhe devolvo o dinheiro ou a senhora vai buscar lá na fabrica, que é em outra cidade.

— Eu aguardo por mais alguns dias, se preciso, até que seu pai melhore. Pode ficar com o dinheiro. Somente quero um telefone para saber do seu Moisés.

Isaac entregou um cartão para Lolita e ela passou-lhe um cartão seu. Durante o percurso para o hospital, Moisés recomendou, com voz quase imperceptível, à esposa:

— Fany, se algo me acontecer, acompanhe a educação do filho de Isaac. Ele não sabe ser pai. Onde se viu um pai deixar o filho ler pornografia? O Isaac não dá bom exemplo. Só vai à sinagoga nos grandes feriados religiosos, não lê o Talmud e deixa seu filho encher a cabeça com porcarias. Fany, ajude nossas netas a serem judias como você, minha querida

Fany beijou o marido, verteu lágrimas que umedeceram o rosto dele. E Moisés calou-se para sempre.

X

Dois dias depois Lolita telefonou para Isaac e soube que seu Moisés não resistira ao infarto.

Lolita concordou plenamente com a solicitação de Isaac para que ela aguardasse os sete dias de luto para receber a mercadoria.

— Não há problema, posso esperar até mais. Mande minhas condolências para dona Fany.

— Eu lhe telefonarei assim que terminar o luto de sete dias.

Quando se encontraram diante da loja, Lolita tornou a dar os pêsames e logo foi dizendo:

— Seu Isaac, caso sua mãe não tenha condições de assumir sozinha o estabelecimento, eu o compro à vista.

Isaac já havia pensado nisso e não teve dificuldade de persuadir sua mãe a vender o ponto, pois ela pretendia satisfazer a última vontade do marido: dedicar-se exclusivamente aos netos, levá-los às aulas e acompanhar seus estudos religiosos.

Lolita comprou o estoque, o ponto e o prédio, tudo à vista, e ainda se comprometeu a pôr em ordem a parte fiscal:

— Tenho amigos e um bom contador. Porei tudo em dia e com total legalidade.

— Só quero, dona Lolita, retirar uns livros daqui da loja.

— Os livros de sem-vergonhice? Deixe-os aqui para as "meninas" se divertirem com os clientes.

— Esses eu posso deixar, mas tem outros que preciso levar embora. Antes devo selecioná-los, porque estão misturados.

— Eu ajudo.

— Não precisa.

— Já que estou aqui mesmo, posso ajudá-lo. Olhe que eu sou professora formada e sei distinguir o certo do errado e o bem do mal.

— Dona Lolita, pode confiar, eu lhe entrego as chaves amanhã, depois que levar os livros que eu selecionar.

— Agora eu já estou curiosa.

Isaac empalideceu e respondeu titubeando:

— São... São... coisas de ordem muito íntima.

— Se forem livros do "caixa dois" de sua fábrica, não tem problema. Fique descansado. Mesmo porque eu percebi que o senhor domina os fiscais. Agora, pode ser que sejam livros subversivos. Nesse caso, todo cuidado é pouco. Seu Isaac, vamos tomar um café longe daqui. Melhor seria irmos até sua fábrica, como se fôssemos buscar minhas duas mil calcinhas. No caminho iremos conversando. E vamos no meu carro. Eu o trago de volta. Eu lhe provarei que pode confiar em mim.

Embora assustado com a sagacidade de Lolita, Isaac acabou concordando, pois estava nervoso e estressado, inapto para contra-argumentar, e até sem condições para guiar seu carro. Lolita revelou-se exímia motorista, o que amainou um pouco um de seus receios. "Se ela for uma policial, estou arruinado em todos os sentidos. Nem sei realmente porque não resisti, com veemência, à sua proposta. Mas se resistisse com dureza, eu estaria me acusando. Além do quê, estou fragilizado e faltou-me presença de espírito. Meu raciocínio falhou totalmente. Mas o que a levou a supor que são livros subversivos? Enfim, sou obrigado a correr o risco". Concluiu intimamente, com medo incontrolável.

Entre outras coisas, Lolita lhe revelou:

— Seu Isaac, um dos meus cinco irmãos foi um militante em tempo integral do Partido Comunista.

— Mas por que a senhora crê que isso me interessa?

— Porque o senhor não faria a loucura de esconder documentos do "caixa dois" debaixo de um balcão, num estabelecimento comercial, ainda sendo do seu pai, pois é lá, num estabelecimento comercial, que se procuram as falcatruas comerciais, ou no apartamento do proprietário.

— E livros subversivos ilegais não seriam procurados debaixo de um balcão duma loja?

— Sim, mas o senhor arriscou por ter tido dificuldades imediatas de encontrar outro esconderijo, ou dificuldade de encontrar alguém que concordasse em correr o risco de guardá-los. Além do quê, é ainda menos provável que alguém concordasse, quando estamos em plena ditadura feroz. Seu Isaac, esse meu irmão, apesar de estimá-lo profundamente, diverge de mim e passou a me odiar quando soube o tipo de vida que levo. Até dinheiro ele se nega a receber de mim por considerá-lo sujo, pela maneira como eu o consigo. Embora ele sempre tenha passado por dificuldades, jamais aceitou minha ajuda depois que passei a levar essa vida e trabalhar com "meninas". Ele é a pessoa mais digna que conheço. Valente e coerente com sua ideologia. Pois o senhor sabe que poucos são capazes de assumir integralmente uma ideologia e agir com a total pureza ética que requer essa ideologia. O senhor sabe que nem sempre se escreve ou se faz aquilo que se diz; depende não só das convicções ideológicas, mas também da índole e da coragem, como no caso desse meu irmão, que arriscava diariamente sua vida por uma causa.

Essas palavras amainaram seus receios, mas arriscou uma pergunta, para testar a veracidade do relato que acabara de ouvir:

— Mas, onde é que ele está, se corre perigo diante dessa ditadura tão violenta?

— Ele se encontra na Alemanha Oriental. Casou-se com uma negrinha que estudava na "Universidade Lumumba", em Moscou. Mamãe mostrou-me uma fotografia dos dois. A moça é 27muito linda e meu irmão é um mulato também bonito. Ela já está esperando um filho. Ele leciona português numa universidade de Filosofia e Letras. Enquanto ele vivia aqui, eu fiz de tudo para ajudá-lo. E como ele rejeitava minha ajuda, montei um esquema: ajudei-o por intermédio da minha mãe, pois ele acreditava que ela usava suas economias; além do quê, ela recebia uma aposentadoria razoável, pois meu pai foi capitão de exército e, como participou da FEB, sua aposentadoria passou a ser dobrada.

— História interessante.

— Seu Isaac, fique descansado. Eu posso ajudá-lo a resolver o problema dos livros.

— Como?

— Depois de amanhã é domingo. Eu abro a loja sozinha, separo as revistas e os livretos dos livros filosóficos, sociais e políticos, e na segunda, quando o senhor trouxer a mercadoria, eu lhe digo que tenho de devolver por não estar de acordo com o preço combinado, só que o senhor deve entregar-me agora, aí da sua fábrica, papel idêntico ao dos embrulhos da mercadoria, pois eu refarei os embrulhos dos livros com o mesmo papel das mercadorias, para disfarçar, como se fossem os pacotes de calcinhas, que supostamente estaria devolvendo.

— A senhora é mesmo inteligente.

— Por ser esperta, pode ainda acontecer que eu compre sua fábrica ou me torne sua sócia.

— Prefiro que sejamos unicamente amigos. E diga-me, a senhora teria uma sugestão onde eu possa guardar os livros?

— Na loja é que não pode, pois já despertou curiosidade, devido àquele escândalo da sua mãe. Por isso mesmo, é bom que os livros sacanas fiquem lá como álibi de uma pseudoveracidade. Mas o senhor não acha melhor queimá-los aos poucos em alguma chácara ou fazenda?

— Não. Não é possível, pois eu empenhei minha palavra que os guardaria, visto que contêm coleções de revistas e artigos que compõem a história do Partido.

— Seu Isaac, creio que tenho a solução: de tempos em tempos costumo levar um baú de roupas usadas e novas para minha mãe, no sul de Minas, onde ela ajuda no trabalho assistencial a velhos e crianças necessitadas. É num desses baús que podemos levar esses livros e revistas clandestinas. O senhor pode ficar tranqüilo quanto à segurança do local, pois é um lugarejo pacato, e quanto à pessoa de minha mãe, mais tranqüilo ainda, pois só eu e ela sabíamos da atuação política do meu irmão. Ela é tão cautelosa que nem com o padre ela comenta suas convicções políticas, que são esquerdistas, devido à influência do meu querido irmão. De modo que ela é de plena confiança, pois, além do espírito de solidariedade, sabe guardar segredos. Ela sabe o que é a ilegalidade. Ela escondeu meu irmão na casa de uma irmã lá no Mato Grosso e guardou segredo até para mim, enquanto meu irmão estava lá.

— E como mandaríamos esse baú com livros em vez de roupas?

— Enviaríamos misturados e embrulhados em roupas em dois baús, e eu, que já costumo alugar uma perua para levar esses donativos e presentes de Natal para o asilo onde minha mãe trabalha, anteciparei minha viagem e levarei tudo comigo.

— E a senhora irá guiando sozinha?

— Todo mundo me chama hoje de madame. Mas eu já fui pau pra qualquer obra. Quando eu lecionava no interior fazia duzentos quilômetros por dia, sozinha. Na estrada, ninguém mexe comigo. O senhor sabe que quando uma mineira "roda a saia" é mais temida que uma baiana?

Durante o percurso e a conversa passou várias vezes pela cabeça de Isaac que ela poderia entrar, repentinamente, com o carro em uma delegacia e delatá-lo. Igualmente passou-lhe pela cabeça que ela poderia entregar os livros ao Departamento Político e Social, o chamado DOPS. Mas esse receio foi-se amainando pela lógica do diálogo e mesmo pelas sugestões que Lolita sacava. "Personalidade contraditória a dessa mulher. Será que existe outra cafetina neste vasto Brasil tão politizada ou consciente de sua própria contradição? Ter atitudes humanas e, ao mesmo tempo, a sordidez de cafetinar 'meninas'? A mente dessa bela mulher seria um prato cheio para um analista", pensava com seus botões.

— Seu Isaac, o senhor é capaz de se perguntar ou até me perguntar: como é que uma pessoa como eu pode se aproveitar dessas "meninas" e fazer caridade ou proteger inimigos políticos desse tipo de governo?

Isaac ficou perplexo e curioso, mas tranqüilo com essa pergunta, que revelava sua dupla personalidade, além de um profundo auto-conhecimento. "Com certeza, ela deve ter concluído que essa deve ser, logicamente, uma indagação conseqüente, mas que me perturba e me deixa ansioso por uma resposta que possa me tranqüilizar. Será que pensei em voz alta? Ou será que a telepatia funciona mesmo? A sagacidade psicológica dessa mulher é grande, e por isso ela pode ser ainda mais perigosa do que imagino".

— Sinceramente, acabo de me fazer a mesma pergunta.

— Eu sabia.
— Sabia como?
— É uma indagação conseqüente quando se analisa uma pessoa como eu, que tira proveito dos outros e faz de tudo para tornar-se rica, sem questionar ética ou leis.
— Desculpe, mas é uma verdade o que a senhora está dizendo.
— Mas eu sempre parto de uma circunstância ou de uma fatalidade para posicionar-me na vida. Se o senhor analisar as circunstâncias nas quais fui educada, com exemplos familiares, os mais dignos, concluirá que minha contradição é ainda maior. Mas, se o senhor partir das circunstâncias que a vida nos impinge, verá que eu só pude dar as soluções que estou dando. E, diante dessas imposições circunstanciais, considero-me humana e até justa.
— Por exemplo...
— Por exemplo, basta um só fato: se essas "meninas" caíssem nas garras de uma cafetina desumana ou vulgar, ela não as estimularia a pensar no futuro, não as protegeria contra os gigolôs, não as orientaria a evitar doenças. O senhor sabe que se uma delas se contaminar com uma blenorragia, a popular gonorréia, pela segunda vez, eu as expulso do nosso meio? Faço com que todas elas paguem seguro de vida e algumas já têm uma boa poupança.
— E a senhora faz tudo isso graciosamente?
— Não graciosamente, pois isso tem seus custos. Aluguéis, propinas para não serem molestadas, segurança, proteção física, etc... etc...
— Madame, eu estou estarrecido pelo fato de não lhe passar pela cabeça que essas "meninas" poderiam ter escolhido uma vida digna, ter uma família, não vender seu corpo, sua pureza, ter personalidade ou, pelo menos, preservar seu amor próprio.
— Tudo isso é fácil quando se tem o bucho cheio e se pode ter opções.
— Desculpe, mas por não terem opções a senhora não está se aproveitando? Veja, a maioria das mulheres pobres não optaria pela prostituição. Portanto, a pobreza nem sempre empurra para a perda da dignidade. Se elas permanecem nessa vida é porque alguém as impede de ter outras opções.
— Seu Isaac, eu lhe falei em circunstâncias. Essas "meninas" estão comigo justamente porque não conseguiram optar por coisa melhor.

Foram empurradas para essa circunstância, ou pela fome, ou pela ingenuidade, ou desespero, ou foram enganadas. Eu não fui buscá-las em suas casas, nem as convenci a serem prostitutas. Eu as recolhi para que não se perdessem ainda mais.

— Nesse caso, a senhora poderia fazer o mesmo que muitas religiosas ou educadoras fazem: tirá-las da prostituição dando outras oportunidades.

— Mas nem todas aceitam, porque são fracas ou até destituídas de qualquer capacidade de assumir outro tipo de vida.

— Daí a senhora, confessadamente, as estimula a permanecer nesse tipo de vida, devido a certas conveniências que a senhora diz que proporciona, para assim não precisarem enfrentar caminhos mais dignos, pois seriam mais difíceis. Conseqüentemente, a senhora consegue enquadrá-las no propósito que a senhora planeja.

— Vejo que o senhor tem princípios arraigados e é corajoso, pois diante do que me disse, eu poderia ofender-me e romper com nosso trato.

— Comercial, ético ou quanto à solução dos livros?

— Só me referi ao rompimento como forma de testar sua coragem.

— Melhor seria a senhora dizer: minha dignidade.

— Também nem tanto, pois o senhor não é de todo digno, pois engana o Fisco prejudicando o país, vende calcinhas obtendo lucro que as "meninas" pagam com o dinheiro da venda do seu corpo, portanto nenhum de nós dois está qualificado em defender qualquer dignidade.

— Mas faço isso com determinados limites, e não a ponto de degradar as pessoas.

— Portanto, o senhor confirma que agimos dentro de certas circunstâncias, nos limites de uma realidade que se impõe, e assim podemos justificar nossos atos e amainar nossa consciência. Nesse caso, seu Isaac, sou mais sincera que o senhor: sou realmente uma cafetina que age pensando na conveniência, mas dos dois lados envolvidos. Não engano a outra parte e ainda divido o resultado auferido. O senhor dirá que fico com a parte do leão. Mas não é bem assim, pois resta para as "meninas" a possibilidade de equilibrarem sua vida, e com poupança. Claro que ganho bem mais devido à minha liderança e por ganhar no atacado do sexo, embora o sexo seja delas. Também, puxa, elas não empregam qualquer capital. Já nasceram com o "capital" pronto. Eu sei que o senhor dirá que entregam, ou perdem, o bem mais importante de suas vidas: o afeto, a dignidade, mas também não podemos ser tão românticos.

Enojado, Isaac respondeu:

— Portanto, não há qualquer benemerência de sua parte.

— Não, não há. Mas é melhor, repito, que as "meninas" estejam comigo, pois penso igualmente no lado delas. Coisa que outras cafetinas não fazem. Além do mais, não as obrigo a ficar comigo. A escolha é delas.

— A senhora age como os escravocratas: davam comida suficiente ao escravo para que ele não morresse de fome, pois o prejuízo seria total. Sejamos honestos. Elas não sabem que com um pouco de determinação teriam outra escolha. Temo, madame Lolita, que possamos estorvar nosso relacionamento. Portanto, seria inconveniente confessarmos o que há de verdadeiro atrás dos nossos atos. E sendo perigoso disputarmos quem é menos ético, podemos pôr a perder nossas mútuas conveniências. Porém, acho que foi interessante este bate-papo, pois assim impusemo-nos limites ao nosso cinismo. Daqui em diante, sabemos quem somos, o que somos, e entre nós haverá maior sinceridade se tratarmos somente dos nossos negócios. E, se lhe convém, estamos conversados.

— Conversados não, seu Isaac, estamos, sim, mancomunados, o que é muito diferente, mas a pura verdade. Entretanto, considero que nosso trato continua de pé, pois estamos de acordo que os nossos lucros estão acima da nossa pseudo-ética. Mesmo com este bate-boca, seu Isaac, não fique temeroso. Sei que ambos cumpriremos o empenho de nossas palavras. Os bandidos cumprem seus tratos bandidescos, as prostitutas se respeitam como prostitutas, os acordos comerciais e as promessas também devem ser cumpridos.

— Não gostei da comparação.

— Mas é a verdade. Em todo caso, o senhor confessou que pensa como eu. A única diferença é que estamos em ramos comerciais diferentes. Seu Isaac, sejamos amigos. Na segunda-feira os pacotes já estarão prontos. É melhor que o senhor me entregue a mercadoria na terça, pois terei de separar roupas usadas minhas e das "meninas", além de comprar mais outras para encher os dois baús até a boca, para encobrir bem os livros, e assim justificar minha viagem ao sul de Minas.

Uma Loja Imaculada

Isaac despediu-se visivelmente apreensivo.

— Não se preocupe, seu Isaac, vai dar tudo certo – gritou Lolita, arrancado velozmente seu carro.

Isaac olhou com um misto de raiva, admiração e inveja para aquela mulher decidida, revelando coragem e inegável inteligência. Sua apreensão foi dominando-o num crescente indomável, a ponto de sentir tremores e suores nas mãos. Entrou no carro e não teve sequer ânimo de dar a partida. Sua mente fervia de tantas suposições terrificantes: "Como é que fui cair nas mãos de uma cafetina tão cínica, tão esperta, tão calculista e ligada à polícia? Se ela me entregar, creio que não agüentarei qualquer interrogatório, mesmo sem ser torturado. E por que aquele bate-boca que nem me lembro se fui eu ou ela quem provocou? Creio que foi devido ao meu sentimento de pai diante daquelas pobres 'meninas'. Pensei em minhas filhas, e isso aflorou em mim uma incontrolada revolta. Devo ter sido tomado por um terrível temor: e se algo parecido acontecesse com minhas filhas? Elas também podem ser enganadas por uma cafetina espertalhona, ou estupradas como a maioria daquelas infelizes. Teria sido por isso que provoquei aquela discussão? Ou teria sido Lolita quem me provocou, devido à revolta que ela tem por seu irmão, que a desmascarou, que a repeliu e que, dignamente, rejeitou sua ajuda? Será que ela vai se vingar em mim? Pode ser que não, pois contou-me uma história que me parece verossímil. Ou será que uma das 'meninas' desconfiou daqueles pacotes e chamou a atenção de Lolita? Mas se eu negasse sua ajuda ou se eu não acreditasse em sua boa-fé, poderia despertar total desconfiança e ofendê-la ainda mais, seria muito pior. Ela se rebelaria, pois eu estaria, com certeza, tirando-lhe a oportunidade de redimir-se de certa maneira diante do seu irmão, que deve, como eu, considerá-la sórdida. Quem sabe valha a pena para ela percorrer mais de oitocentos quilômetros, entre ida e volta, até o sul de Minas. Tomara que seja essa a conclusão certa."

Os dias e as noites mal-dormidas foram de um suplício insuportável. Pensou até em suicídio, caso fosse delatado.

Na terça-feira preparou a mercadoria, as duas mil calcinhas, mas com nota fiscal integral, para não sofrer outros tipos de prováveis dissabores. Descarregou a mercadoria e Lolita logo lhe propôs:

— Vou fazer uma nota fiscal de devolução para não pagar o ICM.

Isaac pediu que não dessa vez, mesmo porque não havia mais necessidade disso, visto que ele não levaria aqueles pacotes de livros como se fosse devolução de mercadorias, conforme haviam combinado. Isaac somente pediu que ela o deixasse ajudar a colocar o material nos baús e carregar a perua. Queria vê-la partir, pois isso o tranqüilizaria.

O pobre Isaac ficou mais quatro dias num insuportável suplício: noites mal-dormidas e um medo torturante. Quando Lolita comunicou, pelo telefone, seu regresso sã e salva, Isaac, incontido de alegria, gritou:

— Graças a Deus! — e marejou os olhos de emoção.

Todos, em seu escritório, se espantaram com sua euforia e obviamente curiosos, perguntaram:

— O que houve de tão importante para tanta alegria?

Depois de uma exagerada pausa, Isaac procurava no ar uma explicação e, por fim, disse:

— Minha irmã e meu cunhado.

— O que houve com sua irmã e seu cunhado?

— Tiveram um filho menino, depois de quinze anos de tentativas — o que de fato havia acontecido.

No dia anterior, Isaac não tivera ânimo de comunicar, e deu a notícia como fato consumado naquele momento.

— Então, seu Isaac, se justifica sua euforia — disse sua secretária.

— Vamos comemorar — gritaram.

— Vamos — disse Isaac, mandando buscar os vinhos franceses que costumava servir aos fregueses atacadistas.

Ainda com lágrimas nos olhos de tanta alegria, continuava gritando:

— Que idéia boa! Que idéia boa, daquela maldita mulher!

— Não entendo, seu Isaac — disse a secretária — maldita mulher? Quem é essa maldita mulher que teve uma boa idéia?

— Minha irmã que pariu, finalmente, um filho.

— E por isso ela é maldita?

— Não importa o que estou gritando, não sei fazer discursos. Vamos bebendo, gente. Bebamos por essa grande alegria.

Na quarta ou quinta garrafa, com todos meio alterados, Isaac bradou:

— Viva a democracia! Abaixo a ditadura! Eleições já!

Todos tornaram a se entreolhar e um deles, temendo que o patrão estivesse perdendo o juízo, perguntou:

— Seu Isaac, por que viva a democracia e por que eleições já?

Isaac ficou aturdido com as perguntas e a adrenalina superou, um pouco, o efeito do álcool. Conseguiu retomar consciência e respondeu fanhosamente:

— Democracia, porque eles concordaram em dar o nome que sugeri. E, eleições já, porque fui eleito agora mesmo, para ser o padrinho, embora eu acabe de me tornar tio.

— E qual foi o nome que o senhor escolheu para lhe dar tanta alegria?

Isaac pensou, pensou, um silêncio incômodo dominou o ambiente, mas acabou dizendo:

— Eu me esqueci qual foi o nome que sugeri. Mas sei que não é Lenine.

XI

Os dias subseqüentes não foram de tranqüilidade total para Isaac. Os negócios seguiam o curso desejado: bons lucros, saúde e alegria reinando nas casas dos familiares, madame Lolita redobrando as vendas, mantendo um bom relacionamento... Mas um receio continuava a atormentar esse comerciante bem-sucedido: "Será que Lolita não estará fazendo de tudo para ganhar minha confiança e depois tentar obter informações sobre o Partido, sobre os companheiros. E mais. Será que é uma espiã disfarçada? Mas também ela não perderia as conveniências de continuar ganhando dinheiro com as minhas calcinhas? Preciso acabar com este suplício. Creio que devo eliminar essa desconfiança, antes que eu fique louco."

O tempo foi trazendo, homeopaticamente, sua cura: seu medo foi sumindo e sua simpatia por Lolita tornou-se crescente, mas afogava sua libido diante da sua tentadora figura. Temia que qualquer tentativa de aproximação íntima com essa mulher fosse uma, fatalmente, sucessão de prazeres inevitáveis, irreversíveis, acompanhados de ruína. Sabia que poria em risco tudo o que é mais importante do que a beleza fogosa e feiticeira de Lolita.

Passado um ano da morte do seu Moisés, Isaac recebeu um telefonema inesperado de Lolita:

— Seu Isaac, quero que o senhor venha até aqui.

— Não quer me dizer por telefone do que se trata?
— Não, seu Isaac. Não! Venha até aqui. É muito importante.
Isaac não suportou a curiosidade e o receio diante da insistência de Lolita. Era inevitável atender àquela convocação. "Será que são problemas com a fiscalização ou alguma reclamação séria?"
Finalmente chegou à loja, onde Lolita, duas funcionárias e meia dúzia de "meninas" o aguardavam na porta, batendo palmas. Ao entrar, deparou com uma mesa cheia de flores, com bandeirinhas, bandejas de doces e salgados e o ar tomado de perfumes agressivos, além de um toca-discos que passou a tocar: "Recordar é viver, eu ontem sonhei com você".
— Seu Isaac, olhe para cima.
Olhou e viu um retrato ampliado de seu pai, envolto com cetim vermelho. Ficou comovido, seus olhos marejaram e gaguejou:
— Obri... ga... do! Obrigado. Vocês são criaturas de muita gratidão. Estou feliz ao ver que meu pai ganhou simpatia comerciando com vocês.
— É isso mesmo, seu Isaac, seu pai sempre respeitou os dois lados – disse Lolita. - Ele nos ensinou que negócio bom é como o amor: ambos devem ficar satisfeitos. Eu até brinquei com ele, perguntando: durante, ou depois também? Ele me respondeu que a diferença entre o amor e os negócios é que nos negócios trata-se somente das conveniências, mas se no amor entrarem em jogo os interesses, já não é mais amor. Mas em um e noutro caso tem que ser bom para os dois. Sempre gostei das respostas do seu Moisés. Ele tinha sabedoria, fruto de uma rica vivência.
— Mas, por que essa tarja vermelha enfeitando o retrato? Aliás, ele não tinha preferência por essa cor. Ele era até contra. Ele gostava da cor vermelha só nas calcinhas, pois era a cor que mais vendia.
— Esse vermelho não significa preferência política. É em homenagem às calcinhas, justamente vermelhas, porque nos deram muito lucro e alegria.
Todos beberam, beliscaram os salgados, as guloseimas e alguns clientes beliscaram também as "meninas".
Isaac, eufórico e comovido, disse:
— Eu vou trazer minha mãe. Ela ficará muito contente em ver que meu pai era benquisto e que deixou saudades.
— Boa idéia, seu Isaac. Vá buscá-la, a gente espera.

XII

Isaac chegou esbaforido, subiu a enorme escadaria que dava ao quarto da mãe, e gritou:

— Mãe, estão homenageando o papai, inauguraram um lindo retrato dele.

— Tá vendo – disse dona Fany, sem muita alegria. – Os estranhos se lembraram do dia da morte do seu pai e vocês nem se deram conta. Mas, onde estão homenageando meu Moisés, no salão de festas da sinagoga ou na Associação de Comércio do Bom Retiro?

— Mãe, não pergunte tanto, vista-se e vamos. É uma surpresa.

— Bela surpresa, se já sei de quase tudo, só não sei onde.

Fany apressou-se. Mas desceu "tartarugamente" a escadaria, segurando-se no corrimão, apoiando-se numa bengala, de degrau em degrau, além de ser amparada pelo filho.

— Mamãe, não vá se emocionar muito, por favor. Ou será que é melhor a gente não ir?

— Nada disso, seu bobão. Sou mais forte que você, seu pirralho. Será que não é justo chamar seu irmão, sua irmã e os netinhos?

— Não agora, pois já é tarde. Amanhã eu os levo. A gente repete a festa.

Pararam em frente à loja e dona Fany foi perguntando:

— Nós não vendemos a loja? E por que viemos até aqui?

— A homenagem é aqui mesmo.

— Como? Aqui mesmo? Nós não vendemos esta loja contra minha vontade para aquela puta da Lolita? Deixa eu ver se não é o que estou pensando.

Dona Fany entrou na loja gritando e, de bengala em riste:

— Tirem esse retrato do meu Moisés imediatamente! – E foi distribuindo bengaladas em tudo e em todos, derrubando as bandejas de doces e de salgados, que se espalharam pelo chão e atingiram as mercadorias, enquanto não parava de esbravejar: – Tirem logo o retrato do meu Moisés.

Do lado de fora, formou-se um aglomerado de curiosos, que riam da inusitada cena.

Lolita, com sua presteza e sangue frio, ordenou a uma das "meninas" que tirasse o retrato do homenageado.

Dona Fany arrebatou logo o retrato do esposo e gritou:

— Meu marido não precisa ser homenageado num puteiro.

— Calma, dona Fany – respondeu Lolita – senão a senhora pode ter um chilique como seu Moisés e bater as botas. Cuidado! Mas, se aqui é um puteiro, foi seu marido que o fundou. Não ofenda nosso querido Moisés nem a nós, por favor.

— Foi por isso que meu marido morreu. Transformaram esta loja num puteiro.

Isaac também teve seu quinhão de bengaladas, mas conseguiu carregar sua mãezinha no colo até o carro, enquanto ela espernava, abraçando fortemente o retrato com a mão esquerda e com a direita golpeando o ar com a bengala, de forma ameaçadora, enquanto vociferava:

— Vocês não vão macular a honra do meu marido, suas prostitutas.

Isaac arrancou com o carro cantando os pneus, mas dona Fany ainda gritou pela janela do automóvel:

— Esta loja não é mais a mesma do meu Moisés. Ela está cheia de máculas e anjos do mal.

No percurso de regresso, Fany olhava, continuamente, o retrato do marido, com o qual conversava. Entre outras coisas, perguntou ao retrato:

— Moisés, será que você teve um caso com Lolita? Ah, meu querido, eu bem que gostaria de ainda fazer alguma coisa por você. Várias vezes eu pensei que deveria seguir o conselho que Lolita dava às "meninas": vestir uma daquelas calcinhas *sexy* para você me olhar, com muita vontade... Lembra daqueles tempos?... Ah, Moichele[9]. Moichele, Moichele, não fique me olhando com esses olhinhos de pidão...

---

9. Diminutivo de Moisés em ídiche.

Posfácio:
Cinco Buscas, Uma Trilogia

A Trilogia de Carlos Frydman

Regina Igel*

A olho nu, ou para os incautos, os judeus formam uma massa única, não permitindo distinção entre um judeu e outro. Engano.

A comunidade judaica caracteriza-se, onde quer que se encontre, por sua diversidade interior. Isto lhe permite uma variedade de tendências políticas, religiosas e culturais, sem que se desintegrem ou se percam uns dos outros. Pelo contrário, parece que os pólos contrários mais estimulam os encontros, a busca de uma solução para os desencontros. A velha piada que diz que entre dois judeus há três opiniões diferentes apóia-se na multiplicidade de fatores que moldaram o judaísmo através dos séculos: ambiente local, as tradições ocidental e oriental, as forças políticas ora hostis, ora amigáveis, os matizes religiosos, incluindo-se crenças e descrenças na Revelação, na missão especial dos judeus e na vinda do Messias. Diante dessa riqueza de absorção de elementos díspares, a obra de Carlos Frydman é, sem que seja apenas coincidência, um retrato das dimensões que podem ser encontradas na comunidade judaica brasileira.

Desde quando essa comunidade se encontra arraigada no país não é tão importante, nem vem ao caso. *Onde* se encontra é importante e vem ao caso. Pois os judeus que são personagens da trilogia da Busca vivem um ambiente brasileiro, são parte inseparável do destino do país, da sua força de trabalho e da sua manifestação política. A busca iniciada pelos personagens de Frydman por sua religiosidade, identidade cultural e perspectiva cívica não é alheia às procuras incentivadas por quaisquer outras pessoas, pertencentes a outras comunidades.

No entanto, o autor, por sua educação e ascendência judaica, escreveu sobre o que ele melhor conhece: sua comunidade. Nos três romances que constituem essa obra de grande fôlego, deparamos com personagens que aprendem e que ensinam, com escolas de pensamento político, com recordações da vida judaica européia, com viagens através da América do Sul e, principalmente, com viagens interiores. Nessas, o espírito não descansa, não pára para um gole de água, segue em frente, continua arremetendo-se para diante, à procura, em busca de, pesquisando o *eu*, o *eu e o nós*, o *nós e nós mesmos*, o *ele*, o *outro*. Um diário leva ao levantamento da religião milenar, uma carta traz recordações do passado, um funcionário de uma funerária aprende e ensina sobre uma religião que não é a sua, um pacto entre uma mulher de rua e um comerciante em vias de aposentadoria leva ao conhecimento de um mundo vivo que jaz sob o universo visível das trocas comerciais, das mudanças de governo e regime, das pequenas alegrias que podem pavimentar, como pedrinhas minúsculas, os caminhos doloridos da existência humana.

A narrativa de Frydman tem a interessante qualidade de apresentar personagens masculinos e femininos em pé de igualdade. Tanto um quanto outro cometem erros, sofrem por paixão, sobem aos píncaros da glória pessoal, caem com estrondo do alto do seu ego, reconstroem-se, tentam destruir-se mutuamente, recompõem-se uns aos outros, num infinito jogo de contrários e junções – que faz vibrar a comunidade da qual fazem parte e a faz aproximar-se, pelas óbvias similaridades inerentes, com toda a humanidade.

Frydman soube manejar a população dos seus romances com destreza, cuidado e delicadeza. Não são elementos fáceis de ser encontrados num escritor que recém se inicia na prosa literária. Afeito à poesia, consumado poeta que é, o escritor terá encontrado dificuldades em navegar em águas mais extensas do que as encontradas na exigüidade da concisão poética. Felizmente, a densidade do poeta não se afoga nas ondulações típicas da narrativa em prosa; ao contrário, ele traz ao bojo da escrita a carga poética acumulada nas suas publicações líricas. E, não sendo resultado de milagre, mas sim de trabalho consciente de transformação, o embasamento poético faz mais leve, mais agradável, mais etérea e até mais visível, a densidade dramática dos episódios que constituem a trama diversificada da trilogia.

Posfácio

O reconhecimento de um escritor se faz através de seus méritos literários, que se refletem na formação artística e na construção temática dos escritos. Carlos Frydman percorre e supera os obstáculos naturais da criação literária com perseverança e sensibilidade. Essa obra em três partes que os leitores têm diante de seus olhos testemunha uma contribuição à literatura judaica brasileira, em que se percebem seus alicerces baseados na vivência pessoal, nas experiências políticas e na percepção da realidade e das suas mudanças. Seu trabalho literário espelha sendas percorridas pelo escritor e seus contemporâneos, resultando em obra de caráter pessoal, íntegro, movimentando-se do interior para o exterior, vibrante e coerente com as vidas (e as mortes) ali narradas.

Carlos Frydman mostra ter profundo conhecimento das matérias discutidas por seus personagens. Mostra também intensa sensibilidade para os vários aspectos e formas do sofrimento humano, como transmitido pelos mesmos. A história judaica, o misticismo mosaico e as rotinas da vida estão bem representados pelos vários ângulos de atividades incorporados às três vertentes da história da humanidade. Vejo nesta criação literária uma extensão da sua poesia, ao mesmo tempo que a integra aos encontros e desencontros dos seus personagens, suas atividades e tribulações pessoais.

'REGINA IGEL é Professora Titular de Literatura Brasileira, Crítica Literária da Universidade de Maryland. Estados Unidos.

OS CAMINHOS NARRATIVOS DE CARLOS FRYDMAN
Berta Waldman*

Compõem a trilogia de Carlos Frydman os títulos: "Um Cabalista Excêntrico", "Buscas" e "Uma Loja Imaculada". Os três romances entrecruzam seus caminhos narrativos, tendo como ponto de intersecção o judaísmo, inserido quer no Brasil (primeiro e terceiro textos) como nos EUA (o segundo texto), com uma "costura" dos dois espaços feita através de uma viagem marítima, na qual passageiros judeus norte-americanos "descobrem" o Brasil, sua história, algumas cidades, natureza, comidas e bebidas.

Há graus distintos de complexidade na composição de cada uma dos textos. O primeiro, o mais bem armado, lida com dois enredos paralelos que se tocam. A história de um velho judeu (Moishe) que passa a se instruir nos mistérios da Cabala, para dela fazer um uso inadequado; e a história de José, um condutor de carro mortuário, que entra em contato com o judeu, porque o conduz depois de morto e porque passa a conhecer sua vida (assim como o leitor) através de seus diários. Os dois relatos são cheios de peripécias, destacando-se uma situação que se repetirá ao longo da trilogia. Trata-se da experiência imigratória dos judeus, na virada do século XX, em direção a um novo mundo. Fugidos da Europa movidos por *pogroms*, pela miséria econômica e pelo anti-semitismo, esses judeus equilibravam em suas valises o sonho de "fazer a América". O autor acompanha a geração de imigrantes e a de seus descendentes, estabelecendo diferentes tipos de conflitos entre elas.

Outra constante nos três textos é o compromisso com a referência histórica, isto é, com representações do mundo social. Como era o Bom Retiro no início do século XX, a organização do bairro, as prostitutas, o jardim, o Estado autoritário durante o Governo Vargas e a proscrição do Partido Comunista jogado para a ilegalidade. Como era a vida dos judeus nos EUA, a submissão à lei seca, os gângsters, a organização sindical etc. Assim, o discurso literário consagradamente tido como o campo preferencial de realizações do imaginário, comporta, no caso, também, a preocupação com a "verdade". Neste caso, a ficção não seria o avesso do real, mas uma outra forma de captá-lo, na qual os limites de criação e fantasia são mais amplos que aqueles permitidos ao historiador.

Em outras palavras, a ficção de Carlos Frydman busca a veracidade na contextualização. Essa preocupação é tão forte que, em "Buscas", o autor lança mão de uma personagem historiadora, em fase de elaboração de uma tese de doutorado, para ir pontuando informações precisas durante uma excursão que inclui a passagem por terras brasileiras.

Percorre, ainda, os três volumes, o discurso marxista. Trata-se de uma integração complexa, uma vez que a ideologia é uma massa abstrata que, na ficção, precisa transformar-se em ação. Caso contrário, ela bloqueia o seu fluxo. Um bom momento de integração de política e ficção é, no primeiro romance, o diálogo entre personagens: o marxista e o cabalista.

De modo geral, aprende-se muito com a leitura dos três romances. Eles são plantados na experiência, e esse dado traz um impacto de leitura particular e positivo.

˙BERTA WALDMAN é professora de Teoria Literária e Literatura Brasileira na USP e professora de Literatura Hebraica na Unicamp.

A Trilogia das Buscas

Anna Maria Martins[*]

Carlos Frydman estréia no romance com "Trilogia das Buscas". Sua prosa fluente e a trama bem estruturada despertam no leitor um interesse crescente ao longo do texto.

A narrativa desenvolve-se no plano da temática em que se entrosam as personagens, na pertinência da cronologia histórica – datas e fatos precisos – e no cenário, pano de fundo onde o autor movimenta suas criaturas.

Hábitos e comportamento, modo de pensar e reagir de personagens judias calcadas na vida real, mostram-se ao leitor com a acuidade do autor que as vivencia.

As notas de pé de página complementam o texto. Não se colocam como imposições de erudição, mas sim como um enriquecimento à narrativa.

A estrutura psicológica das personagens desenvolve-se no decorrer do texto, sustenta-se e se fortalece. Caráter, reações e comportamento apresentam-se ao leitor como produto do realismo vivencial com que o autor cria suas personagens. Extraídas de um mundo real, transitam por territórios próximos ou longínquos, são seres que se movimentam em bairros judeus – no Bom Retiro ou em Nova York – que excursionam pelas Américas, que se deslocam em busca de aventura, de auto-conhecimento e realização pessoal.

Dentre as observações que nos ocorrem, não podemos deixar de salientar as referências à música. Compositores e letristas integram o texto, pautando com suas canções a fluência da narrativa. Gershwin, por exemplo, é presença expressiva.

Last but not least, uma última anotação: a ideologia política, inserida sem radicalismo, com a devida precisão com que o autor estrutura a temática.

Em "Trilogia das Buscas" o leitor encontrará a trama bem urdida, o texto de qualidade, o prazer da boa leitura.

˙ANNA MARIA MARTINS é membro da Academia Paulista de Letras e vice-presidente da União Brasileira de Escritores (UBE).

TRILOGIA UNA E DIVERSIFICADA
Caio Porfírio Carneiro*

Essas três novelas, que receberam o título geral de "Trilogia das Buscas", unem-se e diferem-se dado um curioso jogo de espelho e contra-espelho concebido e traçado pelo autor. A unidade vem do fato de terem por epicentro e fulcro irradiador o espírito, a índole, a essência religiosa, difusa ou concentrada, o modo de ser e agir do judeu, no seu mundo particular e na sociedade, sem referências maiores à diáspora ou à abrangência do povo judeu no seu todo, o que levariam ao estudo mais histórico e sociológico e dispensariam a ficção. E essas qualidades, esses enfoques diferenciados, é que dão o tom e o tônus das novelas, completamente independentes entre si. Cada uma delas guarda dimensão autônoma; cada uma delas é uma história à parte; cada uma delas tem clima e universo próprios. Elas, seqüencialmente, vão da purgação dolorida ao riso, do psicológico ao fotográfico, da aflição interior à quase pantomima. Tudo para se chegar à evidência e à conclusão: o judeu, embora suas particularidades, que vêm de heranças seculares, é tal qual um de nós, com paixões ou liberto delas, em busca sempre da ainda inalcançada felicidade na face da Terra.

Há, portanto, uma gradação bem articulada, de novela para novela, num apanhado que vai da análise mais profunda, passa por uma dinâmica de vida social pulsante, para chegar, como uma caudal que se escoa, ao bom riso e benquerença saudável.

A primeira delas – "Um Cabalista Excêntrico" – que se avizinha do romance, mas nele não cai porque não há difusão de histórias paralelas, é a mais densa em perquirições, debates e estudos religiosos, que alcançam a fé e a angústia, levando o leitor ao fundo de conhecimentos doutrinários ao alcance de poucos. Embora a personagem central seja José, um funcionário de funerária acostumado a levar e trazer defuntos, passe por mil peripécias de alcance até chapliniano, e saia da vida deixando um amor que é uma beleza de final de livro, as angústias de Moishe, após o fracasso financeiro, os debates com o amigo que o visita no seu retiro, seu diário deixado após a morte e lido para José por um rabino é que conduzem a história àquela dimensão de profundidade analítica. Os debates curiosíssimos e apaixonantes sobre esse "ente" indefinível que é o Golem e sobre a Cabala deixam o leitor um tanto desnorteado, dadas as idas e vindas para explicitá-los nos seus entranhados labirintos históricos, ungidos à fé, à verdade religiosa e ao mito. Como se toda a história desta novela, a partir de certa altura, descesse, como desce, ao fundo dos tempos e das perplexidades religiosas. Afloram aqui a lógica do rabino e a paixão desnorteada de Moishe. Mas o enredo varia em muitas direções, faz do todo deste trabalho um jogo apaixonante de luz e sombra e José se transmuda, de personagem simples que é, até o fim dos seus dias, em criatura querida e inesquecível, sobretudo quando se perpetua através da doce Marta.

Em linhas gerais, que o leitor só sentirá todo o enredo lendo a história, estes são, em pálidos traços, os seus alicerces.

A segunda novela – "Buscas" – segue ritmo mais dinâmico, a geografia é ampla e a personagem central – Laibl – centraliza, de forma quase definitiva, o tema e a trama da história. Filho de família judaica emigrada para a periferia de Nova York, com raízes, porém, plantadas no Brasil, Laibl é o tipo do cidadão que, desde a infância, sofre os problemas dos conflitos no lar, entre as figuras do pai e sua militância política e o tio, versátil em tirar proveito em arranjos diversos para ganhar dinheiro. Mas o problema avança para os conflitos sociais mais amplos da época da depressão nascida da crise financeira de 1929, com os seus desdobramentos políticos e revoltas no seio do operariado, onde seu pai, de idéias teóricas firmes e inabaláveis, padece as conseqüências do seu envolvimento nesse vendaval que abalou os alicerces dos Estados Unidos da América e, por extensão, o mundo capitalista. Sem procurarmos entrar na essência dessa história, que se desdobra em contrabandos, assassinatos de familiares e ações múltiplas e continuadas de dramas doídos, acrescente-se que o andamento dela é tão pulsante que pouco tem a ver, em abordagem estética, com a novela anterior. O périplo de Laibl, de navio, ao longo das Antilhas e América do Sul, centrado no Brasil, e seu envolvimento amoroso durante a solitária viagem, em busca mais de si mesmo para um reencontro consigo próprio, alcança, na longínqua década de 1930, um colorido todo especial, em panorama ricamente impressionista. No Brasil, em especial, no buraco negro da ditadura Vargas, vê-se bem que há toda uma história de dores e perseguições dentro da própria história concebida pelo autor, e que tão verdadeira e deixou marcas profundas na própria História do país. Vale, também – e isso foi um recurso notável de despista e ventos bons – as descrições da vida social da época, alcançando a música popular e as belezas panorâmicas de um país que ainda era pouco mais que uma grande fazenda. Isso trouxe ao trabalho uma aura boa de prazer e fuga dos dramas sofridos por Laibl. Destaque-se nisto o oportuno toque lírico.

O retorno de Laibl aos Estados Unidos levou-o transmudado pelo apoio bom do amor encontrado. Esse amor e todas as peripécias por que passou não são acidentes ou símbolos falsos da vida. Tudo aqui é mais que isso. Vem a ser, por outro enfoque, amostragem da própria vida e comportamento de uma família judaica, no meio judaico, que defende seus valores essenciais, mas não se prende a rigidez nenhuma de valores outros dentro da sua comunidade.

Laibl encontrou o seu caminho? O autor deixa a interrogação sem resposta, porque aqui não é mais o judeu quem fala, quem o orientará é a vida, que irá em frente.

O arrebatador é o dinamismo treliçado da história, bem mais dinâmica que a anterior. Se a primeira é a contenção, aqui é quase a explosão.

A terceira e última delas – "Uma Loja Imaculada" – é uma espécie de contraponto à primeira, uma calmaria à correria da segunda. Tal como está exposto no início desta exposição: é o fecho de uma gradação bem articulada, que vai da análise mais profunda, passa por uma dinâmica de vida social pulsante, e chega ao bom riso acolhedor.

É a história e a vida miúda e simples de Moisés e Fany, emigrados da velha e sofrida Polônia. Vidazinha de comerciante, de horizontes tranqüilos, como tantas outras de outras origens. Embora judeus, poderiam, na mesma dimensão, ser sírios, turcos, eslavos... O que vale aqui é a espiralação de almas simples, em bairro paulistano simples, vivendo e criando os filhos que a loja pouco lhes dá. E o que vale aqui é a surpresa do inusitado com o surgimento surpreendente de uma diversificação comercial que surge para eles, dá lucro e dores de cabeça, tudo sem drama e muito humor. Novela ligeira, leve, que se lê com prazer e de uma corrida só; trabalho ficcional descontraído, alegre, solto, vivo, em contraste com a sufocação de Moishe em busca de sua salvação através dos labirintos do Golem e da Cabala.

Contar aqui, em poucas palavras, o que é esta novela é deslindá-la por inteiro, tirar o sabor da surpresa ao leitor.

Carlos Frydman, com essas três criações de fôlego, fez um apanhado largo da gente judaica. Embora os enfoques doutrinários, históricos e políticos, não resvalou o autor para a tese, que impõe pensamentos, fórmulas e conceitos que bordejam ou caem no radicalismo.

É um grande painel, desdobrado em três, que levou o autor a muito estudo, dedicação e desprendimento, para fugir de qualquer tomada de posição que o levasse por caminhos outros que não o da exposição de verdades verdadeiras da vida e na vida de um povo, com suas benquerenças, acertos, desacertos e sacrifícios, como povos outros da face da Terra.

Ele poderia, pelo conhecimento que possui dessa realidade, ter tomado outras veredas, tão encontradiças nos ensaios. Preferiu a ficção, que é na ficção, na arte criadora, que vem ao vivo a verdadeira chama infinita das verdades últimas, que tocam fundo nos corações.

Como aqui.

˙CAIO PORFÍRIO (DE CASTRO) CARNEIRO é ficcionista e Secretário administrativo da União Brasileira de Escritores de São Paulo.

BUSCAS

Benjamin Abdala Junior*

A análise de uma obra literária coloca hoje, nesta nova fase do processo de mundialização da economia capitalista, a necessidade de se verificar de onde fala o escritor e por onde dirige seu olhar. É o que em teoria se denomina *locus de enunciação*. E, nesse sentido, ao abordar fatos de uma perspectiva periférica, aderindo a atores sociais socialmente subalternos, como o faz Carlos Frydman, não é a mesma coisa que o fazer de uma óptica central.

Assim, as narrativas reunidas nesta "Trilogia das Buscas" situam-se no contrafluxo da assim chamada globalização. Não se afina com a estandardização cultural, pois finca o pé nas margens desse sistema, procurando fazer emergir um campo de diálogo de forma a relevar valores comunitários. Resgata aí o comunitarismo, uma maneira solidária de agregação que tem sido sufocada pela lógica do mercado. Para tanto, é relevada no conjunto das histórias deste livro a precariedade da condição humana, sujeita a todo tipo de limitações – limitações de ordem política e de ordem religiosa, associadas a ritos culturais conservadores, que a enunciação procura desmascarar.

Como o próprio título da coletânea indica, a enunciação discorre sobre buscas. O processo é ininterrupto, a busca contínua de horizontes, configurando-se como um *leitmotiv* que embala personagens e dá consistência aos processos enunciativos do escritor. Não se trata de buscas abstratas, pois o que motiva a enunciação são os sonhos diurnos, feitos com os pés no chão e com base em processos históricos que explicam e dão sentido ao relato. Logo, com a historicidade da efabulação, afirma-se a convicção de Carlos Frydman de que a história não acabou e que a busca – isto é, a busca libertária – continua a ter sentido.

Olhar "ex-cêntrico"

Na novela "Um Cabalista Excêntrico", quando aparece a figura de um curioso "motorista de cadáveres", já temos a perspectiva de quem observa a realidade de um ângulo descentrado. Não se trata, pois, apenas da focalização de um "cabalista excêntrico", mas também da excentricidade (fora do centro) de quem o observa com o distanciamento de olhar, que com comicidade e visão crítica desmascara o que existe de limitador na vida social.

Para além das limitações de ordem política (há sempre um horizonte de militância política subjacente ao relato), ocorrem simultaneamente, pois, limitações genéricas de nosso cotidiano, visíveis nos espartilhamentos das formas convencionais. Esses são questionados, como ocorre nessa narrativa, quando se coloca para as personagens a evidência da morte. A observação que fica para os leitores é de que existem cadáveres de muitos tipos, inclusive daqueles que estão aparentemente vivos – cadáveres ambulantes, inteiramente previsíveis em seus ritos automatizados, petrificados.

O olhar descentrado do narrador é de quem não acredita nesses ritos, embora considere necessário dialogar com seus atores. Não é um olhar meramente individual, circunscrito a apenas um indivíduo, mas de toda uma geração que teve que viver na clandestinidade. Nesse sentido, a voz de Carlos Frydman também é o de sua geração, aparecendo no texto subsídios memorialísticos, que se reportam a situações paradigmáticas por ele vivenciadas. Tais subsídios históricos são em boa medida relativos a conceitos e tópicos político-sociais que a militância de esquerda precisava descortinar para promover sua luta contra a discriminação social e alienação política. Releve-se o fato de que os conceitos discutidos pela enunciação não se afiguram na obra como conceitos preestabelecidos. Não são verdades absolutas, pois são construções históricas, e sua historicidade está presa às transformações da práxis social.

O descentramento dos processos enunciativos ocorre em todos os níveis, desde a práxis política (há sempre um estado opressor, em perspectiva) até as ações comunitárias. É possível visualizar assim um modelo de ação questionador, que estabelece um debate crítico com a tradição judaica e cristã, enfatizando o desconforto dos atores sociais dessas tendências religiosas, quando da evidência da morte.

Totalidade imaginada

A recorrência conceitual a campos científicos, por parte da enunciação, permite afirmar que a enunciação aspira a um conhecimento totalizador – a articulação sistêmica dessas áreas do conhecimento. Vem dessa necessidade de articulação entre campos diversos a presença constante de um partido, que se faz elemento aglutinador desses campos simbólicos. A simbolização científica torna-se, assim, correlata à simbolização ficcional.

Torna-se necessária agora uma recorrência à teoria da práxis. Isto é, à teoria (marxista) que parte da idéia de que o homem deve ser entendido como ser ontocriativo. Vale dizer, como ser que, ao construir os objetos (em sentido amplo, abarcando todas as formas de ação/pensamento), constrói-se como homem, interiorizando modelos de articulação que vêm dessa prática. A práxis envolve então esse duplo movimento, que vai do sujeito ao objeto, e reflexivamente volta para o sujeito, criando modelos de ação e de pensamento. Assim, práxis não é prática – é de se repetir –, mas ação auto-reflexiva que cria o próprio indivíduo nessa sua interação com o mundo.

Tais interações, em Carlos Frydman, aproximam o sujeito (autor, narradores e personagens de seus objetos, a matéria temática abordada pelos discursos científicos (aqui em suas versões de esquerda) e também religiosos (marcadamente judaicos). Em relação a esses últimos, exercita formulações de caráter político de maneira a estabelecer uma ponte comunicativa com outros atores de sua comunidade. Nesse nível comunitário, embora com posições divergentes, os atores se respeitam, embora o caráter libertário se postule na óptica laica. Esse diálogo efetiva-se – é de se reiterar – nos horizontes comunitários, e são tais horizontes que hoje, nessa atmosfera dos fluxos descaracterizadores de identidades, podem ser efetivos como forma de resistência cultural. É evidente que a vocação internacionalista da enunciação não se restringe a se circunscrever a eles, mas parte deles para laçadas comunitárias para além das esferas religiosas e suas mitologias limitadoras.

Nesse mundo de articulações sistêmicas de Carlos Frydman, a aprendizagem – isto é, a obsessão da enunciação pelo domínio conceitual, procurando tensionar teoria e prática –, faz-se através da experiência. A aspiração de totalidade da enunciação leva a efabulação a privilegiar em muitas situações de suas narrativas os conceitos que motivam as ações das personagens. Pela experiência seriam sempre possíveis reflexões sobre o sentido (sobretudo ético) de suas ações. Estão nesse caso não apenas ações de sentido mais abrangente, mas sobretudo as cotidianas – uma forma de manifestação particular de perspectivas mais gerais. Nesse debate, relava-se um jogo artístico de aproximações e distanciamentos da enunciação, que oscila entre o cômico (a ironia, nunca o sarcasmo) e a adesão (empatia) para com os sujeitos dos muitos sujeitos do enunciado (personagens) que ela construiu.

A periferia do centro

As "Buscas" – título da segunda novela de Carlos Frydman – continuarão no centro hegemônico de poder, nos Estados Unidos. Lá também persistem no plano interno as articulações comunitárias, registradas em posição de subalternidade. Repetem-se aí os ritos da tradição judaica em interação dialógica com os valores sociais universalizantes da enunciação, tal como ocorreu na primeira narrativa desta coletânea. Não obstante essa característica básica que aproxima o conjunto das histórias deste livro, há aqui um traço diferencial. Cresce a atmosfera de sufoco e a condição dos migrantes judeus mostra-se correlata à dos negros da diáspora africana. É possível descortinar como a lógica social, que afinal acaba por privilegiar corporações de criminosos, é a mesma que persiste noutras formas discricionárias igualmente corporativas, em contradição com os valores democráticos veiculados pelo discurso oficial do liberalismo.

Continua nessa narrativa, como nas demais, a focalização do universo familiar e sua propensão etnocêntrica num diálogo com a "grande família" da cidadania multiétnica. Nessas bases comunitárias persistem igualmente as tensões dessas práxis sociais que têm na família uma de suas células fundamentais. É em função mesmo dessas bases que se torna imprescindível articulações mais amplas em nível de poder de estado. A particularidade familiar, étnica, em sinergia assim com outras manifestações de particularidades, onde todos seriam cidadãos conforme um estatuto comum de caráter igualitário e libertário.

A historicidade dessas articulações podem ser estendidas metonicamente para outros países e situações, no espaço e no tempo. Nesse sentido, os fatos relatados são históricos, ou melhor dizendo, meta-históricos, pois que os episódios são verdadeiros, mesmo que os casos nunca tenham acontecido, como acontece com a efabulação que associa um Gershwin e as personagens de ficção. A música de Gershwin – entre a tradição judaica e africana – em sua hibridez é, nesse sentido, simbólica, e aponta um caminho comunitário de agregação.

Há outras minorias em Nova York, além dos negros e judeus. Lá estão os italianos e chineses, por exemplo. Todos serão vítimas do *crack* da bolsa em 1929 – uma situação que contraria falácias ideológicas que desconsideram a perspectiva social e que historicamente veio abrir caminho para o reformismo do "new deal" de Roosevelt no decorrer dos anos 1930.

O olhar periférico da enunciação não se circunscreve ao território desse centro hegemônico. Nessa segunda narrativa busca outras formas de articulação, referindo-se a outros atores históricos da luta libertária do sul, que observaram criticamente as práticas autoritárias do norte. Figuram aí, entre outros, um José Marti, de Cuba, e mesmo perspectivas literárias de "longo curso" (Jorge Amado). São atores históricos que entrecruzaram literatura e política, um horizonte caro à enunciação, conforme temos assinalado. A imagem que então se delineia é emblemática: os protagonistas embarcam num alegórico navio, para se deslocar para o sul – o lócus da enunciação de Carlos Frydman, numa viagem de (auto)conhecimento. No horizonte, entretanto, persiste a música de Gershwin e sua simbologia libertária advinda do contato dialógico entre culturas.

Uma loja, em bom retiro

A terceira novela, articulada às primeiras, refere-se a "Uma Loja Imaculada", registro ambíguo que se respalda na óptica de quem se situa à margem do poder dominante. O sentido de periferia é aqui mais amplo, podendo ser estendido a todos os setores sociais marginais. Talvez se possa afirmar que essa é a narrativa menos discursiva da coletânea, o mais dramático deles (dramático no sentido teatral, de predominância da representação sobre a apresentação da história). Concretizam-se aqui, mais implicitamente, pressupostos estético-ideológicos enunciados anteriormente.

A loja do bairro do Bom Retiro, em São Paulo, é um microcosmos de um mundo mais amplo, onde as atividades comerciais são confrontadas com o autoritarismo de estado. São atividades que se processam mesmo à margem desse estado e só assim poderiam sobreviver. Continuam aqui as peripécias que procuram conciliar contraditoriamente o registro cômico da realidade com a seriedade reflexiva das histórias anteriores. Mas não só: a evocação do assassinato de Vladimir Herzog pela ditadura militar (de origem judia e militante político de esquerda) aponta dramaticamente para a necessidade de definição de um novo estatuto do cidadão, contrariamente a toda forma de poder discricionário.

Do ponto de vista literário, devem ser relevados os rápidos e bem construídos diálogos entre as personagens, que contribuem para colocar a nu o conservadorismo das práticas ortodoxas. São evidenciadas imagens caricatas dos atores dessas práticas, pautadas pela hipocrisia. Há todo um mundo ao reverso, o desconcerto do mundo da imagem de Camões, cujo poema serve de epígrafe ao livro. A imagem da cafetina politizada pode ser então, por sua imprevisibilidade e marginalidade, um veículo eficaz para desmascarar essa hipocrisia, como ocorre nessa narrativa.

A ética da escrita

Nessa novela de fecho da coletânea, como no conjunto dessa *trilogia de buscas*, há ênfase na definição do impulso ético que motiva os atores sociais representados. Tal estratégia, confome assinalamos, leva a enunciação a tensionar imagens cômicas, às vezes burlescas, da realidade, com uma reflexão mais contraída. Nada nesse universo, entretanto, é definitivo, apesar dessa contração discursiva. Persiste sempre uma idéia de continuidade, com novos desdobramentos e novos atores, tal como nessa última história, quando o filho sucede o pai, imprimindo significado político a suas ações, ausente no pai. Há entre eles, entretanto, a persistência de uma motivação ética que ganha novos coloridos.

A loja assim, na lógica de quem observa de ângulo periférico, só será *maculada* aos olhares preconceituosos. Na verdade, pai e filho se aproximam quando acabam por burlar ações coercitivas de um estado. Para tanto, de forma inconsciente, o pai estabelece uma forma de poder à margem e que tem sua força graças a uma associação comunitária. O filho, já politizado e consciente do sentido político de suas ações, percebe como essas formas de articulação permitem resistir ao autoritarismo, desde que não se feche em horizontes etnocêntricos. A nação, isto é, o sentimento de parentesco mais geral pode alargar-se assim do particular da família para o geral, abarcando todos os grupos étnicos e sociais do país. Poder-se-ia ainda sonhar de uma forma mais ampla, para além das fronteiras nacionais – a coexistência simbólica no híbrido, tal como a música de Gershwin.

˙BENJAMIN ABDALA JUNIOR é professor titular da área de Estudos Comparados de Literaturas de Língua Portuguesa da Faculdade de Filosofia e Ciências Humanas da Universidade de São Paulo.

COLEÇÃO PARALELOS

1. *Rei de Carne e Osso*
   Mosché Schamir
2. *A Baleia Mareada*
   Ephraim Kishon
3. *Salvação*
   Scholem Asch
4. *Adaptação do Funcionário Ruam*
   Mauro Chaves
5. *Golias Injustiçado*
   Ephraim Kishon
6. *Equus*
   Peter Shaffer
7. *As Lendas do Povo Judeu*
   Bin Gorion
8. *A Fonte de Judá*
   Bin Gorion
9. *Deformação*
   Vera Albers
10. *Os Dias do Herói de Seu Rei*
    Mosché Schamir
11. *A Última Rebelião*
    I. Opatoschu
12. *Os Irmãos Aschkenazi*
    Israel Joseph Singer
13. *Almas em Fogo*
    Elie Wiesel
14. *Morangos com Chantilly*
    Amália Zeitel
15. *Satã em Gorai*
    Isaac Bashevis Singer
16. *O Golem*
    Isaac Bashevis Singer
17. *Contos de Amor*
    Sch. I. Agnon
18. *Histórias do Rabi Nachman*
    Martin Buber
19. *Trilogia das Buscas*
    Carlos Frydman
20. *Uma História Simples*
    Sch. I. Agnon

Impressão e acabamento:

ESCOLAS PROFISSIONAIS SALESIANAS
Rua Dom Bosco, 441 • 03105-020 São Paulo SP
Fone: (11) 3277-3209